夜色温柔

〔美〕F. S. 菲茨杰拉德 著　　吴建国 主编　　陈正发 译

人民文学出版社
PEOPLE'S LITERATURE PUBLISHING HOUSE

F. S. Fitzgerald
Tender is the Night

图书在版编目(CIP)数据

夜色温柔/(美)F. S. 菲茨杰拉德著;吴建国主编;陈正发译. —北京:人民文学出版社,2017(2022.1 重印)
(菲茨杰拉德作品全集)
ISBN 978-7-02-012732-0

Ⅰ. ①夜…　Ⅱ. ①F…　②吴…　③陈…　Ⅲ. ①长篇小说-美国-现代　Ⅳ. ①I712.45

中国版本图书馆 CIP 数据核字(2017)第 089349 号

责任编辑　**卜艳冰　邱小群**
封面设计　**汪佳诗**

出版发行　**人民文学出版社**
社　　址　**北京市朝内大街 166 号**
邮政编码　**100705**

印　　制　**山东临沂新华印刷物流集团有限责任公司**
经　　销　**全国新华书店等**

开　　本　**890 毫米×1240 毫米　1/32**
印　　张　**13.25**
字　　数　**331 千字**
版　　次　**2017 年 10 月北京第 1 版**
印　　次　**2022 年 1 月第 2 次印刷**

书　　号　**978-7-02-012732-0**
定　　价　**46.00 元**

如有印装质量问题,请与本社图书销售中心调换。电话:010-65233595

对经典的呼唤
——《菲茨杰拉德作品全集》总序

一 引 言

“经典”（canon）一词，源自希腊文 kanon，原为用于丈量的芦苇秆，后来其意义延伸，表示尺度，并逐渐演化为专指经书、典籍和律法的术语。随着人类文明的发展，经典开始进入文学、绘画、音乐等范畴，成为所有重要的著作和文艺作品的指称。如今人们所说的文学经典，一般指得到读者大众和批评家公认的重要作家和作品。

文学经典的形成（canonization），始于柏拉图和亚里士多德提出的对文学原理以及史诗和悲剧的界定。由于文学经典边界模糊，不确定因素颇多，随着时代的发展，会不断有新的优秀作家和作品纳入其中，已被认定为经典的作家和作品则永远会受到时代的挑战，有些会逐渐销声匿迹，有些则会被重新发现并正名为经典。二十世纪后半叶以来，尤其在文化多元化的氛围下，人们对文学经典和对“入典”标准的质疑，已成为批评界热衷讨论的重要话题。事实上，文学经典的形成往往会经历一个复杂而又漫长的过程，会受到特定时代的意识形态、文化模式、读者情感诉求等诸多因素的介入和影响，“一部作品或一个作家能否真正成为经典，需要经历起码一个世纪的时间考验”[①]。美国小说家 F. 司各特・菲茨杰拉德（Francis Scott Key Fitzgerald，1896—1940）的批评接受史，便在一定程度上印证了这一界说。

“在美国现代小说家中，司各特・菲茨杰拉德是排在福克纳和海明威之后的第三号人物。”[②] 然而大半个世纪以来，菲茨杰拉德的文学声誉却经历了一个从当初蜚声文坛，到渐趋湮没，到东山再起，直至走向巅峰的演变过程。二十世纪五六十年代美国文坛掀起的“菲茨杰拉德复兴”（Fitzgerald Revival），终于将他稳稳推上了经典作家的高位。他的长篇小说《人间天堂》（*This Side of Paradise*，1920）、《漂亮冤家》（*The Beautiful and Damned*，1922）、《了不起的盖茨比》（*The Great Gatsby*，1925）、《夜色温柔》（*Tender Is the Night*，1934）和《末代大亨》（*The Last Tycoon*，1941），以及他的四部短篇小说集：《新潮女郎与哲学家》（*Flappers and Philosophers*，1920）、《爵士乐时代的故事》（*Tales of the Jazz Age*，1922）、《所有悲伤的年轻人》（*All the Sad Young Men*，1926）和《清晨起床号》（*Taps at Reveille*，1935），已被列入文学经典之列。如今，人们已不再怀疑，菲茨杰拉德是二十世纪世界文坛上的一位杰出的社会编年史家和文学艺术家。

---

① 转引自《西方文论关键词》，赵一凡等主编，外语教学与研究出版社，2006 年版，第 282 页。

② 董衡巽语，引自《菲茨杰拉德研究・序》，吴建国著，上海外语教育出版社，2006 年版，第 1 页。

回望菲茨杰拉德在我国的批评接受史的发展走向，我们不难看出，这位在美国极负盛名的小说家，在我国却经历了一个从全盘否定，到谨慎接受，再到充分肯定的曲折过程，这其中所包含的诸多错综复杂的原因，值得我们认真分析和反思，从中找出经验或教训，供后人记取。

二　被“误读、曲解”的一代文豪

如果我们以美国文学评论家 M. H. 艾布拉姆斯所提出的“文学四要素”，即世界、作家、作品、读者，及其所构成的关系作为参照，来考量文学作品的接受状况，即可看出，实用主义文学观在中外文学史上长期占据着主导地位。实用主义文学观强调的是作品与读者之间的效用关系，即作品应当是达到某种目的的手段，从事某种事情的工具，并以作品能否达到既定目的作为判断其价值的标准，即所谓文学的功能应当是“寓教于乐，既劝谕读者，又使他喜欢，才能符合众望”①。各文化群体对外族文学作品的取舍和译介也概莫能外。

我国对美国现当代文学的译介已有百年历史。自“五四运动”以降，尤其在二十世纪三四十年代，就已有不少作品被翻译成中文出版，杰克·伦敦、德莱塞、马尔兹、萨洛扬、刘易斯、海明威、斯坦贝克等作家，都是我国读者较熟悉的名字，他们的作品曾对我国新文化运动的开展和民族救亡斗争起过一定的促进作用。然而菲茨杰拉德

① 《诗学·诗艺》，亚里士多德、贺拉斯著，杨周翰等译，人民文学出版社，1962 年版，第 155 页。

却一直未能引起我国学人的注意，菲茨杰拉德的作品在那战火纷飞的岁月里也未能在中国找到合适的市场。从总体上说，在新中国成立以前，菲茨杰拉德的作品在我国几乎没有译介，这位作家的名字在我国读者中较为陌生。

上世纪五十年代初，刚刚摆脱了连年战祸的新中国百废待兴，恢复经济建设、重整社会秩序是这一年代的主基调，对美国现代文学的译介和研究则相对较为迟缓。但是，在不少有识之士的努力下，我国五十年代中、后期和六十年代初期在美国现代文学研究方面仍取得过突破性的成绩。然而受当时主流文化的影响和历史条件的制约，菲茨杰拉德在中国受到的依旧还是冷遇。虽有不少通晓美国文学的专家、教授开始关注这位作家，但尚无评介文章出现，他的作品也没有正式出版的中文译本，他的代表作《了不起的盖茨比》甚至被称为“下流的坏书”。著名学者巫宁坤由于将他从美国带回中国的英文版《了不起的盖茨比》借给学生，竟受到了严厉批判，并背上“腐蚀新中国青年”的黑锅近三十年。菲茨杰拉德当年在我国的接受状况由此可见。

一九六六年至一九七七年这十余年间，我国对美国现代文学的译介和研究基本处于停顿状态。一九七八年后，美国文学中的一些重要作品开始重返我国学界。但及至上世纪七十年代末，菲茨杰拉德的作品在中国大陆仍无中译本，他的文学声誉在我国很低迷。受“极左”思想的束缚，我国学术界对这位作家依然持批判、否定的态度，他的作品在一定程度上被误读、曲解了。例如，在一部颇具权威性的学术专著中，就有如下这段评述：

……二十年代文艺作品日趋商业化和市侩化，当时的畅销书有菲茨杰拉德的小说《爵士乐时代的故事》(1922年出版)，内容是宣扬资本家的嗜酒、狂赌和色情生活，他的另一作品《伟大的盖茨比》(1925年出版)，把这个秘密酒贩投机商吹捧成英雄人物，加以颂扬。菲茨杰拉德是二十年代垄断资本御用的文艺作者的典型代表，是美化美国"繁荣"时期大资本家罪恶勾当的吹鼓手。及至一九二九年严重经济危机爆发，使美国经济的"永久繁荣"落了空，也暴露了菲茨杰拉德的丑恶灵魂。①

这一评说在当时的中国学界具有一定的代表性。客观地说，在那个非常时期，人们或许也只能以这种方式来点明菲茨杰拉德"资产阶级文艺作者典型代表"的身份，姑且先简略介绍一下他的代表作和"畅销书"。至于这位作家本身以及他的作品所包含的思想性和艺术性，只好留待后人去分析和评说。这其中的缘由与苦衷是十分微妙的。在三十多年以后的今天来看，这种现象自是荒诞无稽，但我们仍能感觉到当年意识形态领域里的"非常政治"对学术的严重干预和影响。

三　对经典的呼唤

法国启蒙主义思想家德尼·狄德罗曾说："任何一个民族总有些偏见有待抛弃，有些弊病有待革除，有些可笑的事情有待排斥，并且

① 《美国通史简编》，黄绍湘著，人民出版社，1979年版，第536—537页。

需要适合于他们的戏剧。假使政府在准备修改某项法律或者取缔某项习俗的时候善于利用戏剧，那将是多么有效的移风易俗的手段啊！”①

一九七八年后，在“洋为中用”思想的指导下，我国文艺理论界卓有见识的学者们认真审视了过去几十年我国在外国文学批评领域的得失，详细制定了今后的研究计划、路径和方法，使我国的外国文学研究得以迅速而健康地开展起来。在此同时，我国学界对菲茨杰拉德的评价也已有所转变。一些学者撇开仍很敏感的政治话题和过去已形成的定论，以新的视角对菲茨杰拉德的创作思想和艺术特色进行了实事求是的讨论和分析，其中最值得关注的是董衡巽的观点和研究方法。早在学术研究刚刚开始复苏的一九七九年初，董衡巽就指出："外国现代资产阶级文学，像外国古典文学一样，有它的价值，有它的思想意义。不过，我认为除了这两条，还应该承认它在艺术上的成就。我们所说的思想是通过一定的艺术形式表现出来的思想；我们所说的艺术是指包含一定思想内容的艺术。它们难能分家。”“评价外国文学，最好两头都能照顾到，既分析思想内容，又顾及艺术特征……”② 董衡巽分析了菲茨杰拉德的创作思想和文体风格，第一次在中国大陆为这位美国作家恢复了他应有的声誉和地位：

> 一位作家之所以不会被读者忘记，是因为他有自己的特色。如果说他在思想上没有告诉我们新的东西，艺术形式沿用老一

---

①《论戏剧艺术》，狄德罗著，转引自童庆炳著《维纳斯的腰带》，中国人民大学出版社，2009年版，第7页。

②《艺术贵在独创》，董衡巽著，刊《外国文学集刊》（第一辑），中国社会科学出版社，1979年版，第60—61页。

套，那么他凭了什么活在读者的记忆中呢？菲茨杰拉德的作品不多，可是当代美国人喜欢读，他的代表作《了不起的盖茨比》已经成了一部现代文学名著。人们通过他的作品重温美国绚丽奢侈的二十年代，那种千金一掷的挥霍、半文不值的爱情，那种渴望富裕生活却又幻灭的心情，清醒了又无路可走的悲哀……引起读者的共鸣。今天的美国，贫富的鸿沟依然存在，凡是存在贫富悬殊的地方，“富裕梦”总是有人做的，但是，幻灭恰似梦的影子，永远伴随着做梦的人们。菲茨杰拉德去世将近四十年，他的作品在美国还是那么走红，除了这个思想上的原因，他那优美而奇特的文体也是美国读者不能忘怀的一个因素。①

可以这样说，在菲茨杰拉德研究中，我国最具权威的学者当数董衡巽。他是中国大陆研究和介绍这位美国作家的第一人。他的观点、研究思路，以及他的若干专论，对我国的菲茨杰拉德研究具有重要而深刻的影响。

一九八三年，由巫宁坤翻译的《了不起的盖茨比》正式出版，与菲茨杰拉德的八篇短篇小说一同收录在《菲茨杰拉德小说选》里。这是中国大陆首次正式出版的这位美国小说家的中译本，是上海译文出版社推出的“二十世纪外国文学丛书”的一种，为我国的美国现代文学研究填补了一项空白，使我国读者对这位“迷惘的一代”的代表作家有了直接的感性认识。巫宁坤在译本“前言”里高度评价了菲茨杰

①《艺术贵在独创》，董衡巽著，刊《外国文学集刊》(第一辑)，中国社会科学出版社，1979年版，第72页。

拉德的艺术成就和他的作品所包含的思想意义，称他是“二十世纪最重要的美国小说家之一”。[①]

一九八六年出版的《美国文学简史》，是一部具有开创意义的史学著作。董衡巽在这部专著中第一次向我国读者全面评述了菲茨杰拉德的文学生涯、创作思想和艺术特色，同时也阐明了对这位作家展开研究的意义所在。从此，我国对菲茨杰拉德的译介和研究正式拉开了序幕。

上世纪整个八十年代期间，我国正式发表的专题评论菲茨杰拉德的文章并不多，且大都集中在《了不起的盖茨比》上，但我国学者已从他的作品中发现了远比他所描绘的那个年代更为重要的价值，认为他既是战后美国年轻一代的典型代表，又是“喧腾的二十年代”的批判者。他的创作标志着十九世纪浪漫主义传统向二十世纪现代主义文学的过渡，他的《了不起的盖茨比》是为“美国梦想”和“爵士乐时代”奏起的一首无尽的挽歌。“他是美国小说家中最精湛的艺术家。他的最佳作品在内容上体现了高度的精确性，在语言上表现了高度的简练性。”[②] 在这一时期，我国出版的各类美国文学教材，也使菲茨杰拉德走进了高校课堂，并成为不少院校的学位课程。至上世纪八十年代后期，全国已有近十篇以菲茨杰拉德为研究对象的硕士学位论文，如刘欣的《菲茨杰拉德〈人间天堂〉及〈了不起的盖茨比〉中对幻想破失与灭败的社会批评》(1986)、左晓岚的《论〈了不起的盖茨比〉

---

①《菲茨杰拉德小说选》，巫宁坤等译，上海译文出版社，1983年版，第1页。

②《当代美国文学——概述及作品选读》(上册)，秦小孟主编，上海译文出版社，1986年版，第62页。

中象征手法的作用》(1989)等。这充分表明，这位作家已开始引起我国学人的高度关注。

及至上世纪九十年代末，菲茨杰拉德在我国的接受状况已大有改观。最为明显的例证是,《了不起的盖茨比》在中国大陆出版了八种中文译本和两种中文注释或中英文对照本;《夜色温柔》有五种中文译本。除此之外，还有三本《菲茨杰拉德短篇小说选》译本问世。我国学者在这十余年间发表的专论菲茨杰拉德的文章在数目上也有明显增加。我国在这一时期出版的美国文学专著，如王长荣的《现代美国小说史》(1992)、常耀信的《美国文学史》(1995)、史志康的《美国文学背景概观》(1998)等，也都对菲茨杰拉德予以了高度的肯定。杨仁敬在《二十世纪美国文学史》中指出：“菲茨杰拉德的作品，作为‘荒原时代’的历史记录，今天已显得越来越重要了。”[①] 这是我国学界在沉寂多年之后对这位经典作家的呼唤。

四　关于菲茨杰拉德作品的译介与研究

1. 关于《了不起的盖茨比》。至上世纪七十年代初，台湾已有四种中文译本。由于种种原因，这些译本很少为大陆读者所知。一九八二年，我国首次出版了这部小说的注释本《灯绿梦渺》。注释者在此书“前言”中说：“书名有译《伟大的盖茨比》者，似乎失之平淡；有译《大亨小传》者，但实非传记体，盖茨比也算不得大亨。

①《二十世纪美国文学史》，杨仁敬著，青岛出版社，2000 年版，第 247 页。

仔细读来，盖茨比的经历颇富传奇性，小说情节又类‘言情’，作者用意当在批判，注释者姑译为《灯绿梦渺》。”[①] 注释者还指出了作者独具匠心的象征手法的运用：“绿色实为盖茨比毕生梦想的象征。绿色代表生机，绿色使人欢快，绿色又是万能的美元钞票的颜色。出身农家的盖茨比抵抗不住财富和美色的诱惑，走上了一条典型的美国式的奋斗道路。黛西则象征着财富和美色的结合。此种象征手法书中屡见不鲜……但其着力点不在机械地比附，而在气氛的烘托……书尾处的安慰激励之词亦不能稍减其渺茫之感。盖茨比凄凉的下场是美国生活的悲剧。”[②] 在评价这部小说的语言特色时，注释者说：

作者遣词造句朴素真挚，极少十九世纪小说中的冗长繁缛，也没有当时已萌芽的现代主义的奇奥艰深。可是他行文并不单调平直。他时而后退三步，描绘中夹着若隐若出的讽刺和淡淡的幽默；他时而又置身其中，情不自禁地激昂动情；他时而又诗意盎然，不乏华丽之词，是浪漫气质的自然流露。[③]

注释者还将此书与中国古典名著《红楼梦》作了比较，认为：“这本书绝不仅是‘负心女子痴情汉’的恋爱悲剧。从中读者可以触摸到美国社会生活的脉搏，可以看到美国一个历史阶段的文艺画卷。”[④] 这些话语足见注释者的慧眼识金和对这部小说的喜爱。他的观

---

①《灯绿梦渺》，菲茨杰拉德著，周敦仁注释，上海译文出版社，1982 年版，第 1 页。
② 同上，第 1 页。
③④ 同上，第 2 页。

点也代表着我国读者对这位美国作家的接受态度。

巫宁坤也在《了不起的盖茨比》“译后记”中指出：

> 菲氏并不是一个旁观的历史家。他纵情参与了“爵士乐时代”的酒食征逐，也完全融化在自己的作品之中。正因为如此，他才能栩栩如生地重现那个时代的社会风貌、生活气息和感情节奏。但更重要的是，在沉湎其中的同时，他又能冷眼旁观，体味“灯火阑珊，酒醒人散”的怅惘，用严峻的道德标准衡量一切，用凄婉的笔调抒写战后“迷惘的一代”对于“美国梦”感到幻灭的悲哀。不妨说，《了不起的盖茨比》是“爵士乐时代”的一曲挽歌，一个与德莱塞的代表作异曲同工的美国的悲剧。①

随着研究的不断深入，我国学者对这部经典之作的叙事艺术和文本结构的挖掘也在深化。例如，程爱民认为：“从叙述的角度看，叙述者尼克的故事似乎是条主线，从头至尾时隐时现地贯穿于整个小说；而盖茨比的故事只是尼克的故事的一部分。但从故事的内容和重心来看，盖茨比的故事实际上才是小说的主体。如果采用‘红花绿叶’比喻的话，那盖茨比的故事毫无疑问是红花，尼克的故事只是扶衬的绿叶。因此，小说的叙述主线只是作为一个背景，一个舞台，实际上演的是盖茨比的‘戏’。这种叙述手法的安排及产生的艺术效果是颇具匠心的。”“这部作品并不局限在使用单一视角上……小说不时

---

①《了不起的盖茨比·夜色温柔》，菲茨杰拉德著，巫宁坤等译，译林出版社，1999 年版，第 125 页。

地变换叙述视角和叙述者，有时还采用视角越界等手段，使得叙述呈多元化展开。不同的侧面展示组合在一起，仿佛不同镜头的变换，构成了一幅反映盖茨比故事的立体图像。”[①] 程爱民还分析了菲茨杰拉德与亨利·詹姆斯之间在叙述者和人物设计上的相同和不同之处：“菲茨杰拉德的独特或高明之处，就在于他创造了尼克这个‘一半在故事里、一半在故事外’的存在，并利用这一人物的特殊位置把（作者自己的）两种不同的看法统一在了《大人物盖茨比》这部作品之中……起到了传统的第一人称叙述或第三人称全知叙述均不能起到的作用，产生了独特的艺术效果。”[②]

时至今日，我国已出版五十余种《了不起的盖茨比》的中译本（包括台湾地区）。我国研究者在各类学术刊物上发表的专论《了不起的盖茨比》的文章已达一百三十余篇；以这部作品为研究对象的硕士和博士学位论文有四十余篇。由此可见我国读书界对这部经典作品的接受程度和研究的深度。

2．关于《夜色温柔》。《夜色温柔》是一部“令人越读越感到趣味无穷的小说”（海明威语）[③]，但中文译本一九八七年才在中国大陆首次出现，然而我国学者对这部曾经受到冷遇的作品的艺术构造和思想意义的解读却颇有独到之处。王宁等认为：“若是将小说的结构与福克纳的《喧哗与骚动》以及乔伊斯的《尤利西斯》的结构相比，我们

---

① 《英美文学研究论丛》（第一辑），虞建华主编，上海外语教育出版社，2000年版，第184—185页。

② 同上，第188页。

③ Carlos Baker, ed., *Ernest Hemingway: Selected Letters, 1917—1961*, New York: Scribners, 1981, P.483.

便不难发现，《夜色温柔》仍是一部以现实主义传统手法为主的小说，远没有前两位意识流大师那样走极端。因此，若想从结构上来贬低这部小说的重大价值，看来是难以令人接受的。”①

陈正发等在论及这部作品错综复杂的叙事结构时也指出：“我们完全可以把它看作是作者颇具匠心的艺术处理……菲茨杰拉德善于在叙述中一而再、再而三地中断，或是场面骤然更替，而内中又有逻辑上的必然联系。这样读者便可渐渐不受作者的主观影响，化被动为主动，独自对作品做出自己的阐释。”②

不管这些评论是否准确，都足以表明，我国学者对这部作品已有自己的认识和理解，并在学术上开始逐渐走向了成熟。

继《了不起的盖茨比》后，《夜色温柔》也引起了我国读者浓厚的兴味。如今，《夜色温柔》在我国已有十六种中文译本（包括台湾地区）；从不同角度探讨这部作品的专题研究论文有三十余篇，以这部作品为研究对象的硕士和博士学位论文近二十篇。目前，我国学者对这部作品的研究仍在不断深入。

3．关于菲茨杰拉德的短篇小说。上世纪九十年代后期是我国菲茨杰拉德译介和研究规模空前的时期。在这一时期，我国出版了三部《菲茨杰拉德短篇小说选》的中文译本，他的一百六十多篇短篇小说中，有二十三篇被翻译成中文正式出版。不少研究者认为，他的短篇小说“情节生动，遣词造句流畅舒展，字里行间充满诗情画意，艺术感极强……塑造和记录了生活在已逝去的那个特定时间和特定空间

---

①《夜色温柔》，菲茨杰拉德著，王宁等译，山东文艺出版社，1999 年版，第 7 页。
②《夜色温柔》，菲茨杰拉德著，陈正发等译，安徽文艺出版社，1996 年版，第 3—4 页。

里的一批特定的人物……弥漫着一种梦幻色彩，充满敏感和颖悟，令读者不得不紧张地同他一起去品味和感受人生与世界。”①他“是美国二十世纪二十年代最具代表性的作家”，②是“第二次世界大战前美国主要短篇小说家”“他的作品在风格上与欧·亨利很接近”“会使人想起克莱恩的嘲讽手法和藏而不露的用语技巧”“《重访巴比伦》的叙事技巧可说是天衣无缝，炉火纯青，思想上也很有深度。这使它成为传世之作”。③

时至今日，菲茨杰拉德的四部短篇小说集已有三部被译成中文，尽管受各种条件所限，目前的研究尚不够深入，评价的方法和观点仍可进一步商榷，我国学人对他的短篇小说的阅读和研究兴趣正在与日俱增。

五 “回声嘹亮”

“文学作品并不是对于每一个时代的每一个观察者都以同一种面貌出现的自在的客体，并不是一座自言自语地宣告其超时代性质的纪念碑，而像一部乐谱，时刻等待着阅读活动中产生的、不断变化的反映。只有阅读活动才能将作品从死的语言中拯救出来，并赋予它现实生命。”“文学作品的历史生命力没有接受者能动的参与是不能想象的。”④

①《菲茨杰拉德短篇小说选》，菲茨杰拉德著，曹合建译，湖南文艺出版社，1998年版，第4页。

②《爵士乐时代的代言人——菲茨杰拉德短篇小说选》，菲茨杰拉德著，吴樯译，外文出版社，2000年版，第3页。

③《现代美国小说史》，王长荣著，上海外语教育出版社，1992年版，第306—307页。

④《接受美学与接受理论》，（德）H.R.姚斯、（美）R.C.霍拉勃著，周宁等译，辽宁人民出版社，1987年版，第24、26页。

纵观我国对菲茨杰拉德的批评接受史，我们可以看出，我国对这位美国小说家的译介和研究相对较晚，真正意义上的研究高潮期出现在本世纪以来这十余年间，以《菲茨杰拉德研究》(2002）为标志。据文献检索，仅在近十年来,《了不起的盖茨比》在我国就有四十二种风格各异的中译本,《夜色温柔》有十五种中译本,《人间天堂》有四种中译本,《漂亮冤家》有四种中译本，各类短篇小说集有十八种；我国学者发表的各类学术论文有二百四十一篇，硕士和博士学位论文七十二篇。在近十年出版的美国文学论著中，如王守仁等的《新编美国文学史》(2002)、虞建华等的《美国文学的第二次繁荣》(2004)等，都以较大篇幅评述了菲茨杰拉德的文学生涯，分析了他的创作思想和艺术成就，并肯定了“菲茨杰拉德和海明威作为青年文化的文化英雄的历史地位”①。这位小说家如今已受到我国越来越多的读者的喜爱和评论家的广泛重视。虽然现有的译文质量参差不齐，某些论文或论著也有拾人牙慧之嫌，但目前在我国读书界出现的“菲茨杰拉德研究热”却足以表明，我国对这位经典作家的研究正方兴未艾。

就总体而论，我国对菲茨杰拉德的译介和研究远不及对海明威等同时代作家的研究那样有深度和体系化，譬如，我国学界对《人间天堂》《漂亮冤家》及“巴兹尔系列小说”“约瑟芬系列小说”“帕特·霍比系列小说”等作品的评论文章，目前仍不多见，对这位作家复杂的文学生涯、创作思想、语言艺术、文学性等方面的深层特征，以及对他何以成为经典作家的文化和社会历史背景的剖析，也有待从理论上

① 《美国文学的第二次繁荣》，虞建华著，上海外语教育出版社，2004 年版，第 202 页。

进一步深化。

作为“爵士乐时代”杰出的代言人和忠实的“编年史家”，菲茨杰拉德对他所处的那个特定历史时期原生状态社会生活和精神风貌的主要特征的准确把握、他独具匠心的叙事艺术、他那富有隐喻和象征意义的优美的语言风格，以及他隐埋在作品话语结构中的真切的感受、真挚的情感和真诚的理念，最大限度地拉近了作者——文本——读者之间的时空距离，使他作品中的那些人格被异化了的男女主人公的形象和虚幻的故事情节呈现出真实的人生历练和历史的可感性，能激发起读者对现实生活的联想和对人生意义的思考，在人们的心灵上产生共鸣。他的作品中所表现出的高度的艺术真实、所传达的精神价值取向和道德判断要素，具有一种令评论家难以还原到概念上来的持久的艺术张力。在大半个世纪已经过去的今天，在中国这个特定的文化语境下，我们发现，当今这个时代所出现的许多事物，当今这个世界所存在的诸多问题，早已在他那些优秀的作品里被生动形象地记录和描绘过了，因此，我们在重读经典时，依然能感到他的作品十分清新，具有历史理性与人文关怀之间的张力。他的作品的生命力已在中国这片大地上得到了延伸。

六　并未终结的结语

文学从来就是生活和时代的审美反映。一个作家以什么样的姿态来从事创作，他的作品究竟能否真实地反映现实生活和时代精神，要看这位作家是否真正走进了现实生活，获得了真切的体会，发现了真正闪光的思想和真正有血有肉的人物形象。作家光凭着自己极高的天赋、满腔的热情、良好的愿望是远远不够的。他必须站在时代潮流的前列，以高度的使命感和强烈的忧患意识去贴近现实、观察社会、感受人生，以自己独特的写作姿态和艺术形式去如实反映人与社会、人与自然、人与自我的关系，去揭示和描绘时代的变迁对社会道德、文化习俗和人的个性发展所产生的深刻影响。唯有这样，才能写出“像样的”、有深度的、经得起时代考验的经典之作来。这是菲茨杰拉德留给我们的启示。

锐意进取，不断创新，羞于重复，格外重视个人的文体风格和独特的创作个性，这是名作家们之所以名不虚传的一个重要原因。“文体风格如同作家的专有印记，刻下了他独特的创作个性。”[①] 凡是严肃的、对艺术有所追求的作家，都会以十足的劲头去探索新的艺术表现形式和具有个性特点的写作风格，而绝不会与他人雷同。菲茨杰拉德与海明威、福克纳、沃尔夫、多斯·帕索斯等作家生活在同一个历史时代，但菲茨杰拉德笔下的世界一眼望去，便知是菲茨杰拉德的，绝不会与其他作家所创造的世界相混淆。这是因为他一生都在执着地追求具有自己独特个性的写作技巧和文体风格，力求以自己的方式来描绘现实，表现人物的精神面貌和性格特征，“像奴隶一样对每句话都进行艰苦细致的推敲”，“在每一篇故事里都有一滴我在内——不是血，不是泪，不是精华，而是真实的自我，真正是挤出来的”。[②] 正

---

①《艺术贵在独创》，董衡巽著，刊《外国文学集刊》(第一辑)，中国社会科学出版社，1979年版，第69页。

② Matthew J. Bruccoli, ed. *F. Scott Fitzgerald On Authorship*, South Carolana: University of South Carolana Press, 1996, P.178.

因如此，他笔下的人物才那样栩栩如生，他创造的那个艺术世界才那样富有魅力，感人至深。这是他的作品之所以会引起历代读者和评论家兴趣的原因之一。

菲茨杰拉德在我国的批评接受史，恰好是对二十世纪文学史上出现的“菲茨杰拉德现象”的有力补充。在当前世界各地出现的“菲茨杰拉德研究热”中，相信我国学者对这位经典作家的研究将会有自己的声音，将会与国外学者的研究同步，得出更加深入、更加令人信服的成果来。“菲茨杰拉德有福了，他将以他不朽的诗篇彪炳千秋”。[①]

吴建国

2013年12月29日

于上海维多利书斋

① 巫宁坤语，见《了不起的盖茨比·夜色温柔》，巫宁坤等译，译林出版社，1999年版，第128页。

目录

第一部

一

在法国里维埃拉那宜人的海岸上，大约在马赛到意大利边境的半途中，矗立着一座富丽堂皇的玫瑰色高大旅馆。旅馆旁，毕恭毕敬的棕榈树肃然垂立，为那深红的墙面遮阴送凉。旅馆前，伸展着一段不长的海滩，熠熠耀眼。近年来，这家旅馆成了社会名人与时髦人士的避暑胜地，但十年前，当那些英国主顾四月间去了北边的时候，这里却几乎无人光顾。如今，旅馆附近簇拥着许多平房。不过，在我们这个故事开始的时候，在高斯外邦客旅馆和五英里外的戛纳市之间，只能看到十来个古旧别墅颓败的圆屋顶，睡莲般点缀在那密密的松林中。

旅馆前的海滩犹如一块黄褐色的穆斯林跪毯，和旅馆构成一个整体。清晨，远处的戛纳城，那些粉红色和奶油色的古堡，以及坐落在意大利边境的紫色的阿尔卑斯山倒映在水中，在清澈的浅水区海草摇曳所掀起的涟漪中晃动。还不到八点，一个身穿蓝色泳衣的男人走下海滩，一面不停往身上浇着冰冷的海水，作为游泳前的准备，一面咕咕哝哝、大声呼吸着，然后一头扎进水中，胡乱扑腾了几下。他离开之后，海滩与海湾又恢复了沉寂。一小时后，商船在地平线上缓缓地向西行驶，旅馆杂役在院子里大声叫喊，松树上的露水也渐渐干了。又过了一小时，汽车喇叭在绕着摩尔人居住的低洼山区那曲曲弯弯伸展的公路上鸣叫起来，公路把法国沿海地区同真正的普罗旺斯分隔了开来。

在离海一英里的地方，落满灰尘的白杨树取代了松树，这里有一座孤零零的小火车站。一九二五年六月的一个清晨，一辆双座四人折篷马车载着一位妇女和她的女儿从车站来到高斯旅馆。母亲的脸上还残留着往日的风韵，但这风韵即将被布满的青筋所吞噬。她的表情愉悦而安详，然而，人们的目光很快就会移向她的女儿。她那粉红色的手掌仿佛具有一种魔力，两颊闪着迷人的光亮，就像小孩子在晚上洗过冷水澡后那种让人心动的红晕。漂亮的前额缓缓向上倾斜，直至发际，往上便是金色与金灰色的波浪式鬈发，蓬蓬耸立，宛如一块印有纹章的盾牌。一双水汪汪的大眼睛清澈明亮，炯炯放光。双颊未涂脂粉，是真正的红润，是从她年轻的心房中喷涌而出的血色。她的身体发育微妙地徘徊在孩提时代最后的边缘——她快有十八岁了，差不多长大成人了，但身上仍有那股子稚嫩。

大海和天空出现在她们脚下，像一根细长、灼热的线条。这时，母亲说："有种什么东西让我觉得，我们不会喜欢这个地方的。"

"不管怎么样，我想回家。"姑娘答道。

两人快活地闲谈着，但显然谈得漫无边际，并为她们意识到的事实感到厌倦——无论谈什么都提不起精神。她们需要强烈的兴奋，并不是非得刺激疲惫的神经，但却怀着得了奖的小学生理应享受假期的急切心情。

"我们在这里住三天就回家。我马上就去拍电报预订船票。"

在旅馆里，姑娘用一口符合表达习惯但语调平淡的法语订了房间，那样子好像在背诵脑子里的什么东西。当她们在一楼安顿下来后，她走进落地长窗炫目的亮光里，又往外走了几步，上了石头砌就的游廊。那游廊从旅馆的这一头一直通到那一头。她走路的姿态像一个芭蕾舞演员，臀部紧绷，腰板挺直。户外强烈的阳光把她的影子变得很短，她又走了回来——光线太强，照得人睁不开眼。五十码开外，地中海海水深黑的颜色在骄阳的照射下渐渐变浅；栏杆下面，一辆破旧的别克车停在旅馆的车道上，被太阳炙烤着。

确实，整个这一片地方只有海滩上还有些生气。三个英国保姆坐在那里编织着英国维多利亚时代的毛衣和短袜，这种式样编起来颇费工夫，四十年代、六十年代和八十年代①时倒还风行。她们一边织毛衣，一边闲扯，就像是在念经。离海较近的地方，十来个人在几把带有条纹的篷伞下面安了个窝，他们的十几个孩子有的在浅滩上追逐着不怕人的鱼，有的赤条条地躺在沙滩上，身上涂的椰子油在阳光下闪闪发亮。

罗斯玛丽来到海滩上，一个十二岁的男孩从她身边跑过，兴高采烈地尖叫着一头扎进海水里。她感到一张张陌生的面孔在有力地注视着自己，便也脱去浴衣跟在后面。她脸朝下游了几码，发现水很浅，便踉踉跄跄地站起来，拖着纤细的双腿，负重一般顶着海水的阻力慢慢地向前蹚着。水到齐胸深时，她回头朝岸上望去，一个穿着紧身衣、戴着单片眼镜的秃顶男人正目不转睛地盯着她看。那人毛茸茸的胸脯朝前挺凸着，不太雅观的肚脐眼深深地凹进了肚皮。当罗斯玛丽也回头盯着他看时，那人摘下眼镜，塞进他那滑稽的胸毛里，接着从手上拿着的瓶子里给自己倒了一杯什么。

---

① 指 19 世纪的年代。

罗斯玛丽把脸贴在水面上，拨动四肢用自由泳的姿势一下一下朝救生筏游去。海水朝她迎来，把她从热空气中轻轻地往下拉，渗进她的头发中，钻到她身体的各个部位。她在水里转着、转着，拥抱着海水，在水中打滚嬉耍。游到救生筏跟前，她已经上气不接下气了，但当她发觉一个牙齿雪白、皮肤晒得黝黑的女人正在居高临下地看着她时，忽然意识到自己肤色太过雪白，便连忙翻转身子，脸朝上向岸边漂去。从水里爬上岸时，那个满身是毛、手里抓着瓶子的男人对她说：

"跟你说吧，救生筏后面有鲨鱼。"这人的国籍不太好确定，但他说话时带着缓慢拖长的牛津音，"昨天，它们吞食了两名从朱安湾船队下来的英国水手。"

"我的天哪！"罗斯玛丽惊叫起来。

"那些鲨鱼到这儿来，是为了吃船上倒下来的垃圾。"

他眼睛翻了一下，意在表明他只是为了提醒她注意才跟她说话的，然后扭捏着退后两步，又给自己倒了杯喝的。

在他们说话的时候，罗斯玛丽感到人们的注意力有点转移到了她的身上。她觉得有点不自在，但并未因此而感到不快，只想找个地方坐下来。很显然，每一家篷伞前的那一长条沙地，都理所当然地成了他们独占的地方；此外，相互拜访，交谈声不断——完全是小团体气氛，贸然闯进去一定会显得唐突无礼。再往前一点，沙滩上到处都是鹅卵石和水草，一群皮肤和她一样白的人坐在那里。他们躺在小巧玲珑的手提阳伞下，而没用海滩篷伞，显然不太像当地人。罗斯玛丽在那些皮肤黝黑的人和皮肤白皙的人中间找了个地方，把浴衣铺在沙滩上。

这么躺着，她先是听到他们说话的声音，接着感到他们的脚在她身旁走来走去，他们的身影在太阳和她之间晃动。一只好奇的小狗呼出的热气颤颤地喷到她的脖子上。她感到皮肤在暑气中烤得有些热，听到岸边慢慢消失的海浪发出疲乏的"哗哗"声。不一会儿，她的耳朵已能区分出周围每个人说话的声音。她得知某个被轻蔑地称为“北方佬”的人昨晚在戛纳的一家咖啡馆里绑架了一个侍者，为的是想把他锯成两半。最先讲起这事的是一个身穿晚礼服的白发女人，显然这身晚礼服是她昨夜的打扮，因为她头上还戴着一顶冠状头饰，肩上耷拉着一枝蔫了的兰花。罗斯玛丽对那女人和她的同伴生出一种说不上来的反感，于是转过身去。

另一边，在离她最近的地方，一个青年妇女躺在篷伞下面，正从沙地上摊开的一本书上抄一张单子。她的泳衣从肩膀上滑落下来，那红润、橙褐色的脊背，在脖子上一串奶油色珍珠项链的衬托下，在阳光中闪闪发光。她那张美丽的脸上露出冷峻却又可怜的神情。她的目光与罗斯玛丽的目光相遇，但是并没有看到罗斯玛丽。在她的前面，是一个头戴骑师帽、身穿红色条纹紧身衣的英俊男子；然后就是罗斯玛丽在救生筏上见过的女人，那女人一回头，也看到了她；再过去是一个长脸、金黄狮子头的男子，身穿蓝色紧身衣，没戴帽子，他正在一本正经地和一个地道的拉丁小伙子说话，小伙子穿着黑色的紧身衣，两人边说话边拉扯着沙地上一小簇一小簇的海草。她想他们大都是美国人，可他们身上有某种东西使他们并不像她近来所结识的那些美国人。

过了一会儿，她才明白，戴骑师帽的男人正在为这些人默默地表演。他手持耙子，严肃地摆弄着，从表面上看像是在清除砾石，而那严肃的脸上却显露出某种让人捉摸不透的滑稽相。他的表演中最细小的动作，都让人忍俊不禁，渐渐地，不管他说什么，都引起一阵哄堂大笑。甚至像她这样离得太远而听不清他们讲话的人，都把注意力的触角伸到那边去，到后来，整个海滩上唯一没有卷入这场欢闹的就只有那位戴珍珠项链的年轻女人了。也许出于稳重和自持，她对人们每发出一阵欢叫所做出的反应就是，更低地俯身于她正在抄写的单子上。

那个拿瓶子、戴单片眼镜的男人突然在罗斯玛丽的上方冒了出来，说道：

“你真是个顶呱呱的游泳好手。”

她表示了异议。

“委实很好。我叫坎皮恩。这里有位女士说她上周在索伦多见到过你，知道你是谁，并且很想和你认识。”

罗斯玛丽忍住恼怒，回头看了看，那些皮肤还没晒黑的人正在等着她。于是她很不情愿地站起身来，朝他们走去。

“这是艾布拉姆斯太太——麦基斯科太太——麦基斯科先生——邓弗里先生——”

“我们知道你是谁，”穿晚礼服的女人大声说，“你是罗斯玛丽·霍伊特，我在索伦多就认出你了，并向旅馆的店员打听过。我们都认为你很了不起，想知道你为什么不回美国去再演一部精彩的电影。”

他们做出要给她腾出空地方的样子。认出她的那个女人并不是犹太人，尽管她的名字听起来有点像。她是属于那种“老顽童”一类的人，不受阅历的影响，又很能和新一代人玩到一块儿。

“我们想提醒你注意，别在第一天就晒坏了皮肤，”她爽朗地接着说，“因为你的皮肤很重要，不过，在这个海滩上仿佛有不少该死的礼节，因此我们不知道你是否介意。”

二

“我们原来还以为你也许在拍戏中呢。”麦基斯科太太说。她是个眼光尖刻的漂亮少妇，身上带有一股逼人的味道，“我们不知道谁有戏，谁没戏。一个曾经与我丈夫相谈甚欢的人原来是戏里的大角色——差不多是第二主角。”

“戏？”罗斯玛丽似懂非懂地问道，“有什么戏吗？”

“亲爱的，我们可不知道呢，”艾布拉姆斯太太一边说，一边发出那种胖女人所特有的笑声，笑得浑身颤动，“我们又不在戏里，我们只是观众。”

邓弗里先生，一个亚麻色头发、女里女气的男青年，说道：“艾布拉姆斯妈妈本身就是一台戏。”坎皮恩对他摆动着眼镜，说，“好了，罗亚尔，别说得太不像话了。”罗斯玛丽望着他们大家，心想母亲要是和她一起来这里就好了。她不喜欢这些人，特别是在她将他们与海滩另一头那些使她感兴趣的人相比较之后。母亲那稳重老练的社交才能很快能使她们摆脱讨厌的场合。而罗斯玛丽出名才仅仅半年，有时，妙龄时期的法国风姿和后来染上的美国式的民主风范构成某种杂乱的混合体，使得她常常面临这样的场面。

瘦骨嶙峋的麦基斯科先生，三十岁，满脸都是雀斑和红点，他并不觉得戏不戏的这个话题有什么趣味。他刚才一直在凝视着大海，此刻，他迅速扫了一眼自己的妻子，转向罗斯玛丽，有点盛气凌人地问道：

“到这里很久了吗？”

“才一天。”

“噢。”

显然他感到话题已经彻底改变了，于是转身去看别的人。

“打算在这里度过整个夏季吗？”麦基斯科太太不知就里，又问道，“要是那样的话，你就能看到戏慢慢地铺开了。”

“看在上帝的分上，维奥莱特，别再谈这个话题了！”她丈夫吼道，“换个别的玩笑，看在上帝的分上！”

麦基斯科太太歪身向艾布拉姆斯太太靠过去，悄声说道：“他容易激动。”

“我没激动，”麦基斯科矢口否认，“我一丁点儿都没有激动。”

看得出他确实很激动，满面通红，红中略带点灰色，这使得他的话苍白无力。突然，他模模糊糊地意识到自己的窘境，于是站起身来往海水里走去，他的妻子跟在后面。罗斯玛丽瞅准这个机会也跟了上去。

麦基斯科先生长长地吸了一口气，一头扎进浅水里，开始了地中海沿岸的人习惯的游泳动作，两手僵硬地拍打着水面，显然要摆出自由泳的姿势——吸进的气用完后，他抬起头来，四下张望，惊讶地发现自己离岸还很近。

“我还没学会换气。我从来都搞不懂，他们是如何换气的。”他用询问的眼光看着罗斯玛丽。

“照我看，你要在水下把气呼出，”她解释说，“每划四下就抬起头来吸气。”

“换气对我来说是最难的一部分。我们去救生筏那里好吗？”

那个狮子头男人伸展四肢躺在救生筏上，筏身随着海水的波动来回摇晃。当麦基斯科太太伸手去抓救生筏时，筏身突然倾斜了一下，猛地打着了她的手，上面的那人连忙起身把她拉了上来。

“我担心筏身打着了你。”他说起话来慢条斯理的，显得有点害羞。这个人长着一副忧伤的面孔，是罗斯玛丽所见到的最忧伤的面孔之一：印第安人的高颧骨，上唇长长的，两只暗金黄色的大眼睛深深地凹陷。说话时声音从嘴角发出，仿佛想让自己的话经过委婉的曲折，不显唐突地传到麦基斯科太太的耳中。顷刻间，他已推开筏子跳下水去，那长长的身体平伸着不动，朝岸边漂去。

罗斯玛丽和麦基斯科太太看着他。当跃入水中的冲力耗竭之后，他猛地一弓腰，瘦瘦的大腿露出水面，然后完全消失在水中，身后没留下一点小水泡。

“他是个游泳好手。”罗斯玛丽说。

麦基斯科太太的回答粗暴得令人吃惊：

“是吗？可他却是个蹩脚的作曲家。”她转过脸去看自己的丈夫，只见他在两次均告失败的尝试之后，已设法爬上了救生筏。身体平衡之后，他想做些卖弄的动作以弥补刚才在水中的笨拙，不想却又摇晃了一下。“我在说，阿贝·诺思游泳也许不错，但他却是个蹩脚的作曲家。”

“没错。”麦基斯科先生勉强地附和着。显然，他为妻子打开了社交天地，却又没有给她多少自由。

“我最欣赏安太尔①，”麦基斯科太太挑战似的转向罗斯玛丽，“安太尔和乔伊斯②。我想你在好莱坞还没听说过多少有关这些人的事吧，可我丈夫却写了美国第一篇评论《尤利西斯》③的文章。”

“我要是有支香烟就好了，”麦基斯科先生平静地说，“眼下它对我来说更加重要。”

“他很有内涵——你难道不这么认为吗，艾尔伯特？”

她说着说着突然不说了。戴珍珠项链的那个女人下水和她的两个孩子会合了，此时，阿贝·诺思突然从一个孩子身下像座火山岛一样冒出水面，把孩子扛到肩上。孩子既害怕又开心地尖叫着，那女人则以一种动人的平静目光注视着这一切，脸上没有一丝笑容。

“那是他的妻子吗？”罗斯玛丽问。

“不，那是戴弗太太。他们不住在旅馆里。”她的眼睛，像摄影机的镜头，一直对着那女人。过了一会儿，她才充满热情地朝罗斯玛丽转过身来。

“你以前出过国吗？”

---

① 乔治·安太尔（George Antheil，1900—1959），德裔美国作曲家。

② 詹姆斯·乔伊斯（James Joyce，1822—1941），爱尔兰作家，诗人。

③《尤利西斯》(Ulysses)，爱尔兰作家詹姆斯·乔伊斯的作品，该小说讲述的是青年诗人斯蒂芬寻找一个精神上象征性的父亲和布卢姆寻找一个儿子的故事。

“出过，我在巴黎上的学。”

“哦！那么你大概知道，在这里要想玩得开心，就得结识一些真正的法国名门。这些人能有什么名堂呢?”她耸了耸左肩指指岸上。“他们不过是组成一些小圈子互相厮混。当然了，我们是有介绍信的，在巴黎见到过法国最出色的艺术家和作家。那真的是好。”

“我想也是。”

“你知道吗，我丈夫就要完成他的第一部小说了。”

罗斯玛丽说：“哦，是吗?”她并不在想什么特别的事，除了想知道母亲在这么个大热天里睡觉了没有。

“是根据《尤利西斯》的路子写的，”麦基斯科太太接着说，“不同的是，我丈夫写的不是二十四小时内的事，而是一百年内发生的事。他描绘了一个衰落的法国贵族，并将他放在如今的机械化时代中……”

“哎呀，维奥莱特，看在上帝的分上，不要逢人便说这事，”麦基斯科先生抗议道，“我不想在这本书出版之前就弄得沸沸扬扬的。”

罗斯玛丽游回岸上，把浴衣披在已经酸痛了的肩膀上，又在阳光中躺了下来。那个戴骑师帽的人手上拿着一只酒瓶和一些小玻璃杯，正在从一个篷伞走到另一个篷伞下面。不一会儿，他和他的朋友们都变得活泼起来，凑得更近了。这时，他们所有的篷伞已经连成一片，他们就像聚在一个大篷伞之下。她推测，某个人大概要离开了，也许这是他们在这海滩上的最后一次畅饮吧。连孩子们仿佛也知道了篷伞下面有什么令人兴奋的事要发生，都朝那里走去——在罗斯玛丽看来，这一切好像都是因为那个戴骑师帽的人。

正午炽热的气流笼罩了大海和天空——甚至五英里开外白带子般的戛纳市也渐渐变幻成了清新、凉爽的海市蜃楼。一艘驹鸟般挺着胸脯的帆船靠了岸，隐没在蜃景的后面，再往外便是黝黑的大海。在这整一段海滩上，仿佛哪里都没有生机，只有滤过阳光的篷伞下面才充满生命的气息，在那里，一种活动正在斑斓的色彩和嘁嘁喳喳的说话声中进行着。

坎皮恩走到她近旁，在离她几步远的地方站住。罗斯玛丽闭上眼睛，佯装睡着了，随后又半睁开来，看到两根模糊不清的柱子，那是人的两条腿。那人试图挤进沙色的云影里，但那块云彩飘走了，飘进广袤、火热的天空中。罗斯玛丽这下子真的睡着了。

醒来时，她浑身大汗淋漓，发觉海滩上已经没有人影，只剩下那个戴骑师帽的人正在收起最后一把篷伞。就在罗斯玛丽躺在那里眨眼时，他走近来，说：

“我本想在走之前把你叫醒的。一下子就晒得太厉害可没有好处。”

“谢谢。”罗斯玛丽低头看了看自己那双深红色的腿，不禁惊叫起来：

“老天爷！”

她快活地笑着，想引他说话，可是迪克·戴弗已经扛着一顶帐篷和一把篷伞走向一辆停在那里的汽车，于是她走进水里，洗去身上的汗水。那人又走了回来，把耙子、铲子和筛子收到一起，塞进一块岩石的裂缝里。接着他往沙滩四处扫视了一下，看看有没有落下什么东西。

“你知道现在几点钟了吗？”罗斯玛丽问道。

“快一点半了。”

他俩面对大海的景色，眺望了片刻。

“这不是个坏时辰，”迪克·戴弗说，“一天之中，这不算是最差的时辰。”

他端详着她，有那么一会儿，她感到仿佛生活在对方眸子中的蓝色世界里，充满渴望且满怀信心。接着，他扛起最后一件家什，朝汽车走去。罗斯玛丽也从水里上来，抖了抖泳衣，朝旅馆走去。

三

她们走进餐厅时已经快两点了。空无一人的餐桌上，一道道光束与一块块阴影构成的繁杂的图案，随着户外松树的摇曳在晃动。两个侍者一面收拾盘碟，一面大声用意大利语交谈。她们一进来，两人都不吭声了，给她们端来已搁了好一会儿的正餐菜肴。

“我在海滩上爱上别人了。”罗斯玛丽说。

“是谁？”

“先是喜欢上整个一帮看上去不错的人，后来爱上了一个男人。”

“跟他说话了吗？”

“只说了几句。长得挺英俊的，头发略微有点红。”她狼吞虎咽地吃着饭，“不过他结过婚了——通常总是这样的。”

母亲是她最好的朋友，总是尽一切可能引导她，这在演艺圈并不少见，但是又很特别，因为埃尔茜·斯皮尔斯太太并不是为了弥补她个人的失败。她自己在生活道路上并没有遭遇到什么苦楚和怨恨——她曾两次心满意足地结了婚，又两次守了寡，每一次她那快乐的禁欲思想都愈加坚定。她的一位丈夫是一名骑兵军官，另一位是个军医，两人都给她留了点什么，而这些东西，她都尽量原封不动地传给罗斯玛丽。她百分百地投入，对罗斯玛丽严加管教，毫不懈怠，使她不断变得坚强，并在她的内心播下理想主义的种子，生根发芽至今，逐渐为其自身的特质同化，演变为一种独立的人格与处世的守则。也缘于此，来自母亲的营养融合自发自给的独立意志，共同守护着她的“纯真年代”，让豆蔻之年的她便展现出不符年龄的清高气质，对三教九流、庸俗之辈敬而远之。然而，随着罗斯玛丽在电影界一举成名，斯皮尔斯太太觉得该是她精神上断奶的时候了。假如这种饱满而又有些苛求、令人喘不过气来的理想主义能倾注到除她自己之外的什么东西上，她会感到欣慰而不是痛苦。

“这么说，你喜欢待在这里了？”她问道。

“假如我们认识那些人的话，也许会有些意思的。还有别的一些人，但是他们不怎么样。他们认出我了——不论我们走到哪里，每个人都看过《爸爸的女儿》这部影片。”

斯皮尔斯太太等着这一阵自负自大的热情平息下来，然后淡淡地说：“这倒提醒了我，你打算什么时候去见厄尔·布雷迪？”

“我看我们今天下午就可以去——如果您休息好了的话。”

“你去——我不去。”

“那我们明天去好了。”

“我想让你一个人去。路又不远，再说，你又不是不会说法语。”

“妈妈——难道所有事情都要我自己去做吗？”

“噢，好吧，那就晚些时候去吧，但必须在我们走之前。”

“好的，妈妈。”

午餐后，她俩都突然生出一种单调乏味的感觉，那是美国旅游者在异国他乡宁静的地方常有的一种感受。没有什么东西给她们以刺激，没什么声音从外边呼唤她们，她们自己的一些零星想法也不会突然从别人的头脑里冒出来。由于思念着帝国的喧闹，她们觉得生活在这里静止了，没有延续。

“我们在这里就只住三天吧，妈妈。”罗斯玛丽在回到房间时说。旅馆外面，微风吹动着热气，穿过树丛，将一阵阵暖风从百叶窗吹进房间。

“谈谈你在海滩爱上的那个男人好吗？”

“妈妈，亲爱的，除了您，我不爱任何人。”

罗斯玛丽在旅馆大厅里停下，和高斯神父谈起火车的事。看门人身上穿着浅棕色的卡其布制服，懒洋洋地靠在服务台旁，直直地盯着她，随即猛然记起自己的职业礼节。她乘上公共汽车，和两个巴结讨好她的侍者一同前往火车站。一路上，他们那不吭不响、毕恭毕敬的态度反而弄得她十分尴尬，她真想敦促他们："接下去尽兴地谈嘛，这不会打搅我的。"

头等车厢里很闷热，铁路公司那些色彩鲜艳的广告单比外面漫长、沉寂的大海更清新、更有活力，上面印着阿尔勒的加尔桥、奥朗日的圆形剧场以及沙莫尼的冬季运动会等。这列火车不像美国的火车，美国的那些火车一心只关注自己疾速飞驶的行程，并且嘲笑另一个世界里的人生活节奏不那么急促与紧张，而这列火车却是它所经过的田野的一部分。火车头喷出的蒸汽震得棕榈树叶上的尘土飞扬，喷出的煤灰和花园中的干粪混到一起。罗斯玛丽确信，只要她从车窗探出身子，手就能摘到花儿。

戛纳火车站外，十几个出租车司机在各自的车中睡大觉。海滨大道上，娱乐场、整齐的店铺还有大旅馆都把它们呆板的铁制遮阳罩转向夏天的海面。让人难以置信的是，这里竟然还有"季节"。罗斯玛丽受了些时尚的影响，开始感到有些难为情，好像她正病态地在欣赏某种濒临灭亡的东西，好像人们在想，为什么她不在去年冬天和今年冬天的狂欢季节到这里来，却在这两季之间平静的日子来这里。而在北方，真正的喧嚣世界也快轰隆隆地过去了。

当她拿着一瓶椰子油走出一家药店时，一个女人从她面前走过，怀里满是沙发靠垫，走向停在街那头的一辆小汽车。她认出那是戴弗太太。一条矮小瘦长的黑狗对着她汪汪吠叫，把正在打瞌睡的司机一下子惊醒了。她坐进车里，板着美丽的面孔，克制着自己，两眼露出勇敢、戒备的神情，茫然直视前方。她穿着鲜红的衣服，光着两条棕色的腿，浓密的金黄色偏深的头发如同一只狮子狗的毛发。

火车还要半小时才能来。罗斯玛丽在十字路口的一家同盟咖啡馆坐下。外边的树把绿色的阴影洒在桌上，一支管弦乐队对着想象中的各方听众大献殷勤，演奏着《尼斯狂欢曲》和去年在美国问世的一些乐曲。她为母亲买了一份法国的《时代报》和一份美国的《星期六晚邮报》。她一边喝着柠檬汁，一边打开《星期六晚邮报》，翻到刊有一位俄国公主回忆录的那一页，发现那些九十年代[①]的黯淡了的习俗比法国报纸上的新闻摘要更为真实，也与她贴得更近。正是这同一种感觉使她在旅馆里受到压抑——她看惯了一个大陆上那些用重墨标为悲喜剧的全然荒诞的东西，又没有受过自己去提取本质的训练，因而现在开始感到法国人生活的空虚和乏味。聆听着乐队演奏那些忧伤的曲子，这种感觉充满了她的心田，曲子使她想起歌舞杂耍表演中为杂技演员弹奏的那种忧伤的音乐。她很高兴再回高斯旅馆去。

她的肩膀晒得太厉害，第二天已无法再去游泳。经过和车主好半天的讨价还价——在法国，罗斯玛丽已学会怎样算计钱——她和母亲租了一辆汽车，沿着里维埃拉这个河汊密布的三角洲行驶。司机——一个像俄国暴君伊凡时代独裁者一样的人——毛遂自荐充当起了导游，一路上向她们说着一些光辉灿烂的名字——戛纳、尼斯、蒙特卡洛。这些名字开始透过死气沉沉的伪装放射出夺目的光彩，低声叙述古老的传说：国王们或来这里进餐或在这里长眠，印度王公贵族向美国芭蕾舞女们投去佛祖一样深沉的目光，俄国王孙在这里重温几周波罗的海的旧梦。最吸引人的是，海滩上还残留着俄国人的踪迹——他们那些已经关闭了的书店和蔬菜店。十年前，当旅游季节在四月里结束的时候，东正教教堂的门关上了，他们最喜好的甜香槟酒也被贮藏起来等待他们归来。“我们明年这个时候再回来。”他们说，可这话说

① 指十九世纪九十年代。

得太早，他们从此再也没有回来。

在傍晚时分驱车回旅馆，很是令人惬意。海面上的色彩如同孩子们玩的玛瑙和肉红玉髓，时而碧绿如绿色果汁，时而蔚蓝如洗衣服的水，时而又暗黑如红葡萄酒。坐在车里驶过那些在门外吃饭的人们，听着乡间小酒吧的葡萄架下传出热烈、机械的钢琴声，非常心旷神怡。当他们的车子在黄金崖那儿拐了个弯，穿过一排排颜色越来越深的树木，将那一片片暗绿甩到后面，最后到高斯旅馆时，月亮已经挂在衰败的水道桥上空了……

旅馆后面的山丘中正在举行一场舞会，幽灵般的月光透过蚊帐照射下来，罗斯玛丽躺在帐子里倾听着舞曲声。她意识到，周围的一些地方也还洋溢着狂欢的气氛，不禁想到海滩上那些很不错的人。她想，明天上午可以遇见他们，可他们显然形成了一个高傲自负的小集体，只要他们把篷伞、竹垫、狗以及孩子们安置妥当，那一部分的海滩实际上就等于被围起了栅栏。无论如何，她决定最后两天的上午不能同另外那些人在一起耗费掉。

四

她不必为这事发愁了。她刚刚把浴衣铺开，麦基斯科两口子还没到那里时，就有两个人离开人群朝她走来，一个是那位戴骑师帽的人，另一个是金发高个，就是喜欢把侍者锯成两半的那位。

“早上好，”迪克·戴弗说，他感情尽情外露了，“瞧，晒黑也好，没晒黑也罢，昨天你怎么不来露面呢？我们还为你担心呢。”

她坐起来，哈哈地一笑来迎接他们的贸然侵扰。

“我们不知道你今天上午会不会来，”迪克·戴弗说道，“我们准备了吃的、喝的，因此，这算是一次实质性的邀请。”

他看上去友善而迷人——听他的口气，他会好好关照她的，而且过些时候，他会为她打开一个全新的世界，向她展现漫无止境的壮丽前景。他设法在做介绍时不提她的名字，却又让她很容易就明白，每个人都知道她的身份，但同时又尊重她的私生活的完整——自成名以来，罗斯玛丽还从未碰上过这么彬彬有礼的举止，只有这方面的老手才做得到这一点。

妮科尔·戴弗的珍珠项链下露出棕色的脊背，她正在一本菜谱中翻找马里兰鸡的做法。她年纪约莫二十四岁，罗斯玛丽猜想——她那张脸也许可以用人们常说的美丽之类的词汇来形容，但给人们留下的印象却是，它最初是用刚劲有力的轮廓和特征夸张地构成的，仿佛连眉毛颜色的特征和朝气，以及与脾气、性格相关的一切都是用一种罗丹式的意图塑成，然后再朝着美貌的方向进行雕琢，直到如此的程度：哪怕一点小小的失误都会无可弥补地损害其感染力与特质。雕刻家在这张嘴上也是费尽心机——那简直就是一本杂志封面的丘比特之弓——然而又具有身体其他部位所共有的一些特征。

“你到这里很久了吗？”妮科尔问道。她的嗓音低沉，几乎有点沙哑。

突然间，罗斯玛丽的脑子里闪过这样一种可能性：她们母女俩可以再住上一个星期。

“不算很久，”她含糊其辞地答道，“我们在国外待了很久——我们是三月份在西西里岛下船的，之后，一直在缓慢地向北前进。去年一月我拍片时得了肺炎，现在正在休养恢复呢。”

“哎呀！怎么得上这种病呢？”

“噢，是游泳引起的，”说起透露个人生活方面的事，罗斯玛丽不太愿意了，“有一天我恰巧患了流行性感冒，而我本人却不知道，后来他们要拍一个镜头，我在这个镜头中得跳进威尼斯的一条水道。这可是个代价极昂贵的镜头，于是我在整个上午不得不一次又一次地跳进水中。尽管妈妈当时找了个医生在旁边看着，可是无济于事——我还是患上了肺炎。”没等到他们开口说话，她果断地改变了话题，“你们喜欢这里吗？喜欢这个地方吗？”

“他们必须要喜欢它的，”阿贝·诺思慢条斯理地说，“这地方是他们创造的。”他慢慢转过他那高贵的脑袋，看着戴弗夫妇二人，目光中充满柔情和喜爱。

“噢，是吗？”

“自打夏天旅馆开业以来，这只不过是第二季，”妮科尔解释说，“我们曾劝说高斯继续聘用了一个厨子、一个侍者和一个杂役，当时达到了收支平衡，今年嘛，收益就更好了。”

“可是你们不住在旅馆呀？”

“我们盖了一幢房子，就在塔姆斯。”

“主要想法是这样的，”迪克说，一边调整篷伞的位置，挡住晒到罗斯玛丽肩上的一片阳光，“北方所有的地方，像多维尔，都被不怕冷的俄国人和英国人挑走了，而我们美国人有一半来自热带气候——这就是我们开始到这里来的原因。”

有个长得像拉丁人的男青年一直在翻阅着《纽约先驱报》。

“哎，这些人是哪一国的？”他突然问，随后带着点法语语调读道，“‘在沃韦的王宫旅馆里登记住宿的有潘德利·弗拉斯科先生，波利斯夫人’——我可没有夸张渲染哦——‘科琳娜·梅登卡太太，帕舍夫人，泽拉菲姆·图利奥，玛丽亚·阿马利娅·罗托·梅斯，莫伊兹·特贝尔，帕拉戈里斯夫人，阿波斯尔·亚历山大，约兰达·尤斯夫格鲁，还有日内芙娃·德·莫摩斯！’她最能吸引我了——日内芙娃·德·莫摩斯。几乎值得跑到沃韦去看一眼这位日内芙娃·德·莫摩斯。”

他突然变得有点烦躁，站起身来，猛地伸了个懒腰。他不管比戴弗还是诺思都小几岁。他个子高，身体结实，但是除了肩膀和上臂肌肉隆起显得有劲外，还是偏瘦。第一眼望去，好像还算得上英俊，可他的脸上总带有那么一点厌恶的神情，这使得他那双褐色眼睛射出的炽烈的目光黯然失色。不过，事后人们在忘记了那张忍受不了讨厌的人或事的嘴巴，忘记了那年轻的额头上因为烦躁与徒劳无益的痛苦所招来的皱纹时，还是能记得这双眼睛的。

“我们上星期从报道美国人的消息中发现了一些杰出人物，”妮科尔说，“伊夫琳·奥伊斯特夫人，还有——其他还有谁啊？”

“还有 S. 弗莱什先生，”戴弗说着也站了起来。他拿起耙子，开始认真地把小石子从沙地里扒拉出来。

“哦，对了——S. 弗莱什——他没让你起鸡皮疙瘩吗？”

单独和妮科尔在一起时没什么话可说，罗斯玛丽感到比和母亲在一起还要寂寞。阿贝·诺思和那个法国人巴尔班正在谈论着摩洛哥，抄完菜谱的妮科尔又做起针线活来。罗斯玛丽打量着他们带来的东西——聚成一个遮荫大篷的四把女式阳伞，一个便携式更衣室，一只充气橡皮马，都是些罗斯玛丽从未见过的新鲜玩意儿，属于那些战后第一次大量生产的奢侈品，并且也许是刚为第一批买主所拥有。罗斯玛丽已经有了这样一个印象：他们都是些时髦人物。尽管她的母亲一直教育她要当心这些寄生虫，但她在这里并没有这种感觉。即使他们全部纹丝不动，静得如同清晨，她也能觉察到一个目的存在着，在改变什么，觉察到一个方向，一个她前所未见的创造行为。她那尚不成熟的大脑对他们之间关系的实质未加思索，她只关心他们对她本人的态度——但她还是看出了某种令人愉快的关系网，至于何以如此，她想，因为那时他们似乎过得非常快乐。

她挨个儿看了看这三个男人，暂时把他们当作自己人。三个人都表现出迥然不同的翩翩风度，都具有一种特别的温文尔雅的气质，她感到，这种气质是他们生活的一个组成部分，无论是过去还是将来都有，并不是一时的表露，完全不同于演员们的虚套子。她还觉察到，他们身上有一种深邃细腻的特质，同导演们对人们粗拉随便的作风不一样，那些人代表了她生活圈子中的知识分子。演员和导演是她熟悉的所有男人，他们以及那些成分混杂、难以辨别面目的大学生们只对所谓的一见钟情感兴趣，去年秋天在耶鲁大学跳舞时她就领教过他们。

这三个男人就不一样。巴尔班教养要差些，更加多疑，而且好嘲笑别人，他的言谈举止很正规，甚至带有一种敷衍的态度。阿贝·诺思表面上看起来很腼腆，却具有一种既让她开心又让她困惑的不可救药的幽默。她生性严肃，因此怀疑自己是否能给他留下一个极好的印象。

但是迪克·戴弗，他可是最完美的。她暗暗地钦佩他。他的皮肤略微发红，那是太阳晒的结果。他的毛发也带点红色——从臂膀到手，稀稀拉拉地长着。他的双眼炯炯有神，呈深蓝色，鼻子稍微有点翘，因此他在看谁或是和谁说话，从那鼻子一看就会看出来——这样对人的注意很讨人喜欢，因为如今还有谁看着对方说话？不过是匆匆地一瞥，好奇或者漠不关心的一瞥，别的就什么都没有了。他说话时总是略带着一点爱尔兰人的悦耳音调，像是在讨好这个世界。然而，她感觉到他身上有一种坚强的东西，一种自我控制和自我约束力，这些也正是他的优点。哦，她挑中了他。妮科尔一抬头，也看出她瞄上了自己的丈夫，随即她听到一声轻轻的叹息，那是叹他已经是一位有妇之夫了。

快到正午时，麦基斯科夫妇、艾布拉姆斯太太、邓弗里先生，还有坎皮恩先生来到海滩上。他们带了一把新篷伞，撑开伞时，斜着眼睛扫视着戴弗夫妇，然后心满意足地钻到伞下面去了——只有麦基斯科先生例外，他脸上带着嘲笑站在伞外边。迪克耙地时经过他们附近，这时又回到篷伞跟前。

“那两个小伙子正在一起读《礼仪手册》呢。”他低声说。

“打算结交显贵哩。”阿贝说。

玛丽·诺思游完泳回来了，她就是罗斯玛丽头一天在救生筏那里遇见的、皮肤晒得黝黑的青年妇女，只听她俏皮地笑道：

“原来‘从不颤抖’先生和夫人来了。”

“他们可是这个人的朋友，”妮科尔指指阿贝，提醒她，“他怎么不过去同他们说说话呢？你难道不认为他们很迷人吗？”

“他们是很迷人，”阿贝赞同道，“只是我并不觉得他们迷人，就是这么回事。”

“是啊，我已经感觉到今年夏天海滩上人太多了。”妮科尔承认道，“迪克从一堆鹅卵石中清理出来的这片海滩，我们的海滩。”她想了想，压低嗓门，好让坐在另一把伞下的三个英国保姆听不见，“但他们还是比去年夏天来的那些英国人要好一些，那些英国人总是四处叫嚷：‘大海多么蓝啊，天空多么白啊，小内利的鼻子多么红啊。’”

罗斯玛丽想，自己是不会愿意与妮科尔为敌的。

“不过你没有看见那场打闹，”妮科尔接着说，“你到的前一天，那个结了婚的男人，就是那个名字听起来像是汽油或者黄油替代品的人——”

“麦基斯科？”

“是的——他们当时在吵架，那个女人朝他脸上扔了把沙子。于是他自然就坐到女人身上，将她的脸在沙子上蹭。我们给——震惊了。我想让迪克过去劝劝。”

“我想，”迪克·戴弗说，低着头出神地望着草席，“我们该过去邀请他们来吃午餐了。”

“不，你别去。”妮科尔赶紧对他说。

“我认为这会是件很好的事。他们就在这里——我们自我调节一下好了。”

“我们已经调节得非常好了，”她执拗地说，笑了起来，“我不想让人家把我的鼻子也在沙地上蹭。我可是个小气、刻薄的女人，”她对罗斯玛丽解释说，然后提高嗓门喊道，“孩子们，穿上游泳衣！”

罗斯玛丽觉得这次游泳将会成为她生平最富有代表性的一次，一提及游泳就能立刻想起它。所有的人一同走向水边，长时间没有动弹，现在从酷热下到清凉的地方去，大家都显得有些迫不及待，仿佛面前摆了一桌令人心动的咖喱饭菜与冰镇的白葡萄酒，等着他们去大吃大喝。戴弗夫妇的一天安排得像古老文明时代的日子，能用手边的材料获得最大的成果，并让所有的过渡时期都显示出它们的价值。可她并不知道，从专心致志的游泳到普罗旺斯式午餐的喋喋不休之间，也会有一个过渡期。但她再次感到迪克在照顾她，她很乐意对这最后的行动做出反应，好像那是一个命令似的。

妮科尔把刚才一直在缝的那件古怪的衣服递给丈夫。他走进更衣帐篷，出来时穿着一条透明的、带黑色花边的内裤，引起一阵骚动。仔细一看，人们才知道那实际上是用肉色的布做衬的。

“哈，这要不是基佬的花招才怪呢！”麦基斯科先生轻蔑地叫道，然后很快转向邓弗里先生和坎皮恩先生，补上一句，“哦，请原谅。”

罗斯玛丽看到那条裤子时，忍不住笑了。她的纯真使她对戴弗夫妇这种昂贵的单纯全心全意地做出了反应，没有意识到这件事实际上挺复杂的，并不那么单纯，没有意识到它完全是在社会的市场上进行质量的选择，而不是数量的选择；而行为的单纯，幼儿园般的安宁和友善以及对一些更普通的美德的强调，都是拼命和神进行讨价还价的一部分，是经过她想不到的一番斗争才获得的。此时，戴弗夫妇从外表上看代表了一个阶级发展的最前沿，因而，大多数人与他们在一起相比就显得相形见绌了——实际上，一种质的变化已经到来，而罗斯玛丽却毫无所知。

当他们吃着饼干、喝着雪利酒时，罗斯玛丽就和他们站在一起。迪克·戴弗一双冷静的蓝眼睛看着她。经过一番考虑和斟酌，他那和善而有力度的嘴里吐出这么一句话："很长时间以来，像你这样美丽的姑娘，我还是头一回见到，真正是一朵绽开的花儿。"

后来，罗斯玛丽伏在母亲的腿上，哭呀，哭呀，没完没了地哭。

"我爱他，妈妈。都爱得发狂了——我从未想到我会对谁产生这样的感情。可他已经结过婚了，而且我也喜欢她——这是完全毫无指望的。噢，我多么爱他。"

"我很想见见他。"

"他妻子邀请我们星期五晚上去吃饭。"

"如果你是在恋爱的话，你应该很开心。你应该笑。"

罗斯玛丽抬起头，美丽的脸庞抖动了一下，笑了。母亲对她总是有很大的影响力。

五

罗斯玛丽郁郁不乐地去了蒙特卡洛。车子开过通往拉蒂尔比的崎岖山路，来到正在修建的古老的高蒙电影制片厂。当她站在入口的栅栏门边，递上名片等候回音时，那光景就像在窥视着好莱坞。那里散布着一片古里古怪、乱七八糟的东西，都是最近拍摄某部影片后遗留下来的，有一条破烂印度街道的街景，一条巨大的用硬纸板做的鲸鱼，一棵大得吓人的树，上面结满大如篮球的樱桃。这些东西，同旁边那些灰白的苋科植物、含羞草、软木树或矮松一样，好像本来就属于那里。另外，还有一个快餐棚和两个谷仓形状的舞台。摄影场上，到处是一张张化了妆、充满希望、耐心等待的脸。

十分钟后，一个头发像金丝雀羽毛一样金黄的小伙子急匆匆地跑到门口。

“请进，霍伊特小姐。布雷迪先生正在拍片现场，但他急着要见你。抱歉，让你久等了，不过你知道，这些法国太太中有几个很够呛，她们想挤进来。”

片场经理打开舞台建筑物墙上的一扇小门。墙上没有窗户，罗斯玛丽忽然体会到一阵愉悦的亲切感，随即跟着他走进室内的昏暗之中。暗晦的光线中，这里那里都能见到人，他们朝罗斯玛丽转过死灰般的面孔，像是炼狱中的幽灵望着凡人经过。里面有低低的耳语声和轻柔的说话声，还有显然从远处传来的一架小风琴的颤音。转过一个由一些平面布景构成的拐角，他们来到舞台上白炽的灯光下，在那里，一名法国男演员——他的衬衣前襟、领子还有袖口都被照成鲜艳的桃红色——和一名美国女演员正面对面地站在台上，一动不动。他俩各自死死地盯着对方，好像已经这样站了好几个小时了。又过了一段时间，什么也没发生，谁也没动。一排灯猛地发出一阵“咝”声关掉了，随后又被打开。悲伤的音锤轻叩着，像是在请求进入远处一个无人知晓的地方。头顶上炫目的灯光中露出一张蓝色的脸，冲着上面的黑暗处不知喊了声什么。接着，罗斯玛丽面前的一个声音打破了寂静。

“姑娘，你别脱掉长袜，你还能糟蹋十双。那件衣服倒花了十五英镑哩。”

说话的人朝后退了几步，正撞上罗斯玛丽，这时，片场经理说：

"嗨，厄尔，这位是霍伊特小姐。"

他们是第一次见面。布雷迪性急而热烈。当他抓住她的手时，她看到他在从头到脚地打量着自己。这种表现她很熟悉，这让她觉得自在，但同时也让她微微有一种比对方优越的感觉。如果她的身体是财产的话，那么，她既拥有它，就能发挥它固有的一切优势。

"我认为你这几天会来的。"布雷迪说，这种口气对于私下交谈来说显得过于强烈，而且，他说话时还拖着一点满不在乎的伦敦腔，"旅途愉快吗？"

"还好，可我们还是想要回家去。"

"不——不——不！"他一个劲地反对道，"住些日子吧——我想和你谈谈。跟你说，是你拍的一部片子——《爸爸的女儿》。我在巴黎看的。我随即就给大洋彼岸拍了电报，问你是否签约了。"

"刚刚签了——很抱歉。"

"我的天，多精彩的一部片子！"

罗斯玛丽不想傻笑着表示同意，于是皱了皱眉。

"没有谁能指望仅仅靠一部片子就永远被人记住。"她说。

"那当然——非常正确。你有什么计划？"

"妈妈认为我需要休息一阵子。等我回去时，我们大概要同国立一厂签约，要么就是继续同明星厂合作。"

"'我们'指的是谁？"

"还有我母亲。她决定商业上的事。我离了她不行。"

他又把她从头到脚打量了一番。就在他这么看她时，罗斯玛丽不由得对他产生了好感。不是喜爱，一点也不是她对今天上午海滩上那个男人产生的那种身不由己的爱慕之情，是一种一见如故的感觉。他渴望得到她，而就她那纯洁的感情来说，她也考虑平静地束手就擒。但是她知道，离开他半小时，她就会忘掉他，就像忘掉一个在影片中吻过的男演员。

“你们住在哪里？”布雷迪问，“哦，对了，住在高斯旅馆。嗯，我今年的计划也制订好了，但是我写的那封信依然有效。情愿同你合作拍片子，而不要任何其他女孩——康妮·塔尔梅奇还是个小孩子。”

“我也这么想。你为什么不回好莱坞？”

“我受不了那鬼地方。我在这里很好。等把这个镜头拍完，我带你四处看看。”

他走到台上，开始低声用法语平静地对那个法国男演员说话。

五分钟过去了，布雷迪还在说，那个法国人则不时地变换两脚站立的姿势、点头。突然，布雷迪不讲了，朝着灯光喊了声什么，那些灯一惊，嗡嗡响着，变得耀眼地亮。洛杉矶在罗斯玛丽周围喧闹起来。她没有被吓住，又一次穿过薄薄的布景搭成的城市，边走还边想再回到那里。但她不想见到拍完片子后那种状态的布雷迪。她感觉到他会是那样的状态。于是她离开摄制场，一路上还像着了魔似的。现在知道了有个电影制片厂在那儿，她觉得地中海世界也不那么死寂了。她喜欢街上的人们，在去赶火车的路上，她给自己买了双帆布鞋。

她的母亲很高兴，因为她已经不折不扣地完成了母亲吩咐她去做的事，但是母亲还是想让她自己去闯。斯皮尔斯太太虽然表面上看气色还不错，但她已经很疲倦了。守在快死的人床边确实使人心神疲惫，而她刚刚照顾完一对夫妇。

六

午餐时喝了些玫瑰色的红葡萄酒，感觉挺舒服，妮科尔高高地抱着双臂，肩上的假茶花都碰到脸颊了。她出了屋子，走进自己那可爱的花园，园中没有一棵杂草。花园的一边与房子相连，从房子延伸出去，同时又进入房子的庭院，另外两边同古老的村落连接，最后一边是悬崖，悬崖的峭壁一直伸到海里。

靠村子的这边，沿墙都是一些落满了灰尘，蜿蜒蔓生的葡萄藤、柠檬树和桉树，还有随意放置在那里的手推独轮车。小推车才放在那里没多久，就已经陷入小路，显得萎缩而略微有些破烂。让妮科尔总是感到惊奇的是，转过身走过一块牡丹花圃，她会走进一个全然不同的地方，那里是一片葱绿、清凉，树叶和花瓣打着卷，微微有些湿气。

她戴着一条淡紫色的领巾，领前打了个结，即便在那强烈得能消除色差的阳光下，她的脸也被投上淡淡的紫色，移动着的脚边也笼罩上淡紫色的影子。她的脸上没有表情，显得严厉，只有碧绿的双眼才露出一点令人哀怜的、柔和的光，眼中还带有一些猜疑的神色。她那曾经是金黄色的头发已经黯然失色。但是二十四岁的她，现在却比十八岁时更迷人了，尽管那时她的头发比她本人还要光彩照人。

沿着园子里的白色界石，盛开着一片鲜花，朦朦胧胧的。她顺着界石标出的一条小路走到一片俯瞰大海的空地，那里，无花果树丛中挂着灭了的提灯，另外有一张大桌子，几把柳条椅和一把从锡耶纳买来的集市上用的大伞，都摆在一棵参天的松树周围。这是花园中最大的一棵树。她在那儿停了一会，看着一丛旱金莲和缠绕在树根上的鸢尾草出神。这些植物仿佛是由一把不经意撒下的种子长出来的。她一边看，一边听着屋里某个育儿室传出的诉苦和指责声。当声音消逝在夏日的空气中时，她继续向前走，走在犹如万花筒般的牡丹花丛中间，走在黑色和棕色的郁金香、长着纤细的红紫色根茎的玫瑰花丛中，这些玫瑰透明得像是糖果商店橱窗中糖做的花——直到这色彩的谐谑曲仿佛再也不能更强烈了，就突然停止在半空中，接下来便是潮湿的台阶通到五英尺之下的平地上。

这里有一口井，四周的踏板就是在最晴朗的日子里也湿漉漉、滑溜溜的。她走上另一边的台阶，进了菜园。她走得相当快。她活泼好动，尽管有时会给人一种沉静的印象，一种既恬静又能唤起他人情感的状态，但那是因为她不善言辞，也不相信别人说的话。因此她在这世界上沉默寡言，只不过时而贡献她那一份文雅的幽默，而且每次都是在最恰当的时候最准确地说出来，让人几乎感到她说得太少。不过，当陌生人对她的寡言少语感到不舒服时，她也能抓住话题，不假思索地侃侃而谈，连她自己也感到十分惊奇——然后突然收回话题，几乎是胆怯地停下来，像一条顺从的狗叼回猎物，恰当地做了自己要做的事，而且更多。

就在她站在菜园里模糊的绿色光影中时，迪克穿过她面前的小路，朝他的工作室走去。妮科尔默默地等他走过去，然后继续往前走，穿过一排排长势很好的生菜，到了一个小动物园旁，里面的鸽子、兔子，还有一只鹦鹉对着她无礼地一阵乱叫。她走下另一块突出的岩石，走到一道低矮的弧形墙前，低头去看身下七百多英尺的地中海。

她这是在塔姆斯的古老山村里。这里的别墅和庭院是利用悬崖上相互毗连的一排农舍建成的——五所小房子合起来建成了这座房子，还有四所被拆掉建成了花园。外墙都没动，因此从远在下面的公路上看，无法把它从那紫灰色的镇子里辨认出来。

妮科尔站着俯视了一会儿地中海，但这样做只觉得无所事事，甚至连她那双永远停不住的手也不知怎么办。不一会儿，迪克拿着一副望远镜从他那单间屋子里走出来，朝东面的戛纳看去。妮科尔的身影很快闪进他的视野，于是他消失身影进了屋，随即又拿着一只扩音喇叭走了出来。他有许多轻便的机械装置。

“妮科尔，”他大声喊道，“我忘了告诉你，作为一个耶稣使徒的最后一点表示，我邀请了艾布拉姆斯太太，那个白头发的女人。”

“我当时就猜到了。这是件令人难以容忍的事。”

她的回答很容易就让他听见了，仿佛要贬低他那只扩音器的作用似的，跟着她又提高了嗓门叫道：“你听得见我说话吗？”

“听得见。”他放下扩音喇叭，随即又固执地拿了起来，“我还要请一些人。我要邀请那两个年轻小伙子。”

“好吧。”她平心静气地同意了。

“我要搞一个真正糟糕的晚会。我说到做到。晚会上要发生争吵、色诱，人们带着受伤的感情回家去，女人们在盥洗室里人事不省。你等着看好戏吧。”

他走回他的小屋，妮科尔看到他身上又有了他最典型的一种情绪，那种把所有人都搅和进来、并且最终不可避免地要使他自己陷入忧郁的兴奋。他从未表现过这种忧郁，但她能猜出来。这种期待着看好戏的兴奋与其自身重要性不相符的强烈程度，导致了一种真正离奇的、品评人的眼光。除去对一些顽固、永远多疑的人，一般情况下他都有股令人神魂颠倒的力量，使人产生一种盲目的爱。然而，一旦当他意识到其中牵涉到的挥霍浪费时，便会产生一种副反应。他会带着敬畏去回顾自己一手策划的爱情狂欢，那时，他的心情就像一位将军，为了满足一种非人的血腥欲望而下令屠杀，然后凝视屠杀之后的场面一样。

然而，能进入迪克·戴弗的天地待一会儿却是一种不平常的经历：人们相信，他对他们有特殊的保留看法，认识到他们命运中被多年的妥协埋没了的、值得自豪的独特之处。他以考虑细致周到和彬彬有礼很快赢得每个人的欢心，这种体贴和礼貌出现得又快又具直觉性，因此只能在其结果中观察到。然后，唯恐互相之间关系绽开的第一朵花儿凋谢，他会不顾一切地敞开通往他那趣味盎然的天地的大门。只要他们完全赞同，他们的快乐就是他头等关心的事，但是一旦对他这关注的包容性闪过哪怕一丝怀疑，他便在他们眼前消失得无影无踪，他的言谈举止也就不会给别人留下什么可以到处去说的回忆。

那天晚上八点半，他出来迎接第一批客人，十分庄重、信心十足地把外衣提在手上，就像拿着一件斗牛士的披肩。颇能显出他特性的是，在同罗斯玛丽母女打过招呼之后，他等着她们先开口说话，好像是要让她们在新环境中对自己的声音抱有信心。

照罗斯玛丽的看法，应该说，在攀登塔姆斯的魅力以及更为清新的空气的影响下，她和母亲四下环顾时，对周围的一切颇为欣赏。通常，那些非比寻常的人，他们的个人品质能在一种不常见的表情变化中得以清楚地显示。戴安娜别墅也正是这样，它那精心设计的完美也因为一些微不足道的差错——比如背景中偶然出现一个女仆或者某个酒瓶软木塞拔不动——而显示了出来。第一批客人的到达带来夜晚的激动，主人家一天的家庭活动从他们身旁缓缓隐退，这一点，从戴弗家的孩子和他们的家庭教师还在平台上吃晚饭得到明白的体现。

“多漂亮的花园啊！”斯皮尔斯太太赞叹着。

“是妮科尔的花园，”迪克说，“她不肯放着它不管——总是为它操心，担心花儿会染上什么病。如今不管哪一天，我都怕她自己会沾上什么霉粉病、蝇斑病或是枯萎病的。”他明确地用食指指着罗斯玛丽，像是要掩盖一种父亲般的关心一样，开玩笑地说，“不用你说明原因了——我要送你一顶帽子在海滩上戴。”

他把她们从花园带到平台，倒了一杯鸡尾酒。厄尔·布雷迪到了，惊讶地发现罗斯玛丽也在这里。他的举止比在制片场时要温和一些，好像他这不同的态度是在大门口才改换的一样。罗斯玛丽立刻将他和迪克·戴弗作了比较，结果毫不含糊地倒向后者一边。相形之下，厄尔·布雷迪似乎略显粗俗，有点缺少教养；然而，她又一次对他这个人产生了触电般的反应。

只见他正熟门熟路地对刚从室外晚餐桌边站起身的孩子们说道：

“喂，拉尼尔，唱支歌好吗？你和托普西能为我唱支歌吗？”

“我们唱什么呢？”小男孩答应了，话音中带着在法国长大的美国小孩那特有的唱歌一样的腔调。

“就唱那首《我的朋友麻雀》吧。”

兄妹俩一点都不怯场，肩并肩站着，尖锐而甜美的歌声飞向傍晚的天空。

在明亮的月光下
　我的朋友麻雀
把你的羽毛借给我
　用它来写一个字
我的蜡烛熄灭了
　我再也没有火
为我打开你的大门
　看在上帝的分上

歌声停了，孩子们脸上闪着夕阳般的红光，站在那里为他们的成功而静静地微笑着。罗斯玛丽在想，戴安娜别墅是这个世界的中心。在这样一个活动场所，肯定会发生一些令人难忘的事情。大门在丁零零的门铃声中开了，她变得更加高兴。其余的客人都一起到了——有麦基斯科夫妇、艾布拉姆斯太太、邓弗里先生以及坎皮恩先生，他们来到了平台上。

罗斯玛丽有一种深深失望的感觉——她迅速看了看迪克，仿佛要他对这不协调的混合作一个解释似的。可是他的脸上没有任何异常的表情。他自豪地和他的新客人们打招呼，并且明显地表现出无论他们做什么他都将依从的态度。她非常信任他，因此随即也就认可了麦基斯科一行人的出现，好像她本来就一直料想会见到他们似的。

“我在巴黎见到过你，”麦基斯科太太对阿贝·诺思说，他们两口子是紧跟在他们后面到的，“其实我见过你两次。”

“是的，我记得。”阿贝说。

“那么是在什么地方呢？”麦基斯科太太追问道，不甘心就此罢休。

“嗯，我想——”阿贝对这种把戏感到厌烦，“我不记得了。”

这番一问一答填补了沉默所留下的空隙，罗斯玛丽凭直觉感到有人要说些有策略的话了，可是迪克并没有打算拆散这些后来的人组成的小团体，甚至不想打消麦基斯科太太那可笑的傲慢神情。他没有解决这个社交问题，因为他知道这在眼下并不重要，它会自行解决的。他在为更大的杰作保存新鲜劲头，等着一个更有意义的时刻的到来，好让他的客人们意识到这将是一段美好的时光。

罗斯玛丽站在汤米·巴尔班身旁。巴尔班一副不屑的神情，似乎有一种特别的刺激物正在他身上起作用。他明天早晨就要离开了。

“回家去吗？”

“家？我没有家。我去参加一场战争。”

“什么战争？”

“什么战争？随便什么战争。最近我没看报纸，但我推测，会有一场战争——战争总少不了的。”

“你难道不管为什么而战吗？”

“根本不管那些——只要我受到好的待遇就行了。当我感到生活乏味、一成不变时，就来看看戴弗一家，因为那样我就知道，在随后的几个星期里，我会想去打仗了。”

罗斯玛丽愣住了。

“你喜欢戴弗夫妇的。”她提醒他。

“当然——特别是她——但是他们总使得我想去打仗。”她思忖着这句话，却想不出什么结果，戴弗夫妇可是使她想永远待在他们身边的人。

“你是半个美国人。”她说，仿佛这句话能解决问题似的。

“我还是半个法国人。我在英国受的教育，从十八岁开始，我穿过八个国家的军服。但我希望我没有给你留下一个我不喜欢戴弗夫妇的印象——我的确喜欢他们，特别是妮科尔。”

“谁不呢?”她简单地说。

她感到离他很远。他话里的潜台词让她产生了反感，于是努力从他刻薄的亵渎那里收回她对戴弗夫妇的崇拜之情。她很高兴吃饭时他不坐在自己身边。当他们朝花园里的桌子走去时，她还想着“特别是她”这句话。

这时，她有一会儿是走在迪克·戴弗旁边的。在果断有力、利索轻快的他身边，一切东西都隐隐退去，只剩下这样一个肯定的信念：他是什么都知道的。一年来，也许是永远，她有了钱和一定的知名度，有了同名流接触的机会。这些所谓的“名流”其实不过是另一些人被放大后的产物，与医生的遗孀及其女儿在巴黎的小旅馆里结交的人没什么两样。罗斯玛丽是个浪漫主义者，她的经历没有在这方面给过她多少令人满意的机会。她的母亲一心要为她挣一个前程，不能容忍周围任何虚假的替代品前来打扰，即使他们所能带来的刺激能使双方都愉悦。罗斯玛丽也确实已经超越了那些人——她已经步入了电影界，不过还没有完全立稳罢了。因此，当她看见母亲脸上对迪克·戴弗的赞许时，她知道那意思就是，他是“真正值得追求的人”。这意味着她已得到允许，她可以想怎么着就怎么着了。

“我刚才一直在注视着你，”他说，她知道他这话不假，“我们已经变得非常喜欢你了。”

“第一次见到你，我就爱上你了。”她平静地说。

他装作没听见，似乎这仅仅是一句完全出于礼貌的恭维话。“新朋友，”他说，似乎这一点很重要，“在一起常常比老朋友在一块儿要玩得更开心些。”

听到这话时，她还没确切理解其中的含义，就发现自己已经来到餐桌旁，桌子被黄昏中缓缓出现的灯光衬托得很醒目。当她看见迪克用右手挽住她母亲时，心中激荡起一阵欢乐的旋律。她自己则坐在路易斯·坎皮恩和布雷迪中间。

内心充满着这样的情感，她转向布雷迪，想向他倾吐心中的秘密，可是她刚一提到迪克，他的眼中就射出冷峻的光。这使她明白，他拒绝承担父亲般爱护她的职责。作为回敬，当他想独占她的注意力时，她同样敛着面容，于是他们就只谈些与本行有关的话题，或者更确切地讲，他说，她听，她那有礼貌的目光始终没有离开他的脸，但是她的心思却无可置疑地飘在别处，以至于她感觉到他肯定也猜出了这一点。她断断续续地听到他话中的一些要点，其余部分就凭她的潜意识来补充，就好像一个人听到钟声敲到一半时，只靠脑子里余音尚在但并未被细数的最初几下钟声来估计这钟一共敲了多少下一样。

七

在一次谈话的间歇，罗斯玛丽移开目光，朝桌子另一头看去。妮科尔坐在汤米·巴尔班和阿贝·诺思之间，烛光中，她那松狮犬似的头发仿佛在冒着泡沫。罗斯玛丽听着，强烈地为那短促但发音清晰的浑厚的声音所吸引，这种声音，只有在很少的谈话中可以听到。

“可怜的人，”妮科尔叫道，“你当时为什么想把他锯成两半呢？”

“自然，我是想看看一个侍者的肚子里有什么东西。你难道不想知道一个侍者肚子里是什么货色吗？”

“是旧菜单，”妮科尔扑哧笑了，说，“还有瓷器的碎片、小费和铅笔头。”

“说得很对——但问题是要科学地证明这一点。当然，用那把演奏用的乐锯来干会消除任何肮脏的感觉。”

“你们本来打算开膛时用乐锯演奏吗？”汤米问道。

“我们还没进行到那个地步。我们被尖叫声吓着了，担心他会把什么东西给撕裂了。”

“这一切在我听来非常古怪，”妮科尔说，“一个音乐家用另一个音乐家演奏用的乐锯去……”

他们已经上桌有半小时，一种可以觉察出的变化开始了——一个个都抛开了什么东西，脑子里想的事啦，焦虑啦，怀疑啦，现在只是最佳的自我，戴弗夫妇的宾客。假如不表现得友好、兴致高一些，好像就等于责备戴弗夫妇，因此大家现在都在尽力。罗斯玛丽看出这一点，对每个人都产生了好感——除了麦基斯科，他设法把自己变成了局外人。他这样做，与其说是出于恶意，不如说是决意要借酒来保持他到达时的好心情。他的位子是在厄尔·布雷迪和艾布拉姆斯太太中间，他对布雷迪讲了些有关电影的让人沮丧的话，但没跟艾布拉姆斯太太说话。他靠在自己的位子上，用一种极尽揶揄的神情盯着坐在斜对面位子上的迪克·戴弗，只有偶尔在他自己设法想同迪克讲话时，这种神情才有所缓和。

“你不是范·布伦·登比的朋友吗？”他说。

“我想我并不认识他。”

“我还以为你是他的朋友呢。”他没好气地坚持说。

当关于登比先生的这个话题失去吸引力时，他又力图扯些其他不相干的话题，可每次迪克的注意力所显现的顺从似乎都使他无法说下去。在完全静寂了片刻之后，被他打断的谈话又继续下去，把他晾在一边。他又试着插进别的对话中去，但这就好像不停地同一只手套握手，而手套中的那只手已经缩了回去一样——最后，他只好表现出一种在和小孩子打交道的无所谓的神态，把注意力全部集中到香槟酒上。

罗斯玛丽的目光不时环顾餐桌的四周，热切希望别人能玩得开心，仿佛他们是她未来的养子女一般。餐桌上一只粉红色灯罩中溢出的一抹柔和的光映在艾布拉姆斯太太脸上，使那张脸看上去充满活力、宽容和青春的善良；她旁边坐的是罗亚尔·邓弗里先生，他那姑娘般的秀丽在这洋溢着欢乐的夜晚不再那么令人吃惊了。再过去就是维奥莱特·麦基斯科，她的美丽也得到充分显露，因此，作为一个未成就功名的野心家的妻子，虽然她一直努力要使自己的虚幻地位变成实实在在的东西，此时也就放弃这一奋斗了。

接下去是迪克，忙着招呼这个，招呼那个，一心扑在自己的晚会上。

然后是她的母亲，永远是那样完美无瑕。

接着，她看到巴尔班在和她母亲温文尔雅、滔滔不绝地谈话，罗斯玛丽不禁又喜欢起他来了。再就是妮科尔。罗斯玛丽忽然间对她又有了一种新的看法，发现她是自己所知道的最美的人之一。她那张脸简直就像是天使的脸，是圣母的面庞，在烛光中纷纷扬扬极细小的尘埃微粒中熠熠放光，松树林中红得像酒一样的灯笼也使尘埃微粒染上了红光。她显得安详自若。

阿贝·诺思正在对她谈论自己的道德准则：“我当然有一条道德

准则，”他执拗地说，“一个男人活着不能没有一条道德准则。我的准则是反对焚烧巫婆。他们每烧死一个巫婆，我都会怒火中烧。”罗斯玛丽从布雷迪口中得知他是个作曲家，虽然刚出道时过早地辉煌了一阵，但已经有七年没写成什么曲子了。

再往下是坎皮恩，他不知用了什么法子，成功地遏制了他身上那股十分明显的娇柔气，甚至还能给他近旁的人以某种无私的慈爱。接着是玛丽·诺思，一张脸是那么愉快，以至于人们都无法不对她洁白的玉齿回报以微笑——她那启开的嘴唇周围荡漾着一圈迷人的欢悦。

最后是布雷迪，他的热诚渐渐变成社交性的应付，而不是一而再、再而三的赤裸裸的声明，说什么这是自己心理上健康，以及自己是如何通过远离别人的弱点来维持这种健康的。

罗斯玛丽思想单纯得如同伯内特夫人某本低俗小说中的一个小孩，深信自己已回到家中，已从边疆地区临时七拼八凑的可笑而淫秽的社交圈中抽身归来。萤火虫在夜空中飞舞，远处，一条狗在悬崖底部某块突出的岩石上吠叫。餐桌似乎朝着夜空上升了一点，如同一个自动舞台，使周围的人感到自己像孤零零地置身于黑暗的宇宙中，靠宇宙仅有的一点食粮滋养，靠它仅有的一点亮光带来温暖。这时，麦基斯科太太发出一声奇怪的闷笑，这笑声像是一个信号，似乎表明他们已离开这个世界。接着，戴弗夫妇突然变得兴奋起来，热情洋溢而又侃侃而谈，仿佛要弥补客人们可能仍会留恋的、抛在身后国度中的某些东西。这些人到这时已经微妙地感到了自己的重要，为自己受到的礼遇而得意扬扬。一时间，他们好像是对餐桌旁的所有人说话，或对着某个人或对着全体，让大家相信他们的友好和热情。有那么一会儿，一张张仰起并向着戴弗夫妇的脸就像是穷人家的孩子仰看圣诞树的脸庞。蓦地，席散了，就在客人们刚被大胆地推到欢宴之上，进入一种罕见的感伤气氛中，还没来得及放肆地品味这种气氛，还没意识到它的存在时，一切都过去了。

然而，那热乎乎的、美妙的南风中所弥漫的魔力已经在他们身上产生了影响。夜色轻柔，远处下方，地中海的波涛幽灵般地拍打着，魔力离开它们，融入戴弗夫妇身上，成为他们身体的一部分。罗斯玛丽看着妮科尔硬要叫她母亲收下她曾赞赏过的一只黄色晚宴包，并且说："我觉得东西应当归属于喜欢它们的人。"——然后把她所能找到的所有黄色的小物件都扫进包里，像铅笔、口红，还有一本小笔记本之类的，"拿着吧，因为它们都是相配的。"

妮科尔随即不见了，不久，罗斯玛丽注意到迪克也不见了。客人们或分散在花园里，或漫步走向平台。

"你要不要去洗手间？"维奥莱特·麦基斯科问罗斯玛丽。

不是在这个时候。

"我倒想去。"麦基斯科太太坚持说。她是个心直口快的女人，说着便朝屋子走去，带着她的秘密。罗斯玛丽不满地看着她的背影。厄尔·布雷迪提议散步去海堤那儿，可她觉得，当迪克·戴弗再露面时，倒是她和他在一起的好时机，因此挨着不走，一边听麦基斯科先生和巴尔班争吵。

"你为什么想同苏联人打仗？"麦基斯科先生问，"算是迄今为止人类所做的最伟大的一次实验吗？为什么又要和里弗族人①打呢？照我看来，站在正义的一边作战会显得更加英勇。"

"你怎么看得出哪一方是正义的呢？"巴尔班淡淡地问。

"这个——通常聪明人都知道。"

"你是共产党人吗？"

"我是个社会主义者，"麦基斯科先生说，"我同情俄国。"

---

① 里弗族人，指居住在摩洛哥北部地中海沿岸的人。

“我嘛，我是个军人，”巴尔班愉快地接口说，“我的任务就是杀人。我之所以同里弗人打仗是因为我是欧洲人，而我和共产党人打仗，则是因为他们想夺走我的财产。”

“都不过是些带有偏见的借口。”麦基斯科先生环顾四周，想找另外哪个人建立一个嘲笑他的统一战线，但没找到。他不知道自己究竟要反对巴尔班身上的什么，既不是对方那一大堆思想的简单性，也不只是他所受训练的复杂性。麦基斯科先生明白思想是什么，而且随着他的头脑日趋成熟，能够认识并加以整理的思想也越来越多——但是面对这样一个他认为是“傻瓜”的人，他看不到他身上有能被自己认作是思想的东西，而他又感觉不到自己比这个人优越。于是他迫不及待地得出结论：巴尔班是古老世界的最后一个产儿，而这种人是毫无价值的。麦基斯科同美国的显贵阶级有过接触，他们那难以确定的笨拙的势利给他留下了深刻印象。一无所知却还沾沾自喜，粗鲁无礼出于存心，这些都是从英国人那里搬来的，却不知英国的市侩作风和粗俗行为有它们的目的因素。他们把这些运用到这样一片土地上，在那里，一点点知识和礼貌就能获得比别处更多的东西。一九〇〇年前后“哈佛作风”盛行时，这种姿态达到了登峰造极的地步。他认为这个巴尔班就属于这一类人，而且，由于喝醉了酒，他轻率地忘记了对巴尔班本来所怀有的敬畏之情，从而招致了眼前的麻烦。

罗斯玛丽一边隐隐约约地替麦基斯科先生感到羞愧，一边表面上显得平静，但内心却急不可耐地等迪克回来。餐桌边的人大多已离去，只剩下巴尔班、麦基斯科先生、阿贝和她自己。她坐在椅子上，抬起头，顺着那条两旁朦朦胧胧种着桃金娘和蕨类植物的通向平台的小路望去，不禁爱上母亲在亮着灯光的门口现出的侧影。她正准备到那边去，麦基斯科太太慌慌张张地从屋子里跑了出来。

她显得很激动，拖了把椅子坐下来时说不出话，眼睛睁得圆溜溜的，嘴巴微微地颤动着。他们都意识到她碰到了什么事，眼睛都盯着她看，她丈夫也就自然地问了句：“维，出什么事了？”

“天哪——”她终于开了口，接着对罗斯玛丽说，“天哪——噢，没什么。我真的是一个字也说不出来。”

“这里都是你的朋友呢。”阿贝说。

“是这样，我在楼上看到一个情景，老天——”

她神秘地摇摇头，正好及时收住了话头，因为汤米站了起来，有礼貌但严厉地对她说：“对这幢房子里发生的事妄加评论是不明智的。”

八

维奥莱特大声而沉重地喘了口气，由于使劲，脸上又现出另一种表情。

迪克终于来了，本能地插到巴尔班和麦基斯科夫妇中间，把他们分开，并且和麦基斯科先生谈起文学，装出一副在这方面无知、好奇的模样，从而使后者即刻得到一种他所需要的优越感。其余的人也在一旁推波助澜地附和着——有谁不乐意在别人需要时助上一臂之力呢？罗斯玛丽也在配合，同时耐心地回答着罗亚尔·邓弗里好奇地就好莱坞所提出的没完没了的问题。

现在——她在想——我得到和他单独待在一起的机会了。他必定心中有数，因为他的行为准则就和妈妈教给我的那些准则一个样。

罗斯玛丽想得没错——不一会儿，他就将她与平台上的人分开，他们单独在一起了。两人离开屋子，向海堤走去，与其说是迈着正常的步伐，还不如说保持着忽远忽近的距离，有时她被拖着快走，有时又给落在后面。

他们俯瞰着地中海。远处，从勒兰群岛驶来的最后一班游轮漂过海湾，像飘浮在空中的一只独立纪念日的气球。它在黑暗的岛屿间穿行，轻松地劈开黑色的海水。

“我理解你为什么那样谈你的母亲，”他说，“我觉得她对你的态度非常好。她有一种在美国很少有的智慧。”

“妈妈是完美的。”她祈祷似的说。

“我刚才在和她谈论我的一个计划——她告诉我，你们在法国待多久要取决于你。”

取决于你，罗斯玛丽差一点大声说了出来。

“因此嘛，既然这里的事结束了——”

“结束了？”她问道。

“对，结束了——夏天的这个部分结束了。上星期妮科尔的姐姐走了，明天汤米·巴尔班要离开这里，星期一阿贝·诺思和玛丽·诺思也要走了。也许今年夏天我们还会有更多的乐事，但是这种特别的乐趣结束了。我想要它猛然消失，而不是缓缓隐去，令人伤感——这就是我举行这个晚会的原因所在。我要说的是——妮科尔和我将要去巴黎，送阿贝·诺思回美国——我不知道你愿不愿意和我们一起去。”

“我妈妈怎么说？”

“她似乎认为这样不错。她自己并不想去。她想要你一个人去。”

“我长大以后就没到过巴黎了，”罗斯玛丽说，“我很想和你一起去看看。”

“如此说来真是很好。”难道是她的想象，他的声音竟突然变得好像带有金属的音质？“当然，从你来海滩的那一刻起，我们就为你而兴奋。那样充满活力，我们确信那是职业性的——妮科尔尤其这么看。这种活力在任何一个人或一群人身上都永远不会耗尽。”

她的直觉告诉她，他正把话题从她这儿慢慢移开，转向妮科尔。

她也刹住自己的情感，带着同样的克制说道：

“我也曾想了解你们的一切——特别是你。我对你说过，第一次见到你我就爱上了你。”

她就这么直白地说了出来。然而，夜空这时已经使他的头脑冷静下来，摧毁了导致他将她带到这儿来的冲动，并使他意识到这种要求过于外露，是挣扎着要表演一个未经排练的场景，说出不熟悉的台词。

他现在想试着让她回到屋子里去，但是很难，而他也不太想失去她。他愉快地和她开着玩笑，可是她却只感觉到风在轻轻地吹。

“你不知道自己想要什么。你去问问你母亲，你究竟需要什么。”

她像被击了一下。她摸了摸他，觉得他的黑色外套光滑得如同神父的长袍。她似乎要跪下去了——就以那样的姿势，她作了最后一次尝试。

“我认为你是我所遇到的最了不起的人——除了我母亲。”

“你有一双很浪漫的眼睛。”

他的笑声把他们送上回平台的路，在平台上，他把她交给了妮科尔……

转眼就到了要分手的时候，戴弗夫妇帮助大家一个个尽快回家。他们的那辆大伊索塔要载上汤米·巴尔班和他的行李——他要在旅馆过夜，好赶上一趟早班火车——还有艾布拉姆斯太太、麦基斯科夫妇和坎皮恩。厄尔·布雷迪要在去蒙特卡洛的途中让罗斯玛丽母女下车，罗亚尔·邓弗里也上了他们这辆车，因为戴弗的车上人太多了。花园里的灯笼仍然在他们吃过饭的餐桌上方红红地照着，戴弗夫妇并肩站在大门口，妮科尔精神焕发，在黑夜中颇为优雅动人，迪克叫着每个人的名字一一道别。对罗斯玛丽来讲，坐车离开这里、把他们留在他们的家里是很辛酸的事。她又一次开始猜想，麦基斯科太太在盥洗室里到底看见了什么。

九

夜，很黑很静，像是装在从一颗暗淡的星星上悬挂下来的篮子里。前方汽车的喇叭声由于浓重的空气而变得沉闷。布雷迪的司机开得很慢；另一辆车的尾灯在转弯的地方不时地亮起——后来根本看不见了。十分钟后，它又再次出现，停在了路边。布雷迪的司机在后面减了速，但随即又开始慢慢朝前开去，超过了那辆车。就在超过那辆车的一刹那，他们忽然听到那辆本来沉寂无声的车子里发出的一些模糊不清的声音，后来又看见戴弗的司机在咧着嘴笑。他们接着向前驶去，快速穿过一条条黑暗或浓或淡的路段，最后接连下了几次陡坡，急转了几次弯，到了高斯旅馆。

罗斯玛丽小睡了三个小时之后，醒了过来，静静地躺在月光中。在容易激起性欲的黑暗的笼罩下，她很快把将来可能的前景想了一遍。尽管存在着亲吻的可能性，但这样的亲吻本身就像电影中的吻一样性质模糊不清。她在床上不慌不忙地翻了个身，这是她平生第一次出现失眠的征兆。她试着用她母亲思考问题的方法去想这个问题。在这个过程中，她经常变得异常敏锐，以前并未全部听见的那些谈话都记忆犹新。

在她被抚养长大的过程中，罗斯玛丽一直受到这种思想的灌输：将来要找一个好工作，努力地工作。斯皮尔斯太太把两位已故丈夫给她留下的一点微薄财产都花在了女儿的教育上。十六岁时，她已经出落得如鲜花一般，一头美发绝妙无双。斯皮尔斯太太于是便急忙和她前往艾克斯莱班，并且未经通报就把她推进那里一位病后正在休养的美国制片人的房间。制片人去纽约时，她们也跟着去了。就这样，罗斯玛丽通过了入门考试，接踵而来的是成功以及随之而来的相对稳定的前途，因此，斯皮尔斯太太在今天晚上便能无拘无束、心照不宣地暗示她：

“抚养你长大是要你去工作——并非专门是为了嫁人。现在你已经找到第一个要对付的难题，而且这个难题很好——去吧，不管发生什么，权当增长见识。要么伤害你自己，要么伤害他——但不论怎样，都毁不了你的，因为简略地说来，你是个男孩子，不是个小姑娘。”

在此之前，除了对母亲的完美无瑕有过遐想外，罗斯玛丽还从未想过多少问题，因此，眼下这母女俩骨肉关系的最后分离搅扰了她的睡眠。黎明前的天光从高高的落地长窗上逼进来。她以为天亮了，从床上起来，走到外面的游廊上，觉得全身暖融融的，一直到赤裸的双脚。空中隐隐传来一些声响。网球场上方的树上，一只小鸟在不停地鸣啭，一副焦躁不安而又扬扬得意的模样。旅馆后面的环形车道上传来了脚步声，那声音先是响在土路上，接着是碎石道、水泥台阶，最后又是反向来一次，远离而去。墨黑的海那边，在那高高的、黑影般的小山上，住着戴弗夫妇。她想到了他们两人，听到他们仍在轻声地唱着一首歌。那歌像徐徐升起的烟雾，像圣歌，在时间与空间上都显得那样遥远。

她走进屋里，套了件淡颜色的长外衣，穿了双帆布便鞋，又从落地窗走出来，沿着不断延伸的游廊朝前门走去，脚步匆匆，因为她发现别的房间门都朝游廊开着，房间里传出阵阵酣睡声。她看到一个人坐在正门宽大的白色楼梯上，便停住脚步——接着她看到那人原来是路易斯·坎皮恩，他在哭泣。

他默默地哭得很伤心，身体的一些部位就像一个女人哭泣时那样抖动着。去年她曾扮演的一个角色的情景不可抗拒地朝她袭来，她走上前，抚摸了一下他的肩膀。他低低地叫了一声之后，才看出是她。

“怎么啦?”她平视着他，眼神很亲切，而不是带着好奇的神情窥视着他。“我能帮你什么忙吗?”

“没有人能帮我，我知道的。我只有怪自己。总是如此。”

“怎么回事——你愿意讲给我听听吗?”

他看着她想了想。

“不，”他决然地说，“等你年纪再大一些，你就会知道坠入爱河的人受的是什么罪了。极度痛苦。最好还是冷漠、年轻，不要恋爱。以前我也遇到过这种事，但是从来不像这样——这么意外——正当一切都进展得顺利的时候。”

他的脸在迅速亮起来的晨光中变得让人讨厌。她没表现出她这种突如其来的厌恶感，一点都没有，连一丝肌肉都没有动，但坎皮恩还是敏感地觉察到了，于是很突然地改变了话题。

“阿贝·诺思就在附近某个地方。”

“什么?他不是待在戴弗家吗?”

“是的，不过他到这里来了——你不知道发生了什么事吗?”

三楼一个房间的百叶窗突然开了，一个英国人的声音清清楚楚地、愤愤地说道:

“你们能不能行个好，别讲话了!”

罗斯玛丽和路易斯·坎皮恩忍气吞声地走下楼梯，来到通往海滩的那条路旁，在一条长凳上坐了下来。

“这么说，你是不知道出了什么事了?亲爱的，一件最不可思议的事——”他这时激动起来，紧紧抓住他的新发现，“我从来没有见过一件事来得这么突然——我总是回避性情狂暴的人——他们搅得我心神不宁，因此，有时我不得不在床上躺几天。”

他得意地望着她。她根本不明白他都在说些什么。

“亲爱的，”他突然冒出一句，抚摸她的大腿时，他全身都向她凑了过来，借以表明这并不只是他那只手轻浮、冒险的举动——他很有自信心，“就要有一场决斗了。”

“什么？”

“一场决斗，和——我们也还不知道什么。”

“谁要决斗？”

“我从头对你说。”他长长地吸了口气，仿佛这事说出来有损她的名誉，但他又不肯瞒着她，“当然，你当时在另一辆车里。在某种程度上，你是幸运的——我至少缩短了两年的寿命，事情发生得如此突然。”

“发生了什么事？”她追问着。

“我不知道是怎么引起的。起先她开始说……”

“谁？”

“维奥莱特·麦基斯科，”他压低嗓门，仿佛长凳下面躲着人似的，“不过，可别提起戴弗夫妇，因为谁提到他们，他就威胁说要找谁算账。”

“谁威胁？”

“汤米·巴尔班，因此你可不要说我提到了他们。我们当中，谁都没有办法弄清楚维奥莱特要说的是什么，因为他一个劲地打断她的话。后来她的丈夫卷了进来，我亲爱的，于是我们就有了这场决斗。今天早晨——五点钟——一个小时之后。”他忽然又想起了自己的伤心事，“我几乎希望决斗的是我。我还不如现在就让人杀掉，反正活着也没什么意思了。”他说不下去了，悲伤地来回摇晃着。

楼上那扇铁制百叶窗又打开了，还是那个英国人的声音说道：

“真的，你们必须立刻停止说话！”

与此同时，阿贝·诺思从旅馆里走出来，看上去有点心神恍惚的样子。他看到了他们俩，他们身后的天空在海面上泛起了鱼肚白。没等他开口，罗斯玛丽警告地摇了摇头，他们移到路边更远一些的一条长凳上。罗斯玛丽看到阿贝有些紧张。

“这么早，你在干什么？”他问。

“我刚起床。”她笑起来，但马上想起楼上的声音，便克制住自己。

“被夜莺折磨的，”阿贝推断说，接着又重复一遍，“大概是被夜莺折磨的。这位缝纫圈子的成员告诉过你发生了什么事吗？”

坎皮恩正言道：

“我只知道我自己的耳朵所听到的事。”

他站起身，快步走开了。阿贝在罗斯玛丽身边坐下。

“你怎么对他这样坏？”

“是吗？”他惊讶地问道，“他一大清早就在这附近哭个没完。”

“嗯，也许他在为什么事伤心呢？”

“也许是。”

“决斗是怎么一回事？谁要决斗？我当时就觉得那辆车里有什么奇怪的事。是真的吗？”

“那肯定是愚蠢的行为，不过，似乎确有其事。”

十

麻烦是在厄尔·布雷迪的车从停在路边的戴弗夫妇的车旁边经过时开始的——阿贝那不带个人情感成分的叙述融入浓浓的夜色之中。当时维奥莱特·麦基斯科正在对艾布拉姆斯太太说着她所发现的有关戴弗夫妇的事——她到他们那幢房子的楼上去了，看见一个令她印象很深刻的情景。但是汤米·巴尔班就像是戴弗夫妇的一条看家狗。实际上她既鼓舞人心又令人敬畏——但这是相互的。戴弗夫妇作为朋友，对他们这些人的重要性远被低估了。当然，这要做出一定的牺牲——有时他们看上去如同芭蕾舞剧中迷人的角色，也值得你付出对芭蕾舞那样的注意力，但是事情不仅仅是这样的——你得知道这件事。不管怎么说，汤米是迪克带来介绍给妮科尔的一个人，当麦基斯科太太不停地暗示着她想说的事时，他为此叱责了他们。他说：

“麦基斯科太太，请不要再谈论戴弗夫人了。”

“我又不是在跟你说话。”她不服气地说。

“我认为最好不要议论他们。”

“难道他们就那么神圣吗？”

“不要议论他们。谈点别的事好了。”

那时他坐在坎皮恩旁边的一个小位子上，是坎皮恩告诉我这件事的。

“哟，你可真是够霸道的。”维奥莱特又回了一句嘴。

你知道在深夜，汽车里的谈话是怎么个情形，有人低声地说话，有人充耳不闻，晚会之后，筋疲力尽，要么感到厌倦要么就昏昏入睡。没有人知道到底出了什么事，直到车子停了下来，巴尔班狂暴地叫着，那声音让每个人都胆战心惊：

“你是想在这里下车吗——离旅馆还有一英里的路，你可以走回去，或者我可以把你拖回去。你得闭上你的嘴巴，也得让你的妻子闭嘴！”

“你真是个恶棍，”麦基斯科先生说，“你知道你比我强壮。可是我不怕你——他们应该有决斗的规则——”

这就是他说漏嘴的地方了，因为身为法国人的汤米这时探过身来，拍了他一下，接着司机继续朝前开去。就是你们超过那辆车的地方。然后女人们又开始说个不停。汽车开到旅馆门前时，情形也就是这样。

汤米给戛纳的一个人打了电话，请那人做他的副手。麦基斯科先生说他不想让坎皮恩给自己当助手，而坎皮恩也是无论如何都不热衷于这差事。于是，他打电话给我，让我什么也别说，立刻到他那儿去。维奥莱特·麦基斯科垮了下来，艾布拉姆斯太太把她送到房间里，给了她一片镇静剂，她服了后就舒舒服服地倒在床上睡着了。我到那里时，曾试着去说服汤米，但他什么都不肯接受，除非麦基斯科先生向他道歉，而麦基斯科先生却胆气十足地就是不肯道歉。

阿贝说完了，罗斯玛丽若有所思地问：

“戴弗夫妇俩知道这事与他们有关吗？”

“不知道——并且他们永远都不会知道他们与这事有什么关系。那个该死的坎皮恩没有权利对你说这事的，但是，既然他已经说了——我对司机说，要是他讲出去一个字，我就要拿出那把老式音乐锯来。这场决斗是在两个男人之间进行的——汤米所需要的正是一场痛快的战斗。”

“我希望戴弗夫妇可别发现这件事。”罗斯玛丽说。

阿贝瞄了一眼手表。

“我得上楼去看看麦基斯科先生——你想去吗？——他有点感到自己没有一个朋友——我敢打赌，他肯定没有睡觉。”

罗斯玛丽几乎能想见，那个神经紧绷、身体状况又不好的人该是怎样熬过了一个不眠之夜。过了一会，她在怜悯和厌恶之间取得了平衡，答应了，浑身充满了清晨的活力，在阿贝身边蹦蹦跳跳地上了楼。

麦基斯科先生坐在床上，尽管他手中还端着一杯香槟酒，酒精所引起的好斗情绪已经荡然无存。他看上去非常弱小，怒气冲冲的，脸色苍白。很明显，他一整夜都在不停地写东西，不停地喝酒。他困惑地盯着阿贝和罗斯玛丽，问道：

“到时间了吗？”

“没有，还有半小时。”

桌上铺满了纸，他费了点劲，从中整理出一封长信，最后几张纸上的字迹很大而又模糊难辨。在逐渐变暗的柔和灯光下，他草草地在最下边签上名，塞进一个信封，递给阿贝：“给我妻子的信。”

“你最好用冷水冲一下头。”阿贝建议。

“你认为我最好如此吗？”麦基斯科先生怀疑地问道，“我不想变得过于清醒。”

“噢，你现在看上去很糟糕。”

他顺从地走进盥洗室。

“我在把事情弄成一团糟，”他大声说，“我不知道维奥莱特将怎么回美国去。我什么保险都没买。我一直没能抽出时间买保险。”

“别瞎说，一个小时后你将正在这里吃早餐呢。”

“当然，这我知道。”他头发湿漉漉地回来了，看着罗斯玛丽，就好像他是第一次见到她一样。忽然他的眼中涌出了泪水。“我还没有写完我的小说。这才是件让我感到如此痛心的事。你不喜欢我，”他对罗斯玛丽说，“不过那也没办法。我主要是个从事文学创作的人。”他含混地发出一个沮丧的声音，绝望地摇了摇头，“我一生中犯了很多错误——许许多多的错误。但我也是最杰出的人之一——在某些方面——”

他停下不说了，对着一支熄灭了的香烟吹了口气。

“我真的喜欢你，”罗斯玛丽说，“但我认为你不该去决斗。”

“不错，我本应该想法子把他痛打一顿，可现在已经完了。我让自己卷入了一件我本不该牵扯进去的事。我的脾气很暴躁——”他盯着阿贝看了一眼，仿佛希望他对这话提出反驳似的。接着，他呆呆地笑了一声，将熄灭了的烟蒂举到嘴边。他的呼吸变得急促起来。

“麻烦的是，是我提出决斗的——假如维奥莱特那时什么也不说，我可能还能应付得过去。当然，即使是现在，我也能一走了之。或者不去决斗，对这一切付之一笑——但是我想，如果那样，维奥莱特将再也不会尊重我了。”

“不，她会尊重你的，”罗斯玛丽说，“她会更加敬重你的。”

“不会的——你不了解维奥莱特。当她占了上风时，她是很无情的。我们结婚已经十二年了，曾有过一个七岁的女儿，她死了，自那以后，你知道是怎样的情形。我们都有点同床异梦，各自寻欢，也没什么大事，但是渐渐地疏远了——今天夜里在那儿她还叫我胆小鬼来着。”

罗斯玛丽感到有些不知所措，没有答话。

“这么着，我们尽可能减少损伤吧，”阿贝说，他打开皮箱，“这些是巴尔班用来决斗的手枪——我借来了，这样你能够熟悉一下它们。他把这些东西都随身放在手提箱里。”那是两支老式手枪，他用手掂了掂其中的一支。罗斯玛丽不安地叫了一声，麦基斯科先生则忧心忡忡地望着它。

“噢——不会让我们面对面站着用四五式手枪互相射击吧。”他说道。

“我也不知道，”阿贝残忍地说，“我所要告诉你的是，顺着长枪管，你能瞄得更准一些。”

“距离是多少？”麦基斯科先生问道。

“我问过了。如果一定要干掉某一方的话，距离定为八步；如果他们之间没什么了不得的，只是恼火了的话，就是二十步；假如仅仅只为了维护他们的尊严，那就是四十步。他的助手和我同意定为四十步。”

“那好。”

“普希金的一部小说中有一场精彩的决斗，”阿贝回想着，“两个人都站在悬崖边缘，这样如果一方被击中，他就完蛋了。”

这在麦基斯科先生看来既非常遥远又不合实际。他盯着阿贝，说：“什么？”

“你想不想到海里痛快地泡上一泡，醒醒神？”

“不——不，我不会游泳。”他叹了口气，“我不知道这一切都是怎么回事，”他绝望地说，“我不明白为什么我要这样做。”

这是他一生中干的第一件大事。事实上，他是一个认为感官世界并不存在的人，眼下面临一个具体的事实时，他感到大为吃惊。

“我们还是走吧。”阿贝说，看得出他有点胆怯了。

“好吧。”他将一杯烈性白兰地一饮而尽，把酒瓶装进口袋，用一种近乎野蛮的神气说，“如果我把他杀了会有什么事呢——他们会把我投进监狱吗？”

“我到时会开车送你过意大利边境。”

他扫了罗斯玛丽一眼，然后抱歉地对阿贝说：

“动身前，有一件事我想和你单独谈谈。”

“我希望你们双方都不要受伤，”罗斯玛丽说，“我觉得这是非常愚蠢的行为，你应当尽力阻止它的发生。”

十一

在楼下，她看到坎皮恩独自站在门厅里。

“我看见你上楼去了，”他兴奋地说，“他还好吗？决斗是在什么时候？”

“不知道。”她很讨厌他那样说话，就像在说一场马戏表演，麦基斯科先生则是那个悲剧性的小丑。

“你和我一起去吗？”他问，那神情似乎在说还有空座位，“我租了旅馆的小汽车。”

“我不想去。”

“为什么不去？我猜想，它会减去我几年的寿命，但不管怎么说，我不愿错过这场决斗。我们可以从很远的地方看。”

“你为什么不叫邓弗里先生和你一起去呢？”

他的单片眼镜掉了下来，这回没有胸毛好藏它了——他挺直了身子。

“我再也不想看见他了。”

“唔，恐怕我不能去。妈妈不会乐意的。”

罗斯玛丽走进自己的房间时，斯皮尔斯太太睡意蒙眬地在床上动了动身子，大声问：

“你上哪儿去了？”

“我只是睡不着觉，你接着睡吧，妈妈。”

“到我房里来。”听见她在床上坐了起来，罗斯玛丽便走了进去，告诉她出了什么事。

“你为什么不去看看呢？”斯皮尔斯太太说，“你不必太靠前去，也许事后你能帮上忙呢。”

罗斯玛丽不喜欢自己站在那里旁观的情景，不肯去，但是斯皮尔斯太太睡意未消，并且想起了她还是医生的妻子时的一些情形，那时，有人死了或出了什么不幸事件，她常听到有人来叫她丈夫去看看。“我想让你在没有我的情况下，主动地到处走一走，去做一些事情——你为雷尼的广告宣传所做过的事比这要难多了。”

罗斯玛丽还是不明白为什么她要去，但她服从了这个自信、响亮的声音。在她十二岁那年，这个声音就把她送进巴黎奥德翁剧院的舞台入口，当她从那里面出来时，这声音又上前迎接了她。

当她在台阶上看到阿贝和麦基斯科先生坐上车走了的时候，她感到获得了解脱。可是没一会儿，旅馆的车子从拐角那里开了出来。路易斯·坎皮恩高兴地尖叫着，把她拉上车，坐在她身边。

“我躲在那里，因为他们也许不让我们去。我带了我的摄影机，你看。”

她无可奈何地发出一阵大笑。他真可怕，可怕得已不再是可怕，简直是失去了人性。

“我不明白麦基斯科太太为什么不喜欢戴弗夫妇，”她说，“他们对她非常好呀。”

“哦，不是那么回事。是她看见了什么。由于那个巴尔班的缘故，我们一直没有弄清到底是怎么回事。”

“这么说，使你伤心的不是这件事啰？”

“哦，不是，”他说，嗓音突然变了，“是我们回到旅馆时发生的别的事情。可现在我不在乎了——我已经彻底解脱出来了。”

他们尾随着另一辆车向东驶去，沿着海岸驶过朱安雷宾，在那里一个新动工的娱乐场的框架正在搭建。已经过了凌晨四点，灰蓝色的天空下，第一批渔船正吱吱嘎嘎地扯起风帆，驶入淡灰蓝色的大海。后来他们离开大道，驶进偏僻的乡村。

“是在高尔夫球场，”坎皮恩叫了起来，“我肯定决斗将在那里进行。”

他说对了。当阿贝的车在他们前面停下时，东方呈现出一片淡红和淡黄色，预示着这将是闷热的一天。罗斯玛丽和坎皮恩吩咐司机把车开到松树林中，自己待在树林的阴影里，避开高尔夫球场上球座与终点间的草地，那里，阿贝和麦基斯科先生正在走来走去，麦基斯科先生不时抬起头来，就像一只嗅着气味的兔子。不一会儿，远处的球座那里有人走了过来，这边观看的人认出正是巴尔班和他的法国助手——助手的腋下夹着手枪盒。

麦基斯科先生有点发怵，溜到阿贝身后，喝了一大口白兰地。接着，只见他抬步向前，一个劲地往前走，喉咙里呛着酒，要不是阿贝拦住他，恐怕他已经直接走到对方跟前去了。阿贝走上前同那个法国人说话。这时，太阳已经从地平线上升起。

坎皮恩一把抓住罗斯玛丽的胳膊。

“我受不了啦，”他几乎无声地尖叫着说，“太过头了。这会使我失去——”

“松手。”罗斯玛丽命令地说。她用法语疯也似的低声做了个祷告。

决斗的主角们面对面地站着，巴尔班的衣袖卷得高高的，他的眼睛在阳光下不安地闪烁着，但当他在裤缝上擦着掌心时，他的动作却很从容。麦基斯科先生喝了白兰地之后，胆子壮得已经不顾一切了，他噘着嘴吹了声口哨，若无其事地用他的长鼻子四处嗅着，直到阿贝拿着一块手帕走上前来。那个法国副手站在那里，脸转向别处。罗斯玛丽满怀怜悯屏住呼吸，同时对巴尔班恨得直咬牙，接着她就听到：

“一——二——三！”阿贝紧张地数着。

他们同时开了枪。麦基斯科先生摇晃了一下，随即又站稳身子。两个人都没有击中。

“好了，够了！”阿贝叫喊道。

决斗者们走近来，每个人都用询问的眼光看着巴尔班。

“我宣布我不满意。”

“什么？你肯定已经满意了，”阿贝不耐烦地说，“你只是不知道罢了。”

“你的委托人不愿再来一次吗？”

“你真他妈的说对了，汤米。你坚持要决斗，我的委托人也经受住了。”

汤米轻蔑地大笑。

“这样的距离真是可笑，”他说，“我还不习惯这样的闹剧——你的委托人必须记住，他可不是在美国。”

“嘲笑美国是没有用的。”阿贝颇为尖刻地说。接着，他又以一种息事宁人的口气说，“汤米，这已经够出格的了。”他俩激烈地争执了一会儿——然后巴尔班点点头，向他这位最近结成的对手冷冷地欠了欠身。

“不握握手吗？”那位法国医生建议。

“他们早已相识了。”阿贝说。

他向麦基斯科先生转过身。

“来，我们走吧。”

当他们大踏步走开时，麦基斯科先生欣喜若狂地紧紧抓住他的胳膊。

“等一等！”阿贝说，“汤米想要回他的手枪。也许他还会需要它的。”

麦基斯科先生把枪递了过去。

“见他的鬼去吧，”他粗暴地说，“告诉他，他可以——”

“要我对他说，你还想再开一枪吗？”

“这个嘛，我开过一枪了，”麦基斯科先生叫道，两人继续朝前走，“而且我干得很不错，是不是？我并不胆怯。”

“你刚才醉得厉害吧。”阿贝不客气地说。

“不，我没醉。”

“那么，好吧，你没醉。”

“我喝没喝酒有什么区别吗？”

随着他的自信心的增长，他不满地看着阿贝。

“那有什么区别吗？”他又问了一遍。

“如果你看不出来，怎么说也无济于事。”

“你难道不知道大战期间人人都灌醉了酒吗？”

“得，让我们忘了这事吧。”

然而，这件事并没有了结。他们身后的石南丛中响起了一阵急促的脚步声，那个医生赶了上来。

“对不起，先生们，”他气喘吁吁地说，“你们愿意支付我的酬金吗？这自然只是医疗护理的费用。巴尔班先生只有一张一千法郎的钞票，无法支付，而另一位先生又把钱包忘在家里了。”

“亏法国人想得出，”阿贝说，接着转向那个医生，“多少？”

“让我来付。”麦基斯科先生说。

“不，我有。我们大家当时差不多身处同样的危险之中。”

阿贝把钱付给了那位法国医生，这时麦基斯科先生突然折进灌木丛，在那里呕吐起来。他的脸色比先前更加苍白，但还是昂首挺胸，和阿贝在此刻呈玫瑰色的晨曦中走向汽车。

坎皮恩仰面躺在灌木丛中，喘着粗气，他才是这场决斗的唯一受伤者。这时，罗斯玛丽突然歇斯底里地大笑起来，不停地用穿着帆布便鞋的脚踢他。她一个劲地踢着，直到把他给踢醒过来——现在对她来说，唯一重要的事是，几小时之后，她就要在海滩上见到那个她仍在心里称作“戴弗家的先生”的人了。

十二

他们在瓦赞等着妮科尔，一共六个人，罗斯玛丽、诺思夫妇、迪克·戴弗，还有两位年轻的法国音乐家。他们挨个地打量着饭馆里的其他顾客，看他们举止是否沉着——迪克说美国人都不沉着，只有他自己例外，于是他们就想找一个例子来驳倒他。他们看来没多少希望——竟没有一个人走进饭馆十分钟后不抬起手来摸摸脸。

“老兵经验多，不可不信，”阿贝说，“但尽管如此，迪克并非就是唯一举止沉着安详的人——”

“哦，不，我就是。”

“——但他也许算得上唯一沉稳而清醒的人。”

一位衣着考究的美国人领着两个女人走了进来，那两个女人在桌边毫无意识地咋呼着。突然，那美国人觉察到有人在盯着他看——于是他的手痉挛似的抬了起来，整理了一下并没有不平服的领带。在另一伙没有坐下的人当中，一个男人没完没了地用手掌轻拍着刮过的脸颊，他的同伴则机械地将一支没点着的雪茄一会儿举起，一会儿放下。那些运气好一点的人不是用手指触碰着眼镜，就是捻摸着脸上的胡须，没戴眼镜和没长胡须的人则抚弄着他们呆滞的嘴巴，或者干脆绝望地拉扯着耳垂。

一位大名鼎鼎的将军走了进来，阿贝认定这人戎马生涯的第一年是在西点军校度过的——在这所美国著名的军事学校里，第一年没有一个学员可以退学，也没人能从那种磨炼中最后恢复过来——便和迪克打了个赌，赌注五元。

将军的两手自然地垂于身体两侧，等着别人请他入座。忽然他的双臂猛地一下朝后甩去，像一个即将起跳的人那样，迪克便“啊”地叫了一声，以为他失去了控制，但是将军又恢复了自制，他们也就缓过气来——痛苦差不多就要过去了，侍者正把他的椅子拉出来……

这位征服者带着些许愤怒，猛地一抬手，挠了挠他那灰白无瑕的脑袋。

“你瞧，”迪克沾沾自喜地说，“我是唯一的一个。”

罗斯玛丽对此确信不疑，而迪克，意识到他从未有过比这更好的观众，成功地把他们变成如此显眼的一群，以至于罗斯玛丽对所有不在他们这一桌的人都感到有一种不耐烦的轻视。他们到巴黎已经有两天了，可实际上他们仍像是在海滩篷伞下一样。每当周围的环境在罗斯玛丽看来颇难应付时，比如前一天夜晚在青年侍卫队的舞会上，当时她还要去参加好莱坞的两个社交界聚会，迪克只需有选择地招呼几个人，事情马上就好办了。戴弗夫妇似乎认识许多人，但总显得好像对方已经很久很久没有见到他们了，因而很是吃惊："喂，你们躲到哪里去了？"然后重新组建自己的小圈子，用那含有讽刺而又致命的一击将外人温和但却永远地排除出去。现在，罗斯玛丽自己似乎也是这样，在过去某个可悲的时候结识过那些人，随后又识破了他们，拒绝了他们，进而又抛弃了他们。

他们自己的小团体在绝大多数时候都是清一色的美国人，有时又几乎没几个美国人。他使他们恢复了自我，那些在不知多少年的妥协中变得模糊的自我。

昏暗而又烟雾缭绕的饭馆里，餐具架上丰盛的生食散发出诱人的香味，妮科尔身穿天蓝色的衣裙飘然走了进来，就像外面漂泊着的一片天色。从他们的眼中，她知道自己是多么美丽，喜气洋洋地向他们报以感激的微笑。他们一时间都成了很可爱的人，变得彬彬有礼，等等。接着，他们逐渐对此感到厌烦了，于是又变得可笑而刻薄，最后他们制订了许多计划。他们为一些事后根本记不清的事情大笑着——笑得很开心，男人们喝了三瓶葡萄酒。桌旁的三个女人是日益变化着的美国生活的代表人物。妮科尔是一个白手起家的资本家的孙女，也是利普·威森菲尔德家族的一位伯爵的孙女。玛丽·诺思是一个壁纸裱糊匠的女儿，同时也是泰勒总统的后裔。罗斯玛丽则出身于中产阶级的中等阶层，被她的母亲带到好莱坞那前程无量的高峰。她们彼此间的相似之处以及和许多美国妇女的不同之处都在于，她们生活在一个男人的世界里，且都很幸福——她们通过借力于男人而不是反对男人来保持各自的个性。假如她们三人成了名妓或贤妻的话，那将不是缘于她们出生的偶然性，而将基于她们能否找到令自己满意的男人这一更大的偶然性。

所以，罗斯玛丽感到这顿正式午餐是一个令人愉快的聚会，因为总共才七个人，大约是一个美好聚会的人数极限，因而显得更好。也许还因为她新加入他们的圈子，起了一种类似催化剂的作用，使得他们互相间变得毫无保留。散席后，一个侍者领着罗斯玛丽来到所有法国饭馆都有的那种昏暗的内室，在那里，她借着微弱的橘红色灯光，查了一个电话号码，然后给美-法电影公司挂了个电话。当然，他们有一份《爸爸的女儿》这部电影的拷贝——暂时租出去了，但他们会在本周内晚些时候给她送去，送到圣安涅斯大街 341 号——找克劳德先生。

这个一侧靠墙的电话间正对着衣帽间，当罗斯玛丽挂上话筒时，她听到离她不到五英尺远的一排衣服后面有两个人在低声说话：

“——这么说，你是爱我的？”

“哦，这还用说！”

这是妮科尔说话的声音——罗斯玛丽在电话间门口踌躇了一会——接着听到迪克说：

“我受不了了，我想要你——我们现在就去旅馆吧。”

妮科尔喘着气低低叹息了一声。有一会儿，罗斯玛丽没听明白话里的含义——但听懂了那种语气。这其中巨大的奥秘使她颤抖。

“我想要你。”

“我四点钟在旅馆。”

两个声音逐渐离去时，罗斯玛丽站在那里紧张得几乎透不过气来。开始她甚至感到震惊——她原以为他俩相互之间没有个人渴求，是一种冷淡的感情——此刻，一股情感的激流传遍她的全身，深邃而又无法确认。她不知道自己是受到了吸引，还是遭到了排斥，只知道自己被深深地触动了。这使得她在回到饭馆的路上感到非常孤独，但回味起来却酸楚动人，妮科尔那一句“哦，那还用说”所包含的激情与感激在她脑海中回响着。过道里她所目睹的那种特别的情绪展现在她面前。但是不管她当时离得多远，她清楚地知道一切都是正常的——没有在电影里拍某些爱情镜头时她所常有的那种恶心的感觉。

尽管离得很远，她现在还是无可挽回地卷入了这件事。在和妮科尔到商店买东西时，她比妮科尔本人还要清醒地意识到那个幽会。她用一种新的眼光看了看妮科尔，判断着她的迷人之处。当然，她是罗斯玛丽所认识的女人中最有吸引力的一位——她冷酷、忠贞，并且常常让人捉摸不透，这些，罗斯玛丽都把它们和她对金钱的态度联系在一起，因为她现在已经开始学会用母亲那种中产阶级的思维方式考虑问题。罗斯玛丽花的钱是自己挣来的——她现在之所以能在欧洲，是因为那个一月的一天，在她的体温从清晨时的华氏九十九度升到母亲出面阻止时的一百零三度的情况下，往水池里跳了六次的功劳。

在妮科尔的帮助下，罗斯玛丽用自己的钱买了两条裙子，两顶帽子和四双鞋。妮科尔事先列了一个庞大的购物单，长达两页纸，她按照那份单子买了要买的物品，并且还买了橱窗里面的东西。那些她喜欢却自己又不大可能用得上的东西，她买了作为礼物送给朋友们。她买了彩色念珠、海滩上用的折叠软垫、人造的花、蜂蜜、一张客人睡的床、提包、围巾、多情鹦鹉、给一个洋娃娃的房子配的袖珍家具，还有三码长对虾色的一块新品种布料。她还买了十二套游泳衣，一只橡皮短吻鳄，一副用金子和象牙镶嵌的旅行象棋，送给阿贝的几块大号亚麻手绢，两件麂皮夹克，一件是鱼狗蓝的颜色，另一件是火红色，宛若赫尔墨斯①掌管下的灌木丛在燃烧——她买所有这些

① 赫尔墨斯（Hermes），希腊神话中为众神传信并掌管道路的神。

东西时，一点也不像一个高级妓女那样只买内衣和首饰，毕竟那是职业上需要的装备和保障——而是出于截然不同的一种想法。妮科尔是大量创造力和辛劳的产物。为了她，一列列火车从芝加哥开始它们的行程，迂回穿过北美大陆的腹地驶向加利福尼亚；树胶加工厂的烟囱冒着黑烟，工厂里的链送带一节节地加长；男人们搅拌着大缸里的牙膏，从紫铜色的大桶中汲取出漱口剂；姑娘们在八月里敏捷地将西红柿装成罐头，或者在圣诞前夕出售廉价商品的杂货店里没完没了地干活；混血的印第安人在巴西的咖啡种植园中辛苦劳作，而梦想家们则被剥夺了发明新式拖拉机的专利权——这些都是向妮科尔纳贡的人，而美国的整个体制，随着它摇摇晃晃、轰轰烈烈地向前推进，也为像她这样的大批购物者提供了一个红火的局面，恰似一个在蔓延的大火前坚守岗位的消防队员，脸上也被照得红彤彤的。她用实例阐明了非常简单的原则，掌握着自己的命运，但她阐明得如此精辟，从而使这一过程颇具优雅的成分，而很快，罗斯玛丽就要试图效仿她了。

差不多快四点了。妮科尔站在一家商店里，肩上扛着只鹦鹉，正在发表她滔滔不绝的讲演，她平时并不常这样健谈。

“那么，那天你要是不跳进水池的话又会是怎样一种情形呢——我有时常想这类事情。战争刚爆发之前，我们在柏林。我那时十三岁，就在母亲去世之前，我姐姐要去参加一场宫廷舞会，在她的舞单上有三位王子的名字，一切都是由一位王室管家安排的，所有的事都是。就在她动身前的半小时，她的身体一侧突然疼起来，又开始发高烧。医生说是阑尾炎，需要动手术。但是母亲已经替她做好了安排，于是，巴比在晚礼服下面绑着一个冰袋去参加了舞会，一直跳到夜里两点钟。第二天清晨七点钟她才把手术做了。”

这么说，狠心肠倒也是件好事，所有的好人对自己都很严酷。然而，时间已经四点了，罗斯玛丽一直在想迪克此刻正在旅馆等着妮科尔呢。她必须去那儿，她不能让他等着她。她一直想：“你怎么不去呢？”随即又突发奇想，“或者，假如你不想去，那就让我去吧。”可是妮科尔又去了另一家商店，为她们俩买了几朵胸花，还让人给玛丽·诺思送去了一枝。只是在这个时候，她似乎才想起来，突然变得心神恍惚的样子，叫了辆出租车。

“再见，”妮科尔说，“我们玩得很愉快，是吧？”

“愉快极了。”罗斯玛丽说。这话说出口比她所料想的要更加困难，在妮科尔乘车离去时，她的整个身心都在发出抗议。

十三

迪克转过纵横交错的堑壕拐角，继续在木板道上顺着壕沟朝前走。他来到一架潜望镜跟前，凑上去看了看，接着走上台阶，从护墙的上方放眼望去。前方，在那一片阴沉沉的天空下，坐落着博蒙特哈默尔；左边是悲壮的蒂普瓦勒山。迪克从望远镜中凝望着它们，不禁悲从中来，喉头发紧。

他沿着壕沟往前走，看到其他的人正在另一个拐角处等着他。他的心情很激动，并且想把这种激动的心情传达给他们，好让他们对这些有所了解，尽管事实上阿贝·诺思早已目睹过作战的场面，而他自己却并没见过。

“那年夏天，在这里，每一英尺土地都夺去了二十条生命。”他对罗斯玛丽说。她顺从地朝外看去，望着那相当空荡荡的绿色平原和那些已有六年树龄的矮树。假如迪克再补上一句，说他们当时正在遭受炮击，罗斯玛丽在那天下午也会相信的。她的爱已经到了很深的地步，开始感到不开心，并有些绝望了。她不知道该怎么做——她想和母亲谈一谈。

"自那以后，已经有很多人离开了人世，很快我们也会死去的。"阿贝安慰地说。

罗斯玛丽紧张地等着迪克说下去。

"看见那条小河了吧——两分钟之内我们就能走到那里。英国人却走了一个月——整个帝国走起来就很慢，前面的人倒下了，后面的人又向前推进。另一个帝国则以每天几英寸的速度缓慢地向后退却，留下的尸体铺了满地，犹如百万条血染的地毯。这一代的欧洲人再也不会干那种事了。"

"嗨，他们刚刚才撤离土耳其，"阿贝说，"而且在摩洛哥……"

"那不一样。像西部前线这种战斗是不会再打了，在很长一段时间内不可能再打了。那些青年人认为他们能打，实际上他们打不了。他们可以再打一场第一次马恩河战役，却打不了这样的。打这样的仗，需要宗教信仰、多年的丰足、极大的把握以及各阶级之间那种毫厘不爽的关系。俄国人和意大利人在这条战线上可谓是一塌糊涂。你得有一种全身心的感情投入，才能回顾比你所能记住的更为遥远的往事。你得记得圣诞节、王储和他的未婚妻的明信片，记得瓦朗斯小咖啡馆和菩提树下街的室外花园酒店，还有在市政府举行的婚礼，还要记得参加大型赛马会，以及你祖父的胡子。"

"格兰特将军于一八六五年在彼得堡发明了这种打法。"

"不，不是他发明的——他不过发明了大屠杀。这种战斗是刘易斯·卡洛尔[①]发明的，还有儒勒·凡尔纳[②]和写《水中女神》的那个人，以及那些玩保龄球的教会执事、马赛的教母以及在符腾堡和威斯特伐利亚的僻静小巷中被诱奸的姑娘们。嘿，这是一场爱情战争呢——中产阶

---

① 刘易斯·卡洛尔（Lewis Carroll，1832—1898），英国作家，以《爱丽丝漫游奇境记》闻名。

② 儒勒·凡尔纳（Jules Verne，1828—1925），法国著名科幻小说家。

级在此耗费了一个世纪的爱情。这是最后一场爱情的战斗。”

“你莫非想把这场战争交给 D. H. 劳伦斯①？”阿贝说。

“我那美丽又可爱的平安世界随着那狂烈爱情的爆发在这里整个儿地爆炸了，”迪克仍在悲叹着，“难道不是吗，罗斯玛丽？”

“我不知道。”她神情严肃地回答，“你什么都知道的。”

他们落在了其他人后面。突然，一阵土块和鹅卵石落到他们身上，阿贝从前面的那个护墙喊道：

“战争的幽灵又在进入我的躯体。我身后有一百年的俄亥俄爱情，我要炸掉这条堑壕。”他的脑袋从护墙上冒了出来，“你们死了——你们难道不懂规则吗？那是一枚手榴弹呢。”

罗斯玛丽大笑起来，迪克报复性地抓起一把石子，随后又扔到了地上。

“我不能在这里开玩笑，”他很歉疚地说，“银线断了，金碗也打破了，诸如此类的东西都没了，可像我这样一个老派的浪漫主义者对此却无能为力。”

“我也是个浪漫主义者呢。”

他们走出修复得很好的堑壕，站在一块纽芬兰阵亡士兵的纪念碑前面。读着上面刻的碑文。罗斯玛丽突然放声大哭起来。正如大多数女人一样，她愿意别人告诉她应该有什么样的感觉，她也喜欢听迪克对她讲哪些事荒唐可笑，哪些令人伤心，但是最主要的一点在于，她想要他知道她是多么爱他。既然这个念头一直搅得她心神不宁，既然她眼下像是在一场激动人心的梦中一样走过这块战场，她就想让他知道这一点。

之后，他们上了汽车，起程返回亚眠。一阵温暖的绵绵细雨飘落

---

① D. H. 劳伦斯（D.H.Lawrence，1885—1930），英国著名小说家，其作品常描写恋爱和性欲。

在刚长出来的矮树和灌木丛上，他们的车经过一堆堆巨大火葬木柴堆似的破物堆，上面都是些破衣服、炮弹、炸弹、手榴弹，还有一些军事装备，钢盔、刺刀、枪托和腐烂的皮革，全是六年前丢弃在这里的。忽然，在一个拐弯处出现了一大片白帽状东西，那是一座座坟茔。迪克让司机把车停下。

“那姑娘在那里——她还拿着那只花圈。”

他们看着他下了车，朝那姑娘走过去。那姑娘手中拿着一只花圈，正神情恍惚地站在大门口。她来时坐的出租车在一边等着。这是一位来自田纳西州的红头发姑娘，今天上午他们在火车上遇见过她，她是从诺克斯维尔来这里的，为的是在她兄弟的坟上放件纪念物。她的脸上挂着恼怒的泪珠。

“国防部肯定给了我一个错误的号码，”她低声说，“上面刻着另一个人的名字。从两点钟起，我就一直在找我兄弟的坟，可是这里的坟墓却有这么多。”

“我要是你的话，我就干脆不看姓名，随便放在哪座坟上。”迪克劝她说。

“你认为我该这么做吗？”

“我认为这也许是他想要你做的。”

天渐渐黑了下来，雨越下越大。她把花圈放在大门里边的第一座坟上，并且接受迪克的建议，打发走等她的计程车，和他们一起回到亚眠。

当罗斯玛丽听说这个不幸的事件时，她的眼泪又掉了下来——总的来说，这是个湿漉漉的阴雨天，但她觉得自己学到了一些东西，尽管确切地说，她也不知道是些什么。后来她想起那天下午的几个小时，觉得那还是愉快的时光——一段没有什么重大事件的时光，乍一看只不过是连接过去的幸福和将来的欢乐的一条纽带，但最终变成了欢乐本身。

亚眠是一座萦绕着历史回音的紫色城镇，它仍然带有战争带来的悲怆气氛，有些像巴黎北站和伦敦滑铁卢车站。白天，这样的城镇让人泄气，二十年前就有的小电车在教堂前用圆石铺成的灰色大广场来往穿行，连天气似乎也带有过去的特征，黯淡得如同褪了色的照片中的天空。但是天黑之后，法国生活中最令人满意的一切很快都回到了画面中——活泼的妓女、咖啡馆里一边争论不休一边满口“好吧”的男人，还有一对对男女，头靠在一起，朝着不知在哪里的某个令人满意而又廉价的地方走去。因为要等火车，他们在一个大连环拱廊里坐了下来，这个大拱廊很高，足以把烟雾、喋喋不休的说话声和音乐声释放到空中，管弦乐队殷勤地演奏着《是的，我们没有香蕉》——他们拍着手，因为乐队指挥看上去对自己非常满意。那个田纳西州的姑娘忘记了自己的悲伤，觉得很是快活，甚至开始对迪克和阿贝热情地挤眉弄眼、搔首弄姿。他们也温文尔雅地逗着她玩。

然后他们登上了去巴黎的火车，留下一小群一小群的符腾堡人、普鲁士卫兵、阿尔卑斯山的猎人、曼彻斯特的纺织工以及老牌伊顿公学的学生们，任那些人在温暖的雨中寻求着他们永久的解脱。他们吃着车站餐馆制作的夹有意大利式混合大香肠的三明治和甜软的意大利乳酪，喝着博若莱葡萄酒。妮科尔有些心神不宁，一边不安地咬着嘴唇，一边翻阅着迪克随身带来的那个战场的导游手册——的确，他已对整个出游的事从头到尾很快地作了一番研究，总是把它简化，直到它最后与他所操办的某个聚会不无相似之处。

十四

当他们抵达巴黎时，妮科尔太累了，不能按他们原先所计划的那样去观看装饰艺术展览会那壮观的场面。他们把她留在乔治王旅馆。

当她的身影消失在门厅玻璃门上的灯光形成的交叉面之中时，罗斯玛丽的压抑感也随之消失了。妮科尔是一种力量——不一定是她母亲的向善或是能预见未来——而是一种不可捉摸的力量。罗斯玛丽有一点怕她。

十一点时，她和迪克以及诺思夫妇坐在塞纳河上新近开张的一家水上咖啡馆里。一座座桥上的灯光在水面上闪烁，塞纳河水仿佛拥抱着许多冰冷的月亮。罗斯玛丽和母亲住在巴黎时，有时星期天会乘坐小汽船去叙雷讷，在途中谈论着未来的计划。她们没有多少钱，可是斯皮尔斯太太对罗斯玛丽的美貌很有信心，并且已经在她身上输入了莫大的雄心壮志，因而愿意将钱押在“优势”上；而罗斯玛丽崭露头角的时候，她会给母亲以回报的……

自从到巴黎后，阿贝·斯诺就穿起了两件薄薄的皮衣，是那种红葡萄酒的颜色。由于过多地晒太阳和饮酒，他两眼充血。罗斯玛丽第一次意识到，他每到一处都要喝点酒，她不知道玛丽·诺思对此怎么看。玛丽很文静，是那样的文静，以至于除了她常常笑一笑之外，罗斯玛丽对她几乎一无所知。她喜欢把一头直直的黑发朝后梳，让它像瀑布一般自然地披散着——不时地，她的头发会慢慢地滑下来，俏皮地盖住额角，直到几乎扎到眼睛时，她将头一摆，又将它们甩回去，让它们继续柔顺而有光泽地披着。

“阿贝，今晚我们早些上床睡觉，喝完这杯就走。”玛丽的声音很柔和，却带着一丝焦虑，“你不想在船上喝得醉醺醺的吧。”

“现在已经很晚了，”迪克说，“我们最好还是都走吧。”

阿贝脸上那种高贵庄严的神情忽然变成了执拗，他坚决地说：

“哦，不。”他严肃地顿了顿，“哦，不，还不晚。我们再喝一瓶香槟。”

“我不喝了。”迪克说。

“我是在考虑罗斯玛丽。她天生能喝酒——在盥洗室都放着一瓶杜松子酒什么的——她母亲告诉我的。”

他把第一瓶中剩下的酒都倒进了罗斯玛丽的杯子里。第一天到巴黎时，罗斯玛丽喝了几夸脱的柠檬水，被弄得很不舒服。打那以后她和他们一起再没喝过什么，但现在她举起那杯香槟喝了起来。

“可这是怎么回事?”迪克叫道，“你不是告诉过我你不喝酒吗?”

“可我并没说永远都不喝呀。”

“你母亲会怎么想呢?”

“我只喝这一杯。”她感到好像非得喝了这杯酒不可。迪克也喝了，不太多，但还是喝了，也许这能使她更接近他，并为她必须要干的事做些准备。她喝得很快，结果给呛住了，接着她说，“另外，昨天是我的生日——我十八岁了。”

“那你为什么不告诉我们呢?”他们不平地说。

“我知道你们会小题大做，弄得很麻烦。”她喝干了香槟，“这就算是庆祝吧。”

“这肯定不能算的，”迪克向她保证，“明天的晚宴就是你的生日宴会，可别忘了。十八岁——这是一个非常重要的年龄。”

“我过去常想，十八岁之前，什么都无关紧要，”玛丽说。“没错，”阿贝表示同意，“十八岁以后也是如此。”

“阿贝是在上船之前，觉得什么都无关紧要，上船后就不一样了，”玛丽说，“这次到纽约时，他真的已经把一切都安排妥了。”她说着，似乎说这些对她毫无意义。她感到厌倦，仿佛她丈夫和她所走的或没能走的路事实上已仅仅是一种动机。

“他将在美国作曲，而我将在慕尼黑从事演唱工作，因此，当我们再在一起时，就没有什么我们干不了的事了。”

“那太妙了。”罗斯玛丽赞同道，感到酒劲上来了。

“同时，为了罗斯玛丽，再来一点香槟。那样，她将更加能够为她淋巴腺的表现找到理由。它们在十八岁时才开始发挥作用。”迪克宽容地朝阿贝笑了笑。他很喜欢阿贝，可一直对他不抱期望，“从医学角度来讲，这是不正确的。我们要走了。”阿贝听出他话中有一点居高临下的味道，淡淡地说：

“某种感觉告诉我，早在你完成你的‘科学论文’之前，我将在百老汇创下新的纪录。”

“我希望如此，”迪克平静地说，“但愿能如此。我甚至可以放弃那个被你称为我的‘科学论文’的玩意。”

“哦，迪克！”玛丽的声音流露出吃惊，好像受到震动一样。罗斯玛丽以前从未见过迪克脸上毫无表情，她感到这个声明非同小可，真想和玛丽一起发出那声惊叫：“哦，迪克！”

但是迪克忽然又笑了起来，说：“放弃那篇论文，再另写一篇。”说着从桌边站起来。

“可是，迪克，坐下来。我想知道——”

“我会在某个时候告诉你的。明天见，阿贝。明天见，玛丽。”

“明天见，亲爱的迪克。”玛丽微笑着，仿佛坐在将要废弃的船上也会非常快乐。她是个勇敢的女人，总是满怀希望。她随丈夫到这里，到那里，把自己改变成这种或那种人，却不能带他偏离他自己的生活道路一步，她有时也沮丧地意识到，她小心护着的个人前程对他的依赖是多么深。然而，她却总是带有一种幸运的神态，仿佛她本人就是一种标志……

十五

“你要放弃的是什么？”在计程车里，罗斯玛丽满脸认真地面对着迪克，问道。

“没什么重要的东西。”

“你是一位科学家吗？”

“我是一名内科医生。”

“哦——！”她快活地笑了，“我父亲也是一名医生。那么你为什么不……”她停住了。

“没有什么不好理解的。我并没有在我事业的高峰时使自己丢脸，躲到里维埃拉。我只是不在行医。这说不准的，也许哪一天我又开业了。”

罗斯玛丽默默地抬起脸，等着他来吻。他看了她一会儿，好像没明白过来一样，然后将她搂到怀里，用脸颊蹭着她那柔软的脸，接着又低头看了她好一会儿。

“多么可爱的孩子。”他说，表情颇为严肃。

她仰头对他微笑着，两手习惯性地摆弄着他的西服翻领：“我爱你和妮科尔。事实上这是我的秘密——我甚至不能向任何人谈到你，因为我不想让更多的人知道你有多么出色。说实话——我爱你和妮科尔——我真爱你们。”

——这些话他已经听到很多很多次——就像那些客套话一样。

突然，她凑到他的面前来了，当她映入他的眸子中时，她的青春消失了，他热烈地吻着她，仿佛在她身上全然不见了年龄差异。接着，她靠在他的胳膊上，叹了口气。

“我已经决定放弃你。”她说。他说过什么话暗示她拥有自己的哪部分吗？他吃了一惊。

“可那样做是自私的，”他尽量轻松地说，“就在我刚开始感兴趣的时候。”

“我是多么爱你——”仿佛已经爱了多少年似的。这时她已经轻轻地哭了起来，“我多么——多么——爱你。”

他本该笑起来，可他却听见自己说：“你不仅漂亮，还有些高贵的气质。你所做的每一件事，比如装作坠入爱河或佯装害羞，都能让人心领神会。”

昏暗的计程车里弥漫着浓郁的香水气味，那香水是罗斯玛丽和妮科尔一起去买的。她又朝他靠近了一些，紧紧抱着他。他吻了她，但却并没有感觉到那种乐趣。他知道她是带有激情的，但这激情无论是从她的眼里还是嘴上都丝毫看不出来。她呼出的气息微微带着些香槟酒的味道。她绝望地把他抱得更紧了，于是他再次吻了她，却被她亲吻中的那股天真无邪弄得心凉。就在他们的嘴唇相触的一瞬间，他看到她的目光越过他，望向漆黑的夜幕、漆黑的世界，这目光也让他感到扫兴。她还不知道那种目光是心中某种情感的流露，只有当她意识到这点，并且全身心融入人类皆有的情欲之中时，他才能够占有她，无须怀疑或是后悔。

她在旅馆住的房间是在他们夫妇房间的斜对面，她的房间离电梯更近一些。他们走到门口时，她忽然说道：

“我知道你不爱我——我也不指望能得到你的爱。但是你说过我本该告诉你我的生日。我告诉你了，现在，作为送我的生日礼物，我想要你到我房间里来一会儿，我对你说件事。就一会儿。”

他们进了房间，他关上门，罗斯玛丽靠近他站着，没有碰他。在夜色中，她脸上的血色都不见了——此时她的脸已苍白得不能再苍白，她就像是舞会结束后剩下的一枝康乃馨。

“当你微笑时——”他又恢复到那种慈父般的态度，也许是因为妮科尔正静静地待在附近的缘故，“我总以为能看见你换乳牙时留下的缺口。”

但他这些话说得太迟了——她靠近他身体，幽幽地低声说道：

“要我吧。”

“要你什么？”

他惊呆了。

“来吧，”她低声说，“哦，请动手吧，他们干的那些事。我不在乎我是否喜欢——我从未指望过——我一直都不愿想这事，但是现在不。我要你来做这件事。”

她也对自己感到惊愕——她从没想到自己会说出这种话来。她正在说出她在过去十年修女般的日子里所读到、看到以及梦里梦到的事情。她突然明白这是她要扮演的最伟大的角色之一，于是更加热情地投入其中。

“这是不该发生的，”迪克沉思着，“是不是香槟喝多了一点？我们或多或少把这事忘了吧。”

“哦，不，现在就来。我要你现在就来做，占有我吧，告诉我该怎样做，我完完全全是你的了，我想成为你的人。”

“首先，你有没有想到过，这会对妮科尔造成多大的伤害？”

“她不会知道的——这不会与她有任何关系的。”

他和善地接着说下去：

“还有一个事实，那就是我爱妮科尔。”

“但是你可以不仅仅只爱一个人，是不是？就像我，我爱妈妈，也爱你——更多一些。现在我更爱你。”

“再有就是，你现在并不是在和我恋爱，尽管你以后也许会，这会把你的生活搅得一团糟的。”

“不会的，我保证再也不和你见面。我把妈妈叫来，立即就回美国去。”

他不同意。他还非常清楚地记得她双唇上散发的青春气息和活力。他换了一种口气。

“你现在不过是处在那种激动的情绪之中。”

“哦，求求你，即使怀上了孩子我也不在乎。我可以像制片厂里的一个姑娘一样，到墨西哥去。哦，这和我以前所想的是如此不同——过去，当他们郑重其事地亲我时，我常常感到很讨厌。”他看得出，她仍然认为这事非得发生才行。“他们有的人牙齿大得吓人，你却完全不一样，你很英俊。我想让你吻我。”

“我相信，你以为人们只是这样或那样地接吻，于是你就想要我吻你。”

“哦，别取笑我——我不是一个小孩子。我知道你不爱我。”她突然间变得低声下气，安静下来，“我也没有奢望那么多。我知道，对你来说，我也许根本是无足轻重的。”

“别胡扯。但你对我来说太年轻了。”他在心里说道，“——要教你的事太多了。”

罗斯玛丽等着，呼吸急促，直到迪克说：“事情并非是你想怎样就怎样的。”

她茫然若失地垂下头，迪克于是下意识地说：“我们只要——”他停下不说了，跟着她走到床前，坐在她旁边，而她只是低着头哭。他突然觉得迷惑不解，并不是对这件事所包含的道德观念感到困惑，因为从各个角度看，这事都是全然不可能的，他只是感到不解，因此，有一刻钟，他平日里的翩翩风度、心理平衡的张力都不见了。

“我早就知道你不会愿意的，”她哽咽着说，“这原本就是毫无希望的。”

他站了起来。

“晚安，孩子，这是很可耻的事。让我们把它忘掉吧。”他对她讲了几句医生常讲的套话，让她去睡觉，“会有很多人爱上你的，你应该留住身体的初恋，在感情上也该如此。这种观点很过时吧，是不是?”当他朝门口迈出一步时，她抬起头看着他。她看着他，却一点都不知道他的脑子里都在想什么。她看到他又慢慢地走了一步，转过身看看她，这时她真想抓住他，一口吞下去。她想要他的嘴、他的耳朵、他的衣领，想抱住他，把他吞没掉。她看见他的手放到了门上的圆形把手上。终于，她放弃了希望，一头倒在床上。门关上后，她起身走到镜子跟前，开始梳头发，一面轻轻地抽着鼻子。像往常一样，罗斯玛丽梳了一百五十下，然后又梳了一百五十下。她不停地梳着，直梳得胳膊酸痛，然后再换只手接着梳……

十六

一觉醒来，她冷静了一些，感到有些羞愧，镜子中美丽的容颜也不能使她恢复信心，反而使她想起了昨天的伤痛，还有她母亲转过来的一封信。信是去年秋天带她到耶鲁大学舞会上去的那个男孩子写来的，说他正在巴黎。这封信也没起什么作用——这一切都显得非常遥远。她走出房间，去接受同戴弗夫妇见面这一考验，心中的不安又加重了一层。但是当他们见了面，又一起去裁缝店试了几套衣服时，她的痛苦就被一层保护壳掩盖了起来，那层保护壳，就像妮科尔的一样，让人无法穿透。不过，当妮科尔就一个心神烦乱的女售货员发表评论时，她总算感到一丝宽慰。妮科尔说“大多数人认为，别人对他们的看法比实际上的看法要激烈得多——他们认为别人要么是极端赞成，要么就极其不满。”如果是在昨天那种谈笑风生的情况下，罗斯玛丽一定会很反感这番话——而今天，她极想把昨天发生的事降低到最小限度，因此迫不及待地对这话表示赞同。她赞佩妮科尔的美貌和智慧，也是平生第一次感到了嫉妒。就在离开高斯旅馆前，她母亲还用那种随便的口气说过，妮科尔是一个大美人，这明明白白在暗示罗斯玛丽不是。罗斯玛丽知道母亲这种看似漫不经心的口吻中隐含着她最意味深长的观点。母亲的话并没有让罗斯玛丽感到烦恼，她只是在最近才被告知自己还算是漂亮，因此准确地说，她的美丽从来就不像是她与生俱来的特质，倒更像是通过学习而得到的，就如同她学的法语一样。然而，虽说如此，在计程车里，她还是忍不住去看妮科尔，并将自己和她作了一番比较。她那袅娜的身姿还有那柔美的双唇，蕴藏着产生浪漫爱情的可能性，那两片嘴唇时而紧闭，时而期待地对着这世界半张着。还是个少女时，妮科尔就是一个美人胚子，即便当以后她颧骨四周的皮肤都收紧了，她还会是个美人——基本的框架在那里。她过去是个金发碧眼白皮肤的撒克逊人，现在头发的颜色变深了，人却比以前更加美丽。以前她的头发就像是天上的云彩，比她本人更动人。

“我们以前住在那儿。”罗斯玛丽忽然指着圣父大街上的一座楼房说道。

“这就奇怪了。因为我十二岁时，母亲、巴比和我在那儿住过一个冬天。”她说着就指向街对面的一家旅馆。两座昏暗的建筑物就立在她们面前，似乎在发出少女时代苍茫朦胧的回音。

“我们那时刚刚建起湖畔森林别墅，处处都在节省开支，”妮科尔接着说，“至少巴比和我，还有我俩的家庭教师都很节俭，而母亲却到处旅游。”

“我们当时也是处处节省。”罗斯玛丽说，心里明白这个词对她俩的含义是大不一样的。

“母亲总是很小心地把它说成是一家小旅馆——”妮科尔对着她很快地轻轻一笑，充满了魅力，“——我是说她没有称之为一家‘廉价的’旅馆。如果哪个好炫耀的朋友问及我们的住处，我们绝不会说，‘我们住在贫民区的一家肮脏简陋的小旅馆里，能有自来水就很高兴了’——我们会说‘我们住在一家小旅馆’。仿佛所有大旅馆对我们来说都过于嘈杂和粗俗似的。当然了，朋友们都看穿了我们的花样，并且到处向人说起这事，可母亲总是说这样显得我们知道在欧洲怎样地道地生活。她当然是知道的：她生下来就是个德国公民。但是她的母亲是美国人，是在芝加哥长大的，因此她更多的是美国人而不是欧洲人。”

他们两分钟之后要去同其他人见面，当他们在卢森堡公园对面的格尼麦大街上从出租车里出来时，罗斯玛丽又重新恢复到自己原来的样子。他们要在诺思夫妇那套设备已被拆除了的公寓里吃午饭。那套公寓楼层很高，往下看去都是一大片一大片的绿叶。在罗斯玛丽看来，这一天似乎与前一天不同——当她和他面对面的时候，他们的目光相遇，随即便像小鸟的翅膀一样掠过对方。之后，一切都很正常，一切都很美妙，她知道他开始爱上自己了。她感到欣喜若狂，感觉到感情的暖流传遍了全身。一种冷静而鲜明的信心深入到她心里，在那里歌唱。她几乎没看迪克，但她知道一切都很顺利。

吃过午饭之后，罗斯玛丽和戴弗夫妇以及诺思夫妇去了美-法电影公司，与科利斯·克莱会合，这是她在纽黑文的一个男性朋友，她打电话约他来的。科利斯·克莱是乔治亚州人，正如那些在北方受教育的南方人那样，他的思想很正统，甚至可以说是刻板。去年冬天她还认为他很吸引人——有一次他们坐着小汽车从纽黑文前往纽约，一路上始终手攥着手。现在，他对于她来说已是不存在了。

在放映室里，她坐在科利斯·克莱和迪克的中间，放映员在装《爸爸的女儿》的胶片，一位法国董事在她身边转来转去，试着讲些美国俚语。“是的，孩子，”当放映机出了点毛病时，他说，“我没辙了。”然后，灯熄灭了，突然咔嗒一声响，接着又是一阵时强时弱的噪音，她终于和迪克单独在一起了。他们在半明半暗中凝视着对方。

"亲爱的罗斯玛丽。"他低声说。他们肩挨着肩。妮科尔在这一排的那一头不安地动了动，阿贝剧烈地咳嗽着，还擤起了鼻子。随后，他们安定下来，电影开始了。

她出现了——一年前的那副学生模样，头发披在背后，硬直地向外卷翘着，就像塔纳格拉塑像上小姑娘的硬头发。是她——那么年轻，那么天真无邪——整个儿是她母亲悉心呵护的成果。瞧她——体现了她那个种族所有尚未成熟的地方，表现得像一个新做的硬纸板娃娃，在头脑空空的观众面前表演着。她还记得穿着那身衣服的感觉，穿着那色泽鲜嫩的丝绸衣服，她尤其感到精神焕发、面目一新。

爸爸的女儿。她是一个勇敢的小东西吗？她受过苦吗？吱吱——吱吱，她是个最会叫唤的小东西，她是不是太会叫唤了？在她那小小的拳头面前，肉欲和腐化的力量都退去了。不，连命运的行程也停住了。不可避免的事成了能够避免的，演绎推理、辩证法，所有的理性都消失了。女人能忘掉家中的那些脏盘子而开始哭泣，甚至在这部影片里，一个女人哭了那么长时间，几乎喧宾夺主，抢了罗斯玛丽的戏。她在一个耗资巨大的布景中从头哭到尾，在一家邓肯·法伊夫餐厅里哭，在一个航空港哭，在电影中只闪现过两次的快艇赛中也是哭，在地铁里哭，最后在盥洗室里还是哭。但是罗斯玛丽成功了。她性情的优雅，这世界上的粗俗强加给她的勇气和坚定信念，表现了一个面孔尚未面具化的人获得成功所需要的一切——不仅如此，事实上她的表演是那么动人，以至于深深打动了一整排的观众，使他们不时向她表示赞赏。放映机"咔哒"响了一声，停了，灯光亮了起来。在人们叽叽喳喳地赞赏之后，迪克真诚地对她说："我简直是惊呆了。你会成为一名最优秀的演员的。"

接着继续看《爸爸的女儿》：现在是较幸福的时光，还有罗斯玛丽终于同她的父亲团聚的快乐镜头，其中的恋父情结表现得那么明显，不由得使迪克为所有心理学家这种堕落的伤感而感到畏缩。影片放完了，灯全被打开了，时机已到。

“我还安排了一件事，”罗斯玛丽向大家宣布，“我替迪克安排了一次考试。”

“一次什么？”

“一次试镜，现在就要进行。”

室内顿时静得可怕——接着，诺思夫妇抑制不住地发出咯咯的笑声。罗斯玛丽看到迪克领会了她的意思，他的脸先是以一种爱尔兰人特有的方式动了一下，与此同时她意识到，自己在打这张王牌时犯了个错误，但她仍然不觉得这张牌错了。

“我不要什么试镜考试。”迪克坚决地说，随后，考虑到整个情境，他接着又轻松地说，“罗斯玛丽，我很失望。电影为女人提供了极好的职业——可是，我的老天，他们不能把我拍进去。我是一个封闭在个人生活中的老科学家。”

妮科尔和玛丽挖苦地怂恿他抓住机会，揶揄着他，两个人都因为自己没被请去上镜头而有些生气。但是迪克却有些尖刻地谈论起演员的事来，从而结束了这个话题：“最强壮的卫兵总是给安放在莫名其妙的入口，”他说，“也许是因为内中无物的情形过于丢人现眼，不好让外人知晓吧。”

罗斯玛丽和迪克、科利斯坐在计程车里——他们将在途中让科利斯下车，迪克带罗斯玛丽去喝下午茶，妮科尔和诺思夫妇因为要去做一些事就不去了，那些个事都是阿贝到最后时刻都还没干的——罗斯玛丽在车中埋怨迪克。

“我本想，如果试镜头的效果好，我可以把它带到加利福尼亚去。然后，也许他们能看上，你就能登上银幕，在一部影片中出演我的男主角。”

他被弄得不知所措："见鬼，这真是个好主意，可我宁愿看你。你几乎就是我所见过的最美妙的风景。"

"这是部很棒的电影，"科利斯说，"我看过四遍。我认得一个纽黑文的小伙子，他看过十二次——有一次他为了看这部电影跑到了哈特福德。可是当我带罗斯玛丽到纽黑文去时，他却害羞得不能见她。你能比得上吗？这个小姑娘把他们弄得如痴如醉。"迪克和罗斯玛丽面面相觑，他们想单独在一起，可是科利斯却没能领会到他们的意思。

"我送你们到要去的地方吧，"他提议，"我就住在路德西亚旅馆。"

"我们送你吧。"迪克说。

"我送你们更方便一些。一点都不麻烦。"

"我想还是我们送你比较好。"

"可是——"科利斯刚要说什么，终于领悟到是怎么一回事，于是开始同罗斯玛丽商量，何时能再见到她。

最后，他下车了，模模糊糊地感觉到了自己的微不足道，只是一个让人讨厌的第三者。汽车出其不意地在迪克指定的地点停下了，不怎么令人满意。他长长地吸了一口气。

"我们进去好吗？"

"我随便，"罗斯玛丽说，"你要我做什么我就做什么。"

他想了想。

"我差不多是得进去——她想在我的一个朋友那里买几幅画，我这个朋友正缺钱用。"

罗斯玛丽理了理凌乱的头发，这些在短时间内就被弄乱了的头发，显得意味深长。

"我们只待五分钟，"他决定，"你不会喜欢这些人的。"她以为那是些迟钝、古板的人，或是粗鄙、好酗酒的人，要不然就是戴弗夫妇回避的那一类人。她一点都没有思想准备，不知道这个场合会给她留下什么样的印象。

十七

这是一座紧邻老爷街上雷斯主教官邸的房子，像是被人从主教官邸劈出来的，但是一进门，既没有过去的痕迹，也没有罗斯玛丽所知道的任何现在的迹象。房子的外部框架，即那些砖石建筑，倒是显出一副围住未来的样子，因此，一跨过那道门槛（假如它能被叫作门槛的话），走进由蓝色的钢铁、银白的镀金材料和许许多多奇形怪状的镜面构成的长长的厅堂，人们就会触电般地感到震惊。这无疑是一次令人神经紧张的经历，就如同一顿麦片加大麻的早餐一样，令人沉迷于其中。它给人的感觉不同于装饰艺术展览会上任何一个场景所给人的印象——因为人们身在其中，而不是在它面前。罗斯玛丽顿时有一种置身摄影布景中时的那种超然、自命清高的感觉。她猜想其他在场的人也都有这种感觉。

在场的大约有三十个人，大多数是女人，个个都像是路易莎·梅·奥尔科特①和德·赛居尔夫人②笔下的人物；他们在这个布景中小心谨慎地各尽其职，就像在用手捡碎玻璃的人。无论是作为一个单独的人还是一个群体，他们都不能说是在支配着环境，像一个人支配他可能拥有的一件艺术品那样。不论怎样地隐秘，没有人知道这间屋子意味着什么，因为它正在逐渐变成别的什么，成为非房间之外

① 路易莎·梅·奥尔科特（Louisa May Alcott，1832—1888），美国女作家。
② 德·赛居尔（De Ségur），法国女作家。

的所有别的一切。在这里生存艰难，犹如在一段打磨得极其光滑、并且正在移动的楼梯上行走，根本没有人能成功，除非他具有前面提到的那种特殊才能，那种手能在碎玻璃渣中移动自如的本领——这种本领限制并界定了在场的绝大多数人。

这些人有两类。一类是美国人和英国人，整个春夏两季，他们一直都在四处游荡，因而现在他们所做的每件事都纯粹是为了寻找刺激。有些时候，他们显得寡言少语、有气无力，有时又突然发作，争吵不休，及至精神崩溃，或兴之所至勾引异性。另一类都是些寄生者，我们也许可以称其为剥削者，相比之下，他们理智而严肃，有生活目标，从不浪费光阴。这些人在这个环境中保持平衡最好，如果说这个环境里除了房间中那并无多少价值的新奇布置之外还有什么格调的话，那格调便是来自于他们。

这宛如弗兰肯斯坦怪物般的房屋将迪克和罗斯玛丽一口吞了进去，随即又把他们分离开来。罗斯玛丽突然发觉自己是个不诚实的小家伙，在生活中总是唱高调，希望导演会找上门来。然而，这间屋子里像是有一些翅膀在猛烈地拍打着，因此，她并不觉得她在这里的位置比其他任何人更不和谐。此外，她的教养也起了作用，在一系列半军事化的转身、变换位置和前进之后，她发现自己看似在同一个利索、机灵、长着一张可爱的男孩脸的姑娘说话，实际上全部注意力却集中在斜对面几个人的谈话上，那几个人正坐在一条青铜梯子似的长凳上，离她有四英尺远。

凳子上坐着三个年轻妇女。她们个个长得修长苗条，小小的脑袋修饰得像人体模特儿的头那样整齐。她们身上的深色衣服也都很合体，说话的时候，脑袋就在衣服上方优雅地四下摇晃，既像是长长的花秆上托着的花，又像是眼镜蛇的头。

“啊，他们可出尽了风头，”其中一位说，嗓音低沉、圆润，“实际上在巴黎算是最出风头的了——我绝不会否认这一点。可毕竟——”她叹了口气，“他翻来覆去地用那些词语——都是些陈词滥调，老生常谈的话。你一听见就想笑。”

“我喜欢那些生活中有较多变化起伏的人，”又有一个人说，“但我不喜欢她。”

“我从来就没能真正对他们感兴趣，对他们周围的那些人也提不起劲来。为什么这么说呢，举个例子吧，那位诺思先生不是变化无常吗？”

“他不在，”第一位姑娘说，“可你得承认，我们谈论的这些人可能是你所遇见的最有魅力的人。”

这是罗斯玛丽得到的第一个暗示：她们正在谈论戴弗夫妇，于是，她的身体由于愤怒而变得紧张起来。但是那个正和她讲话的姑娘却开始来了劲。这姑娘穿着一件浆过的蓝衬衫，一双蓝眼睛晶亮，脸颊红润，加上那身灰色制服，活脱脱就是一个张贴广告上的女孩子。她怕罗斯玛丽看不清自己，不断竭尽所能地扫除阻隔于她们之间的东西，直到只剩下一丝靠不住的幽默像一层面纱遮着她，罗斯玛丽把她看得一清二楚，感到很讨厌她。

“明天你不能来吃午饭吗，或者晚饭？后天来吃午饭也行呀。”那姑娘央求道。罗斯玛丽四下张望，寻找迪克，发现他和女主人在一起。自他们进门之后，他就一直在和她说话。他们的目光相遇时，他微微地朝她点点头，与此同时，那三个长得像眼镜蛇一样的女人也注意到了她，长长的脖子飞快地朝着她的方向扭过来，用那种极挑剔的眼光盯着她。她也毫不示弱地回视着他们，表示她已听到了她们所说的话。随后，她礼貌而干净利索地摆脱了对面那位苛求的姑娘，朝迪克那边走去，和他会合到一起。这种迅速摆脱别人的手段，她还是刚从迪克那儿学到的。女主人也是一位个子高高、衣着华丽的美国姑娘，因为国家的繁荣昌盛而无忧无虑地四处逍遥。她正在没完没了地向迪克打听高斯旅馆的情况，显然是想到那里去；尽管迪克的态度显得很勉强，她还是不断地向他发起攻势。罗斯玛丽的出现提醒了她，使她意识到，自己作为女主人，似乎是太执拗了一点，于是她环顾四周，说："你碰到什么有趣的人了吗？你见到——"她的眼睛搜寻着也许能使罗斯玛丽产生兴趣的某一位男子，但是迪克说他们得走了。说完，他们立即就走开了，一步跨出那象征未来的门槛，来到象征着过去的石头建筑物外面。

"很糟糕，是吧？"他说。

"很糟。"她顺从地附和着。

"罗斯玛丽。"

"什么事？"她低声问，声音里带着点畏惧。

"我感觉这太糟了。"

她痛苦地出声啜泣着，全身都在抖动。"你有手绢吗？"她颤声问。但是现在没有时间哭，作为一对情侣，他们贪婪地抓紧飞逝的分分秒秒。车窗外，暮色在消退，火红、淡蓝、幽绿色的招牌在静静的细雨中开始朦胧地闪耀。快到六点了，街上热闹起来，小酒馆里灯光闪烁，车子向北转弯时，庄严肃穆的协和广场在粉红色的灯光中一闪而过。

他们最终四目相视，喃喃地互唤着对他们来说充满魅力的名字。两个名字在空中轻轻地徘徊，比别的字眼、别的名字消逝得更慢，比心中的音乐消逝得还要缓慢。

"我不知道昨天晚上我是怎么了，"罗斯玛丽说，"是因为那杯香槟吗？我以前从来没有那样过。"

"你只不过说了你爱我而已。"

"我真的爱你——我不能改变这一点。"是罗斯玛丽哭的时候了，于是她用手绢捂着脸，哭了一会儿。

“我恐怕是爱上你了，”迪克说，“可这是不该发生的。”

他们又呼唤着对方的名字，然后突然倒在一起，好像是出租车把他们晃倒了似的。她的胸部紧紧地压在他身上，她的嘴清新而又温暖，此刻仿佛为他俩共同拥有。他们带着一种近乎痛苦的宽慰停止了思想，停止了观察；他们只是喘着粗气，搜索着对方。当成束的神经像钢琴的弦那样松弛下来，并像柳条椅那样突然吱呀作响时，他们都沉浸在疲乏后那种灰色的温柔状态。如此娇嫩柔弱的神经肯定要和别的神经连到一起，唇贴唇，胸贴胸……

他们还处于恋爱中较幸福快乐的阶段，各自对对方充满了美好的幻想，全都是极大的幻想，因而自我与自我的交流都像是在这个层面上进行的，在这里，别的人与人之间的关系对他们都无关紧要。他们两个似乎都是带着特别的天真无邪来到这里，仿佛是一连串纯属偶然的事件把他们带到了一起，那么多的事件，以至于他们最后不得不得出结论：他们是为彼此而存在的。他们清白地来到这里，没有发生什么让人好奇的秘密事情，或者说，看起来如此。

但是对迪克来说，那段路程太短了。在他们到达旅馆之前，事情就有了变化。

“这事无可救药，”他说，感到有些惊慌，“我爱上了你，可这并不能改变我昨晚说的话。”

“现在那已经无关紧要了。昨天我只是想使你爱我——如果你爱我，一切就都好了。”

“不幸的是，我的确爱你。但是妮科尔绝不能知道——她甚至不能产生丝毫怀疑。我和妮科尔还得一起继续生活下去。在某种程度上，这比仅仅想继续下去要重要得多。”

“再吻我一次吧。”

他吻了她，但随即就离开了她。

“妮科尔不能遭受痛苦的折磨——她爱我，我也爱她——这点你是知道的。”

她的确知道——这种事她知道得很清楚——不能伤害别人。她知道戴弗夫妇是相爱的，因为她从一开始就是这样认为的。然而她又认为，那是一种已变得冷淡的关系，实际上很像她自己和母亲之间的爱。当人们开始对局外人特别钟爱时，这不正表明他们原来内在的爱变浅了吗？

“我指的是不折不扣的爱，”他说，猜到了她的想法，“积极主动的爱——这太复杂了，我一时难以对你说清楚。正是这种爱导致了那场疯狂的决斗。”

“你怎么会知道决斗的事？我还以为我们能瞒住你呢。”

“你以为阿贝能守得住秘密吗？”他用嘲讽的口气尖刻地说道，“即使在广播里把秘密说出来，在小报上把它登出来，也绝对不能告诉一个每天最少要喝三四杯酒的人。”

她笑着表示赞同，紧紧地依偎着他。

“你知道我和妮科尔的关系很复杂。她的身体不是很健康——她看上去强壮，但实际上并非如此。这就把事情弄得相当麻烦。”

“哦，以后再说这个吧！现在吻我——现在就爱我。我会爱你，并且绝不会让妮科尔看出来。”

“你真可爱。”

他们到了旅馆，罗斯玛丽走在他后面一点，以表示对他的钦佩和敬重。他步伐矫健，仿佛刚刚干完某件重要的大事，又在匆匆去做别的要事。真不愧是私下欢乐的筹划者、暧昧幸福的监护人。他头戴一顶无可挑剔的帽子，手拎一根沉甸甸的手杖，戴着一副黄手套。她想，今晚和他在一起，大伙儿将会过得多么开心啊。

他们朝楼上走去——一共有五段楼梯。在第一段楼梯的平台上，他们停下来接吻；在第二段的平台上，她颇为小心，到了第三个平台上，就更加谨慎了。在接下来的那个平台上——还有两个平台——她在楼梯中间停住了脚步，飞快地吻了他一下以示告别。在他的坚持下，她又和他走下楼梯，在下面的平台上站了一会——然后再一直往上走。终于，要告别了。她站在楼梯扶手拐角，向另一边的他伸出手，两手相触，最后手指滑落开来。迪克接着又下楼去，为晚上的聚会做些安排——而罗斯玛丽则奔回自己的房间，给母亲写了一封信。她感到心中有愧，因为她根本就没有想念母亲。

十八

戴弗夫妇诚然对按部就班的形式不感兴趣，然而却对其带来的节奏感与持续性弃之可惜，只因他们对一切异常都太敏感——迪克圈子里的人都很喜欢热闹，在兴奋和刺激的间隙，偶尔呼吸一口夜晚清新的空气则更是难能可贵。

那天的晚会以一种滑稽的喜剧速度进行着。这边十二个人，那边十六个人，四人一组，从四面八方分别乘车快速穿越巴黎而来。

一切都在预料之中。人们像中了魔似的来同他们会合，以专家、甚至几乎以导游的身份，陪伴他们度过晚间的一段时光，然后各自离去，接着又来了另外一些人，因此，看上去仿佛每个人整天都在为了他们而养精蓄锐。罗斯玛丽很欣赏这晚会的风格，它和好莱坞任何一场聚会都大不相同，无论好莱坞的聚会规模有多么宏大。在许许多多的消遣娱乐当中，有一辆波斯王的专车。至于迪克是从哪里弄到这辆车，又用了什么贿赂手段，这一切都没有关系。罗斯玛丽仅仅把它当作是那种令人难以置信的事情的一个方面，在过去的两年里，她在生活中总是遇到这类事情。这辆车是在美国生产的，建造在一种特殊的底盘上。车轮是银制的，水箱也是银的。车厢里嵌着无数颗宝石，下星期这辆车开抵德黑兰时，王宫里的珠宝匠会把这些珠宝换成真正的宝石。车后面只有一个真正的座位，因为国王肯定是单独乘坐的，于是他们只好轮流坐在车里转几圈，在铺着貂皮的车底板上坐一坐。

但是迪克总是无处不在。罗斯玛丽向母亲的形象保证（她心中总是装着母亲的形象），她从来不知道任何人能像那天晚上的迪克那样洒脱，那样有风度。她将他同那两个英国人作了一番比较，就是被阿贝一本正经地称为“亨杰斯特少校和霍萨先生”的那两位，又把他与那位斯堪的纳维亚的王位继承人以及那位刚从俄国回来的小说家作了比较，还将他与鲁莽冒失而又机智风趣的阿贝和科利斯·克莱作了比较，科利斯不知是在什么地方加入进来的，并且就和他们待在一起了——她觉得根本没人能比得上迪克。他的全部表现背后所包含的热情与无私精神使她陶醉了。他具有调动各种类型人的技能，那些人个个都毫无能动性，像步兵队伍依赖给养一样依赖于他的关照。他的这种技能运用得非常娴熟自如，因此在每个人面前他都还能保留一些最隐秘的自我。

——后来，她又回想起自己感到最幸福的那些瞬间。第一次是她和迪克一起跳舞的时候，他们翩翩起舞，飘然旋转，犹如一场有趣的梦幻中的人。在他那高大强壮的身躯衬托下，她觉得自己的美貌迸发出欢快的火花——他带着她四处旋转，使人们很微妙地联想到，她就像是一束绚丽的鲜花，就像是展现在二十五双眼睛前面的一块珍贵布料。有一刻，他们不是在跳舞，只是紧紧地依偎在一起。凌晨的某个时候，他们单独待在了一起。她身上涂过脂粉，汗涔涔的，充满青春活力的身体紧紧地靠到他的怀里，衣服也给挤得皱巴巴的。他们在那儿拥抱着，压在身后别人的帽子、围巾上……

她笑得最欢畅的时候还是在后来，他们六个人，最出色的六位，那天晚上最高贵的六位，站在里兹旅馆昏暗的前门厅里，对值班的看门人说珀欣将军在外面，他想要些鱼子酱和香槟。“他不容耽搁。每个人、每支枪都听从他的指挥。”激动得发狂的侍者们不知从哪里全冒了出来，在门厅里摆好了一张桌子，接着阿贝装作珀欣将军的模样走了进来，而他们则肃然起立，含糊不清地对着他唱起能记得起来的战歌片段。众侍者受到伤害，对这急转直下的荒诞场面立刻做出反应，结果他们发现自己被晾到了一边，于是便设置了一个整治侍者的圈套——用门厅里所有的家具搭成一个巨大而稀奇古怪的装置，那样子就像戈德堡①一个连环漫画中怪异的机器一样。阿贝对着它怀疑地摇了摇头。

“也许偷一把乐锯来要更好一些，而且——”

“够了，”玛丽打断他，“阿贝一旦开始提到那玩意儿，那就是该回家的时候了。”她焦虑地向罗斯玛丽透露：

“我得让阿贝回家去。他要坐的那趟同轮船联运的火车十一点开。这很重要——我觉得全部的前途都取决于他能否赶上这趟火车，可是每当我跟他争论起来，他的态度总是恰恰相反。”

“我来试试看能否说服他。”罗斯玛丽主动说。

“你愿意去劝他？”玛丽怀疑地说，“也许你能行。”

迪克走到罗斯玛丽面前，说：

“妮科尔和我要回去了，我们想你也许愿意和我们同行。”由于疲劳，她的脸色在破晓前的天色中显得苍白。脸颊上两块没有血色的灰暗之处，正是白天脸色红润的所在。

“我不能回去，”她说，“我答应了玛丽·诺思，留下来和他们在

---

① 鲁布·戈德堡（Reuben Goldberg，1883—1970），美国连环漫画家，常以漫画讽刺美国注重技术的癖好。

一起——否则阿贝是绝不会上床睡觉的。也许你能有什么办法。”

“你难道不知道对于别人你是毫无办法的吗？”他劝她说，“如果阿贝在大学里和我同住一间宿舍，并且是头一次喝醉，那么，情况就会不一样。现在毫无办法了。”

“那好，可我得留下来。他说只要我们和他一起去霍尔斯家，他就睡觉。”她说，几乎带点挑战的口气。

他飞快地在她的胳膊肘内侧吻了一下。

“别让罗斯玛丽一个人回去哦，”临走时，妮科尔朝玛丽大声喊着说，“我们觉得要对她母亲负责。”

——后来，罗斯玛丽、诺思夫妇和一位来自纽瓦克、专门制造玩具娃娃声音装置的商人，那个无所不在的科利斯，以及一位身材高大，衣着华丽，名叫乔治·丁·霍斯普罗泰克新的印度石油商坐在一辆装有成千上万根胡萝卜的市场拉货车上。胡萝卜根须里的泥土在黑暗中散发着甜香。罗斯玛丽高高地坐在胡萝卜堆上，几乎看不到车上的其他人，因为一路上路灯很少，多半情况下，他们处于黑暗之中。他们的声音像是从远处传来，仿佛他们正在体验与她不同的经历，既不一样，离她又很遥远，因为她在心里还是同迪克在一起。她感到有些后悔和诺思夫妇一起来了，只希望她是在旅馆里，而他则在对面的房间里酣睡，或者他是在这里，守在她身边，温暖的夜色流泻在他们四周。

“别过来，”她对科利斯喊道，“胡萝卜会全滚下去的。”她朝阿贝扔了根胡萝卜，他僵直地坐在司机旁边，就像一个老头……

再后来，她终于往回家的路上走了。这时天已大亮，一群鸽子已经出现在圣叙尔皮斯教堂的上空。他们都不约而同地大笑起来，因为他们知道现在仍然还是昨晚，而街上的人们却错误地以为已是晴朗炎热的清晨了。

“我终于参加了一次狂欢的聚会，”罗斯玛丽想，“但是迪克不在的时候就没有乐趣了。”

她有些许被辜负的感觉，觉得有点伤心，但是即刻一个活动着的物体映入她的眼帘。原来是一棵高大的欧洲七叶树，树上开满了花。这棵树给绑在一辆长卡车上，正运往香榭丽舍，此时，它只能抖动着发出笑声——就像一个美丽的人身处卑贱的境况，但仍坚信自己是美丽的。罗斯玛丽着迷地看着这棵树，不禁把自己与它等同起来，于是和它一起高兴地笑了。顿时一切都显得美好起来。

十九

阿贝是在十一点钟从圣拉扎尔车站离开巴黎的——他独自站在肮脏的玻璃圆顶下面，这座玻璃圆顶是十九世纪七十年代水晶宫殿时代的遗物；他那双灰不溜丢的手插在外衣口袋里，好掩盖起那些颤抖着的手指。这种脏灰色，通常只有二十四小时不洗手才会有的。他摘下帽子，因而人们一眼就能看到，只有他头顶上的一层头发朝后梳着——下面的头发坚决地翘在两边。几乎让人认不出他就是两周前在高斯的海滩上游泳的那个人。

他来早了。他定定地站在那儿，只用目光左右扫视着，仿佛要是动用他身体的任何其他部位，他神经质的力量都会脱离他的控制。一件件看上去很新的行李打他身边经过，跟着，只听一些身材矮小、皮肤黝黑、即将登车上路的旅客胡乱地在喊：“朱尔斯——嗬——！”声音尖厉。

就在他想着能否来得及去车站餐厅喝杯酒，并且开始攥住口袋中那团潮乎乎的、面值一千法郎的钞票时，他那左右扫视着的目光从眼角瞥见了出现在楼梯口的妮科尔。他注视着她——她的脸上带着点有意要别人看见自己的表情，就像一个人在接人，被接的人还没看到他来接的时候所表现的那种神情。她在皱着眉头，那是想到了她的几个孩子，不是沾沾自喜地在想，而是像动物那样挨个儿地点数——就像是一只猫在用爪子清点她的小猫崽。

当她看到阿贝时，这种情绪从她脸上消失了。天窗上映射的晨光显得有些暗淡阴郁，阿贝眼睛下面晒得深红的皮肤上现出几道黑圈，使他看上去一副忧郁的模样。他们在一张长凳上坐了下来。

“我来这里是因为你叫我来的。”妮科尔辩解似的说。阿贝似乎忘了自己为什么叫她到这里来，妮科尔则遂心如意地看着过往的旅客。

“那女人将是你们那班船上的大美人——就是所有的男人都向她道别的那个——你知道她为什么买那身衣服吗？”妮科尔越说越快，“你知道为什么除了这位乘船周游世界的美人就没别人买那件衣服吗？知道吗？不知道？醒醒吧！那是一件有来历的衣服——那种特别的衣料讲述着一个故事，一个周游世界的人会感到非常寂寞，因而很想听这个故事。”

她说完最后几句话就咬住嘴唇不再开口了。对她来说，她已经说得过多了。看着她那张严肃呆板的面孔，阿贝发现实在很难看出她刚才说过什么话。他用力挺了挺身子，那姿势好像是要站起来，可他却坐了下来。

“那天下午，你带我去参加那场滑稽的舞会——你知道的，圣吉纳维芙的——”他开始说话了。

“我记得。很有趣，不是吗？”

“对我来说，并没有什么趣味。这次见到你，我一直没有感受到乐趣。我对你们俩都感到厌烦，但是这种感觉并没有表现出来，因为你们甚至更厌倦我——你知道我是什么意思。如果我还有热情的话，我会去找新人的。”

妮科尔"啪"地给了他一巴掌，她的天鹅绒手套的短绒毛都弄乱了。

"表现得令人不快似乎是很愚蠢的，阿贝。不管怎么说，你是在开玩笑吧。我真不明白你为什么对一切都感到绝望呢？"

阿贝沉思着，一面尽量忍住咳嗽，也不去擤鼻子。

"我想我是感到厌烦了。而且，为了能有所作为而回头，这路也太漫长了。"

常常，男人在女人面前会装扮成孤弱无助的小孩子，然而，当他觉得自己最像一个无助的孩子时，他却几乎再也不会表现成这样了。

"别找借口了。"妮科尔干脆地说。

阿贝此时感到每过一分钟，心情就更差一分——他想不出别的什么，除了那些令人讨厌与纯属神经质的话。妮科尔则感到，此刻她所能采取的正确态度便是坐在那里两眼盯着前方，双手搁在大腿上。有一阵子，两人谁都没说一句话——各自都在飞快地逃离对方，只是在前方的蓝色空间，在对方看不到的天空下喘息。他们不同于情侣，不拥有往昔；也不同于夫妻，他们没有未来；然而，直到今天早上，除了迪克之外，妮科尔最喜欢的便是阿贝——多年来，他也一直深深地爱着她，爱得胆战心惊。

"对女人的世界感到厌烦了。"他突然大声说。

"那你怎么不创建一个你自己的世界呢？"

"对朋友们也感到厌倦。那不过是同一些阿谀奉承的人打交道。"

妮科尔试图拨动车站大钟上的分针，可他追问道："你同意我的话吗？"

"我是个女人，我的职责就是把一切都拢在一起。"

"我的责任是拆散它们。"

"当你喝醉酒的时候，除了你自己，你什么也拆散不了。"她说。

此时她变得冷淡起来，也感到很害怕，一点信心都没有了。车站里的人越来越多，但却没有她所认识的人来。过了一会儿，她的目光感激地落在一个高个子姑娘身上，这姑娘的头发淡黄，像一顶头盔一样罩在头上，她正在把几封信塞进邮筒的投信口。

“阿贝，这里来了位姑娘，我得去同她说几句话。醒醒，阿贝！你这个傻瓜！”

阿贝的目光耐心地看着她走过去。那个女人吃惊地转过身来向妮科尔打招呼，阿贝只认出她是自己在巴黎某个地方见过的一个人。趁着妮科尔不在的时候，他使劲地咳嗽着，用手绢捂着嘴干呕，还很响地擤了一下鼻子。这个上午越来越暖和了，他的内衣都汗湿了。他的手抖动得很厉害，竟然划了四根火柴才把香烟点燃，看来非常有必要起身去车站餐厅喝一杯了，可是妮科尔立刻又回来了。

“真是一个错误，”她幽默地说，口气很冷淡，“她曾央求我去看她，这会儿如此冷落我。她盯着我看，就像我身上烂了似的。”她情绪激动地笑了一下，高高地举起两根手指晃动着，“让人们来找你吧。”

阿贝让一口烟给呛住了，咳嗽平息之后，他说：

“问题是，当你头脑清醒时，你不想见任何人，可是当你喝醉了的时候，又没有人想见你。”

“说谁呀，我吗？”妮科尔又笑了起来。由于某种原因，刚才的遭遇倒使她高兴起来了。

“不——说我自己。”

“为你自己分辩吧。我喜欢人们，许多的人——我喜欢——”罗斯玛丽和玛丽·诺思出现了，她们一边慢慢走，一边在寻找阿贝，妮科尔突然粗鲁地叫了起来，“嘿！喂！嘿！”她笑着，挥动着她给阿贝买的那包手绢。

他们就这么几个人聚在一起，站在那里，阿贝庞大的身躯使她们感到不舒服。他横在她们旁边，活像是一艘西班牙大帆船的残骸，用他自己的身躯控制着自身的弱点和自我放纵，控制着自己褊狭的气量和苦涩情绪。她们都感觉到了他身上流泻出来的庄重的尊严，他的成就，那种零零碎碎、颇具意味并且已被超越了的成就。然而，想到他那残存的意志，她们都感到害怕。那曾是一种活下去的意志，如今却成了求死的意愿。

迪克·戴弗光彩照人地来了，三个女人见了，像猴子一样跳起来，如释重负地欢叫着，把手搭到他肩上，摸摸他那漂亮的帽顶或者金子做的手杖扶手。现在，她们可以暂时将阿贝那庞大而猥琐的身躯抛在脑后了。迪克很快就看清了这种情形，默默地心领神会了。他将她们从沉湎于自身的状态中拖出来，领她们走进车站，一面介绍着车站的奇观。离她们不远的地方，一些美国人正在互相道别，那声音极像是水流进一只又大又旧的澡盆时发出的汩汩声。站在车站里，身后就是巴黎，那情景看上去就好像他们正微微地俯身向着大海，已经在经历一个重大的变化，好似一些四处移动的原子，正要形成一个新种族的基本分子。

就这样，这些富裕的美国人从车站拥到站台上，他们那坦率的新面孔神情各异，有的显得聪明睿智，有的体贴温柔，有的则自私自利，还有的则显得颇有心计。他们中间偶然闪过一个英国人的面孔，看上去既机敏，其出现也较突然。当站台上的美国人很多的时候，他们整洁的衣着和富态给人们的第一印象便消失在模糊的种族暗影之中，这片暗影阻碍了他们和观察他们的那些人之间的相互了解，使他们失去了判断力。

妮科尔抓住迪克的胳膊叫道：“看！”迪克转过身，恰好看到了半分钟后发生的事。在两节车厢过去的卧铺车厢入口处，许多人正在道别，突然出现了一个生动的场面。那个发型像头盔的年轻女人，就是妮科尔和她说过话的那位，从正在和她说话的那个男人身边小跑开去，奇怪地躲闪着，一面发疯似的把手伸进她的钱包；紧接着，两声枪响刺破了狭窄的站台上空。与此同时，机车发出尖锐的汽笛声，火车开动了，刹那间盖住了枪声。阿贝在窗口又挥了挥手，并没注意到发生了什么事。但是还没等人群围上去，另外一些人已经看到那两枪都打中了，他们看到被打中的那个人坐到了站台上。

过了很长一段时间，火车才停下来。妮科尔、玛丽和罗斯玛丽等在人群外面，而迪克则奋力挤了进去。五分钟之后，他才又找到了她们——这时，围观的人已分成两部分，一部分人跟着躺在担架上的男人，另一些则跟在那个姑娘身后，她脸色苍白地走在狂躁的警察中间，步履却很坚定。

“是玛丽亚·沃利斯，”迪克急急地说，“她开枪打中的那个男人是个英国人——他们费了很大劲才查明他是谁，因为他的身份证让她射穿了。”他们迅速地从火车旁边走开了，随着人流移动着，“我打听到他们要把她带到哪个警察局，所以我要去那里——”

“可是她姐姐就住在巴黎呢，”妮科尔不赞成他去，“为什么不给她打个电话呢？很奇怪居然没人想到这一点。她嫁了一个法国人，他会比我们更管用。”

迪克犹豫了一下，摇摇头走了。

“等等！”妮科尔在他身后喊道，“真愚蠢——就凭你那一点法语——能起什么作用？”

“最起码我要确信他们不会对她施以暴行。”

“他们肯定不会轻易放过她的，”妮科尔快言快语地说，“她的确射中了那个男人。最好立即给劳拉打个电话——她比我们更管用。”

迪克还是没有被说服——而且他还想在罗斯玛丽面前卖弄一下。

“你等着。”妮科尔果断地说着，匆匆走向一个公用电话亭。

“当妮科尔把事情接过去操在她手里时，”他带着一种亲切而又嘲讽的口吻说，“就毫无办法了。”

这是他那天早上第一次看见罗斯玛丽。他们互相对望着，试图看出前一天的那种激情。有那么一会儿，两人在对方看来都像非真实的，接着，温馨的情话又慢慢地开始了。

“你喜欢帮助每一个人，是吗？”罗斯玛丽说。

“我只不过是在装样子罢了。”

“妈妈总是乐于助人——当然她没法像你那样帮助很多人。”她叹了口气，“有时我想，我是这世界上最自私的人。”

头一次，罗斯玛丽提到母亲非但没有使迪克高兴，反而惹恼了他。他想把她母亲撇在一边，把这整个事从罗斯玛丽坚持建立的孩子般依赖的立足点上移开。但他意识到这种冲动是由于一时失去自制力而引起的——假如他松懈下来，哪怕只是一会儿，罗斯玛丽对他的强烈欲望会变得怎样呢？他不无惊慌地看到，他们之间的激情正在渐渐平息，它不能保持在静止状态，它必须朝前发展或者往后倒退。他第一次想到，罗斯玛丽比他更有权威，她操纵着事情的发展。

他还没想出一个方案，妮科尔就回来了。

“我给劳拉的电话打通了。这是她最早得到的消息，”说话时，她的声音越来越弱，后来又提高了嗓门——好像她要昏倒了，随后又强打起精神，“她说她知道今天上午要出什么事的。”

“玛丽亚应该和戴安格列夫在一起，”迪克和缓地说道，以便使大家恢复平静，“她对布景感觉很好——更不用说对节奏的感觉了。我们有谁会看得见一列火车出站却听不见几声枪响呢？”

他们嘎噔嘎噔地走下宽的、镶着钢条的台阶。“我为那个不幸的男人感到遗憾，”妮科尔说，“难怪她和我说话时怪怪的，原来她正在准备开枪杀人呢。”

她笑了起来，罗斯玛丽也笑了，但是她俩都被吓坏了，内心都非常希望迪克能就此事作一番评判，说明孰是孰非，而不要把这个难题留给她们。这个愿望并非是完全有意识的，尤其在罗斯玛丽这方面，她对这类事件中子弹呼啸着飞过头顶已经习惯了。不过，她还是受到了极大的震惊。迪克这时候也为自己刚意识到的情感的冲击力大大震动，无法让事情变成假日的模式，于是乎，女人们便陷入了一种难以名状的不快之中，仿佛失去了什么。

接着，戴弗夫妇和他们的朋友们来到大街上，好像什么事都没有发生似的。

然而，一切都已经发生——阿贝走了，玛丽今天下午也要去萨尔茨堡，在巴黎的好时光已告结束。或者可以说，那两声枪响，那两下了结了天晓得是什么见不得人的事的枪击声宣告了这段时光的结束。那两枪已经深入到他们所有人的生活：当他们走上人行道时，他们还能听见这件暴力事件的回声，在人行道上等出租车时，有两个搬运工在他们旁边谈论这件事。

“你看见那支左轮手枪了吗？那枪很小，相当精致——就像一把玩具枪。”①

“可那枪真是非常厉害！”另一个人聪明地说，“你看见他的衬衣了吗？好多的血啊，足以让人相信发生了战争。”②

二十

他们出来的时候，广场上弥漫着一股汽车尾气，在七月的骄阳中

①② 原文为法语。

慢慢地蒸腾。这真可怕——它不像纯粹的热气，可以让人联想到去乡间避暑——它只使人想到充斥着这同样污秽气味的街道。他们在卢森堡公园对面吃露天餐时，罗斯玛丽感到心情压抑，烦躁不安，浑身乏力——在车站她就预感到了这种情绪，所以谴责了自己的自私。

迪克丝毫没有怀疑到这种急剧变化。他深深地感到不快，随之而来的以自我为中心的心态越来越强烈，这使他一时间几乎看不到身边发生的一切，失去了他平时那如同暴风雨之后绵延不绝的巨浪一样奔涌的想象力。而他就是依赖于这种想象力对事做出判断的。

玛丽·诺思在那位意大利歌唱教师的陪同下走了，这个意大利人刚才来和他们一起喝的咖啡，要带玛丽去赶火车。他们离开后，罗斯玛丽也站起身，准备去她那家电影制片厂赴个约会："会会几个官员。"

"哦——"她对他俩说，"——要是科利斯·克莱，就是那个南方小伙子来了——如果你们还坐着没走，就告诉他，我等不及了，叫他明天给我打电话。"

经历了刚才那场引起骚动的事件之后，她又玩起了孩子的特权，变得无忧无虑起来——结果使戴弗夫妇想到对他们那几个孩子才有的钟爱。两个女人短短地讲了几句话，罗斯玛丽遭到一声尖厉的指责："你最好让侍者传这个口信，"妮科尔的声音严厉却又平静，"我们马上就要离开了。"

罗斯玛丽明白了她的意思，毫无怨言地忍受了。

"那就算了。再见，亲爱的。"

迪克结了账。戴弗夫妇觉得轻松了，用牙签轻轻地剔着牙齿。

"好了——"两人一齐说道。

他看见她的嘴角闪过一丝不快的神色，一闪而过，只有他才会注意得到，而他能装作没看见。妮科尔在想什么？过去的这些年中，他

“吸引过”的人有十来个，罗斯玛丽不过是其中的一个。这些人包括一个法国马戏团的小丑，阿贝和玛丽·诺思，一对舞蹈演员，一位作家，一位画家，还有一位大木偶戏剧场的女喜剧演员，俄国芭蕾舞团的一个近乎疯狂的男同性恋者，以及米兰的一位很有前途的男高音歌唱家，他们看好他有一年了。妮科尔很清楚这些人是怎样严肃地理解他的兴趣和热情的，但她也很清楚，自从他们结婚以来，除了在他们的孩子们出生时，迪克从未撇开她独自过夜。另一方面，他身上还有一种必须加以利用的可爱之处——具有这种可爱之处的人都得不断利用这一长处，使其不至荒废，即使自己利用不上的人，他们也得保持联系。

这时，迪克硬起心肠，任时间一分一秒地过去，没有做出任何亲昵的举动，也没表露出他往常会感到的那种惊奇：他俩在一起是个不可分离的整体。

那个南方来的科利斯·克莱从坐满了人的桌子中间挤过来，随便地向他们打了个招呼。这样的问候总是让迪克大为吃惊——熟悉的人只对他们说一声“嗨”或者仅仅对他们两人中的一位说话，而他对人们的感受却是非常强烈的，不感兴趣时，宁愿躲在一边。一个人竟然能在他面前表现出一种漫不经心的态度，那实在是在对他生存的根本发出挑战。

科利斯没有觉察到自己没穿结婚礼服，一到这里就说：“我想我来迟了——那姑娘走了。”迪克不得不强迫自己抛开某些想法，才能原谅这个小伙子，因为他没有先恭维妮科尔几句。

她几乎立即就走开了，于是他就和科利斯坐着，喝完剩下的一些酒。他颇有点喜欢科利斯——他是一个“战后成长起来的青年人”，比他十年前在纽黑文认识的大部分南方人要容易相处。迪克一边慢慢地抽着烟斗，一边饶有兴趣地听他讲话。午后，孩子们和他们的保姆正慢慢地朝卢森堡公园走去。几个月以来，迪克还是头一次不去过问一天中的这段时光。

突然，他明白了科利斯自顾自地在说的知心话中的含义，顿时感到毛骨悚然。

“——她并不像你可能认为的那样冷酷。我承认我在很长一段时间内也曾经以为她很无情，但是复活节那天，她和我的一个朋友从纽约前往芝加哥，陷入了一个窘境。一个叫希利斯的纽黑文小伙子——她认为他这人相当疯狂——她和我的一个表姐有一间包厢，可她和希利斯想单独待在一起，于是下午我表姐到我们的包厢来打牌。嗯，大约两个小时之后，我们回去了，看见罗斯玛丽和比尔·希利斯站在车厢末端的连廊上同列车员争吵——罗斯玛丽的脸色像纸一样苍白。好像是因为他们把门锁上了，还拉下了窗帘，我猜测这个列车员来查票时，里面正在发生什么大事。于是列车员就敲门了。他们以为是我俩在骗他们，因而起先没开门，等到他们开门时，列车员已经恼羞成怒了。他问希利斯那是不是他的包厢，又问他和罗斯玛丽是否结了婚，不然怎么把门锁上了。希利斯火了，试图向他解释并没有什么不对的地方。他说列车员侮辱了罗斯玛丽，因此他想要同他决斗，不过那个列车员很可能是故意找麻烦——相信我，当时我费了很大劲才把这事平息下去。”

迪克想象着每一个细节，甚至嫉妒起那两个人在连廊上共同遭遇的不幸，他感到自己心里在发生一种变化。在他和罗斯玛丽之间，仅仅插进了一个第三者的形象，甚至还是已经销声匿迹的第三者，就足以使他失去心理平衡，给他心中注入一阵阵痛苦、悲凄、欲望以至于绝望。他生动地想象着那抚摸罗斯玛丽脸颊的手，急促的喘息声，从外边看到的那一桩风流韵事的炽热的激情，体内那股神圣不可侵犯的、隐秘的热流。

——我放下窗帘你介意吗？

——放下吧。这里太亮了。

科利斯·克莱此时正在谈论纽黑文的博爱政策，还是和刚才一样的语调，一样强调的语气。迪克推断，他正以某种奇怪的、自己无法理解的方式爱着罗斯玛丽。和希利斯之间的那桩风流韵事似乎没给科利斯在感情上留下任何印记，只使他欣喜地确信罗斯玛丽也“是人”。

“在博恩斯聚集了一群不同寻常的人，”他说，“事实上我们也都有这样的人。现在纽黑文很大，令人伤心的是，我们不得不离开一些人。”

——我放下窗帘你介意吗？

——放下吧。这里太亮了。

……迪克来到他在巴黎的开户银行——在填写一张支票时，他打量着坐在柜台里的那一排人，想着把支票交给哪一位才好。他写字的时候，全神贯注于物质的行为，仔细地检查着钢笔，吃力地伏在高高的、有玻璃台板的柜台上写着。有一次他曾抬眼朝邮政区段那边看去，接着将注意力集中到正在写的东西上，又显得很呆钝的样子。

他仍然没能决定该把支票递给哪一位，这一排当中哪个最不会猜到自己身陷其中的不悦境地，同时，哪个人最不可能同他讲话。这些人当中有佩林，那个温文尔雅的纽约人，他曾邀请自己到美国俱乐部共进午餐；有西班牙人卡萨苏斯，他通常和这人谈及一位两人都认识的朋友，尽管这位朋友十几年前就从他的生活里消失了；还有那个马奇霍斯，他总是问自己是支取妻子的钱还是自己的。

当他开始在票根上填写数目，并且在下面画了两道杠时，他决定去皮尔斯那里，这人还年轻，在他面前只需略微摆一点架子，卖弄一番。往往是卖弄炫耀比看别人卖弄炫耀要容易一些。

他先走到邮政柜台跟前——当接待他的那位妇女用胸部把差一点要从桌上飘下去的一张纸推上来时，他想，女人在利用自己的身体这一方面和男人是多么不一样啊。他把他的信件拿到一边拆开了。其中有一张从一家德国公司寄来的欲购十七本精神病治疗方面的书的订购单，一张从布伦塔诺公司寄来的订购单，一封他父亲从巴法罗写来的信，信上的笔迹一年比一年难以辨认了，还有汤米·巴尔班寄来的一张明信片，盖着非斯的邮戳，上面写了一段很幽默的话，苏黎世的几位医生的来信，信都是用德文写的，戛纳的一个泥瓦匠寄来的一张有些争议的账单，一位家具制造商寄来的一份账单，巴尔的摩一家医学杂志的出版商写来的一封信，里面附有各式各样的通知和一位艺术新秀举办的画展请柬；还有四封信是请他转交的，三封是给妮科尔的，一封转给罗斯玛丽。

——我放下窗帘你介意吗?

他朝皮尔斯走去，可他正在接待一位妇女。迪克四下看了看，发现他不得不把支票递给旁边柜台的卡萨苏斯，他正闲着没事。

“戴弗，你好吗?”卡萨苏斯很热情。他站起身微笑着，嘴唇上的胡子也跟着舒展开来，“那天我们在谈论费瑟斯通，我想到了你——他现在正在加利福尼亚呢。”

迪克睁大了眼睛，微微向前倾了倾身子。

“在加利福尼亚?”

“我听说是这样的。”

迪克拿着支票定在那儿。为了使卡萨苏斯的注意力集中到支票上来，他朝皮尔斯的桌子那边看去，友好而会神地望了他一会儿，这种眼神起因于三年前的一个老笑话，那时候皮尔斯搭上了立陶宛的一位女伯爵。皮尔斯来了劲，咧着嘴笑着，直到卡萨苏斯核准了支票，并且再也没有理由挽留他喜欢的迪克，只有站起来，扶着他的夹鼻眼镜又重复说道：“是的，他在加利福尼亚。”

与此同时，迪克看到了站在这排柜台那一头的佩林，他正在同那位重量级拳击世界冠军谈话。佩林的眼光朝旁边扫了一下，迪克看出他正在考虑是否把他叫过去作一番介绍，但最终还是决定不这样做。

还在铺有玻璃台板的柜台旁边时，他的感情就已给积蓄到了一定的强烈程度，因此他没有理会卡萨苏斯的社交情绪——就是说，他死死地盯着那张支票，仔细地端详着，接着又盯住那个银行职员的头右边的第一根大理石柱子，像是在思考着什么严重的问题，然后煞有介事地移动了一下手杖，整了整帽子，又理了理带在身边的信件——最后说了声再见就走了出来。他早已收买了门口的仆役，他要的出租车立刻就开到了人行道旁。

“我要去精品电影制片厂——在帕西区的一条小街上。先开到米埃特。在那里我再告诉你怎么走。”

刚过去的四十八小时内发生的那些事情使得他茫然不知所措，甚至不敢肯定自己究竟想干什么。他在米埃特就付钱下了车，朝电影制片厂方向走去，穿过马路就到了制片厂的大楼。尽管那身华丽的衣服加上帽子、手杖等精致的附属物衬托出他高贵典雅的派头，他还是像一个动物那样受着本能的左右和驱使。尊严唯有在他推翻他的过去以及经过近六年来的努力后才显示出来。他绕着大楼轻快地走了一圈，像塔金顿[1]小说中的少年那样傻乎乎的，遇到死角的地方，便匆匆走过去，生怕同从楼里出来的罗斯玛丽走岔了。这是个令人忧郁的所在。他看到旁边不远处有一个招牌，上面写着“衬衫一千件”。橱窗里满满的都是衬衫，堆、压、塞在陈列橱的地板上，一看就知道是劣质商品。“衬衫一千件”——数数看！在两边他还看到这样一些招牌：“文具店”“糕点铺”“商品降价出售”“广告”。“易褪色的布”这块广

---

① 布思·塔金顿（Booth Tarkington，1869—1946），美国小说家。

告牌上还有康斯坦斯·塔尔梅奇[1]的字。再远一点的地方能看到一些更加阴沉的布告，诸如“教士服装”“讣告”，以及“殡仪馆”等等，全都与生死有联系。

他知道，他此时做的事标志着他生活中的一个转折点——在这之前的一切与它都不相一致——它甚至同自己也许希望留给罗斯玛丽的印象也不相符。罗斯玛丽总是视他为合乎礼仪的典范——他在这幢楼周围的转悠是一种不请自到的闯入。但是迪克做出这种举动是有他的必要性的，就像另外一个人曾经觉得有必要站在费拉拉的一个教堂门前穿着麻布衣服忏悔。这种必要性是某种被淹没的现实的反映：他必须走到那里，或者站在那里，衬衫袖口扣得紧紧的，外套袖子裹在衬衫衣袖外面，就像套服一样，衣领也紧扣着，一头红发修剪得正合适，手上拎着他那个公文包，恰似一个花花公子。迪克正在向尚未被忘却的、尚未忏悔以及不曾净化过的事物表示他的敬意。

二十一

在附近站了有四十五分钟之后，他突然给卷入了与他人的接触之中。在他不想见任何人时，总有可能发生这种事。有时他是如此严格地保护着他所暴露出来的自我意识，以至于他本来的那些目的常常遭到挫败，就像一个演员没演好一个角色，就向观众赔不是，想激起观众的感情共鸣，仿佛以此使别人能够填补上自己留下的漏洞。同样，我们很少为那些需要并渴求我们怜悯的人感到难过——而将怜悯之情留给另一些人，那些人则通过其他办法使我们得以运用怜悯的抽象功能。

---

① 即康妮·塔尔梅奇。

迪克自己也许已经分析过了后来发生的事。当他在圣安涅斯大街上来回踱步时，一个脸庞清瘦的美国人开口向他借火。这人也许有三十岁，一副受过创伤的神情，脸上带着一丝阴笑。迪克在借给他火时，认定他属于自己从少年时就知道的那一类人——那种在烟草店附近闲荡的人，胳膊撑在柜台上，注视着进进出出的人，天晓得他们的脑子里在想着钻什么空子。这类人经常出现在修车厂（在那里压低嗓门同别人做什么不明的交易），理发店和剧院休息室里也经常能看到他们的身影——不管怎么说，迪克认定这人就是经常出入于这种地方的。有时塔德更野蛮的卡通片中突然出现的就是这么一张脸——在孩提时代，迪克就经常为这种人所处的模糊混沌的犯罪状态感到不安。

"伙计，觉得巴黎怎么样？"

还没等迪克答话，那人就尽量合着迪克的步子走起来："你是哪儿人？"他问道，还想引他说话。

"巴法罗人。"

"我是圣安东尼奥人——但自从大战以来，我就在这里了。"

"你在部队服役？"

"我会说我是当过兵的。八十四师——听说过这支部队吗？"

那人往他前头走了几步，咄咄逼人地盯着他。

"在巴黎要待一段时间吗，老兄？还是仅仅从这儿经过？"

"途经这里。"

"住在哪家旅馆？"

迪克已经开始暗自发笑——这家伙今晚也许想要打劫他的房间呢。显然，这种想法不自觉地被那人察觉了。

"像你这么壮的人，不该怕我的，伙计。这一带有很多游手好闲的人，就等着抢劫美国游客，可你不必怕我。"

迪克烦了，停住脚步："我只是不明白，你怎么会有这么多时间可浪费。”

“我在巴黎做事。”

“干哪一行呢？”

“卖报纸。”

他那副吓人的模样与这极普通的职业所形成的鲜明对比简直让人感到可笑——但他又修正道：

“别着急，去年我挣了一大笔钱——一份六法郎的《阳光时报》能卖到十法郎或者二十法郎。”

他从一个肮脏的旧钱包里掏出一张剪报，递给迪克这个已成了同自己一样闲的人——漫画上画着川流不息的美国人从一只载满黄金的班轮跳板上蜂拥而下。

“二十万——一个夏天就花了一千万。”

“你来帕西干什么？”

他这位伙伴小心地四下看了看。“电影，”他神秘地说，“他们在那里有一个美国电影制片厂。他们需要会讲英语的人。我正在等着他们休息时间呢。”

迪克很快断然摆脱了他。

事情已变得很明显，要么早在他绕着大楼转圈时，罗斯玛丽就已经溜走了，要么在他到这地方来之前就走了。他走进拐角的一家咖啡馆，买了一个铅币，挤进厨房和臭气熏天的厕所中间的一个小电话间，往乔治王旅馆打了个电话。他从自己的呼吸声中听出那种潮式呼吸的趋势——但正如每一件事一样，这种症状只使他更加感情激动。他报了旅馆的电话号码，然后站在那里拿着话筒，眼睛直愣愣地盯着咖啡馆内。过了好长一段时间，一个奇怪的声音轻柔地说了声“喂”。

“我是迪克——我必须要打电话给你。”

她在电话那头顿了一下，然后勇敢地说："我很高兴你这样做了。"听得出她的感情同他的一样激动。

"我到你们制片厂来找你了——我现在是在帕西，就在制片厂马路对面。我刚才想，我们可以坐车转转，从林园里穿过去。"

"哦，我在那里只待了一会儿！对不起。"一阵沉默。

"罗斯玛丽。"

"嗯，迪克。"

"瞧，我现在对你有一种异乎寻常的感觉。当一个小孩能搅乱一个中年绅士的心绪的时候，事情就难办了。"

"你不是中年人，迪克——你是这世上最年轻的人。"

"罗斯玛丽？"又是沉默，其间他凝望着一个货架，上面摆着些法国廉价的劣质酒——一瓶瓶豪达酒，圣詹姆斯朗姆酒，玛丽·布里萨酒和用橘子水调制的潘趣酒，还有费尔耐·布兰卡酒、罗歇樱桃酒和雅文邑白兰地。

"你是一个人待着的吗？"

——我放下窗帘你介意吗？

"你以为我会和谁在一起？"

"我眼下是一个人。我真想现在和你在一起。"

一阵沉默之后，她叹了口气，答道："我真希望你现在是和我在一起的。"

他仿佛看见那间旅馆房间里的一个电话号码后面，她躺在那儿，一阵阵柔和的音乐在她四周回荡——

两个人——去喝茶。

我属于你，

你也属于我啊

只有我们俩。

他还记得她那晒黑了的皮肤上敷了一层粉——当他亲吻她的脸时，她的鬓发旁都汗湿了。他自己的脸下面是一张苍白的脸，还有滚圆的肩膀。

“不可能。”他自言自语道。转眼间，他就到了街上，朝米埃特走去，或者说离它而去，手上还拎着那只公文包，像握一把剑那样提着那根金柄手杖。

罗斯玛丽回到桌前，写完了给她母亲的一封信。

“——我见到他的时间还很短，可我认为他长得很英俊。我爱上他了（当然，我的确最爱迪克，不过，您知道我是什么意思）。他真的将要导演这部影片，马上就要去好莱坞，我想我们也该走了。科利斯·克莱在这里。我是喜欢他的，但不常与他见面，因为戴弗夫妇在这里，他们真的很了不起，大概是我所认识的最好的人了。今天我感到不太舒服，正在吃着药，尽管看不出有这个必要。在见到您之前，我甚至不打算对您说这里所发生的一切！因此，您收到这封信时，拍电报来，来电报，来电报！是您到北边来呢，还是我随戴弗夫妇南下？”

六点钟，迪克给妮科尔打了个电话。

“你有什么特别的计划吗？”他问，“你愿意安安静静地——在旅馆吃晚饭，然后去看戏，好吗？”

“你想去吗？你想做什么我就做什么。刚才我打电话给罗斯玛丽了，她正在房间里吃晚饭。我想这样使我们大家都不安心，你说是吧？”

“我并不感到心不安，”他反对道，“亲爱的，除非你身体感到疲劳，要不我们还是做点什么事吧。不然的话，我们回南方后，一个星期都会纳闷我们怎么没见到布歇。这比老是念想着要好一些——”

这话又捅了个大娄子，妮科尔严厉地打断了他的话。

“念想什么？”

“想玛丽亚·沃利斯。”

她答应去看戏。再累也不影响做任何事，这已是他们夫妻俩的一种惯例。他们发现从总体上说，这使得白天显得更愉快，晚上也更有条理。当他们的兴致不可避免地减退时，他们就归罪于别人的疲乏倦怠。夫妇俩打扮得光鲜照人，在巴黎几乎再也找不出第二对来。走之前，他们轻轻地敲了敲罗斯玛丽的房门。里面没有回音。他们断定她睡着了，于是兀自走进温暖而喧闹的巴黎夜色，路上匆匆在富凯酒吧昏暗的阴影里苦涩地喝了一杯苦艾酒。

二十二

妮科尔很晚才醒来，咕哝着又进入梦乡，然后才睁开睡得缠起来了的长睫毛。迪克的床是空的——过了一会，她才意识到自己是被客厅那边的敲门声吵醒的。

“请进！”她喊道，可是没有回音。过了片刻，她匆匆穿上一件晨衣去开门。面前站着一位彬彬有礼的警察，他走了进来。

“阿富汗·诺思先生[1]——他住这儿吗？”

“什么？不——他已经去了美国。”

“他什么时候离开的，夫人？”

“昨天上午。”

---

① 与下文的亚伯拉罕·诺思同指阿贝·诺思。

他摇摇头，节奏更快地向她晃着食指。

“他昨夜还在巴黎。他在这里登记住宿了，可他的房间没人住。他们对我说，我最好问这间房里的人。”

“对我来说这很奇怪——昨天上午我们送他上了那趟与船衔接的联运火车。”

“也许是那么回事，但是今天上午这里还有人见过他。甚至连他的身份证也有人见过。您瞧，这事。”

“我们对此一无所知。”她惊愕地声明。

他想了想。他长得倒还英俊，可身上有一股难闻的气味。

“昨夜您根本没有和他在一起吗？”

“没有。”

“我们逮捕了一个黑人。现在我们确信终于逮到了那个要逮的黑人。”

“我向你保证，我不知道你都在说些什么。如果是亚伯拉罕·诺思先生的话，我们认识这个人，可要是说他昨晚在巴黎，那我们就不清楚了。”

那人点点头，舔了舔上嘴唇，相信了她的话，但是感到失望。

“出了什么事？”妮科尔问。

他摊开双手，叹了口气。他已经开始发现她很动人，一双眼睛在她身上扫来扫去。

“您指望会是什么事呢，夫人，夏季常发生的事。阿富汗·诺思先生遭到抢劫，他报案了。我们已经逮住了那个恶棍。阿富汗先生应该来辨认一下，看是不是这个人，并且提出适当的指控。”

妮科尔把晨衣拉紧了些，干净利落地把他打发走了。她感到莫名其妙，洗了个澡，穿好衣服。这时已经过了十点钟，她给罗斯玛丽打了个电话，却没人接——然后她往旅馆接待处打了电话，发现阿贝确实登记过，是在今天早上六点三十分。然而他的房间还没有住人。她希望从迪克那里得到一点消息，于是在套房的起居室里等着。就在她不想再等了，因而决定出门时，接待处打电话来通报：

“克洛修先生想见您，是一个黑人。”

“什么事？”

“他说他认识您和那位医生。他说有一位弗里曼先生被关进了监狱，那人是世上所有人的朋友。他说这事不公正，在他自己给抓起来之前，他希望见见诺思先生。”

“我们对此事一无所知。”妮科尔否认与此事有什么关联，猛地放下了听筒。阿贝古怪地重又出现使她明白，自己和他厮混是多么累人。她把他的影子从脑海中抹去，出了门，在裁缝店碰见了罗斯玛丽，就和她一起去瑞弗里大街买了些人造花和一些五颜六色、缀着珠子的彩带。她帮罗斯玛丽给她母亲挑了一颗钻石，又帮她选了些围巾和别致的香烟盒，好带回去送给加利福尼亚那些和她在事务上有交往的人。她自己也给儿子买了希腊、罗马士兵模型，有一整支军队，花了一千多法郎。她们又一次以不同的方式花钱，罗斯玛丽再次对妮科尔的花钱方式表示了羡慕。妮科尔肯定，她花的都是自己的钱——罗斯玛丽则仍然认为自己的钱是别人奇迹般地借给她的，因此花起来必须很小心。

在异国他乡的阳光下花钱是件很有趣的事，她们身体都很健康，这样子花钱使她们显得神采飞扬，自信地摆着胳膊甩着手、迈着腿和脚踝，充满那种在男人看来很迷人的女人所具有的自信心。

她们回到旅馆时，看到迪克在这个上午焕然一新，两人都像小孩似的高兴了一阵子。

迪克方才刚接到阿贝打来的一个电话，电话串线得厉害，阿贝看来上午一直在躲着。

“这是我在电话上经历过的最特别的一次谈话。”

在电话里，迪克不仅仅同阿贝，而且像是跟十几个人说了话。那些串线挤进来的人这么说："这个在和你说话的人在一个什么带圆顶的房子里，他说他在里面——那是个什么屋子？"

"嘿，某某人，别说了——不管怎么说，他被卷到一件丑闻中去了，他可能会回家。我个人的看法是——我个人的看法是他撞上了一个——"接着是吞咽口水的声音，此后，这些人要干什么就没办法知道了。

话筒里又传出一个声音：

"我以为，不管怎么说，作为一个心理学家，你会对此感兴趣的。"那一头听电话的不明人物最后再也没听到声音了。结果，不管这人是个心理学家也好，还是别的什么也好，都没有引起迪克的兴趣。阿贝的谈话在电话里是这样的：

"喂。"

"嗯？"

"哎，喂？"

"你是谁？"

"唔。"夹杂着一阵从鼻子里发出的笑声。

"好了，我叫别人说话。"

有时迪克能听到阿贝的声音，伴随着扭打和扔话筒的声音，还有这样一些遥远的只言片语："不，我不，诺思先生……"接着一个无礼、唐突而又坚决的声音说："如果你是诺思先生的朋友，你来把他带走。"

阿贝插了进来，语调严肃而又沉重，很坚定地压过了其他人的声音。

"迪克，我在蒙特马特发动了一场种族暴动。我要去把弗里曼弄出监狱。如果一个从哥本哈根来的制鞋油的黑人——喂，你能听见我说话吗——哎，听着，要是有什么人去了——”听筒里又传出了数不清的人一起说话的声音。

“你怎么又回巴黎了？”迪克问。

“我已经到了埃夫勒，后来才决定坐飞机返回，这样我可以将巴黎同圣苏尔皮斯做个比较。我不是说想把圣苏尔皮斯的风格带回巴黎，我甚至不是指巴洛克建筑风格！我是指圣日耳曼。看在上帝的分上，等一会儿，我去让服务员接电话。”

“看在上帝的分上，别这样。”

“听我说——玛丽顺利离开了吗？”

“是的。”

“迪克，我想让你同我今天上午在这里遇见的一个人说话，他是一个海军官员的儿子，他拜访过欧洲每一位医生。我来对你说说他的情况——”

迪克就在这里挂断了电话——也许这是一种忘恩负义的行为，因为他的头脑需要运转、思考问题。

“阿贝过去是很好的，”妮科尔对罗斯玛丽说，“很好的一个人。很久以前——在我和迪克刚结婚的时候。那时候你要是认识他就好了。他常来和我们待在一起，一住就是好几个星期，而我们几乎意识不到他住在我们家。有时他会玩玩——有时则在图书馆里，弹奏一架调低了音的钢琴，经常一弹就是几个小时——迪克，你记得那个女仆吗？她以为他是个幽灵，有时阿贝常在大厅里遇见她，对着她学牛叫，有一次弄得我们损失了一整套茶具——但我们并不在乎。”

多么有趣——多么久远。罗斯玛丽羡慕他们的乐趣，想象着那与她自己的生活不一样的悠闲自在的生活。她对安逸悠闲知之甚少，可她推崇这样的生活，就像那些从未享受过悠闲的人那样。她把它当作一种休息，却没有意识到，戴弗夫妇和她本人一样，根本就没有放松过。

“他怎么成了这样呢?”她问道,“他为什么非要喝酒不可呢?”妮科尔不住地摇头,否认自己与这事有关系,“如今很多有头脑的人都弄得精神颓丧了。”

“他们什么时候又没有过颓丧呢?”迪克问道,“有头脑的人都遵守常规,不越轨,因为他们必须如此——其中一些人受不了,因而就精神颓丧了。”

“一定有比这更深刻的原因。”妮科尔固执己见,并因为迪克当着罗斯玛丽的面反驳了自己而感到恼火,“艺术家像——嗯,像费尔南德这样的看起来就不是非得泡在酒精里不可。为什么只有美国人放浪形骸呢?”

这个问题的答案很多,因而迪克决定不作回答,就让它在妮科尔的耳际胜利地鸣响。他渐渐地对她感到强烈的不满。尽管他认为她是自己所见过的最动人的女人,尽管他从她那里得到了自己需要的一切,他还是从远处嗅到了战争的硝烟味,并且下意识地让自己心胸变硬起来,时时武装着自己。他不喜欢自我放纵,因而在放纵了自己的这一时刻,他感到相当失态,心下盲目地希望妮科尔只猜出自己对罗斯玛丽在感情上有些激动。他不能肯定——昨晚在剧院里,她就直截了当地把罗斯玛丽说成一个孩子。

他们三个人在楼下吃了午餐,餐厅里铺着地毯,站着身穿清一色制服的侍者,这些侍者走起路来既轻又稳,不像他们最近在外吃饭时遇上的那些,将美味佳肴端上桌时,脚步快得像是踩着活泼的爵士乐节拍一样。在这里,一家一家的美国人四下张望,打量着别的美国人家庭,并且互相间试图进行交谈。

旁边一桌人在举行聚会,他们说不清那些人为什么而聚在一起。其中有一个夸夸其谈的年轻人,有点像是干秘书这一行的,那种在别人说了话后总要请人再重复一遍的小伙子，另外还有二十位妇女。这些女人既不年轻也不显老，也不像是属于哪一个特殊的社会阶层。然而，这些人却给人一种团体的印象，比如说，同一群因她们的丈夫都参加一次专业性讨论会而凑到一起的女人相比，这些个女人在一起抱得更紧。它的团体性质肯定比任何一个可以想象出的旅游团要强。

一种直觉让迪克咽回了已经到了嘴边的尖刻嘲讽，他让侍者去打听一下他们都是些什么人。

“她们都是阵亡官兵的母亲。”侍者解释说。

他们嗟叹不已。罗斯玛丽热泪盈眶。

“年轻一些的大概是妻子们。”妮科尔说。

迪克的目光越过酒杯，又望了望她们。从她们幸福的脸上，从她们身上充溢着的庄严之中，他看到了老一代美国人的所有成熟之处。这些女人前来凭吊阵亡的亲人，哀悼无法弥补的损失，表现得是那样冷静，使得这餐厅一时间显得美好起来。那一刻，他仿佛又坐在了父亲的膝头，当传统的忠心与奉献精神在他周围作战时，他同莫斯比在开着车玩。他几乎费了点劲才将注意力抽回到自己桌边的两个女人身上，面对他所相信的全新世界。

——我放下窗帘你介意吗？

二十三

阿贝·诺思还在里兹酒吧里面，从早上九点他就一直待在那里。当他为了藏身而到那里时，酒吧的窗户敞开着，一束束强烈的阳光照在地毯和坐垫上，光束中灰尘飞扬。穿着制服的服务员们在走廊上跑来跑去，一时间像是在纯洁的空间中幽灵般自由走动着。吧台对面是专为妇女设置的有座酒吧间，看上去很小——难以想象下午那里能容纳多少人。

那个大名鼎鼎的酒吧老板保罗还没来，但是正在核对货物的克劳德带着并非夸张的惊讶停下手头的活，给阿贝调制了一杯酒。阿贝在靠墙的一张长凳上坐了下来。喝了两杯酒之后，他开始觉得舒服了一些——感到如此舒服，于是上楼去理发店刮了个脸。当他回到酒吧时，保罗已经来了——坐的是他那辆定制的汽车，在卡皮西恩林荫大道下的车。保罗喜欢阿贝，便走过来同他说话。

“我本该今天上午乘船回去的，”阿贝说，“我是说昨天上午，管它哪一天呢。”

“你怎么没走呢？”保罗问。

阿贝想了想，终于找出一条理由：“——我在看《自由》上的一部连载小说，下一部分应该是在巴黎——所以，如果我坐船走了，就看不到了——而且再也看不成了。”

“那一定是一个非常精彩的故事。”

“是一个恐——恐——恐怖的故事。”

保罗不由得暗自发笑，站起身来，又停了一下，俯在椅背上说：

“假如你真的想走的话，诺思先生，你的朋友们明天乘‘法兰西号’船走——那人叫什么来着——还有斯利姆·皮尔逊。那人叫——我会想起来的——高个子，刚蓄起络腮胡的那人。”

“亚德利。”阿贝提醒道。

“对，亚德利先生。他们俩都要乘坐‘法兰西’号。”

他要去工作了，可阿贝试图拉住他：“假如我当时不是非得从瑟堡走的话就行。行李从那条路托运走的。”

“在纽约拿你的行李好了。”保罗一边说一边就走开了。

这个建议中包含的逻辑渐渐同阿贝的精神状态相一致——他变得有点热衷于被别人关心照顾，或者说热衷于延长自己这种不承担责任的状况。

在他们说话的时候，另外一些顾客已经进了酒吧间：第一个进来的是一个身材高大的丹麦人，阿贝好像在哪里遇见过他。这个丹麦人在房间那边坐了下来，阿贝猜想他可能会在那里坐一天，吃饭喝酒，同人谈天或者看报纸。他感到有一种欲望，要比那人待的时间更长一些。十一点钟了，开始有一些男大学生走进来，他们小心翼翼地迈着步子，唯恐碰到别人的书包或被别人碰到书包。大概在那时，他让服务员给戴弗夫妇挂电话。等到和他们联系上时，他也同别的朋友取得了联系——他感到要同时与他们大家都说话——结果只是泛泛的。他脑海中不时闪过这样的事实，即他应该去把弗里曼弄出监狱，但他却把一切都当作噩梦抛到脑后去了。

快到一点钟时，酒吧里挤满了人。侍者们在嘈杂的人声中来回跑动，高声喊着，给顾客们送酒收钱。

“那就是两份薄荷白兰地鸡尾酒……再来一杯……两杯马丁尼外加一杯……没你的份，考特利先生……那是第三巡了。七十五法郎，考特利先生。谢弗先生说他有——您这是最后……我只能按您说的办……非常感谢。”

在混乱中，阿贝的座位也没了。此时，他站着，轻轻摇晃着，同那些已经混熟的人说着话。一条梗狗把链子绕在了他的两条腿上，但阿贝设法从容地解脱了，并且接受了狗的主人的一再道歉。随即有人请他一起吃午餐，可他婉言谢绝了。他就要去布里格利斯了，他解释说，得在那里办一件事。过了一会儿，他摆出一个酒鬼常有的那种“优美”风度，摇摇晃晃地，就像是一名囚犯或者家庭用人那样，同一个熟人道了别，接着发现酒吧里最热闹的时刻已经匆匆过去了，一如它到来时那样快。

他对面的那个丹麦人和伙伴们已经点好了午餐菜肴。阿贝也点了一份，但几乎没怎么动它。过后，他就坐在那里，愉快地想着往事。几杯酒使往事成了与现在同时发生的事，仿佛往事还在继续，甚至同未来也融为一体，仿佛它们还要再次发生。

四点钟，服务员来到他身边：

“你愿意见一位名叫朱尔斯·彼得森的黑人吗？”

“天哪！他怎么找到我的？”

“我没有告诉他您就在这里。”

“那是谁告诉他的？”阿贝猛地趴到那些酒杯上，但随即又恢复了平静。

“他说他已经找遍所有美国人开的酒吧和旅馆了。”

“告诉他我不在这里——”服务员转身要走的时候，阿贝又问道，“他能进来吗？”

“我去问问。”

听了这个问题，保罗回头看了一眼，摇摇头，接着看到阿贝，就走了过来。

“对不起，我不允许这样。”

阿贝吃力地站起身，走出酒吧，朝康邦大街走去。

二十四

理查德·戴弗拎着那只小巧玲珑的公文包，从巴黎行政区走出来——他在那里给玛丽亚·沃利斯留了张便条，署名“迪科尔”，和妮科尔恋爱初期，他们的来往信件上都用这个名字——去了他的裁缝那里。店员们小题大做，在他身上忙活了半天，与他破费的钱都不太相称了。他为自己对这些可怜的英国人许诺那么多而感到惭愧，自己是那样风度翩翩，总是一副掌握有他人保障的关键的神气，同时又为让裁缝把衣袖上的绸子缩短一英寸而感到难为情。在这之后，他去了克里隆饭店的酒吧，喝了一小杯咖啡和一点杜松子酒。

在他走进这家饭店的时候，他觉得大厅里的光线亮得似乎不大自然，离开时，他才明白原来是因为外面天色已经变黑了。才四点钟，天就黑了，风很大，香榭丽舍大街上树叶在鸣叫、飘落，像是在唱歌，又尖又响。迪克走下瑞弗里大街，在有拱顶的走道下穿过两个广场，向他的开户银行走去，他的信件都从那里取。随后，天开始滴滴答答地下起了雨，他叫了辆出租车，朝香榭丽舍大街驶去，一个人坐在车里，心里想着他的情人。

想起两点钟在乔治王饭店时，妮科尔的美貌之于罗斯玛丽的美丽，就好比列奥纳多[①]创作的姑娘与一个插画家笔下的姑娘。车子继续在雨中朝前行驶，迪克感到自己像着了魔似的，又感到有些害怕，许多男人所经历过的那些激情在他心中翻腾，他觉得事情很是复杂。

罗斯玛丽打开门，心里充满热烈的情感，不过这种情感并没有人知道。她现在就像是人们有时说起的那种“狂热的小家伙”——整整二十四小时了，她还没有定下神来，一直在同混乱玩着游戏，仿佛她的命运就是一种拼图游戏——算计着利益和希望，责备迪克、妮科尔，她母亲，以及昨天见到的那个导演，这些念头在她脑海里转个不停。

迪克敲门的时候，她才穿好衣服，正在凝望着窗外的雨丝，想着一首诗，想到贝弗利山庄[②]那些积满了水的街沟。当她开门时，她把他看成像是一个什么固定不变的东西，一个像神一样的人。在她眼里他一直都是如此，就像年轻人眼中年纪大的人，刻板而固执。迪克看到她又感觉到时时会有的那种失望。过了一会儿，他才对她那不加设防的甜蜜的微笑做出反应，她那青春的身体不差毫厘地让人想到一只

① 列奥纳多·达·芬奇（Leonardo da Vinci，1452—1519），意大利文艺复兴时期伟大的画家、雕塑家、建筑家。

② 贝弗利山庄，位于美国洛杉矶，有“全世界最尊贵的住宅区”称号。

花苞，而这只花苞肯定将成为一朵鲜花。他注意到她那双湿脚走出浴室门时在地毯上留下了脚印。

"电视明星小姐。"他用自己感觉不到的一种轻佻的语气招呼道。他将手套、公文包放到梳妆台上，把手杖靠在墙上。他紧闭着嘴，就像控制不能让人看见的恐惧一样，借下巴控制住嘴边那些痛苦的线条，却又让它们在额上和眼角涌了出来。

"过来坐在我腿上，离我近些，"他温柔地说，"让我看看你那迷人的小嘴。"

她走过来，坐到他腿上。窗外，雨水的滴答声渐渐慢了下来，滴答—滴答。她把嘴唇抬向她心目中所构造的那冰冷、美丽的形象。

随即，她在他嘴上亲了好几下，朝他凑近时，她的脸渐渐变得大了，他从未见过什么东西能像她那细腻的肌肤一样令人炫目。因为有时候美能让人产生最美好的念头，此时他想到了他对妮科尔所负有的责任，想到她可能就在走道那边隔两个门的房间里。

"雨停了，"他说，"看到石板瓦上的阳光了吗？"

罗斯玛丽站起来，又俯下身去，说出了她心中最真诚的话：

"哦，我们真会演戏——你和我。"

她走到梳妆台前，刚刚把梳子放到头发上，响起一阵敲门声，缓慢但却敲个不停。

他们大吃一惊，吓得一动不动。敲门声一直响着，罗斯玛丽突然意识到门没上锁，赶紧把头发梳整齐，迪克也迅速地抹平了他们刚才坐在床上时形成的褶皱。罗斯玛丽朝他点点头，他一边朝门走过去，一边说着话，声音不太高，非常自然：

"——要是你觉得不好出去的话，我就去告诉妮科尔，我们将会静静地度过这最后一个夜晚。"

这种防范毫无必要，因为门外的人已是自顾不暇，对与自身无关的事根本不会作任何评判。来人是阿贝，只见他站在那儿，一夜之间好像老了几个月似的，和他在一起的还有一个黑人，这人神情很是焦虑，阿贝介绍说他是斯德哥尔摩的彼得森先生。

“他的处境很糟糕，都是我的过错，”阿贝说，“我们需要听听一些好建议。”

“到我们房间里来。”迪克说。

阿贝坚持要罗斯玛丽也一起去，于是他们穿过大厅，进了戴弗夫妇的套间。朱尔斯·彼得森跟在后面，这个人身材矮小，看上去尚体面，是那种在边疆几个州内支持共和党的温文尔雅的黑人。

看起来他是清晨在蒙帕尔纳斯发生的那场争端的见证人。他陪阿贝去过警察局，证明了阿贝说的话，即一名黑人从他手中抢走了一张一千法郎的钞票。能否找出那个黑人是这件案子的要点之一。阿贝和朱尔斯·彼得森由一名警察陪同，回到了那家小酒馆，过于仓促地认定一个黑人为罪犯，然而一个小时后却弄清楚了，这个人是在阿贝离开之后才到那里的。警方接着又把事情搞得更加复杂，他们逮捕了弗里曼，那位杰出的黑人餐馆老板，其实他不过是在早一些的时候因为喝了点酒而糊里糊涂地在那里露了一下面，之后就不见了。真正的罪犯是另一个人，此人只是最近才作为一个阴险的角色再次登场，但据他的朋友们说，他只不过强拿了人家一张五十法郎的钞票，硬买了阿贝要的酒罢了。

简言之，在一个小时之内，阿贝就成功地使自己同四个黑人的个人生活、良心以及感情纠缠到了一起，他们是住在法国拉丁区的一名欧洲黑人和三个美国黑人。解决这场纠葛的希望几乎是微乎其微。一天过去了，除了在一些意想不到的地方和意想不到的角落附近突然出现一些陌生的黑人面孔，在电话里不断听到一些黑人的声音之外，一无所获。

阿贝本人避开了所有的黑人，除了朱尔斯·彼得森。彼得森的处境很像是帮助了一个白人的友好的印第安人。那些被出卖的黑人与其说是在搜寻阿贝，不如说是在搜寻彼得森，而彼得森则尽量设法从阿贝那里寻求可能会有的保护。

在斯德哥尔摩，彼得森曾是一家小鞋油作坊的老板，但已经破产了，如今手里拥有的只剩他的配方和一些干这门手艺所必需的工具，可以装满一只小箱子。不过，新结识的保护人早些时候曾向他许诺，要帮助他在凡尔赛重操旧业。阿贝过去的汽车司机是那里的一个鞋商，而且阿贝已经先给了彼得森二百法郎。

罗斯玛丽听着这番冗长、散乱而毫无意义的陈述，感到很厌恶。要欣赏这个怪诞的故事，需得有比她更强的幽默感。那个提着他的袖珍加工厂、一双不真诚的眼睛不时翻着白眼珠露出惊慌神色的小个头男人，还有面容憔悴的阿贝——这一切都像疾病一样距离她很遥远。

“我只求一生中能有个机会，”彼得森说，操着一口殖民地国家的人所特有的那种准确而又变了样的腔调，“我的方法很简单，我的配方非常好，因此我就被人从斯德哥尔摩撵了出来，破了产，因为我不愿意放弃它。”

迪克礼貌地看着他——对他发生了兴趣，但这兴趣很快又消失了。他转向阿贝说：

“你去一家旅馆，上床睡一觉。等你休息好了，彼得森先生会来看你的。”

“可你难道不知道彼得森糟糕的处境吗？”阿贝反对道。

“我在大厅里等着，”彼得森体谅地说，“当着我的面，也许不好商量我的难题吧。”

他滑稽地模仿了一种法国式的鞠躬，走了出去。阿贝像机车缓缓起动那样慢慢地站起身来。

“今天我似乎不太受欢迎。”

“受欢迎，但不太适合出现在这里，”迪克告诉他，“我建议你离开这家旅馆——如果你愿意的话，从酒吧那里走。到香博德旅馆去，或者要是你需要多项服务的话，就去宏伟大旅馆。”

“能麻烦你给我一杯酒吗？”

“这里没有酒。”迪克撒了个谎。

阿贝无奈地同罗斯玛丽握握手。他慢慢地使自己的脸上平静下来，抓着她的手，好长时间都不松开，想说什么，但终究没能全说出来。

“你是个最——一个最——”

虽然她感到难过，对他那双脏手也感到憎恶，但她还是很有教养地笑了笑，仿佛目睹一个人在梦魇中行走，对她来说并没有什么特殊之处。经常，人们对一个喝醉酒的人表现出一种奇怪的尊敬，很像是头脑简单的种族对疯子的敬而远之。尊敬，不是害怕。一个对什么都无所顾忌、什么事都干得出来的人也会令人有所敬畏。当然，事后我们会让他为他那优越的时刻、给人以深刻印象的时刻付出代价。阿贝转向迪克，最后又恳求道：

“如果我到一家旅馆去，好好洗个蒸汽浴，梳理梳理，然后再睡一会儿，摆脱这些塞内加尔人——我能来在这炉火旁边度过这个夜晚吗？”

迪克对他点点头，那神态与其说是同意，还不如说是嘲笑。“你对自己目前的能力评价还很高啊。”他接着说。

“我敢打赌，要是妮科尔在这儿的话，她会让我回来的。”

“好吧。”迪克走到一个放行李箱的架子旁，把一只盒子拿到屋子中间的桌上。盒子里面装着数不清的硬纸板字母卡。

“如果你想玩字谜游戏的话，那就来吧。”

阿贝望着盒子里的东西，感到有些恶心，好像有人叫他把它们当作燕麦吃下去似的。

“字谜游戏是什么？难道我遇上的怪事还不够多吗——”

“这是一个很安静的游戏。用这些卡片拼单词——除了‘酒精’这个词，什么词都行。”

“我敢说你会拼写‘酒精’这个词。”阿贝把手伸进那些卡片中，“假如我能拼出‘酒精’这个词，我能回来吗？”

“要是你想玩字谜游戏的话，你可以回来。”

阿贝无可奈何地摇摇头。

“要是你总那样想的话，就没用了——我只会碍事。”他责备地对迪克晃动着他的手指，“但请记住乔治三世说过的话，如果格兰特喝醉了酒，他真想把别的将军们给咬上一口。”

他从金黄色的眼角绝望地朝罗斯玛丽最后扫了一眼，走了出去。使他感到安慰的是，彼得森已经不在过道上了。他感到茫然，觉得无家可归，于是又回去向保罗打听那条船的名字。

二十五

当阿贝蹒跚着走出去之后，迪克和罗斯玛丽迅速地拥抱了一下。两个人身上都吸附着巴黎的灰尘，他们透过这层灰尘，闻到了对方身上的气味：迪克那支自来水笔的橡皮套子有一股味道，罗斯玛丽的脖子、肩膀上则散发出温馨的淡淡香味。迪克在这种情形中又沉浸了半分钟，罗斯玛丽已先回到了现实中。

“我得走了，小家伙。”她说。

他们渐渐分开，彼此向对方眨着眼睛，接着，罗斯玛丽做了一个退场姿势，这个姿势，她很早就学会了，至今还没有哪个导演试图使她把这个动作做得更加优美。

她打开自己的房门，径直走到桌子跟前，因为她突然想起她把手表忘在桌上了。手表还在那里放着。她急匆匆地戴着手表，低头看了看写给母亲的信（她每天都要写一封），在脑子里想好了最后一句话。然后，用不着转过身去，她逐渐意识到房间里除了她还有别人。

在一间有人住的房间里，有一些不太惹眼的物件折射着日光：刷上了清漆的木器、擦得多少有些发亮的青铜制品、银器和象牙制品，除了这些，还有许多东西发出柔和的光泽或是投下淡淡的阴影，人们几乎想不到它们居然还有那些功能，比如说，相框的上沿，铅笔或烟灰缸的边缘，还有水晶的或陶制装饰品的边沿。所有这些折射的总和——它们不仅引起同样微妙的幻象反射，而且引起人们那些下意识的片断联想。人们似乎总抱着这些联想不放，正好似玻璃装配工总是保留着那些形状不规则但说不定什么时候能用得上的玻璃块——也许这可以说明为什么罗斯玛丽还没确定，就觉得房间里有人，她事后把这神秘地称作“有所意识”。但是当她真的意识到这点时，便像跳芭蕾舞似的迅捷转过身，突然看到一具黑人的尸体躺在她床上。

她“啊——”地大叫起来，还没扣好的手表又“啪”的一声跌落到桌上。此时，她脑子里出现了一个荒谬的想法，以为那是阿贝·诺思的尸体。接着她冲出房门，穿过大厅。

迪克正在伸懒腰。他细细看了看那天戴过的手套，把它们扔到了箱子角落的那一堆脏手套中。他把外衣同背心都挂了起来，又把衬衣挂到另一个衣架上——这是他自己的一个癖好。“衬衫脏一点还能穿，皱了不能穿。”妮科尔进来了，正将阿贝的一只别致的烟灰缸往纸篓里扔，这时，罗斯玛丽风风火火地闯进了房间。

“迪克！迪克！快来看！”

迪克慢慢穿过大厅，走进她的房间。他跪下来听了听彼得森的心脏，又摸了摸他的脉搏——尸体尚有余温，那张在活着时受过折磨的、不坦诚的脸，死后显得粗鄙而痛苦：一只胳膊下面还压着那只装着制鞋油工具的箱子，可是垂在床边的那只脚上穿的鞋子却几乎没有擦过鞋油，鞋底也磨穿了。按照法国的法律，迪克无权触动尸体，但他还是将那只胳膊移动了一下，看看有什么情况——绿色的床罩上有一块血污，下面的毯子上也会有些淡淡的血迹的。

迪克把门关上，站着想了想。他听到过道上传来谨慎的脚步声，接着妮科尔在叫他的名字。打开门，他低声说：“把我们床上的床罩和盖在上面的毛毯抱来——别让人看见你。”接着，他看到她脸上那副紧张的表情，于是很快补上一句，“瞧瞧，你不必为此感到不安——不过是黑鬼的一次斗殴而已。”

“我希望这事能了结。”

迪克在抱起尸体时，发现它很轻，显然是营养不良。他扶着尸体，好让伤口上流出的血淌进这人的衣服里去。他把它放在床边，掀掉床罩和盖毯，然后把门打开一英寸，仔细谛听着——大厅里传来碟盘的叮当声，接着一个声音大声说“谢谢，太太”，俨然一种降尊纡贵的口气，但那个侍者朝另一个方向走了，是往楼梯那边的服务台去了。迪克和妮科尔在过道上飞快地交换了手上抱着的一卷东西。将这床床罩和盖毯在罗斯玛丽的床上铺好之后，迪克浑身直冒汗，站在温暖的暮色中，沉思着。他检查了一下尸体，觉得有几点已经是显而易见的了。第一，阿贝遇见的第一个怀有敌意的印第安人跟踪了这个友善的印第安人，在过道里发现了他，当后者绝望地躲进罗斯玛丽房中时，那人又追踪而至，并且杀了他。第二，如果任由事态自然发展下去的话，世上就再也没有力量能使罗斯玛丽免遭玷辱了——阿巴克尔一案[1]的余波尚未平息呢。她必须继续严格又无可指摘地保持“爸爸的女儿”的形象，这一点决定她能否签成契约。

迪克习惯性地做了个卷袖子的动作，尽管他身上穿的是一件无袖汗衫。他朝尸体俯下身去，紧紧抓住死人身上的外衣肩膀处，用脚后跟把门踢开，迅速把尸体拖到过道上，放在一个看似合理的位置。接着，他又回到罗斯玛丽的房间里，将豪华地毯上的纹理抹平。然后他走到自己的套间，给旅馆经理打电话。

“麦克贝斯吗？——我是戴弗医生——有件要紧事。我们这条电话线是不是多多少少算作私用线路？”

好在他曾费过一番功夫，牢固地密切了他同麦克贝斯先生的交情。迪克曾在很大的社交圈内展现了讨人喜欢的一面，虽然他不会再回顾那些时候，但这回他身上那些讨人喜欢的地方又派上了用场……

“我们从房间里出去时，看到一个死了的黑人……在大厅里……不，不，他是个平民百姓。你等一会儿——我知道你不愿任何房客碰见尸体，因此我正在给你打电话呢。当然，我必须要求你不要把我的名字卷进去。我不希望因为是我发现了这个死人，就得牵涉到任何法国的繁琐公务手续。”

为旅馆考虑得多么细致周到啊！仅仅因为麦克贝斯先生在两天前的夜晚亲眼目睹了戴弗医生细心的特点，他才能毫不怀疑地相信这个故事。

不一会儿，麦克贝斯先生就来了，又过了片刻，一名警察也来了。在这期间，他还抓住一个机会，对迪克耳语道：“您可以放心，每一个房客的名声都将受到保护。您如此费神，我真是感激不尽。”

麦克贝斯先生立即采取了一系列好似只存在于想象中的措施，但这也影响到了那个警察，他很不自在地将自己的胡子扯个不停，马马

---

① 阿巴克尔（1839—1912），美国咖啡商人，曾因与另一些商业公司发生冲突而轰动美国商业界。

虎虎地记了些东西，又往所在的警局打了个电话。与此同时，尸体被搬进这座世界上最时髦的旅馆的另一个房间里，速度之快，朱尔斯·彼得森作为一个商人，应该是很理解的。

迪克回到他那间客厅。

“怎么回事?”罗斯玛丽叫道，“难道在巴黎的所有美国人一直都是互相开枪射击的吗?”

“现在好像是开禁的时期，”他答道，“妮科尔在哪里?”

“我想她是在浴室吧。”

因为他挽救了自己，她对他很是敬重——她在脑海中已经预想过了这件事可能会带来的灾难。她刚才怀着狂热的崇拜之情听着他把一切都解决了，那声音坚定而有把握，也不乏礼貌。但是，还没等她激动地扑到他身边，他的注意力又集中到别的事上去了：他走进卧室，朝浴室走去。此时，罗斯玛丽也能听到一些粗暴的言语，声音越来越大，从锁眼和门缝里传出来，又传进房间里，令人恐怖。

罗斯玛丽认为妮科尔在浴室里摔倒受伤了，于是跟在迪克后面。迪克用肩膀把她推回去，并且粗鲁地挡住她的视线，可她在此之前已经看到，并不是她想象的那种情形。

妮科尔跪在浴缸旁边，身子向两边摇晃着。“是你!”她叫喊着，“——你侵入了我在这世上所拥有的唯一隐秘的地方——你的床单上有鲜红的血。我要给你披上它——我并不感到羞耻，尽管这样做很可悲。万愚节那天我们在苏黎世教区举行了一次聚会，所有的傻瓜都在那里，我想披一条床单去，可他们不让我——”

“控制住自己!”

“——所以我坐在浴室里，他们给我拿来一件带假面具的化装舞衣，说穿那个，我就穿上了。我还能怎么样呢?”

“控制住自己，妮科尔!”

“我从未指望你能爱我——太迟了——只是你别进浴室，这是我唯一一处能保留隐私的地方了，拖着那些带血迹的床单，还让我把它们缝到一起。”

“控制住自己。起来——”

罗斯玛丽回到客厅，听见浴室的门“砰”地响了一声。她站在那里，不禁瑟瑟发抖：现在她明白维奥莱特·麦基斯科在戴安娜别墅的盥洗室里看到的是什么了。电话铃响了，她拿起话筒，发现是一直在找她、找到戴弗夫妇房间的科利斯·克莱，她顿时感到一阵轻松，差一点哭了出来。她叫他过来，陪她一起去拿一下帽子，因为她害怕一个人进自己的房间。

第二部

一

一九一七年春天，理查德·戴弗医生第一次到苏黎世的时候，才二十六岁，这对一个男人来说，正是一个风华正茂的好年纪，也的确是单身汉生活的顶峰时期。甚至在战争的日子里，对迪克而言，这也是一个美好的年纪，他已经是一个很有价值的人才，很有发展前途，因而时代是不会让他去死于枪口下的。若干年之后，在他看来，即使处在这样的庇护中，他似乎也没能轻易躲掉战争的影响，但是他从未认定这一点——在一九一七年，他将这个说法付诸一笑，辩解说，战争丝毫没有影响到他。当地的董事会给他下达了一些指示，即完成他在苏黎世的学业，并如先前计划的那样，取得一个学位。

瑞士像是一个小岛，意大利戈里齐亚附近的海浪雷鸣般地拍打着它的一边，法国索姆河和埃纳河的湍流冲刷着它的另一边。各州内，引人注目的陌生人一度比前来疗养的病人还多，可那得靠猜测了——伯尔尼和日内瓦的小咖啡馆里，那些窃窃私语的人很像是珠宝商或者旅行商人。然而，谁都不会看不到那一长队一长队或瞎了眼睛或只剩下一条腿或即将死亡的伤兵，他们在博登湖和纳沙泰尔湖之间明媚的湖区交错而行。酒肆和商店的橱窗里到处张贴着鲜艳的宣传画，画的是一九一四年瑞士人保卫边疆的情景——青年和老人都英勇无比，在高山上怒视着山下幽灵似的法国人和德国人。画作的目的是要让瑞士人民放心，让他们确信，他们始终拥有着昔日那种富有感染力的辉煌荣誉。随着屠杀的继续，宣传画逐渐变得黯然失色，当美利坚合众国加入战争并将战局搅得更激烈的时候，再也没有哪个国家比它的姊妹共和国更对此感到惊讶了。

那时，戴弗医生已经事先做好了战争后的打算。一九一四年，他是一名来自康涅狄格州的牛津大学罗兹奖学金获得者。他回国在约翰·霍普金斯大学完成了学业并取得学位。一九一六年，他设法到了维也纳，觉得自己如果不抓紧时间，伟大的弗洛伊德最终将丧生于飞机投下的炸弹。即使在那时，维也纳也是一片死气沉沉，但迪克还是设法弄到了足够的煤炭和油料，坐在达门斯蒂夫大街的房间里撰写一些小册子，后来这些小册子让他给销毁了，但重写后，成了一九二〇年他在苏黎世出版的那本书的主要部分。

我们大多数人在我们的生活中都有一段得意的辉煌时期，迪克·戴弗这时候就处在这样一个时期。首先，他根本没想到自己很迷人，也没有意识到在身心健康的人当中激起这种感情有什么不寻常的地方。他在纽黑文的最后一年里，曾被人称为“幸运的迪克”——这个名字一直萦绕在他的脑海里。

“幸运的迪克，你这家伙，”他常常绕着房间中最后几缕余火来回踱步，喃喃自语，“你赶上了，伙计。还没人知道时，你就来了。”

一九一九年初，烤火煤越来越难弄到，迪克硬是把积聚起来的近一百本教科书当作燃料烧火了。但是，在把每本书扔进火里时，他心里却是暗暗发笑的，自信已经透彻了解了书中的内容，从现在起五年之内，他都能大致说出其内容，且这种浓缩相当有价值。不时会有这样的情形发生，如果有必要，他会在肩上披一条小地毯，沉浸在学者的恬静之中，在一切事物中，这种恬静最接近天国的宁静——但是正如很快就要提到的，它不得不告一段落。

在这种情形暂时延续着的过程中，他很庆幸自己有一个好身体。他在纽黑文练过吊环，此时又在多瑙河里冬泳。他和大使馆的二等秘书埃尔金斯合租一套公寓，还有两个漂亮的女客人——就是那么回事，而且并不过分，与大使馆也没多大关系。与埃德·埃尔金斯的交往，使他开始对自己思维过程的特质有所怀疑，他并不觉得它们同埃尔金斯的思维有什么深刻的区别——当着你的面，埃尔金斯叫得出三十年以来纽黑文橄榄球队四分卫[①]的名字。

“——幸运的迪克不会是这样的一个聪明人。他必须不那么完美无缺，甚至得稍微有些缺陷。假如人生不让他有缺陷，患病、伤心或者自卑也不能取代，尽管弥补缺陷直至超过原来的构造也是很不错的。”

他嘲笑着自己的这种推理方法，称之为似是而非的推论，“美国式”的方法——每当他判定某一造词为非理性的时候，他就说，那是美国式的。不过，他知道，完美无缺就得付出代价，那就是有所缺陷。

“我的孩子，我能给予你的最良好的祝愿，”英国作家萨克雷的《玫瑰与戒指》中那根黑色魔棍如是说道，“是遇上一些不幸的事。”

处在某一种心境之中时，他常抱怨自己的推理方法；当所有的人都在四处寻找皮特·利文斯通时，他却安坐在塔普代的更衣室里，那

---

① 四分卫，橄榄球队中担任前卫和中卫的队员。

我又能有什么办法呢？我赢得了一次选举，不然的话，还碰不上伊莱休呢，我认得的人太少了。他说得完全对，我应该坐在更衣室里。要是我早料到会有机会当选的话，我可能会坐在那里面的。可是那几周内，默塞尔总是往我的房间里钻。我猜想，我是知道自己有希望的。可要是我在淋浴时吞下一枚大头针，由此引起一场冲突，那我也就是活该倒霉了。

每当大学里讲座结束后，他常常和一位年轻的罗马尼亚知识分子争论不休，那人要他相信："没有证据表明歌德曾经有过现代意义上的'冲突'，或者比如说，像荣格①那样的人，也是如此。你并不是一位浪漫的哲学家——你是一个科学家。要有良好的记忆、力量、性格——特别是明智的判断。你要遇到的麻烦事是——对自己的评价。我曾认识一个人，他花了两年时间研究犰狳②的大脑，认为在犰狳的大脑方面，自己迟早要比任何人都知道得多。我一直同他争论说实际上他并没有突破人类研究的范围——那么说未免太武断了。果不其然，当他把自己的研究成果寄往一家医学杂志时，他们没有采用——他们刚刚接受了另一个人关于同一课题的论文。"

迪克刚到苏黎世时，身上的弱点虽然不像蜈蚣的脚那样多得数不清，却也是不少——诸如幻想力量与健康能永在，幻想人的本质是善良的，并对一个民族存在着幻想，相信从一代代拓荒者的母亲们那里流传下来的谎言。她们低声吟唱：小木屋门外没有狼。取得学位之后，他又奉命去参加在法国奥布河畔巴尔组建的一个精神病医疗队。

在法国，他干的是行政工作，而不是业务实践，这令他深感厌恶。但他有空闲时间，写完了那本短小精悍的教科书，还为下一步的

---

① 卡尔·荣格（Carl Jung，1875—1961），瑞士著名心理学家，弗洛伊德的弟子，后与弗洛伊德分道扬镳。

② 犰狳，又称"铠鼠"，全身披着坚硬的铠甲，遇到危险来不及逃走时就缩成球状保护自己。

研究搜集了一些资料，算是一种补偿。一九一九年春天，他离开医疗队，又回到了苏黎世。

上面的叙述带点传记的意味，没能让读者满意地了解到，本书的主人公像当年懒洋洋地待在加利纳杂货店的格兰特一样，随时做好准备，响应召唤，走向复杂的命运之旅。而且，它还让人费解，就像人们偶然看到自己认识的一个人的照片，认识他时，这人已是成熟老练，而照片上的他却青春年少，精神，结实，目光锐利，全然是一个陌生人，因而令人颇感震惊。不过，最好还是让读者放下心来——迪克·戴弗一生的重要时期现在已经开始了。

二

四月的一天，天气潮湿，阿尔比桑的上空飘着长长的斜纹云，低地上的水汪在坑洼里。苏黎世同一座美国的城市不无相似之处。迪克到这里已经有两天了，一直觉得若有所失，他觉察到那是内涵有限的法国小巷所给他带来的一种感受，小巷里别无长物。在苏黎世，除了苏黎世这个城市之外，还有别的许多东西——那一块块屋顶把人们的视线引向牛铃叮当作响的牧牛场，而牧场又装点着更远处的小山巅——所以说，生活是一条线，笔直通向美好的天堂。在这里，阿尔卑斯山地，这个五花八门的玩具和高空缆车，旋转木马和悠扬的乐钟声随处可见的地方，一切显得虚无缥缈而不真实，正如在法国，地上的藤蔓盖过一个人的脚背，给人以一种虚幻的感觉一样。

在萨尔茨堡，有一次迪克听古老音乐时，感到那音乐里有一种额外添加的东西，就好像是买来的或借来的；还有一次在苏黎世大学的实验室里，他小心地拨弄着一根大脑的颈神经，觉得自己更像是一个做玩具的人，而不像是两年前的那个人，旋风般匆匆走过霍普金斯大学古老的红楼，并没有因为门厅里那座巨型基督像表现出的嘲讽而停步。

然而他还是决定在苏黎世再待两年，因为他对那种需要无限精确、无穷耐心的玩具制作的价值没有低估。

这天，他到苏黎世湖边的多姆勒诊所去看望弗朗兹·格雷戈罗维乌斯。弗朗兹在电车站迎接了迪克。他出生在瑞士的沃州，比迪克年长几岁，是这个诊所的住院病理专家。他有卡格里奥斯特罗①那种黝黑的皮肤和不凡的相貌，与那双圣洁的眼睛形成了鲜明的对比。他是格里戈罗维乌斯家族的第三代——在精神病治疗刚从自古以来的蒙昧状态中崛起之时，他祖父就教导过克雷佩林②。他性格孤傲、暴躁，却又生性怯懦——他自以为是一名催眠师。假如这个家族先前的天才们稍微变得有点儿疲倦，弗朗兹无疑会成为一位出色的临床医生。

在去诊所的路上，他说："把你在大战中的经历对我说说吧。你有没有像其他人那样有所改变呢？你同样有一张愚蠢、不显老的美国人的脸，只是我知道你并不愚蠢，迪克。"

"我根本没见到战争——弗朗兹，你一定是从我写的信中得出这个想法的。"

"这个无关紧要——我们有一些弹震症患者，他们只是从远处听到空袭的炮弹声而已。还有几个只不过是从报上看到空袭的消息。"

"我听着像是在胡扯。"

"也许是吧，迪克。不过，我们这个诊所是一个富翁开办的——我们不用'胡扯'这个词。坦白地说，你是来看我还是来看那位姑娘的？"

他们彼此朝对方睨了一眼，弗朗兹诡秘地微笑着。

---

① 亚历山德罗·卡格里奥斯特罗（1743—1795），意大利著名探险家、魔术师。

② 爱米尔·克雷佩林（1856—1926），德国精神病学家，曾提出一种对后世有影响的精神病分类系统。

“当然，我看了最初的那几封信，”他打官腔地说，“开始有所变化时，出于敏感，我就没有再拆过信了。事实上这已成了你的病例。”

“这么说她康复了？”迪克问道。

“完全康复了，她由我负责治疗，实际上大多数英国和美国的患者都由我负责治疗。他们叫我格雷戈里大夫。”

“我来解释一下有关那姑娘的事吧，”迪克说，“我只见过她一面，真的。那是在我去法国之前来向你告别的时候。我那是头一回穿军装，觉得浑身都不自在——到哪里都有向你行礼的兵士，都是那一套。”

“你今天怎么没穿军装？”

“嘿！我退役已经有三个星期了。我就是在这条路上碰见那姑娘的。离开你之后，我朝你们在湖边的那幢楼走去，去取自行车。”

“是往那座‘雪松楼’去的方向吗？”

“——要知道，那是一个美妙的夜晚——月亮高挂在那座山上。”

“克伦扎格山。”

“——我赶上了一位护士和一个年轻的姑娘。我并没想到那姑娘是患者。我向那个护士打听电车的时间，然后我们就一路走了。那姑娘可能是我所见过的最漂亮的人儿。”

“她现在还是那么漂亮。”

“她从没见过美国军服，我们就谈了几句，我对此并没有想到什么。”他认出了一个熟悉的景象，停了一会，又接着说，“——只是，弗朗兹，我还是不像你那样感情冷漠。当我看到一枚像那样美丽的贝壳时，我禁不住会为它里面的东西感到遗憾。完全是这样的——直到开始有书信寄来。”

“这对她是再好不过的事了。”弗朗兹装腔作势地说，“最幸运的一次精神转移。这就是为什么我会在一个特别繁忙的日子里来接你。

我要你到我的办公室里来，在你见到她之前，我们好好谈一谈。其实，我把她差到苏黎世去办事了。”他的声音由于激动而有些紧张。“事实上，我没让护士陪她去，和她一起去的是一个病情不如她那么稳定的患者。我为这个病例感到极为自豪，因为这是我负责治疗的，加上你偶然的协助。”

汽车沿着苏黎世湖岸开进了一片肥沃富饶的地区，这里到处都是牧场和丘陵，以及许许多多的木造农舍。太阳钻出云层，在大海般蔚蓝的天空里浮游。顿时，眼前出现一条美丽的瑞士山谷，正展现着它最绰约的风姿——各种动听的声音不绝于耳，健康欢乐的清新气息四处飘溢。

多姆勒教授的诊所有三幢旧楼和两幢新楼，坐落在一条狭长的高地和湖岸之间。十年前刚创建的时候，它曾经是治疗精神病的一流诊所，尽管有两幢楼被爬满青藤、看似很高的围墙围住，不经意地看去，外行人谁也不会知道它是这世上精神崩溃、心智不全以及对他人具有威胁性的那些人的一个避难所。阳光下有一些人在除草，当他们的汽车驶进院子时，所经之处，都可以看到路上陪在患者身旁的白衣护士挥动着手臂。

弗朗兹将迪克带到办公室后，出去了半个小时。他走了之后，迪克独自在房间里转悠，试图从他书桌上堆得乱七八糟的物品中，他的书、他父亲和祖父的书以及他父亲和祖父写的一些书中，从他把他父亲的一张紫红色大照片挂在墙上所表现出的那种瑞士人特有的孝顺行为中，重新构想弗朗兹这个人。房间里烟雾缭绕，迪克推开一扇落地窗，让一束阳光照进房内。突然，他的思绪转到了那个患者——就是那位姑娘身上。

八个月的时间里，他收到了她写来的大约五十封信。第一封信是道歉的，她解释说，她在美国听说姑娘如何给不认识的士兵写信，她是从格雷戈里大夫那里打听到他的姓名和地址的，她希望，如果她有时给他寄来只言片语，祝他平安健康的话，他不会介意，等等，等等。

至此，那种受到《长腿蜘蛛集》和《莫利假想集》影响的语调在信中很容易看得出来，这类活泼、感伤的书信集在美国很风行。但是两者的相似之处也只在于此。

来信分两类，第一类写于停战协议签订之前，很明显带有病态的倾向；第二类是从那之后一直到现在，看上去完全正常，表现出日趋成熟的特征。在奥布河畔巴尔那单调的最后几个月里，迪克竟变得有点急不可耐地等待这后一类信件了——然而，即使仅仅把开头的几封信拼在一起，迪克从中所了解的情况也比弗朗兹所能猜到的还要多。

（1）

我的上尉：

我认为，当我看见你穿着军装时，你是那样的英俊。然后我想，我也不把法国人与德国人放在眼里了。你也认为我很漂亮，可我以前就听人这么说过，并且很久以来已经接受了这种说法。如果你再来时，还是带着这种卑下、犯罪的态度，甚至一点都没有我所受过的教育告诉我能同绅士身份联系在一起的风度，那么就请老天保佑了。不过，你看上去好像比其他人要文静一些，温柔得像只大猫。我

（2）

只喜欢像女孩子似的男孩子。你是个带有女人气的男人吗？有些地方就有这样一些人。

请原谅这一切，这是我给你写的第三封信，我打算要么马上把它寄出去，要么永远不寄。我还想到了关于月光的许

许多多，倘若我能从这里出去，我能找到许多证明。

（3）

他们说你是个医生，但只要你是只猫，那就不是一回事了。我的头痛得很厉害，所以请原谅到那儿去的这次行走，就像一个正常人带着一只白猫一起行走能解释的那样。我会说三种语言，加上英语就是四种了，我敢肯定，假如你在法国安排这样的事，我可以是很有用处的翻译，我相信我能控制一切，用皮带把每个人都绑起来，像是星期三一样。现在是星期六，而你却在很远的地方，也

（4）

许已经被杀害了。

哪一天回到我身边吧，因为我将永远待在这座绿色的小山上。除非他们让我给我父亲写信，我非常爱他。

请原谅这一切。今天我不很舒服。等我感觉好一些再写。

再见

妮科尔·沃伦

请原谅这一切。

（1）

戴弗上尉：

我知道对于我这种处于神经高度紧张状态的人而言，反省自己并不好，但我想让你知道我的境况。去年，或者不管是什么时候，我是在芝加哥成了这个样子的，当时我不能对用人说话或者在大街上行走，我一直等着有人来告诉我是怎么

回事。这是懂这种事的人的职责。盲人必须有人引路。只是没有人把一切都告诉我——他们只愿对我讲一半，而我已经头脑发昏得连二加二都不知道是多少。有一个人很好——他是一个法国军官，他懂。他给了我一朵花，说它“非常娇小

（2）

很少有人知道”。我们是朋友。然后他又把花拿走了。我病得厉害了，没有人对我作解释。他们有一首关于圣女贞德的歌，经常唱给我听，可那样很卑鄙——那只会让我哭泣，因为那时我的头脑并没有什么毛病。他们还不断提到运动，可那时我并没有在意。于是就到了那一天，我在密歇根林荫道上走啊走啊走了好几英里，最后

（3）

他们开着一辆车跟着我，但我就是不肯上车。最后他们把我硬拉进车里，车里有护士。自那次以后，我开始明白了这一切，因为我能感觉到在别人身上发生的事。你看这就是我的境况了。我待在这里，医生们唠唠叨叨不断地讲我在这里要克服的麻烦，这对我又有什么用呢？所以今天我给我父亲写了信，让他来带

（4）

我走。我很高兴你对检查别人以及把他们送回去都那么感兴趣。一定很有趣。

在另一封信中她又写道：

或许你能放弃下一次的检查，给我写一封信。他们刚才给我送来了一些唱片，以免我会忘掉我的功课，我把它们都摔破了，所以护士不愿同我讲话了。那些唱片都是英语的，因此护士们都听不懂。芝加哥的一个医生说我是在唬人，但是他真正的意思是说，我是六胞胎中的一个，他以前从来没有见过一例。可我当时正忙着发疯，不在乎他说些什么，当我忙于发疯时，通常我都不在乎他们说的话，即使我是一百万个女孩子也不会在乎的。

那天晚上你对我说过，你要教我玩。嗯，我认为爱情就是一切，或者应该有的一切。不管怎样，我很高兴你对检查他人身体的兴趣让你忙个不停。

祝一切都好！

妮科尔·沃沦

还有一些信中句子的停顿、标点等非常混乱，字里行间隐藏着更阴郁的节奏。

（1）

亲爱的戴弗上尉：

我给你写信是因为我没有别人可以求助，而且在我看来，假如这种可笑的情况连我这样的病人都能看清楚的话，对你来说也应该很清楚。精神上的毛病已经过去了，除此以外，我彻底地垮了，而且感到很丢人，如果这就是他们想要的结果的话。我的家里人已经可耻地忽视了我的存在，向他们求助或乞求怜悯是没有用的。我受够了，假装我脑子里的毛病能治好

（2）

只不过是毁掉我的健康、浪费我的时间。

我待在这里就像待在一家半疯癫的精神病院里，完全因为没有人觉得把真相告诉我是合适的。倘若我早先就像现在这样知道发生了什么事，我猜想我是能经受得起的，因为我很坚强，但是那些本该开导我的人却认为不好对我讲明白。

（3）

现在我知道了，并且已经为弄明白真相付出了如此大的代价，而他们却坐在那里过他们那狗一般的日子，还说我应该相信我过去确实相信的一切。尤其有一个人是那样，可现在我知道了。

我一直很寂寞，远离大洋彼岸的朋友和家人，半梦半醒地在这个地方四处游荡。如果你能为我谋到一份翻译员的职位（我通晓法语和

（4）

德语，精通得像是当地人一样，意大利语也还不错，而且还懂一点西班牙语）或者在红十字救护队谋个差事，做一名实习护士也行，尽管那样我得接受训练——你也就真是做了一件大好事。

信中还写道：

既然你不肯听我解释是怎么回事你至少能向我说明你的想

法，因为你有一张和善的猫脸，而不是那种似乎在这里很时髦的滑稽可笑的表情。格雷戈里大夫给了我一张你的快照，不像你穿军装时那么英俊，但是看起来更年轻一些。

（1）

我的上尉：

收到你的明信片真是太好了。我非常高兴你对撤走护士一事如此关心——哦，我真的很明白你的短信的内容。只是，从我遇见你的那一刻起，我就认为你是与众不同的。

亲爱的上尉：

我今天想一件事，明天又想另一件事。除了疯狂的违逆和不合规范的行为之外，实际上这就是我身上的症结所在。我会高兴地欢迎你所建议的任何一位精神病医生。在这里他们躺在浴缸里，唱着“在你自己的后院玩”，好像我有后院能在里面玩似的，好像

（2）

我只要朝前或往后看就能看到什么希望似的。他们在糖果店里又试了一次，我差一点用秤砣打了那个人，但他们把我拉住了。

我将不再给你写信了。我这个人太反复无常。

随后一个月都没有来信。再接着突然有了变化。

——我正渐渐地恢复过来……

——今天鲜花和云彩……

——战争结束了，而我几乎不知道发生过战争……

——你一直多么好啊！在你那张白猫般的面孔后面一定有着智慧的头脑，不过，你不像格雷戈里大夫给我的那张相片上的你……

——今天我去了苏黎世，再次见到一个城市时的感觉是多么的奇怪啊。

——今天我们去了伯尔尼，有那些钟，这城市看上去是那样的迷人。

——今天我们爬山爬得很高，看到了日光兰和火绒草……

自那之后，信就来得少了，但他每次都回信。有一封信是这样写的：

我真希望有人爱上我，就像我生病前好些年的那些男孩那样。不过，我想我还要过好多年才会想到这种事。

然而，只要迪克的回信迟了一点，不管是什么原因，都会让她焦躁不安——就像是情人的那种焦急，“也许我让你厌烦了”，或者是，“恐怕我做得太冒昧了”，要么就是，“夜里我一直在想你也许生病了”。

实际上，迪克真的患了流行性感冒。病好了之后，由于身体疲乏，除了他在礼仪上的书信往来之外，一切都中断了。不久以后，对于她的记忆便被出现在眼前的一个姑娘掩盖了，那是威斯康星州的一个女话务员，在奥布河畔巴尔司令部工作。她的嘴唇涂得鲜红，就像广告中的人一样，部队餐厅里就餐的那些人都猥亵地称她为“交换机”。

弗朗兹回到办公室，颇有些自命不凡的感觉。迪克想，他很可能会是一名优秀的临床医生，因为在训诫护士或病人时，他那洪亮的嗓音或者抑扬顿挫的语调不是发自他的神经系统，而是出于一种强烈而又无害的虚荣心。他的真实情感有条不紊并且控制得很严，对外从不流露。

“现在，谈谈有关那位姑娘的事吧，迪克，”他说，“当然啦，我想要了解你的情况，也想对你说说我自己的事，但我们还是先谈谈那个姑娘，因为我一直等着有机会跟你讲讲。”

他在一个病例档案柜里搜寻了一番，找出一扎病历。随便翻阅了一遍之后，他觉得这些病历记载反而妨碍他的叙述，于是又把它们放到桌上，干脆就这么一五一十地对迪克讲了起来。

三

大约是在一年半以前，多姆勒大夫与住在洛桑的一位美国绅士有过某种暧昧的书信往来。那是芝加哥沃伦家族一位叫德弗罗·沃伦的先生。信中安排了一次会面，于是有一天，沃伦先生带着他十六岁的女儿妮科尔来到诊所。她的健康状况显然不太好，当沃伦先生向他进行咨询时，陪在她身边的护士带她到庭院里去四处走走。

沃伦相貌英俊，引人注目，看上去还不到四十岁。从各方面看，他都是一个优雅的上等美国人的典范，高个子，宽肩膀，身材匀称，虎背熊腰——正如多姆勒大夫向弗朗兹描绘的那样，是“一个非常潇洒的人”。由于他经常在日内瓦湖上泛舟，那双灰色的大眼睛炯炯有神，放出独特的光彩。他还带有一种特殊的气派，一副见过这世界上最杰出的人和物的神态。谈话用的是德语，因为多姆勒大夫逐渐了解到他是在德国哥廷根受的教育。他显得有点紧张，显然此行对他有很大的触动。

“多姆勒大夫，我女儿的头脑不太正常。我为她请过许多专家和护士，她也疗养过几次，可病情发展得很严重，我已经无计可施了，有人竭力推荐我上您这里来。”

“很好，”多姆勒大夫说，“你从头说起吧，把事情的前后经过详细地告诉我。”

“没有什么开头，至少据我所知，我们夫妇双方的家族成员中，没有任何癫狂的先例。妮科尔十一岁那年，她母亲去世了，对她来说，我一直既当爹又当妈，家庭教师也帮了些忙——也算给她又当爹又当妈。”

他在说这话时，情绪很激动。多姆勒大夫看见他的眼角闪动着泪花，并且第一次注意到他呼出的气息中带有威士忌酒味。

“她小时候是个很讨人喜欢的孩子——人人都对她着迷，每个同她接触过的人都为她着迷。她聪明活泼，整日里很开心的。她喜欢看书、画画、跳舞，还喜欢弹钢琴——样样都行。过去我常听我妻子说，在我们这几个孩子当中，只有她一个在夜里从不哭闹。我还有一个女儿，也有过一个男孩子，后来夭折了，但是妮科尔过去——妮科尔过去——妮科尔——”

他说不下去了，于是多姆勒大夫帮他把话说完。

“过去她是一个完全正常、聪明快乐的孩子。”

“正是这样。”

多姆勒大夫等着他说下去。沃伦先生摇摇头，长长地叹了口气，飞快地扫了多姆勒大夫一眼，然后又盯着地板。

“大约八个月以前，也许是六个月以前或者十个月——我尽量推算时间，可记不清当她开始干一些古怪的事情时，我们究竟是在哪里——一些疯狂的事情。第一个对我说起这个的是她姐姐——因为对我来说，妮科尔一直都是老样子，”他匆忙地补上一句，仿佛有人指责他该负责任似的，“——还是个同原来一样可爱的小姑娘。第一桩事涉及一个男仆。”

“哦，是这样。”多姆勒大夫说，点了点他那可敬的脑袋，就像夏洛克·福尔摩斯那样，仿佛他已经料到有这么一个男仆，还料到在这时只会谈到一个男仆。

“我有一个男仆——跟了我多少年了——顺便说一句，是个瑞士人。”他抬眼看看多姆勒大夫，像是要得到他爱国心的赞许似的，“她对他产生了一些疯狂的念头。她认为他在向自己献殷勤——当然了，当时我信了她的话，把他辞退了，可现在我知道了，那都是胡说八道。”

“她声言他都干了些什么？”

“这就无从知晓了——医生们都拿她没办法。她只是看着他们，仿佛他们应该知道他干的事似的。但她肯定是指男仆对她有过什么猥亵的举动——关于这一点，她没有给我们留下任何怀疑。”

“是这样。”

“当然，从书上看到过，说女人在寂寞孤单时，会认为床底下藏着一个男人以及诸如此类的事，可妮科尔怎么会产生这种念头呢？她想要的男人都能得到。我们当时住在湖畔森林别墅——那是芝加哥附近的一个避暑胜地，我们在那里有一幢房子——而她整天都在户外同男孩子们打高尔夫球或者网球。他们当中的一些人就这样迷上了她。”

所有这段时间里，沃伦始终是在对着多姆勒大夫那干瘪衰老的躯壳讲话，后者大脑的一部分一直在断断续续地想着芝加哥。年轻时，有一次他本来可以去芝加哥，在大学里当研究员或教师，也许就能在那里富起来，拥有自己的诊所，而不仅仅是一个诊所的小股东了。但是当他想到他那自以为肤浅的学识会传遍那整个地区，所有那些麦田和无边无际的大草原时，他又决定不去了。不过，在那些日子里，他仍看了些有关芝加哥的材料，知道了那些封建望族，诸如阿穆尔、帕尔默、菲尔德、克莱恩、沃伦、斯威夫特和麦考克以及许多其他的名门。打那时起，芝加哥和纽约的那一阶层中，不少病人都来向他求诊。

“她的情况越来越糟，”沃伦接着说，“她大概发作过一次——说出的话越来越疯癫。她姐姐记下了一些话——”他递给大夫一张叠了好几层的纸，“差不多总是说有男人要袭击她，她认识的男人或是街上的男人——任何人——”

他谈到他们的惊慌和痛苦，谈到在这种情形之下家里人所经受的恐怖心情，还有他们在美国所做的种种毫无效果的努力，最后又谈到因为相信换个环境能起作用，于是他冒着海上封锁的危险，把女儿带到了瑞士。

“——坐的是一艘美国巡洋舰，”他带着一丝傲慢的口气具体说明道，“我是有可能办到这事的，只要碰上运气。还有，我是否可以补充说明，”他抱歉地微笑着，“正如人们所说的那样：金钱不是目的。”

“当然不是。”多姆勒大夫毫无表情地附和道。

这时，他极想知道这个人为什么在对他撒谎，又在什么地方撒了谎。或者，如果他猜错了，那么房间里弥漫的虚假气氛又说明了什么？这个相貌堂堂、穿花呢衣服的人带着一种运动员的悠闲，摊手摊脚地坐在椅子上，这又说明了什么？外边真是一场悲剧，二月的日子里，幼鸟不知怎么地折断了双翅，而在这个房间里，一切都是那么浅薄，浅薄而不合时宜。

“我想——同她谈谈——谈几分钟，就现在。”多姆勒大夫改用英语说，仿佛这样能使他同沃伦更接近一些。

后来，沃伦把他女儿留了下来，自己回洛桑去了，又过了几天，多姆勒大夫和弗朗兹开始着手研究妮科尔的病历卡。

诊断结果：精神分裂症。处于急性发作和恶化阶段。害怕男人是其疾病的一个症状，并非体质性的……病状预断应予保留。

日子一天天地过去，他们抱着越来越大的兴趣等待着沃伦先生许诺的第二次来访。

这次造访迟迟未来。两个星期之后，多姆勒大夫写了封信。还是没有回音，于是他做出一个在那时被认为是“蠢事”的举动，往沃韦的宏伟旅馆挂了个电话。他从沃伦先生的男仆口中得知，沃伦此刻正在收拾行装，准备乘船回美国。但是，想到四十瑞士法郎的电话费将会出现在诊所的账本上，多姆勒大夫急了，随即杜伊勒利王宫卫队的血液涌上来帮了他的忙，终于，沃伦先生被叫到了电话机旁边。

“你来一趟——这是——绝对必要的。你女儿的健康——很难说。我负不了责任。”

“可是您听我说，大夫，您的职业就是对病人负责。我接到一个紧急电话，得赶回家去！”

在此之前，多姆勒大夫还未曾同相隔这么遥远的人讲过话，但是，他对着话筒下达了最后通牒，如此坚决，结果电话另一头那个痛苦的美国人让步了。第二次来到苏黎世湖畔的半小时之后，沃伦垮了下来，那副漂亮的肩膀随着一阵阵难过的抽泣在宽松的外衣下颤抖着，一双眼睛比日内瓦湖上的那轮红日还要红。接着他们听到了这个可怕的故事。

“事情就这么发生了，”他嘶哑着声音说，“我不知道——我不知道。”

“她母亲去世时，她还小，每天清晨都爬到我床上，有时就睡在我床上。我为这个小东西感到难过。噢，自那以后，每当我们乘汽车或火车去别处时，我们都手挽着手。她常常给我唱歌。我们总是说，

‘嗨，今天下午我们别管任何别的人——就我们俩守在一起——今天上午，你是属于我的。’”他的声音中流露出一种绝望的嘲讽，“人们常说我们是多么好的一对父女——他们为此常常会抹眼睛。我们就像是恋人一样——后来我们突然就真的成了恋人——事情发生后十分钟，我真想一枪毙了自己——不过，我猜想我是那么个该死的堕落的混蛋，连那点勇气也没有。”

“后来怎么了？”多姆勒大夫问，又想起了芝加哥，以及一个脾气温和、面色苍白的绅士，这人戴着夹鼻眼镜，三十年前曾在苏黎世上下打量过他，“这种事继续了没有？”

“噢，没有！她几乎是——她似乎立即就变呆了。她只顾说，‘没关系，没关系，爸爸。这不要紧的。没关系的。’”

“没有产生什么后果吗？”

“没有。”他哽咽着答道，擤了好几次鼻涕，“只是现在后果却很严重。”

听他说完事情的经过之后，多姆勒靠坐到扶手椅上——那种放在一圈椅子中间的中产阶级常用的扶手椅——在心里狠狠地骂道：“畜生！”——这是他二十年来允许自己使用的几个完全世俗化的评断字眼之一。接着他说：

“我想请你去苏黎世的一家旅馆住一夜，早上再来见我。”

“然后又怎么样呢？”

多姆勒大夫摊开双手，两手间的距离宽得足以抱住一头小猪崽。

“回芝加哥。”他说。

四

“就这样我们知道了我们的处境，”弗朗兹说，“多姆勒对沃伦说，如果他同意在无限期的时间内不见他的女儿，至少五年内不见，那我们就接收这个病例。沃伦在第一次精神垮掉之后，似乎主要关心的是这事会不会传到美国去。”

“我们为她制定了一套治疗方案，然后就等着看疗效如何。预断很糟——这一点你是知道的，在这种年纪，治愈的百分比，甚至所谓的社会治愈率，是非常低的。”

“最初的这些信看起来就很糟。”迪克赞同道。

“非常糟——很典型。我当时还犹豫，第一封信还让不让它从诊所寄出去。后来我想，迪克能知道我们在对她进行治疗也好。你回了信，真是侠义心肠啊。”

迪克叹了口气：“她是这么个漂亮的人儿——她在信中夹了许多张她自己的快照。在那里有一个月的时间，我无事可做。我在信里只是说‘做个好姑娘，听医生的话。’”

“那就足够了——这能让她想着外面的一个人。她一度曾无人可想——只有一个姐姐，关系似乎并不怎么亲密。此外，看她写的信对我们也有所帮助——这些信是检查她的健康状况的一个尺度。”

“我很高兴。”

“你现在明白发生什么事了吧？她有一种同谋的感觉——不过这并不重要，除了在我们想重新估计她最终稳定与性格力量的时候。先是这个冲击，接着她进了一所寄宿学校，听到女孩子们的谈话——于是，出于单纯的自我保护心理，她渐渐认为自己并不是同谋——从那里又易于滑入另一个幻想的世界，在这个世界里，所有的男人，你越喜欢他们、相信他们，他们就越邪恶——”

“她有没有直接陷入那种——恐怖之中呢？”

“没有，事实上，当她开始表现正常时，大概是十月吧，我们觉得很难办。如果她是三十岁，我们会让她自己调节，可她如此年轻，以至于我们担心她会由于心中的症结而变成铁石心肠。于是，多姆勒大夫坦率地对她说，‘你现在的责任就是对自己负责。这绝不意味着你任何方面的完结——你的人生才刚刚开始。’等等。她确实有一个极其聪明的头脑，因此他给她看一些弗洛伊德的书，不太多。她很感兴趣。事实上，我们这里都把她当成了一个宠儿。不过，她总是沉默寡言的。”他又补了一句。他犹豫了片刻，接着又说，“她最近给你的几封信是她自己在苏黎世发的，我们不知道她在信中有没有说什么话可以表明她的思想状况，以及对将来的打算。”

迪克想了想。

“既可以说有，也可以说没有——如果你们想要的话，我可以把信都拿出来。她似乎充满希望，像正常人一样渴望生活——甚至挺浪漫。有时她谈及‘往事’，那口气就像在监狱里待过的人谈起他们的过去一样。但是你怎么都无法知道他们指的是犯下的罪行呢，还是监狱里的生活，或者是指全部经历。我毕竟只是她生活中幻想的一个人。”

“当然，我非常了解你的处境，因此我再次表示我们的谢意。这就是为什么我想赶在你见到她之前见见你。”

迪克笑了起来。

“你以为她会一下子扑到我身边来吗？”

“不，不是的。不过，我想叫你温文尔雅地去。你对女人是很有吸引力的，迪克。”

“那就只好让上帝保佑我了！好吧，我会既文雅又讨人嫌——每次去见她之前，我要先嚼一些蒜头，胡子拉碴的。我会让她捂住脸的。”

“不要嚼蒜头！”弗朗兹说，把他的话当了真，“你不想毁掉自己的事业吧。不过你是在半开玩笑。”

"——我还能一瘸一拐地走路。而且不管怎么说，我现在住的地方还没有真正的澡盆。"

"你完全是在开玩笑，"弗朗兹松了口气——或者说做出放松的样子，"现在，对我说说你自己的情况，还有你的计划，好吗？"

"我只有一个计划，弗朗兹，那就是当一名优秀的精神病医生——也许是自古以来最优秀的一名吧。"

弗朗兹愉快地大笑起来，但他看出，这次迪克可不是在开玩笑。

"这很好——很有美国特点，"他说，"对我们可难多了。"他站起身，走到落地长窗跟前，"站在这里，我看得到苏黎世——看得到大教堂的尖塔顶。我的祖父就葬在教堂的地下灵堂里。从教堂出来走过那座桥，安葬着我的先人拉瓦特尔，他不愿被葬在教堂里。旁边是另一个祖先的塑像，海因里希·佩斯塔洛齐，还有一座艾尔弗雷德·埃舍尔医生的雕像。位于一切之上的总是茨温利，那位新教改革领袖——我总是不断面对着一座先贤祠。"

"是的，我明白。"迪克站起身，"我刚才只是在吹牛。一切都才开始。在法国的大多数美国人都迫不及待地想回国，可我不想——我只要在大学里听听课，一年的其余时间就可以领取军饷。对于一个规模庞大、了解它未来伟大人物的政府而言，这一点如何？我将回国待一个月，看望一下我的父亲。然后我会回来——有人向我提供了一份工作。"

"在哪儿？"

"你们的竞争对手——因特拉肯镇的吉斯莱诊所。"

"别去那里，"弗朗兹劝他，"他们那里一年有十几个年轻人。吉斯莱本人就是一个精神抑郁的疯子，他妻子和她的情人经营着诊所——当然，你知道，这事应当保密。"

"你那个去美国发展的老计划怎么样了？"迪克随便问了一句，

“我们打算到纽约去开一家专为亿万富翁服务的诊所。”

“那是学生气十足的话。”

迪克和弗朗兹及其新婚妻子在他们的小茅屋里进了餐，这间小屋子就在诊所庭院的边上。一起吃饭的还有一只小狗，浑身散发着烧焦的橡胶味。他感到有种说不清楚的压抑，这倒不是因为那俭朴节省的氛围，也不是因为弗劳·格里戈罗维乌斯（他的情况本该预料到的），而是因为弗朗兹生活范围的骤然收缩，并且他似乎还安于这种状况。对迪克来说，苦行主义的界限与此是截然不同的——他能把它看作达到目的的一种手段，甚至看成是对它本身所提供的一种荣耀的品玩。但是，故意将生活水准降低到继承一套旧衣服的地步，却是很难想象的。弗朗兹和妻子在家中窄小空间里的一举一动既无优雅风度，也无惊险刺激。战后在法国度过的几个月以及在美国繁荣的庇荫下所进行的那些大规模拆旧建新的做法，都已经影响了迪克的世界观。而且，男男女女都很看重他，他回到瑞士这个巨大的钟表中心，也许是出于一种直觉，即，这对于一个严肃的人来说，并不是好得不配享受。

他使克特·格雷戈罗维乌斯觉得自己富有魅力，同时又对那摆得到处都是的花椰菜愈来愈感到不安——同时也恨自己，恨他也弄不清楚何以产生这一肤浅的想法。

“上帝！难道我也终究和其他人一样了吗？”——夜里惊醒时，他常常这样想道——“难道我也同别人一样？”

对于一个社会主义者而言，这不过是可怜的材料，不会引起很多的思考，但是对那些从事这世上罕见的工作的人们而言，却是很好的材料了。事实上，几个月以来，他一直在对年轻时经历的事情进行分类，在分类的过程中，是否为一个人已不再相信的东西去死这个问题得到了解答。在苏黎世死寂的深夜，当他的目光越过街灯的光芒朝一个陌生人的餐具室里看去时，他常常想，他要做一个好人，一个善良的人，一个勇敢而又睿智的人，但这都太困难了。他还想被人爱，假如他能做到的话。

五

落地长窗敞开着，灯光照亮中心大楼的游廊，只有一些窄墙的黑影和铁椅子的怪影落在一张唐菖蒲床上。在房间之间曳足而行的人当中出现了沃伦小姐的身影，先是闪了几下，接着当她看到迪克时，便轮廓分明了。她跨过门槛，脸上还映着从屋里带出来的最后一缕灯光。她的步伐富有节奏感——整整那一个星期，她的耳畔总是回响着歌声，是一些赞颂热烈的天空和疯狂的夜色的夏日之歌。随着他的到来歌声变得如此嘹亮，她几乎能随着唱起来。

“你好，上尉。”她说，好不容易才将自己的目光同他的目光分开，仿佛两人的目光交织到了一起似的，“我们在这外面坐坐好吗？”她站着不动，左右顾盼了片刻，“几乎像是夏天。”

一个矮胖的女人跟着她走了出来，披着一块披肩，妮科尔向迪克做了介绍：“这是——太太。”

弗朗兹说了声“对不起”走开了，迪克把三张椅子放在一起。“多迷人的夜晚。”那位太太说。

“真美，”妮科尔附和着，接着问迪克，“你在这儿待的时间长吗？”

“我在苏黎世待了很长一段时间，不知道你是不是问这个？”

“这才是第一个真正的春天之夜。”那位太太说。

“准备待下去吗？”

“至少待到七月。”

“我计划六月份走。”

“这里的六月很可爱，”那位太太评论说，“你应该在这里过六月，然后七月份走，那时天气变得实在太热。”

“你要去哪里？”迪克问妮科尔。

“和我姐姐去一个地方——我希望那是一个让人激动的地方，因为我已经失去了很多时光。不过他们也许认为我应该先去一个宁静的地方——也许去科莫。你干吗不到科莫来呢？”

“啊，科莫——”那位太太又要插话了。

大楼里面突然有三个人唱起奥地利作曲家祖佩的《轻骑兵之歌》。妮科尔趁机站起身来，顿时，她的青春和美丽深深打动了迪克，直至他心中产生一股强烈的激流，欲要奔涌而出。她粲然一笑。那是一种动人的、孩子般的微笑，不由得使人想起这世上所有失去的青春。

“音乐太吵，听不清讲话了——我们四处走走行吗，太太？”

“晚安——晚安。”

他们走下两级台阶，上了小道——不一会儿，一个黑影从路上闪过。她挽住了他的胳膊。

“我有几张唱片，是我姐姐从美国给我寄来的，”她说，“你下回来这儿时，我放给你听——我知道有一个地方，能把唱机放在那里，还没有人会听见。”

“那倒很好。”

“你知道《印度斯坦》这首歌吗？”她热切地问，“我以前从没听过，可我喜欢这首歌。我还有《人们为什么叫他们宝贝》和《我很高兴我能让你哭泣》。我想你在巴黎伴着这些曲调跳过舞吧。”

“我没去过巴黎。”

她穿的是一件乳白色的衣服，他们朝前走时，这衣服忽而呈现出蓝色，忽而又变成灰色。这身衣服还有她那头金发使得迪克眼花缭乱——每当迪克转向她时，她总是笑吟吟的。当他们走进路边的一个拱洞时，她的面庞像天使一样焕发着迷人的光彩。她为这一切感谢迪克，仿佛他带她参加了一次晚会似的。当迪克对自己与她的关系越来越不能肯定时，她却越来越充满信心——她周身洋溢着一种强烈的激情，这激情仿佛集中反映了世界上所有激情似的。

“我现在不受任何约束了，”她说，“我将放两支好听的曲子给你听，一支叫《等到奶牛回家》，还有一支叫《再会，亚历山大》。”

第二次约会是在一个星期之后，他去迟了，妮科尔在他从弗朗兹家出来时必须经过的那条路上等着他。她那披肩的金发掖在耳后，使得那张脸看上去仿佛刚从头发里露出来的一样，仿佛她刚从林中来到皎洁的月光中似的。她来自一个未知的世界。迪克真希望她没有过去的经历，希望她不过是一个迷途的姑娘，没有住址，只是从夜色中走来。他们走到她藏留声机的地方，在修理厂那里拐了个弯，又翻过一块岩石，在一堵矮墙后面坐下来，面对一望无际的茫茫夜色。

此时他们仿佛来到了美国，弗朗兹了解迪克，知道迪克是个让人无法抗拒的花花公子，但是就连他也绝不会想到他们已经走得这么远了。他们十分难受，亲爱的；他们乘出租车去碰头，宝贝；他们喜欢微笑，并在印度斯坦相会；不久之后，他们一定是吵架了，因为没有人知道，好像也无人关心——然而最后，两人中的一个走了，丢下另一个哭泣不已，沉浸在忧郁、悲伤中。

轻柔的曲调回荡在瑞士的夜空中，将逝去的岁月同对未来的希望连在一起。在留声机停歇的时候，一只蟋蟀独自鸣叫着，使得这一幕场景得以延续。过了一会，妮科尔关掉留声机，对着他唱了起来：

把一枚银币
　放在地上
看着它滚动
　因为它是圆形状——

只见她嘴唇轻轻地开启着，听不到喘息声。迪克突然站了起来。

“怎么，你不喜欢这首歌吗?”

“我当然喜欢。”

“我家的厨子还教了我这支歌：

女人从来不知道
她有一个多么好的男人
直到拒绝了他之后……

“你喜欢这支歌吗?”

她冲着他微微一笑，设法让这一笑凝聚了她心中的一切感情，并把它传递给迪克，给他一个深深的许诺，但所求却很少，只想得到一个回应，肯定地知道他也有相应的心灵震颤。随着时间一分一秒地过去，那甜蜜的感觉从柳树上、从漆黑的夜色中流进她的心里。

她也站起身，不想被留声机绊了一下，一下子倒在他身上，倚在他的肩窝里。

“我还有一张唱片，”她说，“你听过《再见，莱蒂》吗？我想你可能听过。”

“说实话，你不明白——我什么也没听过。”

什么都不知道，没闻过，也没尝过，他本来还想补上一句：只知道闷热的密室中两颊发烫的姑娘。一九一四年他在纽黑文认识一些年轻的姑娘，她们亲吻过男人说一声“好啦!”便双手按着他们的胸脯把他们推开。如今，这个遭受了灾难，几乎还未被救过来的流浪儿又给他带来一个大陆的精髓……

六

当迪克再一次见到她时，已经是五月了。苏黎世的午宴就像是谨慎的政务会；显然，他的生活逻辑倾向于离开这姑娘；然而，当一个陌生人的眼光像一盏没有探明的灯一样令人不安地燃烧着，从旁边一张餐桌上直勾勾地盯着她看时，他却又彬彬有礼并不无威胁地转身对着那人，迫使他将目光移开。

“他只不过是一个偷看的家伙。”他快活地解释说，“他只是在看你的衣服。你怎么会有这么多不同的衣服呢？”

“姐姐说我们很富有，”她谦恭地说，“打祖母死了以后就是这样。”

“我原谅你。”

他比妮科尔的年纪大得多，所以能对她那年轻人的种种虚荣与嗜好表现出很大的兴趣，还有她离开餐馆时在大厅的镜子前稍作停留，好让那不会让人收买的水银再现自己的风姿的样子，也让他颇感有趣。他喜欢看她在发现自己既漂亮又富有之后那副手舞足蹈的模样。他真诚地试着使她摆脱她那萦绕于心的想法，让她不要认为是他使她恢复了健康——他高兴地看到，在没有他的情况下，她也渐渐有了快乐和信心，问题在于，最终妮科尔还是将一切都归功于他。

夏季开始后的第一个星期，迪克在苏黎世重新安顿了下来。他将那些小册子以及在服役期间研究的成果改写成一个初稿，打算以此再修改一下他写的《精神病医生的心理学》一书。他认为自己有一个出版商；他曾同一名穷学生确立了联系，那人将改正他的德文本里面的错误。弗朗兹觉得这事太轻率，但是迪克指出这个主题温和，可以消除人们的戒心。

“这些东西我以后再也不会了解得如此透彻。”他坚持说，“我有一个预感，它差不多是基础的东西，只是未经过材料上的证实罢了。精神病医生这一职业的弱点在于它所吸引的是有点不健全以及精神残缺的人。在这个职业的范围里，他可以通过临床分析，即对付‘实际问题’，得到补偿——他不经过斗争就赢得了战斗。

“相反，你是个好人，弗朗兹，因为在你出世之前，命运就注定你要从事这个职业了。你该感谢上帝你没有‘癖好’——而我却必须要成为一名精神病医生，因为牛津大学的圣希尔达学院里有一个姑娘选择了同样的课程。也许我正变得平凡落俗，但我不想让我目前的想法随着几十杯啤酒下肚而轻易溜掉。”

“好吧，”弗朗兹回答，“你是个美国人。你这样干在职业上没有多少害处。我不喜欢这类泛泛而谈的东西。过不了多久，你恐怕又会去写一些《外行人的深思》之类的小书了，内容浅显易懂，人们都根本用不着思考。假如我父亲还健在，他会看着你，咕哝着表示他的不满的，迪克。他会拿起餐巾，叠成这样，再抓住餐巾的圈，就是这个——他举起餐巾，只见那上面画着块棕色木头，上面刻着一只野猪头——他会说，‘嗯，我的印象是——’然后他会看着你，心里突然想，‘有什么用呢？’，然后打住，又咕哝起来；再然后，我们的饭也就吃完了。”

“我今天独自一人，”迪克气恼地说，“但明天我可能就不是独自一人了。在那之后，我将会像你父亲那样叠起餐巾，咕哝个没完。”

弗朗兹等了一会儿没吭声。

“我们的那个病人怎么样？”他问道。

“不知道。”

“嗨，到如今你应该知道她的了。”

“我喜欢她。她很动人。你想要我做什么——同她在花前月下卿卿我我吗？”

“不，我想，既然你一心想写科学书，你也许有一个想法。”

“—— 把我的一生奉献给她吗？”

弗朗兹朝他在厨房里的妻子喊道：“我亲爱的，请给迪克再来一杯啤酒。”

“假如我得去见多姆勒的话，我不想再喝了。”

“我们认为最好有个计划。已经过去四个星期了——很明显，这姑娘在爱你。假如我们是在外边的世界中，那不关我们的事，可是在这个诊所里，它却同我们很有关系。”

“多姆勒大夫怎么说，我就怎么做。”迪克答应着。

不过，他不大相信多姆勒大夫对这事能有多少见解，他本人就是这当中一个捉摸不定的因素。这事到他手中完全不是出于他自己的意愿。它使他想起儿时的一个情形：那一次，屋里所有人都在寻找丢失的银橱钥匙，然而，只有迪克知道，他把钥匙藏在母亲那个顶层抽屉里的手绢下面了。那时候，他就感受到了一种恬静的超然。眼下，当他和弗朗兹一起去多姆勒教授办公室的时候，他又有了这种感受。

一见到教授，迪克心里的猜疑便烟消云散了。教授长着一脸的络腮胡子，使得那张脸庞看上去很好看，犹如一座雅致的古老房子上爬满青藤的阳台。迪克认识一些比他更有才干的人，但是没有谁能在气质上超过多姆勒。

——六个月之后，当他见到死去的多姆勒时，他还是这么想的。阳台上的光熄灭了，藤蔓般的络腮胡子轻触着那白色的硬领，那双眯合着的眼睛前面曾经闪现过的许多次战斗，在脆弱的眼皮底下永远地平息了——

“早上好，先生。”他规规矩矩地站着，像是又回到了军营。多姆勒教授安详地交叉着十指。弗朗兹说话的口气既像是联络官，又像是秘书，直到他的上司打断了他的话。

“我们已经取得了一些进展，”他温和地说，“戴弗医生，现在只有你能给我们最大的帮助了。”

既然被点了名，迪克只好承认：“我本人对这事还没什么思想准备呢。”

“你个人的反应与我无关，”多姆勒说，“但有一点却与我有很大的关系，那就是所谓的‘精神转移’。”他讥诮地瞥了弗朗兹一眼，弗朗兹也同样回了他一眼，“必须终止。妮科尔小姐恢复得较好，但是她还无法经受一次她可能会认为是一场悲剧的打击。”弗朗兹又要开始插话了，但多姆勒大夫摆摆手示意他不要吭声。

“我知道你的处境一直很困难。”

“是的，是难。”

这时，教授往后一靠，哈哈大笑，一双敏锐的灰色小眼睛闪闪发亮，笑声未落就开口说：“也许你自己在感情上已经卷进去了。”

迪克一下子明白过来，原来他们一直在引他上钩，不由得也大笑起来。

“她是个漂亮姑娘——每个人都或多或少这么看的。我并没想——”

弗朗兹又想说话，多姆勒再一次止住了他，直截了当地问迪克：“你想过脱身离开吗？”

“我不能离开。”

多姆勒大夫转向弗朗兹说：“那么我们可以把沃伦小姐送走。”

“您觉得怎么最好，就怎么办好了，多姆勒教授，”迪克让步说，“这的确是个难办的局面。”

多姆勒教授双手撑着椅子扶手站起身，就像一个高位截瘫的人拄着拐杖爬起来一样。

“可这是干我们这一行的人经常碰到的情况。”他平静地喊了一声。

他叹了一口气，又坐回到椅子上，等着这雷鸣般喊叫声的回音在房间里消失。迪克看出，多姆勒此刻已达到感情的顶点，他不敢肯定自己是否已经从这种感情中平静下来了。当雷鸣般的喊叫声消逝了的时候，弗朗兹设法插上了嘴。

“戴弗医生品格高雅，”他说，“我觉得他只要了解了这个事态，就能正确地处理。依我看，任何人都不用离开，迪克可以就在这里同我们合作。”

“你觉得这样如何？”多姆勒教授问迪克。

面对这种境况，迪克觉得很难办；同时他意识到，在多姆勒声明之后，这种无动于衷的状况再也不能继续下去了。突然，他把心里的话全说了出来。

“我好像是爱上她了——也曾想过和她结婚的问题。”

“啧！啧！”弗朗兹咂咂嘴。

“等等。”多姆勒告诫他。弗朗兹不愿意再等了，说道：“什么！你用半生的精力既当医生又当护士以及所有别的——绝不能这样！我知道这些病例，一遇上点刺激，十有八九都会复发——最好永远别再见她！”

“你是怎么想的？”多姆勒问迪克。

“弗朗兹当然说得对。”

七

直到傍晚，他们才结束了关于迪克该怎么做的讨论。他必须非常亲切，但要排除个人的感情。当医生们终于站起身时，迪克朝窗外看去，外面正下着毛毛细雨——妮科尔正在雨中某个地方期盼地等着他。过了一会，当他一边扣上雨衣的领扣，拉下帽檐，一边朝外走时，他立刻就在大门的屋檐下遇见了她。

“我又知道了一个去处，我们可以去那里，”她说，“我在生病时，并不介意晚上跟其他人一起坐在屋里——他们说的话好像同所有别的事都一样。自然喽，我现在知道他们也有病，这个病就是……就是……”

“你很快就要离开这里了。”

“哦，要不了多久。我姐姐贝丝——可人们总爱叫她巴比——过几个星期就要来，带我去一个地方；在那之后，我还要回来待最后一个月。”

“是你姐姐吗？”

“哦，她比我大好几岁。她二十四岁——她很英国化的。她同我姑姑住在伦敦。她曾经同一个英国人订了婚，可他被打死了——我从没见过他。”

她那白皙的脸庞在烟雨朦胧的暮色映衬下放出金黄的光泽，闪现出一种迪克以前从未见过的希望：高高的颧骨，面色略带倦容，显得冷漠而不是狂热，这一切使人联想到一头有希望的小马驹——这个尤物，她的生命不只是灰暗的屏幕上所投射出的青春形象，而是一种真正的成长过程；到了中年，这张脸还会美丽动人；就是到了老年也是光彩依旧：基本轮廓以及匀称精巧的五官不会改变。

“你在看什么？”

“我只是在想，你将会非常幸福。”

妮科尔吃了一惊：“我吗？唉——事情糟得不能再糟了。”

她把他领到一个带有顶篷的木柴棚里，自己盘腿坐在高尔夫球鞋上，身上裹着雨衣，双颊因为受到潮湿空气的刺激而显得容光焕发。

他们互相凝望着，她的表情严肃，看到他即使靠在那根木柱上也没有屈服的略微高傲的神态。她端详着他的脸，这张脸在表现出它的欢乐和嘲讽之后，总是竭力装出一副严肃认真的神情。她最不了解的就是他这种神情，而它似乎同他那微红的爱尔兰脸色挺相称的；她怕他这副表情，但却更急于对它进行探测——这是他更具男子气概的一面：另一部分，他那训练有素的一部分，礼貌的眼神里流露出的体贴关心，她毫不迟疑地据为己有，正像大多数女人所做的那样。

“至少这家诊所对我学习语言有很大的好处，”妮科尔说，“我同两个医生讲法语，又和护士们用德语交谈，和几个女清洁工以及一个病人在一起时又说意大利语，或者说近似意大利语，还向一个病人学会了许多西班牙语呢。”

“那很好。”

他试图拿出一种态度，但一时又不知道该采取什么态度才好。

“——还有音乐。希望你不会认为我只对爵士乐感兴趣。我每天都练习——最近几个月，我一直在苏黎世听有关音乐历史的课。实际上有时正是这一切让我能继续活下去——音乐与绘画。”她突然弯下身去，系好一根松开的鞋带，然后抬起头看着他，“我想把你现在这个样子画下来。”

她把自己的一切才能都搬了出来，如数家珍，以博得他的赞许，这使他感到悲哀。

“我真羡慕你。目前我除了工作，好像对什么都没兴趣。”

“哦，我认为这对一个男人来说倒是挺好的，”她赶紧说，“不过对一个女孩子而言，我想她应该具备许多小才能，好把它们教给她的孩子们。”

“我想是的。”迪克有意装出一副漠不关心的样子说道。

妮科尔坐着不吱声了。迪克希望她能开口说话，好让他可以不费劲地扮演一个扫兴的角色，可现在她却坐在那里一声不吭了。

“你现在一切都很好，”他说，“试着把往事忘掉；在一年左右的时间里，不要做过多的事。回美国去，进入社交界，恋爱——然后幸福地生活。”

“我不能恋爱。”她的一只脚委屈地在她坐着的那根木头上擦了一道印痕。

“你肯定能，”迪克坚持着，“也许一年内不行，但迟早会恋爱的。”接着他又残忍地补上一句：“你会有完全正常的生活，有一屋子漂亮的后代。在你这个年纪，你会恢复得很彻底，这就证明使你生病的因素也不过就是那么回事，年轻的姑娘，在你的朋友们尖叫着被带走后的很长很长时间里，你将会做你该做的事。”

——然而这话像一剂苦药，触及了她的心病，她听了后，眼里闪过一丝痛苦。

“我知道，在很长一段时间内，我是不宜嫁人的。”她自卑地说。

迪克心里很乱，竟不知道再说什么。他扭头看了看外面的谷田，努力想恢复他那残酷而鲁莽的态度。

“你会好起来的——这里每个人都相信你能康复。嘿，格雷戈里大夫为你感到十分自豪，因此他很可能会——”

“我恨格雷戈里大夫。”

“嗳，你不应该这样。”

妮科尔的世界破碎了，不过，那也只是个不堪一击的、脆弱的世界；在这个世界里，她的感情和本能不停地在挣扎。一个小时之前，她不是还怀着希望，像腰带上别着一束花那样在入口处等候着吗?

……为他保持衣着整洁，纽扣扣得整整齐齐，水仙花为他盛开——空气仍然宁静而清新。

“要是能再开心地玩玩，那将多好啊。”她讷讷地说。有那么片刻，她绝望地想到要告诉他自己是多么富有，住着多么大的房子，告诉他自己真是一种宝贵的财产——有一会儿，她把自己当成了她的祖父，那个马商锡德·沃伦。但是她抵制住了诱惑，没有把不同的价值混为一谈，而是把所有这些统统关进维多利亚的侧房里——即使没给自己留下一点空间，除了空虚和痛苦。

"我得回诊所去了。现在雨停了。"

迪克走在她身边，感觉到她不开心，真想吻去她面颊上的雨滴。

"我有一些新唱片，"她说，"我几乎等不及地要听一听。你知道——"

那天晚餐后，迪克想，他要结束这个不明智的行为；他还想踢弗朗兹的屁股，因为有很大一部分是他把自己扯进这件龌龊事的。他在大厅里等着。他的两眼盯着一顶贝雷帽转，这顶贝雷帽不像妮科尔的那顶，为了等他而被雨淋湿了，而是戴在一个刚动过脑部手术的病人头上。帽子下面那双眼睛朝外窥视着，看到他，便走了过来：

"大夫，您好！"

"您好，先生。"

"今天天气很好。"

"是的，好极了。"

"您现在住这里吗？"

"不，只是在白天才到这里来。"

"啊，好，好了——再见，先生。"

见自己又成功地同别人接触了一次，这个戴贝雷帽的可怜人高兴地走开了。迪克等候着。不一会，一位护士走下楼来，带给他一个口信。

"沃伦小姐请您原谅她，大夫。她想躺一会儿。今晚她想在楼上吃晚饭。”

说完，护士站在那里等着他的答复，心里几乎希望他暗示沃伦小姐的这种态度是病态反应。

“噢，知道了。嗯——”他咽了一下口水，重新调节了一下自己的心跳，“希望她感觉好一些。谢谢。”

他感到困惑，不快。但不管怎么说，这让他得到了解脱。

他给弗朗兹留了张字条，请他原谅自己不能去吃晚饭了，然后穿过乡间田野，走到电车站。当他来到月台时，只见铁轨和自动售货机的玻璃都被春天的暮色镀上了一层金光。他开始感到车站、医院像是在离心力和向心力之间不断徘徊。他感到害怕。他很高兴重又踏上苏黎世的石子路，听到那些实实在在的圆石块再次在他的脚下发出咔嚓咔嚓的声响。

他指望第二天会收到妮科尔的信，但是没有。他不知道她是不是病了，于是往诊所挂了个电话，同弗朗兹通了话。

“她昨天和今天都下楼吃饭了，”弗朗兹说，“她看上去有些神思恍惚，心不在焉的。事情进行得如何？”

迪克试图越过两性之间的高山罅隙。

“我们没有达到目的——至少我认为没有达到。我竭力保持着一段距离，但我认为，如果再深入下去，也不会改变她的态度。”

也许他的虚荣心受到了伤害，拿不出最后决定性的一击了。

“从她对她的护士讲的一些话看来，我倒认为她心中有数。”

“那好。”

“这是所能发生的最好的情况。她看上去并没有过于激动——只是有点恍惚。”

“那好吧。”

“迪克，早点来看看我。”

八

接下来的几个星期里，迪克感到很不满意。这件事的病态起因以及手法上的失败留下的只是无聊和乏味。妮科尔的感情不公正地受到了利用——假如这些是他自己的感情，那又会怎样呢？必然，他定会在一段时间内与幸福分手——他在梦中看见她在诊所的那条小路上行走，挥舞着她那顶宽边草帽……

有一次，他亲眼看见她了；当他路过王宫饭店时，一辆豪华的罗尔斯轿车拐弯驶进了半圆形的入口。车里坐着妮科尔和一个年轻女子。他猜想那可能是她姐姐。在庞大的车身里，她们显得那么娇小，但仍由力量有一百多匹马力的车子托着。妮科尔看到了他，一时间，她的嘴巴张开了，一副吃惊的样子。迪克扶了一下帽子就走了过去，然而有一会儿，他觉得大教堂上所有的怪物都在旋转，把周围的空气都带得呼呼作响。他试图把这件事从脑海里拎出来，写在一份备忘录里。这份备忘录详细记载了她作为病人必须严格遵守的生活规则以及在这个世界必然会带来的压力下她的疾病再次“发作”的种种可能，总之，这样一份备忘录，除了他本人，谁都会对它感到心悦诚服。

这番努力的全部价值在于使他再次意识到自己的感情陷得有多深；自那之后，他毅然想出了一些挽救的办法。一个办法就是再去找奥布河畔巴尔的那个女话务员，她眼下正在欧洲旅游，从尼斯到科布伦茨，拼命要在这次不可多得的假日中把自己认识的男人都聚到一起；另一个办法就是准备在八月乘政府的运输船回美国；第三个办法是加紧为他那本书搜寻论据，这本书今年秋天就要呈献给德语国家的精神病医学界。

迪克的学识已经超过了这本书的范围；现在他想为了将来多做些

艰苦的准备工作；如果能获得交换研究员的资格，他就能指望得到大量的日常工作。

与此同时，他还计划了一项新工作：试论神经机能症和精神病的一种统一而实际的分类，以对克雷佩林分类法提出前后的一千五百个病例的观察为根据，使用当前不同流派在诊断这些病例时所用的术语——另外还有一段醒目的文字——附有对独立提出的观点进一步分类的一个年代表。

这个标题在德文中显得更是气概非凡。

进了蒙特勒，迪克慢慢地蹬着自行车，只要可能，就惊讶地盯着尤根半岛看，透过岸边旅馆的小巷闪现的湖光水色弄得他眼花缭乱。他看到一群群英国人，四年之后又出现了，走路时眼里露出侦探小说里描绘的那种狐疑神色，仿佛在这个可疑的国度里，他们就要遭到德国匪徒的袭击似的。面前的乱石冈是在一次山洪中形成的，如今这里处处都在兴建房屋，一派复苏的气象。往南去的途中，在伯尔尼和洛桑，不断有人急切地向迪克打听今年会不会有美国人来。"如果六月没有的话，八月份一定有。"

他身穿一条皮短裤，一件部队上发的衬衫，脚蹬一双登山鞋。背包里装着一套棉布衣服和一套换洗的内衣。在格里昂缆车站，他办了自行车托运手续，坐在车站餐厅的台阶上喝了杯淡啤酒，一边喝一边还看着一辆小型汽车在八十度的陡坡上往下爬。上一次参加佩尔兹自行车大赛时，因为感到自己是个娇惯坏了的运动员，他在快到终点时猛冲了一阵，从而引起耳内血管破裂出血，直到现在他的耳朵里还充满了干结了的血块。他要了些酒精，清洗了耳郭，这时，缆车滑到了站。他看到他的自行车给放进了缆车，于是把背包甩进底层车厢，随后自己也跟了进去。

登山的运输缆车建在一个斜坡上。这个斜坡的角度就像一个不想让人认出自己的人低低地拉下的帽檐一样。当水从车底下的水箱里喷出来时，迪克对这一整套巧妙的主意产生了深刻的印象——山顶上，一辆辅助缆车正在灌水，只要一松开车闸，它就会靠重力的作用把重量变轻的缆车拉上山。这肯定是个伟大的灵感。在他对面的座位上，一对英国夫妇正在谈论缆索。

“英国产的缆索总有五六年的使用寿命。两年前，德国人的出价比我们的低，你想他们的缆索能用多久？”

“多久？”

“一年零十个月。后来瑞士人又把它卖给了意大利人。他们对缆索的检验不是很严格。”

“我明白，如果缆索断了，对瑞士将会是件很可怕的事。”

管理员关上一扇门，给在峰峦起伏的山里同事打了个电话，于是缆车猛地震动了一下，开始往上升，朝着翠绿山峰上的那个小点开去。当缆车越过一个个低矮的屋顶后，沃州、瓦莱州、萨瓦和日内瓦的天空便像一幅环形画景展现在乘客面前。那边湖的中心是西方世界真正的中心，罗纳河刺骨的河水滚滚而入，使湖水变得清凉宜人。湖面上漂浮着一只只天鹅，像一只只小船，而船又好似天鹅，天鹅与船都融进虚幻缥缈的淡雅美景之中。这天的天气晴朗，下面的草滩上和疗养院的白色庭院里阳光灿烂。院子里的人都没有投下影子。

当奇隆城堡和萨拉里翁岛上的王宫进入视野时，迪克却将目光转向了缆车里面。缆车比岸上最高的房子都要高了；在车道的两边，每隔一段距离都有五彩缤纷的一簇簇绿叶和鲜花。这是缆道旁的一个花园，车厢里有一个告示：严禁摘花。

尽管在上山的路上不能摘花，但在他们经过时，花儿却不断地探进车厢——多萝西·帕金斯玫瑰花极有耐性地挨个探入每节车厢，随着缆车的移动而缓缓摇晃着，到最后一节车厢过去才放走缆车，摇摆着回到玫瑰丛中。这些花枝再三地检视着车厢。

迪克上前方的车厢里站着一群英国人，正对着天空发出惊叹。突然，他们当中出现了一阵骚动——他们向两边分开，给一对年轻人让路，两个年轻人连声道歉，急匆匆挤过人群，进了缆车的尾部车厢，也就是迪克所在的那个车厢。小伙子是拉美人，长着一双剥了皮做成标本的鹿那样的眼睛；那姑娘是妮科尔。

两个爬进车厢的人累得气喘吁吁的，大笑着坐下来，把那些英国人挤到了车厢的各个角落里。妮科尔说了声“嗨”。她看上去很可爱；迪克马上觉察出她看上去有什么地方不一样，但随即便明白了是她那一头秀发的缘故。头发卷曲地蓬松着，一个劲地上下跳动。她穿着一件粉蓝色运动衫和一条网球裙，浑身洋溢着青春气息，就像五月里的第一个早晨那样清新，诊所里的那些形迹一点都没有了。

“噗！”她喘着气说，“嚯，那个车警。他们要在下一站把我们给抓起来了。戴弗医生，这是马默拉伯爵。”

“天哪！”她摸摸新做过的头发，喘着粗气，“姐姐买了张头等车厢的票——这是她的一个原则问题。”她同马默拉交换了一个眼神，叫嚷着说，“后来我们发现那间头等车厢不过是在司机背后的那节，像个灵柩一样，窗帘拉得严严实实的，为的是防止下雨，这样你什么都看不见了。可是姐姐非常高贵……”妮科尔和马默拉又大笑起来，露出年轻人那种亲密无间的神态。

“你们去哪儿？”迪克问。

“科镇。你也去那里吗？”妮科尔打量着他那身装束，“他们放在前面的那辆自行车是你的吗？”

“是的。星期一我将要沿岸南下。”

“让我坐在你的自行车把手上吗？我是说真的——你愿意吗？我

再也想不出比这更好玩的事了。”

“可我倒情愿抱着你下山，”马默拉激烈地抗议道，“我要穿上旱冰鞋带你滑下去——或者干脆把你扔下去，你会像一片羽毛一样轻悠悠地落下去。”

妮科尔的脸上露出高兴的神情——又成了一片羽毛飘呀飘，而不是一个铅锤直往下沉。看着她就像在看一次狂欢节——时而娇柔腼腆，装模作样，时而又做鬼脸手舞足蹈——有时又忧郁起来，表现出经过往日磨难的沧桑。迪克真希望自己离她远远的，害怕自己会让她想起已被抛在身后的那个世界。他决定去住另一家旅馆。

当缆车停住时，那些第一次坐这趟缆车的人看到自己悬在湛蓝的天空中，不禁紧张起来。其实这次车子停下只不过是上山的车和下山的车上的乘务员要讲些什么话而已。接着，缆车又继续朝山上开去，越过一条林间小道和一道峡谷——然后又爬上一座开满水仙花的小山，那些花仿佛从乘客的身边一直开到天上似的。此时，在蒙特勒的湖滨网球场上打网球的人看上去只是一个个小黑点。空中又有了些新的东西；那是清新的气息——当缆车滑进格里昂的时候，他们听到旅馆花园里一支管弦乐队正在演奏，清新的气息从那乐曲声中流泻了出来。

当他们换乘山上的火车时，水箱里哗啦啦的流水声盖过了乐曲声。科镇差不多就在正上方，旅馆里上千的窗户被夕阳映照得火红。

但是，到达旅馆的途径却是不同寻常——一个由皮带带动的发动机推动着载有乘客的机车螺旋般地上升、上升；他们在发动机的突突声中穿过低低的云层。由于倾斜着的小型蒸汽机喷出的蒸汽，迪克有一会儿都看不到妮科尔的脸了；他们的这节机车盘旋上升着，每转一圈，旅馆就显得更大一些，直到他们十分惊讶地发现，已经到了阳光灿烂的山顶。

到山顶之后，迪克在下车的混乱中背上背包，动身去站台上取自行车，这时，妮科尔站到了他身旁。

“你不住在我们这家旅馆吗？”她问。

“我要省点钱。”

“你来吃晚饭好吗？”领取行李时又是一阵忙乱，“这是我姐姐——这是从苏黎世来的戴弗医生。”

迪克朝一个年轻女子鞠了一躬。这姑娘二十五岁，高高的身材，显得很自信。看到她，迪克立刻想到另一些长着鲜花般的嘴巴、放荡不羁的女人，于是他断定，这个女人既令人生畏又容易受到伤害。

“吃过晚饭后，我会来拜访你们，”迪克许诺说，“首先我得要适应一下环境。”

他推着自行车走了，感觉到妮科尔的眼光在盯着他，感觉到她那无望的初恋，感觉到这种感情在他的心中萦绕。他爬了三百码的斜坡，来到另一家旅馆，订了一间客房，接着便发觉自己在冲澡。从订房到冲澡的十分钟时间里，他都干了些什么，他一点都记不起来，只感到喝了酒一样的兴奋，伴随着冲澡的水声——都是些不足道的声音，它们根本不知道他被人爱得有多深。

九

他们在等候迪克。因为他不在的话就好像少了什么似的。迪克仍然是个让人捉摸不透的家伙；沃伦小姐和那个意大利小伙子脸上期待的表情同妮科尔一样明显。旅馆的大客厅，一间有着奇妙音响装置的房间，为了举行舞会被腾了出来，不过有一些到了一定岁数的英国妇女在那儿，她们戴着领圈，染了头发，灰白的脸颊涂得粉红；还有一群美国妇女，顶着雪白的假发，身穿黑色衣装，嘴唇红得像樱桃一般，她们也有一定的年纪了。沃伦小姐和马默拉坐在角落里的一张桌子边——妮科尔坐在四十码开外的斜对面，迪克来到时，听见她在说：

“能听见我说话吗？我在用正常的声音讲话。”

“非常清楚。”

“喂，戴弗医生。”

“什么事？”

“坐在客厅中间的人听不到我说话，可你能听到，你知道这是怎么一回事吗？”

“招待已跟我们说了，”沃伦小姐说，“角落到角落的声音最清楚，就像通过无线电传播一样。”

在山顶上的感觉和船行海上一样令人兴奋。不一会，马默拉的父母过来和他们坐在了一起。他们对沃伦姐妹十分尊重——迪克捉摸他们的财富也许和米兰的一家银行有关，而这家银行又和沃伦家族的财富有联系。可是巴比·沃伦小姐受到某种力量的驱使想和迪克交谈。正是这种力量每每驱使她飘向所有新遇上的男人，仿佛她正攀在一条没有伸缩性的绳子上，自认为能尽快地到达绳子的那一头。正如所有身高个大、躁动不安的处女那样，她不时地跷起二郎腿，放下，再跷起，再放下……

“——妮科尔跟我说你担负了部分照料她的任务，她的康复有你很大功劳。可我不明白的是我们应该做些什么——疗养院的人说得一点也不清楚；他们只告诉我要让她自在快活。我知道马默拉一家在这儿，所以我叫蒂诺到缆车道接我们。你看到发生什么事了吧——第一件事便是妮科尔让他从车子上爬过去，好像他俩都疯了似的——”

“这完全是很正常的，”迪克大笑道，“要我说这倒是个好征兆，表明他们正向对方显示自己。”

“可是我怎么知道？在苏黎世那会儿，几乎就在我眼前，还没等我明白怎么回事，她就把头发剪了，就因为她看了一页《名利场》中的插图。”

“那不打紧。她是个精神分裂症患者——一个终身无法治愈的怪人。你无法改变这一点。”

“是个什么？”

“就是我刚说的——一个怪人。”

“可是，怎么能分清什么是古怪，什么是疯癫呢？”

“不会有疯癫的——妮科尔现在精神焕发，心情快乐，你无须担心。”

巴比交换了一下交叉跷着的双腿——她这人集中体现了一百年前所有爱慕拜伦而又得不到满足的女人的特点，然而，尽管她与那个卫兵军官有过一段悲伤的恋爱，她身上依然有种呆板、自寻满足的味道。

“我不在乎要承担的责任，”她声明道，“可我很是茫然。我们家里从前从未有过这种事——我们知道妮科尔受过刺激，而且我以为这和一个男孩子有关系，可我们并不确切知道实情。爸爸说他要是早知道的话，非把那家伙用枪干掉不可。”

管弦乐队正在演奏《可怜的蝴蝶》；小马默拉和她妈妈跳着舞。这支曲子对他们都够陌生的。迪克一面聆听着音乐，一面目视着妮科尔的双肩，妮科尔正和老马默拉聊天。老人的头发夹杂着缕缕银丝宛如钢琴的琴键黑白分明。看着看着，迪克想到小提琴的肩状凸出部位，随后又想到那桩丢脸的秘密。啊，蝴蝶——这短短的时刻过得像有几个小时那么长——

“说实在的，我有个计划，”巴比接着说，口气带着歉意但又显得坚决，“这计划对你好像绝对行不通，不过他们说，妮科尔今后几年需要有人照料，我不知道你是否熟悉芝加哥——”

“不熟悉。”

“噢，是这样。芝加哥分成北边和南边两个区，它们有很大差异。北边时髦又繁华，如此这般；我们一直住在那儿，至少有好些年了，但有好多古老的家族，芝加哥古老的家族，明白我的意思吧，他们还住在南边。芝加哥大学在那儿。我是说，这对一些人来讲沉闷了些，可不管怎么说，它和北边是全然不同的。我不知道你听懂了没有。”

他点了点头。因为注意力有点集中，他理解了她的意思。

“当然我们在那里有很多关系——爸爸在大学里掌握着一些教授和研究员职位以及其他一些位置的支配权，所以我想，假如我们带妮科尔回家，让她跟那些人在一起——你知道她很有音乐素养，而且会讲所有这些语言——照她这种状况，如果能爱上某位出色的医生，那是再好不过了。”

迪克心头一阵高兴，沃伦家打算给妮科尔买个医生呢——你们不是有了个好医生吗，能让我们使唤吗？既然他们能够给她请一位好医生，一个初出茅庐的年轻医生，他就不必为妮科尔担心了。

“可是，这个医生到哪儿找呢？”他不由自主地脱口而问道。

“一定有很多人会迫不及待地争取这个机会的。”

跳舞的人回来了，巴比很快小声地说：“这就是我要说的。哎，妮科尔上哪儿去了——她去什么地方了。在楼上她的房间吗？我该怎么办？我真不知道我是不是大惊小怪还是该去找找她。”

“她兴许只想一个人待着——独自过惯了的人习惯寂寞。”见沃伦小姐不在听他说话，他也就不再往下说了，“我四下去看看。”

有那么一会儿，户外薄雾笼罩，一如窗帘拉开后呈现的一幅春景。人们的活动都集中在旅馆附近。迪克从几扇地下室的窗口经过，看到餐厅打杂工们坐在床铺上，一边甩扑克一边在喝一升西班牙葡萄酒。当他走近那个供人们散步的小道时，星星开始从巍峨的阿尔卑斯山那白色的峰峦之间钻出来。妮科尔的身影出现在湖岸边的马蹄形小径上，一动不动地立在两根灯柱之间。他悄无声息地穿过草地走了过去。她朝他转过脸来，脸上的表情好像在说："你来了。"迪克听了，顿时为自己感到遗憾，觉得不该来。

"你姐姐不知道你到哪儿去了。"

"噢！"她早已习惯被人监视了。她好不容易为自己作解释："有时候我有点——这地方有些让人受不了，我一直生活得那么安静。今晚，那音乐实在叫人难以忍受，我直想哭——"

"这我能理解。"

"今天是个很让人兴奋的日子。"

"我知道。"

"我并不是有意要违背常情——我给大家带来的麻烦已经够多了。可是今晚，我想走开。"

蓦地，就像一个人临终前忽然想起自己忘记说出放置遗书的地方一样，迪克想起妮科尔曾经受过多姆勒及其身后几代人的"再教育"；他还想到，有许多事她必须知道。然而，虽说是清楚了这一点，他暂且还只好把这事记在心里，因为一时也难以改变目前的状况。

"你是个好姑娘——只要坚持自我判断就行了。"

"你喜欢我吗？"

"当然喜欢。"

"你愿意……"他们漫步沿着马蹄形小径，朝着它两百码之外的尽头走去，"如果我没有病，你愿意——我是说，我会是你要的那种姑娘——唉，废话，你明白我的意思的。"

迪克这时脑子一片混乱，硬被逼进了两难的境地。她离得那么近，近得他感觉自己的呼吸都变了节奏。不过，他所受的训练又一次帮了他的忙，他像个男孩子般笑起来，并说了句套话。

“亲爱的，别拿自己取笑了。我曾经认识个医生，他爱上了他的护士……”迪克说开了那段故事，叙述的间隙中不时可听见两人的脚步声。突然，妮科尔用简洁的芝加哥方言一下子打断了他。

“屁话！”

“你这话太粗俗了。”

“那又怎么样？”她勃然大怒，“你以为我连一点常识都没有吗——生病前我是没有，可现在我有。如果我不知道你是我所见过的最有魅力的男人，你肯定会认为我是个疯子。是的，我的命苦——可你也别装蒜，以为我不知道——对于你和我的事我一清二楚。”

迪克陷入又一个不利的境地。他想起妮科尔的姐姐关于在芝加哥南区知识分子市场买年轻医生的话，于是，有那么一会儿，他狠了狠心：“你是个迷人的小东西，可我不能恋爱。”

“你都不愿意给我一次机会？”

“什么？！”

这般无礼，这样的强求，把个迪克都惊呆了。除了放任自流，他想不出该给妮科尔·沃伦什么机会。

“现在就给我一个机会吧。”

她贴近迪克，声音变低了，仿佛落到胸膛里，把紧绷的胸衣也给顶开了。他碰了碰那两片富有青春气息的嘴唇，她的身体靠在他那将她越搂越紧的臂弯里舒心地叹息着。此刻迪克别无办法了。就好比他任意配制了某种不溶混合物一样，它的原子紧密结合，无法分开，你尽可以把它整个儿扔掉，而它们永远不能再还原到原子状态。就在他把她拥在怀里，体味她的时候，在她挺起身体朝他越贴越紧，用她自己也感到异样的双唇吻着他，沉浸在爱河之中，而心里又同时感到快慰并得意扬扬时，迪克直感谢上苍给了他一个存在——哪怕这只是她湿润的眼睛中的一个反映也好。

“我的天，”他呼吸急促，“吻你真有意思。”

这还算是话，不过妮科尔现在对他的控制更牢固了，而不会松手。她摆出一副卖弄风情的模样走开了，留下他像在下午的缆车中一样云里雾里不知所措。她心想，这将让他明白，他到底能有多自负，他能拿我怎么样；啊！多有趣！我得到他了，他是我的。接下来就是逃离，但这一切都是那么甜美，那么新奇。她悠然地款款而行，真想把这一切都吸进嘴里再品味品味。

突然她打了个寒战。两千英尺的脚下，她看到那宛如项圈手镯般的万家灯火，那是蒙特勒和沃韦，再过去是隐隐约约状如垂饰的洛桑。山下不知从哪儿传来一阵微弱的舞曲声响。这时，妮科尔的精神已经好起来，变得十分冷静，开始试着把现在的感受和儿时多感的情怀进行对照，那神情，就像一个打完仗后开怀畅饮的人一样不慌不忙。不过，她还是有点惧怕迪克。迪克正在她旁边站着，以他惯有的姿态倚着路边的铁栅栏。这情景使得她不由自主地说：“我还记得我站在这花园里等你的情景——把我自己完全捧在怀里就像捧着一篮鲜花。不管怎么说当时我就是那样——那时我觉得我非常可爱——等着把花篮献给你。”

迪克伏在她肩头呼吸着，执拗地把她扳过来对着自己。她吻了他好几下，每凑近一次迪克就看到一张渐渐变大的脸，她的双手紧紧抓住他的肩膀。

“雨下大了。”

忽然，湖对面红葡萄酒色的山坡上传来一阵轰响，原来人们正用大炮在轰击带雹的云块好将它们驱散。散步道上的灯熄灭了一下，随后又亮了起来。暴风雨迅即来临，先是从天而降，接着从山上急泻而下，咆哮着冲刷着山路和石沟。紧跟着，乌云黑沉沉地压下来，令人胆战心惊，树枝状的闪电狂暴地划破天空，伴随着惊天动地的雷鸣，一团团狂卷乱舞，似有毁灭性力量的浓云掠过旅馆。群山和湖泊消失了，旅馆在一片喧嚣混乱与黑暗之中蜷缩着。

这时，迪克和妮科尔已经到了门厅，巴比·沃伦和马默拉家的三个人正焦急地等着他们。从湿淋淋的雨雾中归来真让人兴奋——随着一道道门“砰”的一声打开，两人站住大笑，激动得都有点发抖，风声依旧不绝于耳，雨水仍挂在衣服上。舞厅里，管弦乐队正在演奏施特劳斯的华尔兹舞曲，声音响亮而又纷乱。

……要戴弗医生娶一个精神病人？怎么回事？打哪儿开始的？

“你换过衣裳还回来吗？”巴比·沃伦仔细看了一眼后问。

“除了几件汗衫短裤外，我没带任何换洗衣服。”

当他披着借来的雨衣跋涉着朝自己住的旅馆走去时，他的嗓子眼里不断地发出讥嘲的笑声。

“大好机会——噢，是的。上帝——他们决定要买个医生？嘿，他们最好还是抓住在芝加哥已找到的医生不要放。”可是他觉得自己这样想又有些太冷酷，不由得对此感到厌恶，作为补偿，于是赶紧想想妮科尔的好处，想起她无与伦比、富有朝气的嘴唇，想起雨水落在她细瓷般光洁的脸上的情景，那雨水仿佛是为她流下的热泪……夜里三点钟左右，暴风雨过后的宁静倒把他弄醒了。他走到窗前。妮科尔那美丽的身影好像又在起伏的山坡上出现，走进他的房间，像幽灵一般把窗帘弄得窸窣作响……

……第二天上午，他爬了两千米登上罗什德内山。让他感到有趣的是，他前天乘坐的那辆缆车上的列车员也利用这天放假登山游玩来了。

而后，迪克一路下山去蒙特勒游泳，回旅馆时正赶上吃饭时间。旅馆里，有两封短信在等着他。

我不为昨晚的事羞愧——那是我所经历过的最美好的事情。即使我再也见不到你了，我的上尉，我也为这件事的发生而高兴。

这封信足以让他消除顾虑——当他打开第二封信时，多姆勒浓厚的阴影退去了。

亲爱的戴弗医生：我给你打了电话，可你不在，不知能否请你帮我个大忙，因为一些出乎意料的事情，我得回巴黎。我发现从洛桑走可以快一些。既然你打算星期一回去，能不能烦你带妮科尔一起坐车到苏黎世，把她丢在疗养院？这个请求过分吗？

诚挚的

贝丝·埃文·沃伦

迪克看了信勃然大怒——沃伦小姐明明知道他是带着自行车来的，然而她的措辞是那么巧妙，让人无法拒绝。把我们俩往一起扔！美妙的亲缘关系！沃伦家的钱财！

然而他错了。巴比·沃伦并没有这种意思。她已经用世俗的眼光观察过迪克，也用崇英派的人带有偏见的尺子衡量过他，发现他并非十分理想——尽管她觉得迪克还是挺让人喜欢的，在她看来，他太“理智”，所以她把他划归为她在伦敦时曾经熟悉的那类穷酸势利的人——他太爱表现，不会是块真正的好材料。她看不出怎么能把迪克培养成一个她心目中那样的贵族。

除此以外，他还十分固执——她和他谈话时，有好几次都看到他并不在听，像人们常有的那样眼神怪怪地发呆。她不喜欢妮科尔像个小孩子一般成天无拘无束的样子，如今，她已明智地习惯把她认作是个“不可救药的人”；不管怎么说，戴弗医生不是她想象中那种能成为沃伦家族成员的医生。她不过是单纯地想利用他，需要他时图个方便而已。

但是，她的请求却产生了这样一个效果，那就是，迪克认为她是这样希望的。坐火车旅行可能很糟糕，让人心情抑郁，也有可能很滑稽。它可能会像一次试验飞行，它也可能预示着像某一天和朋友一起去旅行，时间会显得很长，大清早就开始尝到忙碌的滋味，中午两个人都饥肠辘辘，一起去吃饭，然后是下午，旅程渐渐变得索然无味，让人打不起精神，但到了晚上节奏却又加快起来。迪克看到妮科尔郁郁寡欢的样子心里不好受，但对她来说，回到她那唯一熟悉的家，却是一件值得宽慰的事。他们那天没有谈情说爱，可当他在苏黎世精神病疗养院那令人黯然神伤的门外和她分手时，她转身看了看他，他顿时明白，她的问题已经成为他俩将永远一起面对的麻烦了。

十

九月份在苏黎世的时候，戴弗医生和巴比·沃伦在一起喝茶。

“我认为这样做不好，”她说，“我不能肯定我真正明白了你的动机。”

“我们不要把我们双方都弄得不愉快嘛。”

“可我毕竟是妮科尔的姐姐呀。”

“那你也无权把别人弄得不愉快。”让迪克感到恼火的是，他知道那么多，却又无法告诉她。

“问题就在这儿，”巴比固执地抱怨说，“妮科尔很有钱。”

“她到底有多少钱？”他问道。

她不由得一惊。迪克暗暗一笑，接着说：“你瞧，知道有多么愚蠢了吧？我宁愿和你们家哪位先生谈一谈——”

“一切都已交给我全权处理，”她坚持道，“不是我们把你当作冒险家。我们只是不知道你到底是什么人。”

“我是一名医学博士，”他说，“我父亲是位牧师，现在退休了。我们过去住在布法罗，你尽管去调查。我去了纽黑文，后来成为一名获罗德兹奖学金的学者。我的曾祖父当过北卡罗来纳州的州长，我是疯子安东尼·韦恩的直系后代。”

“谁是疯子安东尼·韦恩？”巴比满怀疑窦地问道。

“你不知道疯子安东尼·韦恩？”

“我看这件事里疯癫的成分已经够多了。”

迪克无奈地摇摇头，就在这时，妮科尔从旅馆里来到台阶上，四下寻找他们。

“他的疯病太重，没能像马歇尔·菲尔德那样留下大笔财产。”迪克道。

“那很好啊——”

巴比是对的，她也知道这一点。假如面对面交锋的话，她的父亲会胜过几乎任何一个牧师。他们的家族是一个没有头衔的美国公爵世家——家族的名字写在旅馆的登记簿上，签署在介绍信上，在困难的情况下使用，能引起人们的心理变化，而这种变化又反过来使她清楚地意识到她的地位。她是从英国人那儿了解到这些的，那些英国人知道这一切已有两百多年了。然而，她不知道，迪克有两次差点儿拿她所假想的婚姻的事当面斥责她。这一次多亏妮科尔找到他们的茶桌旁，才没引起麻烦。这是个九月的下午，而她看上去是那么纯洁、鲜灵而富有朝气。

你好，律师。我们明天要到科莫去一个星期，然后回苏黎世，所以我想让你和姐姐把这事给解决了，至于我能得多少，对我们来说并不重要。我们打算在苏黎世安安静静地住上两年，迪克完全能照顾好我们。不，巴比，我比你想的要更实际——我要钱只是为了买些衣物等物品…… 嘿，那不止——我们家的财产真的能让我得到那么多吗？我知道我花不了这么多。你也有那么多吗？为什么你要更多的——是认为我没有能力吗？那好吧。就让我的那份堆放在那儿吧……不，迪克不愿和这件事发生任何关系，我一定会为我们俩感到自豪的……巴比，你根本不了解迪克，只一味咬定他是，是——我在哪儿签名？噢，对不起。

……我们两个在一起真是又有趣又孤单，迪克。除了关在家里无处可去。难道就这样你爱我我爱你地爱下去吗？啊，可我爱得最深。你不在我身边的时候，我能感觉出来，哪怕你只是离开一小会儿。我想，像所有别的人一样，真好：伸出手来就摸到你温暖的身体睡在我身旁，真是美妙啊。

……劳驾你给我挂个电话到医院找我丈夫。是的，那本小书到处都在出售——他们想用六种语言出版这本书。法文译本由我来译，可这几天我感到很累——我怕摔倒，感到身子沉重，动作笨拙——就像一支站不直的果酱布丁卷。冰凉的听诊器按在我的心口上，我最强烈的感受是“我对什么都不在乎”——唉，医院里那个抱着青灰色婴孩的可怜妇人，还是死了的好。我们现在有三个人了，难道不好吗？

……那好像不合情理，迪克——我们完全有理由租用那套更大的房间。我们干吗就因为沃伦家的钱比戴弗家的多而惩罚自己呢。噢，谢谢你，招待，可我们已经改变了主意。这位英国牧师告诉我们说，你们奥尔维耶托这地方的酒很好。没在外地销过？怪不得我们没听说过，因为我们很喜欢酒。

湖泊陷在棕褐色的土地里，土坡上的一道道坎像是肚皮上的褶皱。摄影师把我的照片送给了我们，我站在驶往卡普里岛[①]的船上，头发披落在船栏上。“再见，蓝洞，”船夫在唱着，“快快再来吧。”后来，船儿沿着呈靴子形状的意大利半岛那炎热而险要的右侧行驶，风在那些阴森可怕的城堡周围飒飒地吹，小山上死人从上边窥视着我们。

……这船很不错，我们一起用脚跟磕打着甲板。这个拐角风大，每次转过这个拐角，我都要迎着风向前斜着身子，把衣服拉紧，跟着迪克不拉下脚步。我们胡乱唱着：

噢——噢——噢——噢
是别的火烈鸟而不是我
噢——噢——噢——噢
是别的火烈鸟而不是我

和迪克一起生活充满乐趣。坐在甲板椅子上的人们望着我们，有个妇女想听清我们在唱什么。迪克唱累了，那好吧，迪克，你自己往前走吧。你一个人走感觉会不同的，亲爱的，穿过更浓厚的空气，挤过那一张张椅子的阴影，穿过烟囱里飘落的烟雾，你将感觉到自己的身影在那一双双注视你的眼睛中向前滑行。你不再是与世隔绝；但我想，为了从生活中跳出来，你必须先接触生活。

我坐在这只救生艇的栏柱上向海面望去，任自己的头发在风中飘

① 卡普里岛，意大利西部一岛屿。

动，闪光。蓝天下我一动不动。船儿载着我的身体向前行驶，驶向未来那不可知的蓝色世界。我是人们满怀崇敬地雕刻在单层甲板大帆船上的智慧女神雅典娜。海水在公厕里拍打着，绿如玛瑙与绿叶似的浪花不停地起伏变化，在船尾轻诉叹息着。

……那一年，我们游玩了很多地方——从伍罗姆罗湾到比斯克拉。在撒哈拉大沙漠的边缘，我们遇到了蝗灾，司机和气地解释说，它们是群土蜂。夜晚的天空显得很低，仿佛那不可思议、警觉的上帝到处都存在似的。噢，可怜的光着身子的乌列奈尔小部落！夜里塞内加尔的鼓声、远处的笛声、骆驼的鸣叫声不断传来，很是喧闹，嘈杂中，还有当地人穿着旧汽车轮胎做的鞋子啪嗒啪嗒地走路的声音。

可是到那时，我又走了——火车和海滩，它们浑然一体，所以他才带着我出来旅行，可是当第二个孩子——我的小女儿托普西出世之后，一切又变得暗淡了。

……要是我能给我丈夫捎个信该多好，他以为把我丢在这儿，把我丢在这帮无能之辈手中很好……你跟我说生的孩子是个黑娃娃——真是荒谬，这话太拙劣了。我们去非洲只是为了看看提姆加德，因为我平生主要兴趣是考古。对于我一无所知的事还要总拿出来讲，我是厌倦透了。

……迪克，等我病好了，我想做个像你这样优秀的人——我想学医，可惜只是太晚了。我们得动用我的钱，得有一幢房子——我住够了公寓，也厌倦了日日等候你归来。你在苏黎世也待腻了，在这里你没时间写作。你不是说，一个科学家不写东西就等于承认自己不行么。我要把整个知识领域浏览一遍，挑出一点来潜心研究，这样，即使我再次精神崩溃，也有东西可以寄托了。迪克，你要帮我，这样，我就不会感到这么愧疚了。我们住到一片温暖的海滩边上去，在那儿，我们可以有一身健康的褐色皮肤，可以永葆青春。

……这儿将成为迪克的工作室。嗨，这个主意是我们两个同时想到的。我们打塔木斯经过有十多次，这次我们乘车来到这儿，发现这些屋子是空的，除了两个马厩。我们通过一个法国人出面把它们买了下来，可是当海军发现有美国人买下了这个山村的一部分时，他们就立刻派来了特务。他们把建筑材料翻了个遍，以为里面藏有枪炮。最后，巴比只得请在巴黎的外交部为我们暗地里疏通。

夏天没人到里维埃拉来，因此，我们盼望能有几个客人来访，盼望有点事儿做。这儿有一些法国人——上星期米斯坦哥埃特惊奇地发现旅馆开业了，还有毕加索和《别挂在嘴上》那本书的作者也在。

……迪克，你在旅馆登记时为什么不写上戴弗先生和戴弗太太，却用戴弗医生和戴弗太太呢？我只是有些纳闷——只是一个念头闪过——你教过我说工作就是一切，我也相信你。你过去常说，人得有点知识，如果他不再汲取知识，他就和别的人没什么两样了。关键是要在停止汲取知识之前，获得力量。假如你想把一切都弄得乱七八糟，那好。不过，亲爱的，难道你的妮科尔非得捧在你手上跟你走吗？

……汤米说我变得沉默了。自打我头一次康复，我在深夜常常和迪克谈话，两人都在床上坐着，抽着烟，当天色渐亮，东方透着蓝色的光亮时，我们把头埋进枕头里，好看不见亮光。有时我唱唱歌，逗逗小动物，我还有几个朋友——玛丽就是一个。我和玛丽聊天时，谁也不听谁的。男人才会长篇大论呢。我要谈论什么时，总对自己说，也许我是迪克。我甚至还做过自己的儿子，学着他既聪明又迟钝的样子。有时，我又是多姆勒医生。有一次，我甚至还装作你的样子，汤米·巴尔班。汤米是爱我的，我想，不过爱得很温柔很小心。但这已足够了。所以迪克和他开始合不来。总的来说，一切从没有这么称心过。我生活在爱我的朋友中。我和我丈夫还有两个孩子一起住在这片宁静的海滩上，万事如意——只要我能把这本该死的马里兰仔鸡烹调法译成法文。我的脚指头在沙里感到暖烘烘的。

“好的，我去瞧瞧，新来的人更多了——啊，那个姑娘——对了。你说她像谁来着……不，我没见过。在这儿我们没有多少机会看新上映的美国片。罗斯玛丽是谁？嘿，对于七月这个月份来说，我们真是太时髦了——我觉得很是奇怪。是的，她很可爱，但是人来得也太多了。”

十一

八月，理查德·戴弗医生和埃尔茜·斯皮尔斯夫人坐在同盟咖啡馆里，落满灰尘的树木给屋里送来一阵阵阴凉。大地受到烈日的炙烤，白晃晃的，使那云母的光泽也变得黯然失色。海岸那边，不时刮来一阵阵干燥的北风，掠过埃斯泰雷勒，港湾里的渔船随之晃动起来，船上的桅杆一根根散乱地对着平淡无奇的天空。

“今天上午我收到一封信，”斯皮尔斯夫人说，“你们和那帮黑人搅和在一起，是非常可怕！可罗斯玛丽说，在她看来你真是棒极了。”

“罗斯玛丽应该佩上军龄杠。这事真恼人——唯一没有受到影响的人是阿贝·诺思——他乘飞机到哈佛去了——他可能还不知道这事儿呢。”

“戴弗太太不高兴，我很抱歉。”她小心地说。

罗斯玛丽的信是这样写的：

妮科尔好像精神不正常。我不想跟他们一起南下，因为我觉得迪克已经够忙了。

“她现在已经好了，”他几乎不耐烦地说，“这么说你准备明天走啰，什么时候起程？”

“马上就走。”

“上帝，我可真不想让你们走！”

“我们很高兴到这儿来了。多亏你，我们玩得很愉快。你是罗斯玛丽思念上的第一个男人。”

又一阵大风从纳甫勒周围的斑岩小山上刮来。空气中有迹象表明就要变天了；反常的仲夏天气已经结束。

“罗斯玛丽有过很多迷恋的对象，可是她迟早总会把那人带到我这儿来——”斯皮尔斯夫人大笑道，“让我解剖。”

“可我倒是躲掉了这一关。”

“我当时是无能为力。在我见到你以前，她就爱上了你。我叫她继续下去。”

迪克看到，斯皮尔斯夫人的计划没有一项是为他或妮科尔着想的。

他还看到，她的这种不道德行为是因为她自己的年长色衰不得不急流勇退而造成的。她有权这么做，这是她自己不再付出感情后所指望的“退休金”。女人在生存竞争中必然什么事都干得出来，而且说起她们的所作所为，还不能加上“残忍”这个人为的罪名。只要爱情和痛苦的穿插是在适当的范围内进行，斯皮尔斯夫人便可以像个中性人一般带着超然与幽默袖手旁观。她甚至不考虑罗斯玛丽会不会受到伤害，或者她肯定罗斯玛丽不会受到伤害？

“如果你说的是实话，我认为这对她没有什么害处。”他是在掩饰到底，装作依然能客观地考虑罗斯玛丽的事，“她已经完全能处理这种事了。不过——人生有许多时刻在开始的时候都像是出于偶然。”

“这件事绝非偶然，”斯皮尔斯夫人坚持自己的看法，“你是她头一个中意的人——你是她的理想。她在每封信里都这么说。”

“她这是出于礼貌呢。”

“你和罗斯玛丽是我认识的最讲礼貌的人，但她说的是真心话。”

“我的彬彬有礼不过是假象而已。”

这话倒有部分是真的。迪克从他父亲那里学到了一些有教养的举止，美国内战后到北方去的南方青年举止都是挺文雅的。他经常采用，但也常常鄙视这种做法，因为它不是反对令人厌恶的自私自利，而只是反对利己的表象。

“我爱上了罗斯玛丽，”他突然对她说，“我这么跟你说，是一种自我放纵的行为。”

这番话连他自己都觉得奇怪而又正式，似乎同盟咖啡馆里的桌椅都会永远记住它。他已经感到她从空中消失了：在海滩上，他只记得她的肩头被太阳晒脱了皮；在塔姆斯，他穿过花园时踩没了她的足印；而此时管弦乐队奏起的《狂歌》，就像是去年逝去的欢乐在回响，引得人们在她身边翩翩起舞。在一百小时之内，她就掌握了世界上所有玄妙的魔力；令人目眩的颠茄，把身体的能量转换成精神能量的咖啡因，还有具有镇静作用的曼德拉草。

迪克勉强地又一次让自己相信他也和斯皮尔斯夫人一样冷漠、超然。

“你和罗斯玛丽其实并不一样，”她说，“她从你身上得到的才智全部都被用来塑进了她的外表以及她涉世所戴的面具。她没什么思想，她的内心深处是爱尔兰式的，浪漫而不讲逻辑。”

斯皮尔斯夫人也知道，尽管罗斯玛丽外表很娇弱，实际上却是一匹小野马，美国陆军上尉霍伊特军医就看出这一点。如果把罗斯玛丽从中间剖开，她那美丽的躯壳里，准会是巨大的心、肝与灵魂，全都紧挨着挤在一起。

告别时，迪克意识到埃尔茜·斯皮尔斯很有魅力，意识到对他来说，罗斯玛丽已只剩下最后一点尚未情愿放弃的碎片，而斯皮尔斯夫人所意味的则要更多。他可能会包装起罗斯玛丽——可他绝对无法塑造她母亲。假如罗斯玛丽离去时身披的大氅、足蹬的马靴及佩戴的宝石是他送的，那么相比之下，看着她母亲的翩翩风姿，知道这种风姿肯定不是因为他才有的，那真是件快事。她有着一种等待的神态，仿佛在等一个男人去完成一件比她自己更重要的事，一场战斗或者一个手术，在此过程中，不能催他也不能干扰他。就是那人已经完成了他要做的事，她也会等待，不急不恼，坐在高凳子上翻着报纸。

"再见——另外，还有一句话：我想让你们俩都永远记住我和妮科尔有多么喜欢你们。"

回到戴安娜别墅后，他走进自己的工作室，打开为遮挡正午的阳光而紧闭的百叶窗，在他的两条长桌子上，堆放着他写书的材料，看上去很杂乱，实际上还是有条理的。书的第一卷讲的是分类，在别人赞助下出了本小册子，获得了一定的成功。他正为该书的再版问题与人谈判。第二卷是对他的第一本小书《精神病医生心理学》的进一步发挥。和许多人一样，他发现自己只有一两个观点——他那本已经再版了五十次的德文版本包含了所有他能想到和知道的全部要点。

然而，他目前对这整件事情都感到很是不安。他懊恼在纽黑文虚度了岁月，但他感触最深的是戴弗一家日益奢侈的生活同急于炫耀的需要不一致。他想到了他的罗马尼亚朋友讲过的故事——讲一个人研究了多年犰狳大脑，他怀疑耐心的德国佬正坐在柏林图书馆和维也纳图书馆附近，漠然地等着他。他差不多已决定把他目前的工作情况扼要写出来，写它十万字，不注出处，作为以后学术价值更高的几部著作的导论。

当他在工作室里绕着那傍晚斜射进来的一束束阳光来回踱步时，他肯定了刚才的决心。根据这新的计划，他到春天就能完成。在他看来，假如一个有他这样旺盛精力的人竟被越来越多的犹疑在身后追赶，就表明计划中还有毛病。

他把当作镇纸用的金属条棒放在一沓沓笔记上，开始打扫起房间，因为他不允许仆人到这儿来。他用“密友牌”清洗剂粗粗地处理了一下盥洗室，修理了一只屏风，又向苏黎世的一家出版公司开了份订书单，随后喝下了一盎司兑有两倍水的杜松子酒。

他看到妮科尔在花园里。马上就得跟她见面，想到这，他感到心里像灌了铅一般沉重。在她面前，他必须保持一种无可挑剔的仪表，不论现在还是明天，下个星期还是明年。在巴黎，他整夜都把她搂在怀里，而她服了苯巴比妥后仍然睡不沉。凌晨，不等她开始精神错乱，他就用温存呵护的话语安抚她，于是她把那温馨的秀发贴在他的脸上又进入梦乡。不等她醒来，他就在隔壁房间通过电话安排好了一切。罗斯玛丽要搬到另一家旅馆去住。她要做“爸爸的女儿”，甚至不打算和他们告别。旅馆老板麦克贝丝先生将扮演那三只中国猴子。在成堆的盒子与商品包装纸堆中打点好行装后，迪克和妮科尔便在中午起程前往里维埃拉了。

接着就产生了反应。当他们在卧车车厢安顿下来时，迪克看到妮科尔正在等着这种反应。这反应来得很快，不顾一切地，在火车还未驶出环城线时就来了——这时他有一种本能，那就是趁火车仍在缓慢移动时跳下车，跑回去看罗斯玛丽在哪儿，在做什么。他打开一本书，戴上夹鼻眼镜凑在书上，心中明白妮科尔正躺在车厢对面的枕头上注视着他。他一个字也看不进去。于是，便装出疲倦的样子闭上眼睛，但妮科尔仍在注视着他，尽管因为镇静剂的作用尚未完全过去，她还处在半昏睡状态，但看到迪克又成了她的时，她还是感到了欣慰。

闭着眼睛情况更糟，因为这样在感到有节奏地得到、失去、得到、失去。但是，为了不让人看出他的烦乱，他就那样合着眼一直躺到中午。午餐时情况有所好转——总会是一顿美餐；他们一起在酒店里，旅馆里，卧车上，餐厅里及飞机上吃过的上千顿午餐，都是很丰盛的。列车员那熟悉的忙乎劲儿，一小瓶一小瓶的酒和矿泉水，巴黎——里昂——地中海的精美食物，给他们以这样一种错觉：一切都还和从前一样。然而这次旅行却并不相同，它差不多是他和妮科尔走向分离而不是走向结合的共同旅行。除了妮科尔喝的一杯外，他差不多喝了整整一瓶酒。他们谈了房子和孩子的问题。但一回到车厢，他们又陷入了沉默，就像在卢森堡对面饭店里那样的沉默。一阵伤心过后，他们感到好像有必要重新回头看看那一步步走来的路。迪克感到一种从未有过的焦躁。突然，妮科尔开口说：

“这样丢下罗斯玛丽好像太不好了——你觉得她不要紧吗?”

“当然不要紧。不管在哪儿她都能自己照顾好自己的——”他怕这么说等于小看妮科尔照顾自己的能力，于是赶忙补上一句，“她毕竟是个演员，即使有她妈妈在后面撑腰，她也还得自己照顾自己。”

“她很有魅力。”

“她还是个孩子。”

“不过她还是很迷人。”

他俩漫无边际地一问一答着，都是顺着对方的心意说话。

“她不像我想象的那么聪明。”迪克说。

“可她够机灵的了。”

“不算很机灵——总带有幼儿园的奶味儿。”

“她真是非常——非常漂亮，”妮科尔若无其事地加重语气说，“而且我想，她在影片里的扮相一定很不错。”

“她受过很好的引导。仔细想来，没有多少特别的个性。”

“可我觉得有。我看得出她对男人很有吸引力。”

迪克的心抽紧了。对什么男人？多少男人？

——我放下窗帘你不介意吧？

——请放下吧，这儿太亮了。

她现在在哪儿？和谁待在一起？

“几年以后，她会看上去比你大十岁。”

“正相反。有天晚上我在一张节目单上为她画了张速写，我想她将一直会是我画的那样。”

夜里，两人都心绪不宁。在一两天之内，迪克将努力把罗斯玛丽的影子赶走，省得它搅和在他俩之间，不过现在，他还没有力量去做。有时候，驱赶一种痛苦比放弃一种快乐更难，记忆是那样地萦绕心头，他别无他法，只好装作若无其事。这样做更难，因为近来他对妮科尔很有些不快。都这么多年了，妮科尔也该知道自己神经紧张时的症状，从而努力加以控制。两个星期之内，她就发作了两次。第一次是在塔木斯吃饭的那天夜晚，他发现妮科尔在卧室里狂笑，对麦克基斯克太太说，她进不去盥洗间，因为钥匙被扔到水井里去了。麦克基斯克太太大为惊讶并且很是恼火，不知如何是好，心里却有点明白是怎么回事。迪克当时并不感到特别惊慌，因为事后妮科尔总会忏悔。她到高斯旅馆登门道歉，可是麦克基斯克太太已经走了。第二次发病是在巴黎。这次可是另一回事了，它使得第一次具有了特别的含义。它可能预示了一个新的循环，是疾病的一种新的发展。托普西出生后不久，妮科尔的病情有过一段长时间的复发，在那段时间里，迪克作为丈夫而不是医生，经受了很大痛苦，不得已地对她硬下心来，把有病的妮科尔和健康的妮科尔视若两人，这使他现在很难说清自己的漠然到底是出于职业性的自我保护心理，还是出于他内心深处日益增长的对妮科尔的冷淡。随着态度变冷淡，或者说萎缩，他渐渐地心里没有了她，学会了把她抛在脑后，照顾她时总是一肚子不情愿，心里嘀咕，爱答不理。有人这样写过，愈合的疤痕和皮肤的病理特征有着某些相似之处，但一个人的生活中却没有这回事。切开了的伤口有时会缩小到一个针尖那样大小，但它仍然是伤口。痛苦所留下的创伤更像是失去一个手指，或者瞎了一只眼睛。我们也许在一年中的某个片刻不会想到它们，但是，一旦想到，也就没法补救了。

十二

迪克在花园里找到妮科尔。她手高高地抱着肩，一双灰色的眼睛直盯着他，那眼神就像一个正在专心找东西的孩子。

"我去戛纳了，"他说，"遇到斯皮尔斯夫人。她明天就要走了。她想到这儿来向你道别，但被我阻止了。"

"真遗憾。我很想见她一面，我喜欢她。"

"你猜我还见到谁了——巴塞洛缪·泰勒。"

"不会吧。"

"我不会认错他的脸的，那个狡猾的老家伙。他当时正在为西罗的巡回动物展览查看地方呢。他们明年要来这儿。我怀疑艾布拉姆斯太太是打前站的。"

"我们到这儿来的第一个夏天，巴比气得要命呢。"

"其实他们根本不在乎他们在哪儿，所以，我不明白他们为什么不待在多维拉继续受冻。"

"我们能不能造一些关于霍乱啊或是别的什么的谣言呢？"

"我跟巴塞洛缪说，有些物种到这儿会像苍蝇一样死去——我对他说，在这儿，哺乳中的小动物，其生命短得就像战场上的机枪手一样。"

"你没对他说吧。"

“是的，没说，”迪克承认，“他挺讨人喜欢的。你没见到我和他在林荫道上握手的情景。真是妙极了，就像西格蒙·弗洛伊德同沃德·麦卡莉斯特[①]的会晤。”

迪克并不想说话——他想一个人待着。这样，他就会多想着工作和未来而不是爱情和眼前。妮科尔对此心里有点儿知道，但是模模糊糊的，同时带有几分凄凉。她对他怀有一种动物般的仇恨，可又想靠在他肩膀上磨蹭。

“活宝贝。”迪克轻声说。

他走进屋，却忘了来干什么。过了一会儿才想起自己是想弹钢琴。他吹着口哨坐下，凭着耳朵听音的感觉弹奏起来。

> 想象你坐在我的膝上，面前摆着我俩的茶，两人共饮茶，我为你存在，你活着为卿家——

弹着弹着，迪克忽然想到：妮科尔要是听到这首曲子，一定会猜出这是对过去两个星期的怀念，于是随便弹了一段便停了下来，离开了钢琴。

真不知道该到哪儿去。他环视了一下由妮科尔祖父出钱，妮科尔造的这幢房屋。他只拥有自己的工作室和那一块地皮。他用每年三千美元的收入和断断续续得到的稿费支付他自己的服装费、个人开支以及酒钱，另外还要支付拉尼尔的教育费用，到目前为止，这笔费用还仅仅限于保育费。没有哪件事迪克不要盘算自己该承担多少费用。他过着苦行僧般的日子，单独外出只坐三等舱，喝的是最便宜的酒，特别爱惜自己的衣物，稍有一点奢侈，过后都要责罚自己。这样，他保

---

① 沃德·麦卡莉斯特（1827—1895），美国律师、社会领袖，曾著有《我的理想社会》。

持了一定的经济独立。然而，这种独立到了一定程度却很难保持，有很多次，他和妮科尔不得不一起决定妮科尔的钱该派什么用场。自然，为了拥有他，让他永远不思进取，扮演他现在的角色，妮科尔对他的懈怠总是予以鼓励。她用各种办法笼络他，不断地给他买礼物，给他钱，让他淹没在她所提供的物质享受之中。他们有一次突发奇想精心设计了一个悬崖别墅，这个念头的萌发就很说明问题，它显示出一心要让他俩脱离最初在苏黎世安排的那种俭朴生活的力量有多大。

以前他们总是说“要是——那该多有意思啊”，后来则是，“怎么怎么办——一定很有意思”。

事情并不是那么有意思。迪克的工作开始同妮科尔的问题搅和在一起。此外，她的收入最近增加得如此之快，使得迪克的工作变得好像实在没什么干头。还有，为了治好她的病，多年来迪克一直苦苦努力，过一种严格的家居生活，可如今他正在偏离这种生活，而且，他这苦苦的努力现在变得越来越难坚持，因为在这种不费气力，安安稳稳的生活里，他不可避免地受到严密的监视。当迪克在钢琴上再也不能想弹什么就弹什么的时候，这就表明，生活已经提炼到一定程度了。他在大房间里待了好一会儿，听着电钟发出的嘀嗒声，听着时间的流逝。

十一月里，海浪变成了黑色，越过防波堤冲上了沿海公路——剩余的一点儿夏天的生气亦已消失，风雨中海滩显得阴沉忧郁，一片凄凉。高斯旅馆已停止营业，准备整修和扩建。位于朱安莱潘娱乐场的脚手架越来越高大，越发令人生畏。迪克和妮科尔来到戛纳和尼斯，认识了一些新朋友，他们中有管弦乐队的队员，餐厅老板，园艺爱好者，造船商——因为迪克买了只小旧船——还有地区旅游事业联合会的成员。这些人很熟悉他们家的仆人，对孩子的教育表示了关心。

十二月份时，妮科尔好像又正常了起来。一个月过去，不见出现什么紧张的情绪。她不再紧闭嘴唇，也没听到她没来由地傻笑或说些莫名其妙的话。于是，他们前往瑞士的阿尔卑斯山去度圣诞假。

十三

进屋之前，迪克用帽子掸去他那深蓝色滑雪衫上的雪花。为了举行舞会，大厅里被打扫得干干净净，二十年来，那大厅的地板上被踩得满是鞋钉痕。住在格施塔德附近学校的八十个美国青年伴着《别带鲁鲁来》的欢乐曲调蹦着跳着，或者跟着查尔斯顿最初的打击乐狂喊乱叫。这是一群年纪轻、头脑简单、爱花钱的人——最会享受的有钱人都住在圣莫里茨。巴比·沃伦觉得自己在这里与戴弗一家碰头，就已经友好地表示了克制了。

这间上流人士出入的大厅，此时在喧闹声中仿佛在微微晃动。迪克目光扫过大厅，一下子就在厅里边找到她们姐妹俩——她们身穿滑雪衣显得十分庞大，就像广告画上的人物。妮科尔穿的是天蓝色，巴比身上是砖红色。有个英国青年正在跟她俩说话，但是她们根本就没在听。大厅里青年人的翩翩舞姿使她们根本没心思交谈，只顾瞪着眼睛看。

一看到迪克，妮科尔那被雪花抚弄后发热的脸庞愈显容光焕发了："他在哪儿？"

"他误了火车——过会儿我去接他。"迪克坐下，把一条腿架在另一条腿的膝盖上，晃动着那只笨重的靴子，"你们俩待在一起很显眼。我老是忘记我们是一伙的，可每次看到你们都让我大吃一惊。"

巴比是个身材修长、面容姣好的女人，整日为年近三十而心焦不安。这种症状的表现是，她从伦敦拉来了两个男人，一个是刚从剑桥毕业的小伙子；另一个年长而冷漠，看上去是个沉溺于维多利亚式纵欲生活的家伙。巴比身上带有老处女的一些特征——她不让别人碰，假如有人突然碰到她，她会猛然一惊，而像拥抱、接吻之类缠绵的接触则会通过肌肉直接传到她意识的最前站。她很少用躯干，用她严格意义上的身躯做出姿势，而总是以近乎老式的方式跺跺脚，甩甩头。她很喜欢品味朋友们的灾难所预示的死亡滋味——她坚持认为妮科尔的命运会很悲惨。

来这大厅之前，巴比她们一直在外边滑雪玩耍，那个年轻一些的英国人同女人们玩得很热闹，他陪她们滑过一些坡度适中的斜坡，并不时有意大幅度摆动骚扰她们。迪克由于自不量力在一个急速转弯中扭伤了脚踝，满足于在“幼儿园斜坡”上跟孩子们一起闲荡，或者跟一个俄国医生在旅馆里喝格瓦斯淡啤酒。

“高兴点儿，迪克，”妮科尔怂恿他，“为什么不去找那几个小妞，下午邀她们跳跳舞呢？”

“我跟她们说什么呢？”

妮科尔把她那低沉而又几乎刺耳的声音抬高了几度，装出一副动人的媚态：“你说，‘姑娘们，哪一个最美啊。’你觉得你要说什么？”

“我不喜欢小女孩子。她们身上有橄榄肥皂味和薄荷味。跟她们一起跳舞让我感觉是在推婴儿车。”

这是个危险的话题——他太小心，小心到不自然的程度，只见他话一出口，目光赶忙越过那群小女孩的头顶，望着远处。

“正经事多着呢，”巴比说，“首先，家里有消息来——是关于那份产业的事，也就是我们以前说的那份车站产业。铁路起初只买下了这份产业的主要部分。现在他们把其余部分也买下了，这份产业是妈妈的。这是一个投资的问题。”

那个英国人听到话题突然转向，假装不快地朝舞场上一位姑娘走去。巴比用一个一辈子亲英的美国姑娘那种疑惑的目光盯着他的背影看了一会，接着毫不在乎地说："这可是一大笔钱呢。一项就有三十万。我一直密切关注着我自己的投资，但妮科尔对证券事务却是一窍不通。我想你也是一样吧。"

"我得去火车站接人了。"迪克回避说。

来到大厅外面，迪克呼吸了一口夹带着雪花的潮湿的空气。因为天空渐渐暗了下来，那细细的雪花他已看不到。三个孩子乘着雪橇从他身边驶过，不知用什么语音吆喝了一声"小心"。随后，他听到他们在下一个拐弯处发出叫喊声，再远一点儿，他又听到他们在黑暗中爬坡时雪橇发出的叮当声。节日的车站到处闪耀着期待的目光，小伙子姑娘们在等候着新的男女伙伴。火车到站的时候，迪克已经捕捉到这一节奏。他在弗朗兹·格雷戈罗维乌斯面前装出他是在无休止的欢乐中专门挤出半小时来接他的样子。可是弗朗兹此刻却带有某种紧要的目的，并不管迪克的情绪。"我可能要去苏黎世住上一天，"迪克曾在信中写道，"或者你可以设法到洛桑来。"就这样，弗朗兹设法一路来到了格施塔德。

弗朗兹四十岁。不但看上去健康、成熟，而且仪表堂堂讨人喜爱。然而，他却最习惯于有点沉闷的安定生活，在这种境况下，他便尽可以鄙视接受他再教育的那些精神颓丧的有钱人。出身于科学世家的他本可以有更广阔的天地，但他似乎有意选择了一个地位较卑下的阶级作为立足点，他对妻子的选择就是个典型的例子。在旅馆里，巴比·沃伦迅速地审察了一番。没有发现任何值得她尊敬的特点，也没有看到特权阶级作为互相识别标志的那些更微妙的优点与礼数，于是，她便采用第二种待人接物的方式对待他。妮科尔对他总带着点儿惧怕，而迪克却很喜欢他，毫无保留地，就像对待他的那些朋友一样。

那天晚上，他们坐着小型雪橇，从小山上滑进村子里，在这儿，小雪橇的用途就像威尼斯的平底船一样。他们的目的地是一家带有一个老式瑞士酒吧的旅馆。酒吧是木板隔就的，带有回声，里面有挂钟、小酒桶、啤酒杯和鹿角。人们一群群围坐在长桌旁，形成了一个盛大的聚会。吃着蛋白干酪酥——一种特别难消化的威尔士点心，吃的时候就着热辣辣加有香料的酒。

那个年轻一点的英国人说，大厅里气氛欢快。迪克承认，再没有比这更恰当的词了。令人兴奋、陶醉的酒一下肚，他精神放松了，并以为整个世界因为那些在钢琴旁高歌欢乐曲调的、金色九十年代的灰发老人们，因为那些年轻的声音以及烟雾缭绕中那些五彩缤纷的衣着而重又结合到了一起。有一会儿，他觉得他们仿佛是在一条船上，不远处就是陆地，所有姑娘的脸上都表现出同一种天真的期待，期待在这种场合以及这样的夜晚种种可能会出现的景象。他扫视了一下，想看看那个特别的姑娘是否在场，结果得到这样一个印象：她就坐在他们身后的桌子旁。随后他就把她忘了，胡乱说了句什么，努力要让他的伙伴玩个痛快。

“我必须和你谈谈，”弗朗兹用英语说，“我只能在这儿待二十四小时。”

“我怀疑你心里有事儿。”

“我有个计划，可以说是——一个绝妙的计划。”他把手搭在迪克的膝盖上，“我有一个计划，能保证我们两个都获得成功。”

“呃？”

“迪克——有一家诊所我们可以合办——就是楚格湖畔那家老布朗诊所。这家诊所的设备除了少数几件东西之外，都是现代化的。布朗病了——他想去奥地利，也许去会死在那儿。这是一个绝好的机会。你和我——多好的搭档！你听我讲完再说话。”

迪克从巴比眼睛里闪动的黄光中看出来她在听。

“我们必须合伙来办它。它不会把你束缚得太死。它能给你提供一个基地，一个实验室，一个中心。天气好的话，你可以就住在诊所里，比方说，不超过半年时间。冬天，你可以去法国或者美国，根据新的临床经验撰写你的教科书。”他压低了声音，“而且，对于你家里康复的人，诊所的环境和常规治疗是现成的。”迪克的表情表明他对这个主意并不赞成，于是，弗朗兹飞快地伸了下舌头，仿佛给他的话打上一个句号，丢开了这个话题，“我们可以做搭档。我当执行经理，你当理论指导，做个高参什么的。我了解我自己，知道自己缺少天才，而你有。但从我的方面来说，人们还是觉得我很能干的；对于使用最先进的临床医疗方法是完全胜任的。有时候一连几个月，我实际上就是这家诊所的头。教授说这个计划很好，他建议我照这样去做。他说他要一直活下去，并且工作到生命的最后一刻。”

迪克在脑子里把这件事的前景想象了一番，以便做出判断。

“资金方面怎么办？”他问。

弗朗兹扬起下巴，挑了挑眉毛，额头上几道皱纹匆匆一现，手、双肘与肩膀都不自觉地动了动；他绷紧了两腿的肌肉，把裤子都撑鼓了起来，心提到了嗓子眼，才把想说的话送到嘴边：“问题就在这儿！钱！”他哀叹道，“我没有什么钱。诊所要价若以美元算是二十万。改造——性的——”他怀疑地把自己创造的这个字眼品味了一番，“措施——你一定会同意，它们是不可缺少的——要花两万美元。不过，这诊所是一座金矿——跟你说，我看过账本，只要投资二十二万美元，我们肯定能收到——”

巴比表现得是那么好奇，于是迪克把她也拉进谈话之中。

“巴比，根据你的经验看，”他问道，“你有没有发现，当一个欧洲人急不可待地要见一个美国人时，事情总是跟钱有关呢？”

“什么事啊？”她闹不清楚地问。

“这位不拿薪俸的年轻大学教师认为，我和他应该兴办一项大事业，设法把那些精神崩溃的人从美国吸引到这儿来。”

弗朗兹很焦急，瞪眼看看巴比，听迪克接着说：

“可我们是什么人，弗朗兹？你大名鼎鼎，我写过两本教科书，但凭这就能吸引病人吗？况且我也没有那么多钱——连十分之一都没有。”弗朗兹冷冷一笑，“说实话，我没有钱。妮科尔和巴比像克罗伊斯①一样富有，可我至今还未曾用过她们一分钱呢。”

他们现在都在听他说话——迪克不知道坐在身后桌边的那位姑娘是否也在听。这个念头吸引了他。他决定让巴比替他说话，就像人们往往让女人对她们分外的事发表看法一样。巴比仿佛一下子变成了她祖父，头脑冷静，跃跃欲试。

“我以为这个建议值得你考虑，迪克。我不知道格雷戈里大夫说的是什么——但在我看来——”

那姑娘在他身后俯身进入一个烟圈中，正从地板上捡起什么东西。桌对面妮科尔的脸和他正相对——她的美貌、那暂时安定的样子，不禁激起了他的爱怜之心，驱使他对之加以保护。

“考虑一下吧，迪克，”弗朗兹激动地催促他，“一个人要写有关精神病学的著作，就必须接触临床实践。荣格写书，布洛伊勒②写书，弗洛伊德写书，福雷尔③写书，阿德勒④写书——他们也都始终同精神病人保持接触。”

---

① 克罗伊斯，公元前六世纪吕底亚国王，以富有著称。

② 保尔·厄根·布洛伊勒（Paul Eugen Bleuler，1857—1939），当年最有影响的瑞士心理学家之一，弗洛伊德精神分析学说的早期支持者。

③ 福雷尔（Foulkes，S.H.，1848—1931），瑞士著名的神经解剖学和精神病学家。

④ 阿尔弗雷德·阿德勒（Aifred Adler，1870—1937），奥地利精神病学家。

"迪克有我呢，"妮科尔大笑道，"我想，我这个精神病人已经够一个医生应付的了。"

"那不是一回事。"弗朗兹小心翼翼地说。

巴比此时在想，要是妮科尔住在一家诊所旁边，那她就再不会对她不放心了。

"这事我们得认真考虑考虑。"她说。

迪克尽管感到她傲慢的态度挺有趣，但并不想予以鼓励。

"这件事如何决定关系到我，巴比，"他温和地说，"你想买一家诊所，那真是太好了。"

巴比意识到自己干预了此事，慌不迭地退了出来：

"当然啦，这完全是你的事。"

"像这么重要的事得花上几个星期才能决定。我不知道妮科尔和我在苏黎世定居，我会不会喜欢——"他转身面向弗朗兹，预想着，"——我知道。苏黎世有煤气库，有自来水和电灯——我在那儿住过三年。"

"这事儿就留给你考虑吧，"弗朗兹说，"我相信……"

此刻，他们听到有一百双五磅重的皮靴开始沉重地朝门口走去，他们也加入到这脚步声中。门外清冷的月光下，迪克看到那姑娘正在把自己的小雪橇拴到前面一只马拉雪橇上。他们挤上自己的雪橇，随着几声清脆的马鞭声响，马儿使起劲，挺胸昂首拉着雪橇迎着夜色飞奔起来。后边，还有一些人在跟着奔跑，争先恐后地要往雪橇上爬；年轻人你推我搡，都想把对方推下去。奔跑的人摔在松软的雪地上，眼巴巴望着远去的马儿，呼呼地喘着粗气，接着，筋疲力尽地爬上小雪橇，或者为自己被人撇下哀声大叫。路两旁的田野幽清恬静令人神往；雪橇队经过的空间高深而幽远，无边无际。再往乡下，声音更少，他们仿佛回到了远古时代，侧耳倾听，就像在听莽莽雪原上的狼嚎。

到了萨嫩，他们拥进都市的舞会中。舞场里挤满了牧牛的人、旅馆服务员、商店老板、滑雪教师、导游、游客、农民。在户外体味过崇拜一切神道的原始动物感觉后来到暖烘烘的室内，犹如冒充某个荒诞、难忘的骑士之名，这名字像战场上的刺马靴跺地一样响亮，像足球鞋掌踏在衣帽间的水泥地板上一样落地有声。这里能听到传统的岳得尔调民歌，那熟悉的节奏把迪克从他刚才在这个场面中所发现的浪漫情调分离了开来。一开始他还以为，这是因为他把那个姑娘从他的意识里赶跑了的缘故；后来它又以巴比刚才所说的话的形式出现在他的面前："这事我们得认真考虑考虑——"这句话的潜台词就是："你是我们的了，这一点你迟早得承认。装模作样地保持什么独立性，是可笑的。"

迪克如果对一个人怀有怨恨，总是把它放在心里，这样做已经很多年了——自从他在纽黑文大学一年级读了一篇有关"精神卫生"的文章后就一直如此。这时，他就对巴比动了火，气恼她那只因有了几个钱而表现出的冷漠的傲慢态度，但同时他又竭力把怒气压在胸中。几百年才能出一个女中强人，懂得一个男人只有在自尊心方面易受伤害，而一旦其自尊心受伤便像无法修复的东西一样脆弱——尽管他们中的一些人对此只口头承认过。戴弗医生所从事的职业是分拣另一种鸡蛋的破蛋壳，这职业使他害怕破损。但是：

"太讲究礼貌了。"坐着平稳的雪橇回格施塔德的路上，他说。

"嗨，我觉得那倒不错。"巴比说。

"不，不是的！"他执拗地对裹在不知用什么皮做成的大衣里的巴比说，"讲究礼貌其实就是承认大家都很柔弱，所以必须温柔相待。说到对人的尊重——你不会随便叫一个人胆小鬼或者骗子，但如果你一辈子都照顾别人的感情和助长他们的虚荣心，那么，你就弄不清他们身上有哪些地方你应该尊重的了。”

“我认为美国人太在乎自己的言行举止了。”那位年长些的英国人说。

“我想也是，”迪克说，“我父亲的那套规矩是从那个年月里继承来的，那时候，人们是先开枪，后道歉。男人都有武器——嗨，你们欧洲人自打十八世纪初以来只要不是当兵就不带武器了——”

“实际上不是这样，也许——”

“实际上不是。不全是罢了。”

“迪克，你总是这么彬彬有礼的。”巴比调解地说。

女人们目光越过那些身穿各种毛皮衣服、看上去像一群动物的人们，带点儿吃惊地望着他。那个年轻一点的英国人却闹不明白——他是那样一种人，总喜欢蹿房越脊，冒险猎奇，而且仿佛认为他们是在给帆桅安装索具。回旅馆的路上，他讲了个十分荒唐的故事，说他和他最好的朋友之间进行了一场拳击比赛，两人打了一个小时，既互相疼爱，又互相打得青紫，双方总是在很大程度上留着一手。

“这么说，他每揍你一拳，你就越把他看作是更好的朋友啰。”

“我会越发尊重他。”

“我不理解的是前提。你跟你最好的朋友打斗，不过是为了一件鸡毛蒜皮的小事——”

“你要是不理解，我也无法解释。”那个年轻的英国人冷冰冰地说。

——我一开口说出我的想法，就会得到这样的回答，迪克暗自说道。

迪克对自己捉弄这个年轻人有点惭愧，因为他认识到，这个故事之所以荒唐可笑，是由于叙述人态度的不成熟，加上叙述故事的方式太老套所造成的。

狂欢的气氛很是热闹，他们随着人群走进了供应烤肉的小餐厅，在那里，一名突尼斯酒吧招待把灯光打成对角。溜冰场上空高挂的明月透过高大的窗户照进来，又构成了一曲无声的旋律。在这种光线下，迪克发现那个姑娘神情疲惫，毫不诱人——他把目光从她身上移开，欣赏起夜色来，欣赏起那些在灯光变红时，变成了绿色和银色的烟头以及当通向酒吧的门一开一合时那落在跳舞者身上的白色的光带。

“来，告诉我，弗朗兹，你觉得你喝了一夜啤酒，回去还能让病人们相信，你是个有个性的人吗？你不认为他们会把你看成酒囊饭袋吗？”

“我去睡觉了。”妮科尔宣布说。迪克把她送到电梯门口。

“我很想陪你一块儿去，可我得向弗朗兹表明，我不打算做诊所医生。”

妮科尔走进电梯。

“巴比是个很有头脑的人。”她若有所思地说。

“巴比是个……”

电梯门唰地关上了——面对一阵机器的嗡嗡声，迪克在心里说完了要说的话：“巴比是个浅薄自私的女人。”

然而两天之后，在陪弗朗兹坐雪橇去车站的路上，迪克承认他对这件事有点儿兴趣了。

“我们在开始兜圈子，”他承认说，“要是按这种方式生活，就不可避免地要经受一系列压力，而这些压力妮科尔是经受不起的。不管怎么说，里维埃拉夏季的田园风光正在发生变化——明年他们会迎来一个旅游旺季的。”

他们走过翠绿色的溜冰场，场上高声响着维也纳华尔兹舞曲，许多山区学校五彩缤纷的旗帜在淡蓝色的天空中迎风招展。

"——希望我们能做成这件事，弗朗兹，要试就和你一起，我不愿跟其他人去合作。"

"再见，格施塔德！再见，清新的面庞，冰冷可爱的花朵，黑夜里飘飞的雪花。再见，格施塔德，再见！"

十四

清晨五点，迪克在做了个长长的有关战争的梦之后醒来了。他走到窗前，眺望着窗外的楚格湖。他的梦开始时阴沉而又庄严：身着海军蓝制服的军人们穿过一个黑黝黝的广场，军乐队演奏着普罗科菲耶夫[①]《三只橘子之爱》的第二乐章在前面开路。后来又梦见救火车这些灾难的象征，以及急救站里伤病员发动的一次可怕的骚乱。他打开床头灯详细记下了梦中的情景，末了还半开玩笑地写下这么几个字："非战斗人员的弹震症。"

当他在床边坐下时，他感到卧室、房屋和夜晚全都一样显得空荡荡的，隔壁卧室里传来妮科尔孤凄的梦呓。这是妮科尔在睡梦中感受到了孤独，不管是什么样的孤独，迪克都为之感到难过。对他来说，时间一开始仿佛静止不动，接着，每隔几年就突然加速，就像放电影时快速倒片一样，可是妮科尔却感到，随着时钟的嘀嗒声，日历的翻过以及生日的到来，岁月在不知不觉地匆匆流逝，使她平添一份红颜易老的酸楚。

就连在楚格湖畔度过的这一年半在她看来也是浪费了光阴，标志着四季交替变化的仅是路上工匠们的衣着，五月是粉红色，七月是棕色，九月变成黑色，到了春季又成了白色。她满怀憧憬地从第一次疾

---

① 谢尔盖·普罗科菲耶夫（Sergei Prokofliev，1891—1953），俄国作曲家、钢琴家。

病中熬了过来，心中充满了希冀，可是除了迪克，她失去了一切寄托。抚育孩子时也只能装出疼爱的样子——因为他们是需要看护的孤儿。她喜欢的人大都是叛逆者，令她不安，对她也只有坏处——她曾试图从他们身上找到那种使他们富有独立精神与创造性，使得他们结实强壮的生命活力，但找不到——因为他们的秘密早深深地被埋在他们已经忘却了的儿时的拼搏中了。相反，他们倒是对妮科尔外在的和谐与魅力，她的疾病的另一面更感兴趣。她过着一种孤独的生活，只拥有迪克，而迪克却又不想被人所拥有。

有许多次，迪克曾试图放松他对妮科尔的约束，但都不成功。他们在一起有过许多美好的时刻，曾经多少次彻夜缠绵，软语温存。可每当他从她身边走开，又回到他自己的世界时，他总是让她感到她手里握着的是虚无的东西，瞪眼看着它，叫不出是什么名字，但心里却明白，那只不过是一种希望，希望他很快又会回到她身边来。

他使劲压了压枕头，躺了下去，像日本人为了让血液循环减慢所做的那样把后颈枕在枕头上，又睡了一会儿。后来，他刮脸的时候，妮科尔醒了，爬起来在屋里四处走了走，生硬而又简要地对孩子们和仆人下达了一些指示。拉尼尔走进父亲的卧室看父亲刮脸。因为生活在一个精神病诊所旁，他对自己的父亲产生了一种特别的信赖和钦佩，同时又对大多数其他成年人表现得非常冷漠。那些病人们在他看来，不是古里古怪，就是死气沉沉，或者过分担心怕做错事，缺乏个性。他是个英俊、看上去将来会很有出息的小男孩，迪克在他身上花了很多时间，父子俩的关系就像一个富有同情心同时又要求严格的军官和一个对上级很尊敬的士兵一样。

“哎，”拉尼尔问，“为什么你刮脸的时候，总要在头顶头发上留下一点肥皂泡？”

迪克小心地张开沾满肥皂的嘴唇：“我还一直没搞清楚呢。我也时常纳闷。我想，这也许是因为我刮腮边胡子的时候，食指沾上肥皂了。可是，它怎么又会跑到我头顶上去的，那我就不知道了。”

“明天我来从头到尾看你刮一遍。”

“这就是你早饭前要问的唯一问题吗？”

“我可没把它真当一个问题。”

“对你来说算个问题。”

半小时后，迪克去诊所大楼上班。他今年三十八岁了，尽管仍不愿留胡须，但看上去却比在里维埃拉时更具有医生的气质。如今，他已在这个诊所——无疑是欧洲设备最好的诊所之一——生活了十八个月。同多姆勒的诊所一样：它是一座现代化的诊所，不再是孤零零一座黑洞洞、阴森森的大楼，而是由许多既分散又互相连成一个整体的建筑组成，看上去像是一座小村庄。迪克和妮科尔在这里又添置了不少有品位的东西，因而诊所差不多成了一景，所有途经苏黎世的心理学家都要来参观。要是再设一个物品存放室，这里就完全可以成为一个乡村俱乐部了。“蔷薇花居”和“山毛榉院”里住的是那些毫无治愈希望的精神病人。低矮的灌木丛把它们与主楼隔离开，像是伪装的据点似的，后边是一个大蔬菜农场，农场上的活一部分是由病人们做。施行工作疗法的工作间有三个，都在同一个屋檐下，戴弗医生每日的巡诊都是从这里开始。木工场上，一片阳光，散发着木屑和远古时代木料的香味。那里常有六七个人在干活，锤子钉啊，刨子刨啊，锯子锯啊，一个个都不言不语，每当迪克打这儿经过时，他们只是将那神情严肃的目光从正在做的活上抬起来，看着他。戴弗医生自己本是个出色的木工，因此常常饶有兴趣地和他们聊一聊工具使用效率方面的话题，口气温和而亲切。毗邻的一间是书籍装订所，它是为那些最好动的患者而建的，但是这些人并不总是最有希望康复。最后一个工作间用于制造珠子、编织以及生产黄铜制品。这里的患者脸上总带着这样一种表情，好像刚刚推掉一件无法解决的事而长吁了一口气似的，但是他们的叹息仅仅标志着另一轮无休止的推理的开始，不像正常人那样的直线思维，而是老围着同一个圆圈，转呀，转呀，转呀，没完没了地转。然而他们制作的物件都色彩明丽，能使陌生人产生一时的幻觉，以为这里一切都好，如同幼儿园一样。看到戴弗医生走进来，病人们变得活跃起来，他们中的大多数人对他比对格雷戈罗维乌斯医生要更喜欢。那些曾经在大世界闯荡过的病人则是一律喜欢他。也有少数人觉得他对他们不关心，要不就觉得他不够直率，有点装模作样。他们对事物的反应与迪克在作为常人而非医生的生活中对事物的反应并无不同。不过在这儿，这些反应都是扭曲而变了形的。

一位英国女患者开口同他讲话，谈的总是那个她自认为是属于她自己的话题。

“今晚有音乐吗？”

“不知道，”他回答。“我没见到拉迪斯洛大夫，昨晚萨克斯夫人和朗斯特里特先生给我们演奏的乐曲，你喜欢吗？”

“马马虎虎。”

“我觉得很不错——特别是肖邦的乐曲。”

“我认为一般。”

“你打算什么时候亲自给我们来一段？”

她耸了耸肩表示高兴，就像她好几年来听到这个问题总是表现出的那样。

“以后吧。不过，我的演奏水平只是一般。”

他们都知道，她根本就不会演奏。她有两个姐姐倒是出色的音乐家，但她们小时候在一起时，她从来就没能学会识谱。

出了这个工作间，迪克接着去巡视“蔷薇花居”和“山毛榉院”。

这两幢房子在外观上同其他房屋一样，看上去令人愉快。由于隐蔽的隔栅、铁窗条以及固定家具这些必不可少的东西不能动，妮科尔在其限制的范围内设计了一些室内装饰品和家具。她在设计中充分地发挥了想象力——她原本缺乏创造力，但需要处理的问题本身给了她灵感。假如不说破，前来参观者做梦也不会想到，窗子上那精美的金银细丝装饰原来是那坚不可摧的隔栅的末端，也不会想到那些反映现代发展倾向的雅致的管子比爱德华七世时代那些粗大结实的发明还要坚固——就连花儿也是握在铁的手指中，每一件看似漫不经心的饰物与附属装置都同摩天大楼里的大梁一样必不可少。在她那双不知疲倦的眼睛的不断扫视下，每个房间都派上了最大的用场。每当有人称赞时，她索性自称是一个管道专家。

在那些大脑的罗盘尚未失去磁性的人看来，这些屋子里似乎有许多东西稀奇古怪。戴弗医生在男性患者大楼“蔷薇花居”里常常被逗得直乐。这里住着一个有裸露癖的古怪病人，他认为，假如他要能赤身裸体不受干扰地从埃特瓦尔走到协和广场的话，他就能解决许多问题——也许，迪克认为，他这话一点不错。

他的最有意思的一位患者住在主楼。这是个年纪约三十岁的女人，已在诊所里住了半年。她是个美国画家，在巴黎已经生活了很长时间。他们没有她的令人满意的病史记录。她的一个表兄偶然发现她疯了，而且已经到了不可救药的程度。这座城市的边上有一个狂欢者疗养院，主要疗治旅行中的吸毒与酗酒者，他把她带到那里治疗了一段时间，效果不满意，治疗无效后于是又设法把她带到瑞士来了。接收入院的时候，她真是娇美绝伦，可现在却成了个让人看了痛苦难受的活病鬼。所有的血液化验都没能获得阳性反应，于是，她的病症便勉强地被归为神经湿疹。她为这个病住院两个月，就像囚禁在女刑室里一样。不过，在她特别的幻觉范围内，她说话倒也条理清楚，甚至有时还显得很有灵性。

她是属于他特殊的病人。在她过分兴奋发作的时候，只有他是能够想对她怎样就怎样的医生。几个星期前，她有好几个晚上受到失眠的折磨，其中一个夜晚，弗朗兹成功地用催眠术使她获得了几个小时的必要的休息，但此后这种方法一直未能奏效。迪克不相信催眠术，也很少使用这种医疗手段，因为他知道，他并不总是能在自己身上唤起这种情绪——他曾经在妮科尔身上试过，而她却把他大大嘲笑了一通。

住进二十号病房的女病人在他进来时没法看到他——她的眼睛四周肿得厉害。她说话时声音洪亮、浑厚、深沉，带点颤抖。

“这种状况还要多久？一直这样下去吗？”

“现在看来不会多久了。拉迪斯洛大夫说，整块地方都消肿了。”

“假如我知道自己干了什么事该当这样的报应的话，我会心安理得地承受的。”

“把这病说得如此神秘是不明智的——我们确认这是一种神经现象。跟脸红有关——做姑娘的时候，你容易脸红吗？”

她躺在床上，脸朝着天花板。

“自打我长了智齿之后，我就没发现有什么事值得我脸红。”

“你没有犯过一般人常犯的小罪过和错误吗？”

“我没有任何应该感到自责的事。”

“那你真是幸运。”

女人沉思了片刻。她的声音透过脸上的绷带传出来，像从地下发出的音调。

“我们这个时代的女人敢于向男人挑战，因此我和她们的命运一样。”

“让你大吃一惊的是，这种挑战也就像所有其他战斗一样。”迪克回答，也采用了她的正规字眼。

“就像所有战斗一样。”她把这句话寻思了一遍，“你要么选择一场胜券在握的战斗，或者获得一个代价惨重的胜利，要不然就遭难，完蛋——化作断壁破墙上一阵可怕的回响。”

“你既没遭难，也没完蛋，”迪克告诉她，“你肯定自己参加了一场真正的战斗？”

“你看我这副模样吧！”她狂叫着说。

“你是受了苦，不过，许多女人在把自己误当成男人之前也都受过苦。”看到他们的谈话渐渐在变成一场争论，迪克退让了，“不管怎么说，你不能把一次失败同最后彻底的失败混淆起来。”

她冷冷一笑：“说得好听！”这话从那痛苦的外壳里发出来真让迪克感到低了一头。

“我们很想谈谈你到这儿来的真正原因——”他一开口，她就打断了他。

“我在这儿是作为某种东西的象征。我想你也许会知道象征的是什么。”

“你有病。”迪克机械地说。

“那么是什么病呢？我差不多都已经感觉到了。”

“一种更严重的病。”

“就这？”

“就这。”迪克厌恶自己在撒谎，但此时此刻，这个千头万绪的话题只能压缩成一句谎话。

“除此之外，只有混乱与混沌。我不想给你上课——我们对你身体上所受的折磨一清二楚。但是，你只有正视每天所遇到的问题，不管它是多么细小，多么让人厌烦，才能使一切恢复正常。然后——也许你又能研究——”

他放慢了语速，以避免说出他脑子里那最后不得不说的话："——意识的新领域。"艺术家们必须探索的新领域对她来说是不合适的了，永远不合适。她太细腻，而且生来如此——最终她也许能在某种闲适的神秘主义中找到安静。探索是那些带有一点农民血液的人的事，是那些四肢发达的壮汉们的事，他们能像吃面包和盐一样，经受每一分灵与肉的折磨。

——那不是你能干的事，迪克几乎脱口说了出来。你受不起那份罪。

然而，在她痛苦的威严震撼下，他又对她充满了怜爱，甚至带有性爱的成分。他真想把她搂在怀里，就像他经常搂抱妮科尔那样，甚至想珍惜她的错，因为它们已经完全是她的一部分。橘黄色的光线透过卷起的百叶窗，她躺在床上形同一具大理石石棺。她的脸、她的声音在探寻她的病症所说不清的地方，但只能找到一些模糊的抽象解释。

迪克站起身，泪水岩浆般流到她的绷带上。

"那是为了什么，"她轻声说，"一定会有结果出来。"

他俯下身去，吻了吻她的前额。

"我们都必须努力做到乖乖的。"他说。

离开她的病房后，他叫了护士去照顾她。他还得去查看别的病人，其中有一名十五岁的美国少女，她是按照童年就应该欢乐无忧这样一个原则被抚养大的。迪克之所以要去看她，是因为她刚刚用一把指甲剪剪光了满头的头发。她的病没什么办法可治——家族里有精神病史，她的过去也不曾有过稳定的时候。她的父亲倒是精神正常，尽心尽责，曾想方设法保护自己神经质的孩子不受生活中的苦难折磨，但结果却反而阻碍了他们自我调节能力的发展，使他们无法应付生活中那些不可避免的意外事件。对这样的病人，迪克没什么别的好说，只能说："海伦，你有事一定要请教护士，你必须学会接受别人的意见。向我保证，你会这么做的。"

可是头脑不正常的人所做的保证又能抵什么？路上迪克顺便看望了一位来自高加索的流放者，他的身体很弱，用带子拦着安全地躺在一张吊床上，吊床则浸泡在温暖的药物澡盆里。迪克还顺路去看望了一位葡萄牙将军的三个女儿，她们几乎不知不觉地得了局部麻痹症。而后，他又来到她们隔壁的一个房间，对那里的一个精神崩溃的精神病医生说，他的病情已有好转，并且一直在好转。那人竭力想从迪克的神色中得到确认，因为他苟活在这个真实世界上的唯一精神支柱便在于能不能从迪克的声音中听到那种共鸣。最后，迪克将一个爱偷懒的勤杂工从诊所辞退了出去，这时，已是到吃午饭的时候了。

十五

和病人们一起进餐是件令人厌倦的事，迪克对待它态度冷淡。这种共餐（参加者当然不包括那些住在"蔷薇花居"和"山毛榉院"的病人）乍看上去十分平常，然而它却总是被一种浓浓的忧郁所笼罩着。在座的医生尽量维持着谈话的气氛，但是大部分病人都少言寡语，像是干了一上午的活累了，或者对这样的陪伴感到压抑，只是眼睛盯着盘子，埋头吃饭。

午饭后，迪克回到他的别墅。妮科尔正坐在客厅里，神色怪异。

"你看看这封信。"她说。

他打开信。信是一位才出院的女病人写来的，她出院时，医生们对她的病情仍然还带着怀疑。来信不容置疑地指责迪克在她病危期间，勾引了她守在床边的女儿。信中还猜想戴弗太太要是知道了这个情况，了解到她丈夫是个什么"货色"，一定很高兴。

迪克又把信看了一遍。信中措辞清晰简洁，但他还是看出这是一封疯子写的信。曾经有那么一次，他带着这个举止轻浮、皮肤浅黑的小姑娘和他一同开车去苏黎世，那是在她的请求下，晚上他又把她带回了诊所。他曾经很随意、几乎是出于溺爱地吻了她。随后，她试图进一步发展他俩的关系，可迪克没有兴趣，于是后来，也许因为这个缘故，那姑娘开始对他怀恨在心，就把她妈妈给带来了。

“这封信纯粹是些疯话，”他说，“我和那姑娘没有任何关系。我甚至根本不喜欢她。”

“嗯，我也试着这么想。”妮科尔说。

“你肯定不会相信吧？”

“我不是一直这么坐着嘛。”

他压低声音，换上一种斥责的口吻，坐到她身边。

“这真荒唐。这是一封精神病人写来的信。”

“我过去也是个精神病人。”

他站起身，用一种更具权威的口气说：

“我们能不能不说废话，妮科尔。去把孩子们找来，我们就走。”
迪克开车，他们坐在车里，沿着湖边那些小尖岬行驶，穿过两旁绵延不断的常绿植物，眼望着外边白热的光和挡风玻璃上的水珠。这是迪克的车，一辆“雷诺”车，十分矮小，所以除了孩子们，他们都高出车顶，而坐在孩子们中间的女家庭教师则像根桅杆似的竖在后排座位上。他们对这条路上每一公里地都很熟悉——知道在哪儿闻得见松针香，哪儿能闻到炉烟味儿。高悬的太阳像是画了张面孔，毒辣辣地照在孩子们的草帽上。

妮科尔一声不吭，在她冷冰冰的目光直视下，迪克感到浑身不自在。和她在一起他常常感到孤独，而且她总爱时不时地跟他说些只说给他一个人听的心里话，“我就像这——我更像那……”让他厌烦。

不过这天下午，迪克倒宁愿听她有一句没一句地唠叨一会儿，好让他知道她心里在想些什么。她把自己封闭起来心门紧闭的时候总是最让人畏惧。

家庭教师在楚格下了车，离开了他们。戴弗一家穿过一大群为他们让开路的庞然大物——蒸汽轧路机，来到阿日里集市。迪克停好车，看到妮科尔一动不动地看着他，便催促道；“下车吧，亲爱的。”妮科尔嘴巴一咧，突然做出个可怕的笑容。他心头一凛，但却装作没看见似的又重复一遍说：“来吧，好让孩子们下来。”

“哦，我就下来。”她答道。她从脑子里正在编织的一个故事中扯下这句话来，话说得很快，迪克竟一时没听清楚，“别急，我就来——”

“那么下来吧。”

当他走在她身边时，她把脸转向一边，但脸上仍闪过一丝微笑，微笑中带着嘲讽与冷漠。只是在拉尼尔跟她说了好几次话之后，她才好歹把注意力集中到一个事物上。那是一出木偶戏，她的心终于落定在上面。

迪克竭力考虑该怎么办。他对她的双重看法——一种作为丈夫的看法，另一种作为心理医生的看法——越来越让他束手无策。六年来，她曾好几次牵着他跟她走，通过唤起他的怜爱或者一番不着边际的荒诞的妙语来解除他的戒备。每回他都是在事情过后，当他自己感到放松了的时候，他才意识到，在这场斗智之中，纵然是他的看法更理智正确，也还是让她赢了去。

在结束了和托普西关于木偶戏的争论之后——争论的是关于这个木偶主角是不是他们去年在戛纳见过的那个木偶主角的问题——一家人继续穿过两旁的露天货摊向前走。女人们头上戴的小圆帽，身上穿的天鹅绒背心，以及那些色彩鲜艳，带有各州风格的撑开的长裙，在蓝色与橘黄色的运货马车和展销物品的衬托下显得十分典雅。这儿还听得见一种挑逗性女子舞蹈的呻吟和佩环的叮当声响。

突然，妮科尔跑了。事情发生得如此猝不及防，迪克一开始竟没有察觉。直到他看见她的黄色衣裙，像真实与虚幻之间一道黄褐色的针脚在远处人群中穿行时，他才拔腿追赶她。她在偷偷地跑，他也就在后面悄悄地追。她的逃跑使得炎热的下午更是酷热难当，孩子们早被忘在了脑后。等到想起他们，他赶紧掉转头跑回去，牵着他们的胳膊一起在人群中穿过来绕过去，目光从一个摊位扫到另一个摊位。

"夫人，"他冲着一位坐在白色摇奖机后的年轻妇女大声喊道，"能不能麻烦你照顾一下这两个孩子？我有急事——回头我给你十个法郎。"

"好的。"

他把两个孩子带到摊位棚里："哎——和这位好心的阿姨待一会儿。"

"好的，迪克。"

他又急速奔跑起来，但已不见了她的踪影。他绕着旋转木马转了一圈，后来才意识到自己是在木马旁边跟着跑，眼睛盯的是同一匹木马。他用胳膊肘在酒吧里的人群中挤着穿行；忽然，他想起妮科尔的一个爱好，于是一把掀起一个算命人的帐篷帘角，朝里面瞅了瞅。一个单调沉闷的声音传到他的耳朵里："尼罗河边出生的一个排行第七的女子，她的第七个女儿——请进，先生——"

他放下帘子，一路朝湖边游乐场的尽头跑去，那里，一个小型费累斯转轮正在天宇下缓缓地旋转，他在那儿找到了她。

她一个人坐在此时正转到顶端的座舱里，下落时，他听到她在放声狂笑。他缩回到人群中，那群人，当转轮又转了一圈时，觉察到了妮科尔的疯狂。

“瞧我这样儿!”

“瞧这个英国人!

她又一次降落下来——这一回转轮和音乐都减慢了速度,十几个人围住了她的座舱。在她的笑声影响下,他们都咧开嘴同情地跟着傻笑起来。然而,当妮科尔一见到迪克时,她的笑立刻停止了。她企图溜走,但迪克一把抓住她的胳膊,拉着她一起走开了。

“你为什么要那样失去自我控制?”

“你很清楚为什么。”

“不,我不知道。”

“那简直是荒谬了——放开我——这是对我智力的侮辱。你以为我没看到那女孩是怎么望着你的吗——那个黑皮肤的小女孩。噢,这真是可笑——一个孩子,还不满十五岁。你以为我没看见?”

“在这儿停一会儿,安静下来。”

他们在一张桌边坐下,妮科尔的眼睛里充满怀疑,她的手在眼前左右摆动着,像是有什么东西遮住了她的视线似的:“我要喝一杯——来一杯——白兰地。”

“你不能喝白兰地——真想喝就来一杯黑啤酒吧。”

“为什么我不能喝白兰地?”

“我们不谈这个。听着——关于那女孩的事是一种幻觉,你懂这个词的意思吗?”

“不管我看到什么你不愿让我看到的事,你都说是幻觉。”一种有罪的感觉涌上迪克的心头,就像在一次噩梦中,我们被指控犯了一桩自认为无可抵赖的罪行那样的感觉,醒来后才知道自己什么也没干。他避开了她的目光。

“我把孩子丢在一个吉卜赛女人的货棚里了。我们得去接他们。”

"你以为你是谁?"她诘问道,"是斯文加利[1]吗?"

十五分钟以前,他们还是一家人。此刻,当妮科尔被他不情愿地用肩膀挤到一个角落里的时候,他看到他们这一家,连大人带小孩全是一桩危险的意外事故。

"我们回家吧。"

"家!"她不顾一切地吼叫道,声音变得颤抖而变了调,"回家坐着,想着我们都在腐烂,在我打开的每一个盒子里都有孩子们的骨灰在腐烂,是吗?真是肮脏!"

迪克看到她骂了一回后,怒气消退,不禁感到些许宽慰,而这时,一直敏感到了皮肤里层的妮科尔也看出他脸上流露出的退让。她神色缓和下来,恳求道:"帮帮我,帮帮我,迪克!"

一阵痛苦向他袭来。这么一个美人儿竟然不能靠自己站立于世,而只能悬吊着,悬吊在他身上,真够糟糕的。在一定意义上讲,这又有道理:男人们生来就应该是这样的,是顶梁柱,主心骨,是中坚也是基石。然而不知怎么地,迪克和妮科尔却变得不分轩轾似的,既不附着也不互补;她也就是迪克,深入了他的骨髓,令他心焦。他不能看着她精神崩溃分裂而不管不问。他会本能地给她温柔和怜悯——他只能采取特有的现代方法,实行干预——他将从苏黎世找个护士,晚上照顾她。

"你能帮助我的。"

她撒娇地把他向前一拉,使他一个趔趄。"你以前帮过我——现在也能帮我。"

"我只能用老办法。"

---

① 英国小说家乔治·杜莫里埃(George du Maurier,1843—1896)所著小说《软呢帽》中对女主人公施行催眠而加以控制的药师的名字。

"总有人能帮我。"

"也许是吧。你自己最能帮助自己。我们去找孩子们吧。"

集市上许多摊位都有白色摇奖机——当迪克问到第一个摊位，等到断然否认时，他吃了一惊。妮科尔目光恶毒地站在一旁，不想要这俩孩子，恨他们，把他们看成是她一心要搅乱的这个明明白白的世界的一部分。一会儿之后，迪克找到了他们，只见一群女人正像打量什么好货物似的喜滋滋地打量着他们，旁边还围着一群呆望着的农村娃娃。

"多谢，先生，啊，先生您真是大方。真让人高兴，再见，先生、太太。再见了，孩子们。"

开车回返时，他们感到一阵悲伤的热流直向他们涌来；汽车也负载了他们两人的不安和痛苦，孩子们则失望地把嘴巴闭得紧紧的。悲哀以它可怕、陌生的阴暗色彩表现出来。到了楚格附近，妮科尔费了很大劲，重新提起刚才说过的一句话，说路边的一座淡黄色雾气蒙蒙的房屋，看上去像一幅未干的油画，但这不过是企图抓住一根急速放出的绳子。

迪克试图休息一下——一会儿到家不会太平，他得长时间地坐着，把这个世界重新讲给她听。"精神分裂"这个词作为对人格分裂的描述，十分贴切——妮科尔就是这样一个一分为二的人，对于她，有时候什么都不需要解释，有时候又什么都解释不清楚。对她要坚持积极、肯定的态度，让通往现实的路永远敞开，让逃避的路难以通行。然而，她疯狂的时候所表现出来的聪明智慧与多才多艺就像是渗透、淹没、包围一座堤坝的水一样足智多谋。这就需要很多人联合成一个阵线来共同抵挡。迪克感到这一次得让妮科尔自己治疗自己，他想采取等待的办法，等她回忆起以前几次发病的情形，然后让她对此感到厌恶。他疲惫地在心里计划着，他们得恢复已经停了一年的摄生法治疗。

他把车开上一座小山，从那儿可以抄近道去诊所。当他加大油门，正要把车开上一条与山坡平行的直道时，汽车突然猛地向左一歪，接着，又向右一歪，在两个轮子上颠簸着。迪克的耳边响起妮科尔的尖叫，他赶紧拨开她那只疯狂地抓住方向盘的手，调正了车身，但车子又一次猛一打弯，冲下了车道。汽车突破低矮的灌木丛，又开始倾斜，最后以九十度的直角缓缓地抵在一棵树上。

孩子们在尖叫着，妮科尔也在尖叫、咒骂，并伸手去抓迪克的脸。迪克首先关心的是汽车的倾斜度。他判断不出，于是扳开妮科尔的手臂，从车上边爬下来，并把孩子们抱了出来。随即他看到汽车正好停在一个稳定的位置。在没有采取任何措施之前，他站在那儿浑身发抖、大喘粗气。

“你——！”他大叫道。

妮科尔快活地大笑着，既不知羞，又不害怕，而且一副无所谓的样子。如果有人来到现场，谁也想不出这事儿是她造成的。她那么天真地笑着，就像小孩子淘气后躲过了惩罚一样。

“你吓坏了，是吗？”她尖刻地说，“你贪生怕死！”

说话时她用了那么大的力量，一时间使得惊呆了的迪克竟弄不清自己到底是不是只为自家生命而担惊受怕——可一看到孩子们满脸紧张地一会儿看看父亲，一会儿看看母亲时，他真想把她那张狞笑的面孔碾成肉糊糊。

他们的正上方有一家小旅店，要是从那弯弯曲曲的大路走，约有一里路，但若打这儿往上爬，只要百来码就到。旅店的一个厢房从山坡上的林木中露出头来。

“牵着托普西的手，”迪克叮嘱拉尼尔，“像这样，抓紧点，翻过那座山——看见那条小路了吗？到了旅馆，跟他们说戴弗家的汽车出毛病了。一定要叫个人马上下来。”

拉尼尔还不知道发生了什么事，但是略微猜到出了从未有过倒霉事，问道：

“你们干什么呢，迪克?”

“我和你妈在这儿看着汽车。”

两个孩子临走时谁也没看妈妈一眼。“上面过马路时小心点！两边看着!”迪克冲着他们的背影喊道。

他和妮科尔四目相视，两双眼睛就像同一座住宅庭院两边相对的发亮的窗户。妮科尔拿出一个粉盒，照了照镜子，往后抹了抹额上的头发。迪克望着往山上爬的两个孩子，直到他们消失在半山腰的松树林中。接着，他绕着汽车走了一圈，一边察看损伤状况，一边思索着如何把车弄回到路上去。地上看得出他们的车子刚才跌跌撞撞冲了一百多英尺的痕迹。他心里充满了强烈的厌恶，一种不同于愤怒的厌恶。

一会儿工夫，旅馆老板跑下山来。

“我的天!”他叫道，“这是怎么回事，你开得太快了吗?真算是万幸！要不是那棵树挡着，你们就滚下山去了!”

埃米尔系着一条宽大的黑围裙，层层皱褶的脸上冒着汗珠，趁他赶来相助，迪克直截了当地朝妮科尔打了个手势，示意她让他扶她下车；妮科尔于是从车子靠地的一边跳下，在山坡上落地时失去了平衡，跪倒在地，又爬了起来。看着两个男人试图推车时，她一脸桀骜不驯的样子。

迪克对这种情绪甚至都乐意接受，对她说：

“去和孩子们一起等着，妮科尔。”

等她离开后，他才想起她刚才想喝科涅克酒，这种酒山上的旅馆就有售。他告诉埃米尔说不用管汽车了，他们还是等司机来用大汽车把它拉到路上去得了。然后，他们匆匆地向旅馆走去。

十六

“我想离开，”他告诉弗朗兹，“大约个把月，尽可能长一点。”

“为什么不呢，迪克？那不就是我们原来的安排吗——是你坚持要待在这儿的。要是你和妮科尔……”

“我不想带妮科尔一道走。我想一个人去。最近这件事把我整垮了——我要是一天二十四个小时内能睡上两个小时，那都是奇迹。”

“你是想真正来一次‘休酒’呢。”

“是‘休假’。听着：假如我去柏林参加心理学大会，你能不能维持这里平静？她三个月没出现异常了，也喜欢她的护士。我的上帝，在这世上，我只能向你求助了。”

弗朗兹咕哝了一声，心里考虑着自己能不能不负别人之托，是否能总想着搭档的利益。

一周后在苏黎世，迪克乘车去机场，坐上一架大飞机飞往慕尼黑。当飞机不断朝着蓝天上升、再上升时，他感到身子有些麻木，这才意识到自己有多疲惫。一阵诱人的宁静悄然向他袭来，他把患者的疾病、发动机的声响以及飞机的航向全都抛在一边。对于这一次大会，他甚至连一次小组会都不想参加——他完全可以想象会议的情况。布洛伊勒和老福雷尔新出的小册子他最好能在家里慢慢消化；那个通过给病人拔牙或烧灼其扁桃腺来治疗精神分裂症的美国人写的论文离奇有余，价值可疑，人们只会带着嘲讽去听他宣读，也许会表现出几分尊重，不为别的，只因为美国那样一个富有而强大的国家。其他美国来的代表将有——长着一副圣人面孔的红头发的施瓦兹；十来个面目猥琐、以赚钱为目的的精神病医生，他们到这儿来一半是为了提高他们的地位，从而使他们罪恶的行当能多给他们带来好处，一半想学些新鲜的诡辩法，掺进他们的生财之道，把所有的价值观念弄乱。出席的还会有一些玩世不恭的拉丁人以及维也纳来的弗洛伊德的门徒。他们这些人中发言头头是道的将会是了不起的桑格，他是个温和、精力极其充沛的人，不仅致力于一般成人的心理疾病研究与治疗，而且对在校学生的神经机能病大有研究。首先发言的将会是一批美国代表，其先后顺序安排无论在形式上还是礼仪上都酷似扶轮社[①]的那一套，然后，欧洲代表们将以更加严谨的论证进行有力的反驳，最后美国人将拿出他们的王牌——宣布他们将捐赠许多礼物与资金，还将投资兴建许多大型医院和培训学校，面对那些数字，欧洲人只好脸色发白，胆怯地走开。不过迪克不会在那儿看到这一幕。

飞机沿着福拉尔贝格州内阿尔卑斯山的边缘飞行，望着下边一片片的村庄，迪克陶醉在田园诗般的情致中。视野中总会出现那么四五座村庄，每座村庄拥着一个教堂。从高空俯视大地，看上去是那么简单明了，就跟拿布娃娃和锡兵做游戏似的。政治家们、指挥官们以及所有退休的人都是这么看事物的。总之，它是一幅很好的模型图。

一个英国人隔着过道跟他搭话，但他近来发现英国人有点讨厌。英国就像是一个富翁，在一次引起灾难的放荡之后，故作姿态，同家里人一个个单独聊天，以做安抚，但谁都清楚，他只不过是想借此挽回面子，以恢复以前的权威。

迪克身边带了些站台上出售的杂志：《世纪周刊》《电影》《画刊》以及《飞叶》，可他宁愿想象自己降落到下面的村庄里和乡民们握手，那样更加有趣。他想象着他坐在那儿的教堂里，就像以前坐在巴法罗

① 扶轮社，各地专业人员及商人所组织的国际性团体。

父亲的教堂里一样，四周弥漫着人们浆过的礼拜服上发了酵的葡萄汁味儿，聆听着近东的圣贤被钉在十字架上的故事，并且仿佛同圣贤一样埋在欢乐的教堂里。他记得当时还为该往募捐盘里放五分还是十分的硬币而犯愁，因为他的后排坐着一位姑娘。

那个英国人随便同他搭了几句话，作为交换，突然借走了他的杂志。迪克心里正想着前面的旅程，倒乐意让他拿走。身上穿着澳大利亚长羊毛衣服看上去像一只披着羊皮的狼似的，他想着前头欢乐的世界——永远那么纯真的地中海沿岸，橄榄树上的泥块散发着芳香，萨沃纳附近农家女的脸鲜嫩红润，像配有插图的祈祷书的颜色。他真想把她抱住，挟着她穿过边境……

……然而他把她丢在了那儿——他得赶往希腊岛。陌生的海港里翻着混浊的浪花，迷途的姑娘站在岸上，月光下传来阵阵流行歌声。迪克脑海里对以往的回忆一部分是由孩提时那些华丽而廉价的纪念物组成的，可他当初正是靠那些略显凌乱的廉价物，设法使得他那燃烧艰难、几近熄灭的智慧之火保持不灭。

十七

汤米·巴尔班是个统治者，汤米是个英雄——迪克是在慕尼黑马里恩普拉茨的一家咖啡馆里遇见他的，那儿一伙小赌鬼们正把“挂毯”当垫子，在上面掷骰子。空气中充满了政治味儿以及摔扑克牌的声音。

汤米正在桌旁亮开他那军人的嗓门大笑：“噢——哈哈！噢——哈哈！”和往常一样，他酒喝得很少。骠勇是他爱玩的把戏，同伙们对他都有些畏惧。最近，华沙的一位医生刚把他头盖骨的八分之一切除，在头发下缝合了伤口。所以，咖啡馆里哪怕是最没力气的人，只要挥动一条打结的餐巾，就能置他于死地。

“——这位是奇里契夫王子——”被他这么介绍的是一个衣衫破旧，面如死灰的五十岁上下的俄国人，“——麦吉本先生——以及汉南先生——”汉南先生是个小丑样的人物，黑眼睛乌头发，长得像只活泼的圆球，他立即接口对迪克说：

“在我们握手之前，我得要先问一件事——你和我姨妈鬼混在一起，到底是什么意思？”

“什么，我——”

“你听清了我的话。你究竟来慕尼黑干什么？”

“噢——哈——哈！”汤米大笑。

“你自己没有姨妈吗？干吗不去找她们去鬼混？”

迪克大笑起来，那人转移了攻击方向：

“现在我们不谈姨妈。我怎么知道这一切不是你编出来的呢？你在这儿是个地道的陌生人，结识一个人还不到半小时，却跑来跟我说了一大堆关于你姨妈的胡话。我怎么知道你隐藏了什么呢？”

汤米又大笑起来，接着，和气但又坚定地说：“够了，卡莉。坐下，迪克——你怎么样？妮科尔可好？”

汤米从不特别喜欢一个人，也不怎么在意别人的存在——他总是全身放松准备应战，好比一个优秀运动员打二线防御位置，其实大部分时间都在休息，而技逊一筹的人只会假装休息，心中却不住地发紧，消耗自己。

汉南并没有完全受到抑制，他走到邻近一架钢琴旁，抚弄起琴键来，每当他抬头看一眼迪克的时候，脸上总反复表现出怨怒，嘴里还不时嘀咕：“你姨妈……”接着，又用愈来愈小的声音说：“其实我没说姨妈，我讲裤衩。”

“喂，你怎么样？”汤米又问了句，“你看上去不怎么——”他在脑中搜寻着合适的词，“——不像以前那么得意，那么精神了，你懂我的意思吧。”

这番话听起来同那些说他精力衰退的恼人的指责如出一辙，他正要反唇相讥，对汤米和奇里契夫王子穿的式样怪诞的衣服做一番评论，说他们穿这衣服可以在哪个星期去逛逛比尔街——他们却不等他开口，自己做了解释。

“我看你在打量我们的衣服，”那位王子说，“我们刚从俄国来。”

“这衣服出自波兰的一个宫廷裁缝之手，”汤米开口道，“是真的——毕苏茨基的私人裁缝。”

“你们一直在旅游？”迪克问。

他们大笑起来，王子笑得放肆，同时拍打着汤米的后背。

“对，我们一直在旅游。是的，旅游。我们周游了全俄国，而且兴师动众。”

迪克等着谁来解释一下。麦吉本先生吐出几个字。

“他们是逃跑。”

“你们在俄国坐了牢吗？”

“是我。”奇里契夫解释说，瞪着他那双死气沉沉的黄眼睛看着迪克，“没有坐牢，但得东躲西藏。”

“逃出来时费了不少事吧？”

“费了些事。我们在边境上打死了三名红军。汤米打死两个——”他像法国人那样举起两根手指，“我打死一个。”

“这我就不明白了，”麦吉本先生说，“他们为什么不许你们离开呢？”

汉南从钢琴边转过身，对大家挤挤眼说：“麦克认为去马克学校上学的人就是马克思主义者。”

这是最好的传说中的逃亡故事了——一个破落贵族带着个老仆

人隐藏了九年，在一家政府面包房里工作；在巴黎的十八岁女儿认识汤米·巴尔班……迪克听着他们的讲述，心下觉得这几个形容枯槁、犹如混凝纸浆般的旧日的遗老，实在抵不上那三个年轻战士的生命。有人问汤米和奇里契夫当时是否害怕。

“在我冷的时候，”汤米说，“我一冷就会害怕。战争中我一直这样。”

麦吉本站了起来。

“我得走了。明儿一早我要开车去因斯布鲁克，带着老婆孩子——还有女家庭教师——”

“我明天也到那儿去，”迪克说。

“哦，是吗？”麦吉本惊喜道，“为什么不和我们一起去呢？我那辆帕卡德车很大，而且只有我老婆孩子，我自己——以及家庭教师——”

“大概不行——”

“当然她并不真是家庭教师，”麦吉本说，几乎有点可怜巴巴地望着迪克，“实际上，我老婆认识你大姨子，巴比·沃沦。”

可迪克不愿意盲目地和别人约定。

“我已答应过和另外两个人一起走。”

“噢，”麦吉本的脸沉了下来，“那好吧，我要告辞了。”他松开旁边桌上拴着的两只硬毛纯种狗，起身要走；迪克构想着那辆满载着麦吉本夫妇、孩子、行李、汪汪叫的小狗——还有家庭教师——的帕卡德车，一路颠簸开往因斯布鲁克的画面。

“报纸上说他们知道杀人凶手是谁，”汤米说，“可被害人的兄弟们都不让见报，因为案发地点是在一家非法酒店。你对这个怎么看？”

“这就是所谓的‘家族荣誉感’。”

汉南用力按了一下琴键，好把大家的注意力吸引到他身上。

"我不相信他开始说的那些话能站住脚，"他说，"即使除了欧洲人，能干出诺思所干的那件事的美国人也有十来个。"

直到这时，迪克才第一次弄明白他们说的是阿贝·诺思。

"区别就在于，是阿贝先干的。"汤米说。

"我不同意，"汉南坚持己见，"他是个有名望的优秀音乐家。因为喝酒太多，所以他的朋友们才不得不为他找个借口开脱……"

"你们在谈阿贝·诺思什么事？他怎么了？是不是遇上麻烦了？"

"你没看今天早上的《先驱报》吗？"

"没有。"

"他死了。是在纽约一家非法酒店被人打死的，刚爬回墙球俱乐部就死了——"

"阿贝·诺思吗？"

"是的，正是这人，他们……"

"阿贝·诺思？"迪克站起身，"你肯定他死了吗？"

汉南转身面对麦吉本："不是墙球俱乐部——是哈佛俱乐部。我肯定他不属于墙球俱乐部。"

"报纸上是这么说的。"麦吉本坚持说。

"他们肯定是搞错了。我可以断定。"

"在一家非法酒店被打死了。"

"可我正好认识墙球俱乐部的大部分成员，"汉南说，"肯定是哈佛俱乐部。"

迪克站起身，汤米也站了起来。奇力拉契夫王子刚从茫然的思索中惊醒。不知他在想什么，大概在考虑他从俄国侥幸的逃脱。这个问题困扰他很久了，不敢说他能否立即忘却。他跟着两人一同离开。

"阿贝让人打死了。"

去旅馆的路上，迪克几乎是无知觉地走着，汤米说：

“我们在等裁缝做好一些衣服，好去巴黎。我打算去做股票交易，这副打扮他们不要我的。你们国家人人都在挣大钱。你明天真要走吗？我们甚至不能和你吃顿饭。王子好像有个老情人在慕尼黑。他给她打了电话，可她已死了五年了，我们将和她的两个女儿一起吃顿饭。”

王子点点头。

“也许我能为戴弗医生安排一下。”

“不用，不用。”迪克赶忙说。

他睡得很沉，醒来时看到一支忧伤的队伍正打他的窗口经过。那是一长队穿制服的人，头戴人们熟悉的一九一四年的头盔，他们穿着长外衣，戴着绸帽，身材粗壮，有市民，有贵族，有平民。这是些去阵亡士兵墓地献花的退伍军人。队伍缓缓地移动着，有几分故意和做作，好显示出失去的辉煌、过去的战绩以及忘却的哀伤。他们个个神色肃穆，而迪克这会儿却是真正的伤心欲绝，为了阿贝的死，也为逝去的十年青春。

十八

黄昏时，他到达因斯布鲁克，把包送到一个旅馆里就进了城。落日映照在马克西米利安大帝跪立祈祷的雕塑上，它的下方是许多哀悼者的铜像，四个耶稣会的新会员在大学花园一边踱步一边看书。那些为纪念过去城市被围攻、婚典以及周年而建的大理石像，在太阳落山后，很快地模糊了。他喝了份有香肠片的豌豆汤，又喝了四杯皮尔逊产的淡啤酒，推掉了那份被称作是“皇家奶酪”的庞大的甜点心。

尽管那些赫然耸立的群山仍在眼前，瑞士离他已经很遥远。天黑透后，他走在花园里，对妮科尔进行了客观的分析。他爱她最佳的那一面。他想起有一次，草地上露水还没干，她向他跑过来，薄薄的拖鞋被露水打得透湿。她站在他的鞋子上，紧贴着他，扬起的脸儿像一页翻开的书。

“想想你多么爱我，”她轻声呢喃，“我不要求你永远这样，但我要你记住：在我的内心深处永远有一个今晚的我。”

然而迪克却为了自己灵魂的缘故走开了，他开始思考这一点。他已经丧失了自我——说不清哪一个时辰，哪一天，哪个星期，哪个月还是哪一年。他曾经目光锐利，料事如神，最复杂的方程式他都能像对待最轻病号的最小毛病那样轻而易举地解决。然而自他在苏黎世湖的山石下看见正值花季的妮科尔到遇上罗斯玛丽后这段时间内，他的锋刃被磨钝了。

他目睹过父亲在贫穷的教区苦苦挣扎，这使得本无获取天性的他萌发了对金钱的渴望。不是出于对将来生活保障的有益而必要的考虑——和妮科尔结婚那阵子，正是他最感到自信、自立的时候。然而，后来他却像个职业舞男一般为沃伦家卖命，不知怎么的就让自己的能量全部牢牢地锁进了沃伦家的地窖里。

“得有一种欧洲大陆式的解决办法；可事情还没完。我已经白白浪费了八年时间来教这些阔佬体面做人的起码知识，不过我还不算全完，我手里还有很多张王牌没有甩出去。”

他在休闲地上一簇簇玫瑰花丛与一块块潮湿、芬芳的不知名的羊齿植物中间溜达着。已经十月了，对于这个时令来说天算是暖和，但已够凉，穿上件领子上带松紧带的厚花呢外套绝不会热。树影后闪出个人来，迪克认出这是他出来时在门厅里碰到的那位女士。他现在对美丽的女人是见一个爱一个，爱她们远处的身姿，爱她们映在墙上的影子。

她背朝着他，迎着镇上万点灯火。他擦了根火柴，她肯定听到了声音，但却仍旧一动不动。

——是邀请的表示吗？还是无视的表白？他已经脱离那种简单的欲望及其带来的满足感很久了，现在他感到笨拙而又迟疑。在他看来，那些在不知名的温泉边游荡的人中可能有什么密码，他们借助那密码很快就互相找到了。

——也许下一步该他有所表示了。互不相识的孩子们见面会相视一笑，说："一起玩吧。"

他走近了些，人影往一边移了移。年轻时他听人讲过有些经常上门打扰别人的推销员遭到冷遇的事，可能这次他也要落个这样的下场。与这种无法刺探、无法勘破、无法分析、无法解释的事物接触，他感到一阵激烈的心跳。突然，他转过身来，与此同时，那边映在落叶上的身影也破碎了，姑娘迈着稳健而又坚定的步伐绕过长椅，走上回旅馆的小径。

翌日早晨，迪克同一名向导及其他两个人开始向波尔卡峰[①]攀登。站在高处俯视下面最高的牧场以及那些铃儿叮当的牛群，真让人心旷神怡——他向往着夜间在小木棚歇宿，独自感受疲劳的滋味，领略向导的才能，享受莫名的快乐。可是中午天气变了，黑压压的天空下起了冻雨和冰雹，山中雷声隆隆。迪克和另一个游客还想继续停留，但遭到向导的反对，他们只好懊丧地冒雨回到因斯布鲁克，等第二天再出发。

在几乎没人用餐的餐厅里吃了饭，又喝了瓶当地产的高度葡萄酒之后，迪克莫名地感到兴奋，后来开始想到了花园。晚饭前他在门厅又遇见了那姑娘，这一次她朝他看了看并表示出赞许，可这一直困扰着他："为什么？想当年我只要一张口身边就会美女云集，那时都没

① 波尔卡峰，奥地利卡文德尔山脉最高峰，海拔 2749 米。

开口，现在又有什么意思呢？和一个鬼影般的女人，在自己的欲望只剩一丁点的时候，为什么？”

他继续展开想象——他禁欲克己的一贯作风以及现实面临的陌生感占了上风：上帝，我倒不如回里维埃拉去和贾尼丝·凯丽卡门托或者跟那个威尔伯海兹的姑娘上床呢。难道让这种唾手可得的便宜货色玷污我这些年的清白吗？

然而，他依然感到兴奋。他从阳台上折回，上楼到他的房间去思索。无人做伴无人交流的情况下容易产生孤独，孤独又导致更多的孤独。

他在楼上房间里来回走动着，思前想后，边把登山服放在微微发热的暖气片上烘烤。这时，他又一次瞥见妮科尔的电报。他到现在还没拆开，白天带着它游玩就像妮科尔在陪着他。他一直拖到晚饭前才拆开电报——也许是因为花园里的那一幕。这是一封从巴法罗发来的海底电报，经苏黎世转过来的。

令尊今晚与世长辞。

霍姆斯

他大为震惊，只感到猛一抽搐，仿佛在聚集力量抵制这一噩耗，接着，腰、胃和嗓子眼都抽动起来。

他把电报重新又看了一遍，然后坐到床上，瞪直了眼睛喘着气，脑子里首先冒出的是以往自私的孩子在父母亲死去时所产生的那种想法：失去了这最早时期最强有力的保护后，将对我有什么影响？

这一返祖的念头闪过后，迪克仍然在房间里踱来踱去，不时地停下来看那份电报。霍姆斯名义上是他父亲的助理牧师，但实际上十年来一直是教区长。他怎么死的？老死的吗——他七十五岁了，也算是长寿了。

让迪克难过的是，父亲去世时身边没有亲人——他的妻子、兄弟姐妹都已先他而去世了，在弗吉尼亚虽有些堂兄弟，但他们都很穷，不能去北方，所以霍姆斯只好在电报上签名。迪克爱他的父亲——他一次又一次地猜想父亲临终前可能想些什么或做些什么。迪克是在他两个小姐姐先后夭折几个月后出生的，父亲考虑到这会给他母亲带来什么影响，于是便承担了教导迪克的任务，这才使他没被宠坏。他出身败落家庭，但他却在这方面却做得很不错。

每到夏天，父子俩总要一起到市中心去，让人给他们把皮鞋擦亮——迪克穿着浆洗过的帆布水手服，父亲则总是一身剪裁美观的神职人员的服装——他为自己有这么个英俊的小儿子感到特别自豪。他把他对生活的了解全都告诉了迪克，虽然不多但大都是真实、平常的事情，一些他作为牧师所接触到的行为举止方面的事。“有一次，当我在一个陌生的镇上第一次被任命为牧师的时候，我走进一间拥挤的房间，竟搞不清谁是我的女主人。好几个我认识的人向我走过来，但我没顾到他们，因为我看到一位头发灰白的老妇人远远地坐在房间另一面的一扇窗户边上。我走到她面前，做了自我介绍。打那以后，我在那个镇上结交了很多朋友。”

父亲做出那样的举动完全是出于心地善良——他对自己的为人很有把握，让他深感自豪的是把他带大的两位有志气的寡妇，她们教他懂得做人最重要的东西：“良知”“尊严”“礼貌”和“勇气”。

父亲一直认为妻子留下的微薄的财产应该属于儿子，迪克在上大学和医学院时，他一年分四次把这笔钱用支票的形式汇给他。他是那样一些人之一，这些人，人们在镀金时代①得意而肯定地称之为“十足的绅士，但缺少干劲”。

---

① 镀金时代，指 1870 年至 1898 年，是为美国经济繁荣，财阀开始影响政治的时期。

……迪克叫人下楼去买份报纸，自己仍在摊开放在写字台上的电报前来回踱着步。他选好了一艘美国的船，然后给在苏黎世的妮科尔挂了个电话。等她来接电话时，他想起了许多事情，心里暗暗希望自己一直是像原来所打算的那么好。

十九

有那么一个小时，迪克一直沉浸在父亲去世的悲哀中，因而无论是故国那壮观的门户，还是纽约港湾，在此时的他看来都显得很悲壮。不过，一旦上岸之后，这种感觉就消失了。后来，不管是走在街上，还是在旅馆里，或是在护送父亲的遗体先去巴法罗，再南下弗吉尼亚的火车上，他再也没找到这种感觉。只是在当地的火车缓缓地驶进威斯特摩兰那长着低矮树木的黏土地带时，他才再一次感到和周围的环境融为一体。在车站，他看到一颗他所熟悉的星星和一轮高悬在切萨皮克湾上空的皎洁的冷月；听到四轮马车车轮转动时所发出的刺耳的声音，人们可爱的傻话以及有着悦耳的印第安名字的古老河流那缓缓流动的水声。

第二天，他父亲被安放在教堂的墓地，和一百个姓戴弗的、姓多尔西的以及姓亨特的人埋在一起，把他葬在他的亲友们之间能让他觉得亲切，松散的黄土上撒满了鲜花。迪克在这儿再无牵挂，相信自己再也不会回来了。他跪在坚硬的土地上。这儿埋着的死者，他都很熟悉，熟悉他们饱经风霜的脸庞和一双双炯炯有神的蓝眼睛，还有他们清瘦有力的身体，这些由十七世纪林木苍郁的新土地造就的灵魂。

"再见了，父亲！再见了，我所有的先辈。"

站在顶篷延伸得很长的汽轮码头上，就像是置身于一个不曾定位的地方，既不再属于这里，又还没属于那里。淡黄色的拱形屋顶下到处回荡着呼喊声。有卡车隐隐驶过的声音，有堆放箱子的“砰砰”声，还有起重机刺耳的嘎嘎声。在这里，可以最先感到大海的咸味。人们脚步匆匆，尽管还有充足的时间：过去、大陆，已被抛在身后；未来是船侧那闪光的大口；而这昏暗、嘈杂、混乱不堪的码头长廊就是现在。

上了跳板，视野便自行调节，变得狭窄了。船上的人就像是一个比安道尔还小的小国公民，对一切都没有了把握。坐在事务长桌边的人们和船舱一样形貌怪异；船上的人和送行的朋友们眼中流露出不屑。接下来是汽笛高声哀鸣，一阵可怕的晃动后，汽轮、人的思想——开始运动。码头和一张张面孔滑过去了，一时间，轮船仿佛成了偶然从他们那儿撕下来的一片东西。脸庞远去了，喊声听不见了，码头成了沿岸众多的黑点之一。船儿离开港湾向大海飞快地驶去。

艾伯特·麦基斯科正在这艘船上，报上把他称作为船上最贵重的货物。麦基斯科现在名噪一时。他的小说是对同时代一流作家创作的模仿，这是一个不可小视的功绩。除此之外，他还有本事把借来的东西深入浅出地加工一下，这样，许多读者就会因读他的小说不费力气而为之吸引。成功使他进步，而且也使他谦卑。他清楚自己的能力——知道他比许多大才子要更有活力，因此，他决心享受自己成功的喜悦。“我还没做什么，”他总是这么说，“我知道我没有天分。但只要我坚持不懈地尝试，我也许能写出一本好书。”从更轻薄的跳板上往往能玩出更漂亮的跳水动作。过去数不清的冷落已被忘却，说实在的，他的成功从心理上看是建立在那次和汤米·巴尔班的决斗上，正因为那场决斗，他又重新树立了自尊心，而这一点，他却快忘了。

轮船开航的第二天，他看见了迪克·戴弗。暗暗打量了他一番后，友好地向他做了自我介绍，接着坐下。迪克放下手中的读物，盯了他几分钟，发现麦基斯科变了——他身上那种让人讨厌的自卑感不见了，所以感到自己很高兴和他交谈。麦基斯科“消息灵通”，知道的东西比歌德还要广泛——听他把别人的观点东拉西扯地拼在一起当作自己的看法滔滔不绝地说着，挺有意思的。一来二去两人成了朋友，迪克还跟麦基斯科夫妇吃了好几顿饭。麦基斯科夫妇原来应邀坐船长那一桌，但是出于一种新近习得的势利，他们告诉迪克说，他们“受不了那帮人”。

维奥莱特经过一些杰出女服装师的悉心打扮后，显得十分华贵，并且迷上了有教养的小姑娘们十几岁常做出的一些小发现。她本来完全可以从在博伊斯的母亲那儿学到这些的，但她却是在爱达荷的小剧院里凄惨降生的，从不曾有时间和母亲待过。眼下她——和其他几百万人一样——“有了归属”。她很快活，虽然每当她变得太天真时丈夫仍要用嘘声制止她。

麦基斯科夫妇在直布罗陀下了船。第二天晚上在那不勒斯，迪克在从旅馆开往车站的汽车上结识了一家人，是两个女孩和她们的母亲，她们迷了路，怪可怜的。迪克在船上见过她们。他忽然产生一种强烈的欲望，想去帮助她们，或者说想受人敬佩；他带她们到一些欢乐的场合转了转，又试着给她们买来葡萄酒，看到她们开始恢复了常态，他心里乐滋滋的。他在脑海中按照自己的打算对她们做了种种假想。为了维持这种想象，他又喝了太多的酒，而在这整个时间里那母女三个始终只想，这是上天赐给她们的好运气。随着夜色渐渐隐退，火车在卡西诺和弗罗西诺内晃动着、喷着粗气，迪克对她们的热乎劲开始降温。到了罗马车站，在一场离奇的美国式告别之后，迪克去了奎里纳尔旅馆，显得有点儿体力不支。

在旅馆的服务台前，迪克忽然瞪圆了眼睛，扬起头来。像是酒劲发作，使他胃肠发热，大脑兴奋一样，他看到他想见的人，就是为了她，他才横越地中海的。

罗斯玛丽此时也看见了他，还没想起他是谁就先打了个招呼，回头再看时，大吃一惊，赶紧丢下女伴，跑了过来。迪克挺直身子，屏住呼吸，转身面朝着她。看着罗斯玛丽穿过大厅，全身上下明艳照人，像一匹服了黑籽油、四蹄光亮的小马，迪克从惊愕中一下子清醒过来，但事情发生得那么突然，他最多只来得及掩饰住自己的疲乏。望着她那眼睛闪亮如星、一副自信的样子，他故意做了个无声的动作，那意思是“你居然会在这儿出现——真没想到”。

她伸出戴着手套的手握住他放在桌上的手：“迪克——我们在拍《辉煌的罗马》——至少，我们这么认为；我们随时可能离开。”

他凝视着她，想让她有点儿害羞，那样，她就不会对他未刮的脸，他那皱巴巴睡卷了的衣领那么注意了。幸好，她正在匆忙之中。

“我们开拍早，因为十一点钟起雾——两点钟给我打电话。”

回到自己房间，迪克定了定神，把要打的一个电话留到中午，脱下衣服，简直是一头就扎进了梦乡。

他一睡睡过了打电话的时间，但两点时醒来了，精神多了。他打开包，把西服和脏衣服送出去洗熨。然后他刮了胡子，在浴缸的热水里躺了半小时后去吃了早饭。太阳已经落进国民大街，他拉开窗帘让阳光照进屋来，门帘上古老的铜环一阵叮当作响。在等西服熨烫的那段时间里，他从《晚邮报》上看到这样一条消息：“辛克莱·刘易斯出版了一部小说《大街》，在这部小说中，作者分析了美国一个小城市的社会生活。”接着，他开始想起罗斯玛丽。

起先他并没想什么。她年轻，有吸引力，但托普西也一样。他猜想，这四年来，她一定有过情人，也爱过他们。唉，人都不可能确切地知道自己在别人的生活里占多大的位置。然而这种困惑却勾起了他的爱慕之心——最可贵的关系是明知道障碍重重，却仍想保持关系。

往事涌上心头，他真想把她那意味深长的自我表白包藏在它那宝贵的外壳里，直到他把它装起来，直到它不再脱离他。他试图把自己身上能够吸引她的东西全部集中起来，但与四年前相比，这些东西已经少得多了。那时她十八岁，他三十四岁，她也许会透过一层冉冉上升的青春薄雾来看他，但二十二岁人看三十八岁的人，就看得一清二楚了。此外，他们上一次会面时，迪克正处在感情的巅峰；自那以后，他就没有那么多热情了。

等那个送衣服的服务员回来后，他穿上一件白衬衫，戴上领饰，打了条缀有一颗珍珠的黑领带。在那颗珍珠下边，约一英寸的地方，悬着一颗同样大小的珍珠，他的眼镜上垂下的两条细绳就从这颗珠子里穿过。睡过觉之后，他的脸上又出现了在里维埃拉待了好几个夏天所晒成的那种棕红色。为了使全身柔软灵活起来，他在椅子上练起了倒立，直到自来水笔和硬币都从口袋里掉了出来。三点钟时，他给罗斯玛丽打了个电话，她请他上去。由于刚才的折腾，他感到一阵晕眩，于是在酒吧停了一下，喝了杯杜松子补酒。

“嗨，戴弗医生！”

要不是因为罗斯玛丽住在旅馆里，迪克绝不会这么快认出科利斯·克莱。科利斯还是那么信心十足，踌躇满志的样子，长着突兀的下颌。

“你知道罗斯玛丽在这儿？”科利斯问道。

“我碰到她了。”

“我在佛罗伦萨时听说她在这儿，所以上星期我赶到这儿来。妈妈的小女儿真叫人捉摸不透。”接着，他又修正自己的话说，“我的意思是她妈妈那么精心地抚育她长大成人，现在她却饱经世故了——你明白我的意思吧。我向你保证，她身后已经拴了一大堆罗马小伙子呢！可不是！”

“你在佛罗伦萨学习吗？”

“我？当然。我在那儿学建筑。星期天回去——我在这儿等着看赛马。”

迪克好不容易才没让科利斯把自己喝的那杯酒记在他在酒吧的账上，他那份账单，就像股市行情报告似的。

二十

出了电梯，迪克走上一条弯弯曲曲的走廊，最后转身朝一扇亮灯的门走去，那门外隐约传来一个声音。罗斯玛丽身穿黑色睡衣；午餐桌还没撤走；她正在喝咖啡。

“你还是那么漂亮，”迪克说，“比以前还要漂亮些。”

“喝咖啡吗，小伙子？”

“今天早上我那副样子真不好意思。”

“当时你看上去气色不好——现在怎么样了？来点咖啡吗？”

“不用，谢谢。”

“现在你脸色又好了，今天早上让我吓了一跳。若是摄影组不走的话，妈妈下个月来这儿。她老是问我在这儿有没有见着你，好像以为我们是隔壁邻居似的。她一直喜欢你——她始终觉得你是我应该结识的人。”

“啊，很高兴她还想着我。”

“噢，是的，”罗斯玛丽肯定地说，“经常想起呢。”

“我经常在电影里看到你，”迪克说，“有一次我还让他们专门为我一个人放了一遍！”

“这片子要是没剪的话，我的戏有很多呢。”

她从他身后走过，擦身而过时碰了碰他的肩头。她打电话叫人收走餐桌，然后在一张大椅子上坐下来。

“结识你的时候，我还只是个小姑娘呢，迪克。现在我已经是个女人了。”

“我想听听关于你的一切。”

“妮科尔怎么样——拉尼尔和托普西呢？”

“他们都很好，也常说起你。”

电话铃响了。在她接电话时，迪克翻了翻两本小说——一本是埃德娜·费伯写的，一本是艾伯特·麦基斯科的作品。服务员进来收了餐桌，餐桌搬走后，穿着黑色睡衣的罗斯玛丽更显得形单影只。

“……我有个客人……不，不太合适。我得去女装店试衣服，看来要很长一段时间……不，现在不行……”

仿佛餐桌拿走后，她得到了解脱似的，罗斯玛丽冲迪克笑了笑——那一笑像是表明，他们俩一起成功地摆脱了世界上的一切烦恼，现在终于可以安静地待在他们自己的天堂里……

“好了，”她说，“你知不知道刚才我花了一个小时准备见你？”

可是电话又来找她。迪克站起来拿起床上的帽子把它挂到行李架上，罗斯玛丽见了，惊慌地捂着电话筒喊道：“你别走！”

“不走。”

在她通完电话后，迪克试图和她两个人一起度过整个下午。于是他说：“我现在期望能从人们身上得到一些营养。”

“我也是。”罗斯玛丽赞同地说，“刚才给我打电话的那个人曾经认识我的一个表亲。因为这点缘故就给别人打电话，可也真是的！”

她把灯光调暗以和迪克缠绵。为什么要不让他看见她呢？他说这话时是一个字一个字地吐出来的，仿佛它们说出来后过了一会儿才传到她的耳朵里似的。

“坐在这儿离你这么近，想不吻你真做不到。”

于是，他们在房间中间狂吻起来。她紧贴着他，回到她的椅子上。

在这房间里缠绵要想仅仅做到愉快都不能长久。要么大胆些，要么索性不干。当电话铃又一次响起的时候，迪克走进卧室，躺在她床上，打开艾伯特·麦基斯科的小说。不一会儿，罗斯玛丽也走了进来，坐到他身边。

“你的睫毛可真长。”她说。

“我们现在又回到大学的跳舞会上。出席的有罗斯玛丽·霍伊特小姐，她对睫毛有特别的爱好。”

她低头去吻他，他把她拉到床上，两人并排躺着。接着，他们狂吻起来，直到吻得喘不过气来。她的呼吸带着青春的气息，急切而兴奋。她的嘴唇微微有点干燥，但嘴角是柔软的。

他们和着衣服在床上纠缠在一起，迪克的手、背一齐使劲，罗斯玛丽娇喘吁吁，胸脯不停地上下起伏。她低声说：“不，现在不行——这种事得一步步来。”

由于受到约束，迪克只好把激情压抑到内心深处，但却用胳膊把她娇嫩的身子托起，直到她悬在他身体上方半英尺的地方，接着对她说：

“亲爱的——没关系。”

他仰头看着她，她的脸幻变开来，像一轮明月，闪现出永恒的光芒。

“如果是你的话，那活该有报应的。”她说。她挣开他的怀抱，走到镜子前，用手拢了拢弄乱了的头发。接着，她搬了把椅子靠到床边，伸手抚摸他的脸颊。

“跟我说说你的实话。”他问道。

“我一直说的都是实话。”

“在某种程度上——不过都连不起来。”

两人都笑起来，但他穷追不舍。

“说实在的，你是个处女吗?”

“不——不，不!”她拖长声音说，“我已跟六百四十个男人上过床——如果这就是你想听到的回答的话。”

“这不关我的事。”

“你是不是想拿我做你心理学研究的对象?”

“你作为一个生活在一九二八年，年方二十二的正常女子，我想你一定有过几次恋爱。”

“但都——失败了。”她说。

迪克不相信她的话。他不能确定罗斯玛丽是故意在他们之间设置障碍呢，还是想借此使她最终以身相许更显得意味深长。

“我们到品奇欧公园走走吧。”他提议说。

他抖平了衣服，理顺了头发。机会来了却不知怎么又走了。三年来，迪克一直是罗斯玛丽用来衡量其他男人的偶像，以致最终他的形象不可避免地变得像英雄一样高大。她不希望他跟别人一样，可他似乎和他们有着同样迫切的要求，仿佛他想把她身上的某些部分装在口袋里带走。

他们在草坪上漫步，穿行在那些小天使、哲人、农牧神雕塑与喷泉之间，罗斯玛丽挽住他的胳膊，舒舒服服地靠在上面并不断变换着姿势，似乎想找一个最佳姿势永远靠在那里。她撅了根树枝，把它折断，没发现里面有春意。忽然，她瞥见迪克脸上露出她喜爱的神色，于是抓过他戴着手套的手吻了一下。接着，她孩子般围着他蹦跳起来，直到他露出微笑，她也开始大笑，他们快活起来。

“今晚我不能跟你出去，亲爱的，因为我老早就答应别人了。不过明天要是起早，我带你去拍摄景地看看。”

迪克一个人在旅馆吃了饭，早早地上床睡了觉，第二天早晨六点半时在大厅和罗斯玛丽碰了面。在汽车里，罗斯玛丽坐在迪克身边，晨光中容光焕发，清新可人。他们从圣赛巴斯蒂安门出去，沿着阿皮恩大道来到古罗马集合广场的外景地，外景地比原来的广场还要大。罗斯玛丽把他托付给一个人，那人带他看了那些庞大的道具：拱门、阶式看台以及铺着沙土的古罗马竞技场。罗斯玛丽工作的舞台是一个用来关押基督教囚徒的禁闭室，他们接着去那儿观看尼科特拉的表演，他是许多有希望成为瓦伦蒂诺①的演员之一，现在他正在台上昂首阔步地走着，在一群女“囚”面前装腔作势，女囚们因涂了睫毛油而显得眼神忧郁，令人骇异。

罗斯玛丽穿着件长及膝盖的短袖束腰外衣出现在他们面前。

“瞧这件衣服，”她低声对迪克说，“我想听听你的评价。看过样片的人都说——”

“什么是样片？”

“就是前一天拍过后试放的片子。他们说那是我第一件穿上后富有性感的衣服。”

“我没看出来嘛。”

“你是不会看到的！可我就是性感。”

身穿豹子皮的尼科特拉殷勤地在跟罗斯玛丽说话，而那位电工则在和导演讨论着什么事情，并倚在导演身上。最后，导演粗暴地推开他的手，擦了擦冒汗的额头。迪克的向导说：“他又瞎忙乎起来了，可不是！”

“谁啊？”迪克问，那人还没来得及回答，导演已快步走到他们面前。

“谁瞎忙乎——你自己在瞎忙乎呢。”他情绪激动地对迪克说，好

① 鲁道夫·瓦伦蒂诺（Rudolph Valentino，1895—1926），原籍意大利的美国著名男演员。

像在对陪审团说话似的。“他自己在瞎忙乎时，总觉得别人是这样，的确！”他又朝向导瞪眼看了一会儿，然后拍拍手，“好了——所有的人到场。”

参观这儿就好比拜访一个乱糟糟的大家庭。一个女演员走到迪克身边和他说了五分钟话，以为他是刚从伦敦来的演员。当她发现弄错了之后，便慌忙溜走了。剧组的大多数人对外界不是认为自己比别人要高一头，就是觉得自己低一等，不过前者还是占多数。他们都是些勤劳勇敢的人；他们是被十年里一个只要求娱乐的民族捧出名的。

当光线变得雾蒙蒙时，他们停止了拍片——虽然这种光线适合作画，可要摄影的话，它就远比不上加利福尼亚的纯净的空气了。尼科特拉跟着罗斯玛丽来到汽车前，在她耳边低声说了句什么——她跟他道别时看着他，脸上没有笑容。

迪克和罗斯玛丽在凯撒饭店吃了午饭。这是家富丽堂皇的饭店，设在一座高台别墅里，从这里可以俯视那经过不知多少年代的销蚀已经倾圮了的古罗马竞技场废墟。罗斯玛丽喝了杯鸡尾酒和一点葡萄酒，迪克则喝到他心里那不满意的感觉消失为止。后来，他们一起驱车回旅馆，两个人都满脸通红，心情快乐，默默地沉浸在喜悦之中。她想被占有，也得到了满足，那一场自打海滩上开始的少女的迷恋终于有了结果。

二十一

罗斯玛丽又被请去吃饭，那是为摄影组的一个同事庆贺生日。迪克在大厅里碰到科利斯·克莱，可他不想和别人一起用餐，于是就撒谎说他跟人已在刨花饭店有了预约。和科利斯一道喝了杯鸡尾酒后，他那隐隐约约的失意感明明白白地变成了不耐烦——他不再能给自己从诊所溜出来找到借口。眼下这件事与其说是迷恋，不如说是一段浪漫的记忆。妮科尔是他的女人——虽然他经常在心底里对她感到厌恶，但她毕竟是他的女人。和罗斯玛丽待在一起是放纵自己——和科利斯在一起则是毫无意义的。

在刨花饭店门口，迪克遇到巴比·沃伦。她瞪着那双大理石般美丽的眼睛惊异地看着他："我以为你在美国呢，迪克！妮科尔和你一道吗？"

"我是从那不勒斯过来的。"

他臂上的黑纱提醒了巴比，她忙说："听到你的不幸，我很难过。"不可避免地，他们一起用了餐。"把一切都告诉我。"她要求说。

迪克陈述了一遍有关事实，巴比皱起眉头。她觉得必须有人为她妹妹生活的不幸负责任。

"你认为多姆勒医生是不是从一开始就对她采取了正确的治疗方案？"

"在治疗上没多少法子可想了——当然，你是想找个合适的人来对付这个特殊的病例。"

"迪克，我不是想装模作样给你出主意，也不是想在这事上冒充内行，不过你觉不觉得换一个环境——让她脱离病人的世界，和其他人一样生活——会对她有好处呢？"

"可那时你一心要她住到诊所嘛，"迪克提醒她说，"你告诉过我，你不会对她真正放得下心——"

"那时你们是在里维埃拉，在一个远离尘世的小山上过着隐士一般的生活。我不是想让你们回到那种生活里去。我的意思是，比如说，你们可以去伦敦。英国人是世界上最稳重的种族。"

"不是的。"他不赞成地说。

"就是。要知道，我了解他们。我的意思是，你们可以在伦敦找间房，在那儿过春天，这也许是个很好的主意。塔尔伯特广场有一间小房子，里面家具配备齐全，你们可以把它租下来。我是说你们到那儿去和精神健全、稳重的英国人住在一起。”

巴比本想继续讲述一九一四年所有那些陈旧的宣传故事，但迪克大笑起来，说：“我正在看密歇尔·阿伦写的一本书，如果那是——”

她一挥色拉匙就把密歇尔·阿伦给否定了。

“他只写一些颓废者。我说的是值得人尊敬的英国人。”

见她就这么归纳她的那帮朋友，迪克的脑海里出现了住在欧洲小旅馆里的一张张陌生、呆滞的脸庞。

“当然这不关我的事，”巴比再次声明，作为她进一步行动的前提，“但把她一个人丢在那种环境里……”

“我到美国去是因为我父亲去世。”

“这我知道，我不是跟你说了我很难过嘛。”她摆弄着项链上的玻璃葡萄，“可现在有那么多钱，足够干任何事情，所以应该用它来治好妮科尔的病。”

“首先我不愿意去伦敦。”

“为什么？我觉得你在那儿也能和在别的地方干得一样出色呀。”

他往后靠坐着看着巴比。即使她曾经猜想到那件肮脏的旧事——妮科尔的真正病因，她也一定坚决不信，而把这种念头扔到一个落满灰尘的橱子里，就像处理她错买的画一样。

他们在阿尔匹亚继续交谈，科利斯·克莱走到他们的桌边坐了下来。这时从堆满啤酒桶的地窖里传来一名颇有天赋的吉他手弹奏的《军乐全音阶第三章》。

“可能妮科尔找我找错了人，”迪克说，“不过，即使不是我，她也可能会嫁给一个像我这种类型的人，一个她以为可以依托的人——终身依托的人。”

“你觉得她嫁给别人会幸福些?”巴比想着想着突然大声说了出来，“这当然可以做得到。”

只是当看见迪克止不住笑弯了腰时，她才意识到自己的话说得有点荒唐。

“哦，你别误会，”她赶忙解释，“你做了这么多，可千万别以为我们不领你的情。我们也知道这些年你不容易——”

“看在上帝的分上，”他抗议着，“我要是不爱妮科尔，那就不是这么回事了。”

“可是你真爱她吗?”

科里斯这时听明白了他们的对话，迪克赶忙转移话题：“我们谈点别的吧——比如说，谈谈你。你干吗不结婚？我听说你和佩利勋爵订了婚，他的堂兄是——”

“噢，没有。”她忸怩起来，闪烁其词，“那是去年的事了。”

“你为什么不结婚?”迪克执拗地追问。

“我不知道。我爱的男人一个战死了，另一个抛弃了我。”

“跟我说说。说说你的个人生活，巴比，还有你的想法。你从来不说自己——我们总是谈妮科尔。”

“他们俩都是英国人。我想这世上没有比一流的英国人更高贵的人了，你说呢？要有，就是我没碰到。这个男人——唉，说来话长。我讨厌长故事，你呢?”

“可不是!”科利斯说。

“噢，不——只要精彩我都爱听。”

“那是你的一技之长，迪克。你只需用短短一句话或者不时插上几句，就能使一个聚会活跃起来。我认为这真是了不起的本事。”

“那只是雕虫小技。”他轻声答道。这已是他第三次与她的看法不一致了。

“当然，我喜欢正规——我喜欢事物不要改变，而且要华贵、隆重。我知道你也许不喜欢，但你不能否认这表明我稳当可靠。”

迪克甚至懒得表示异议。

“当然，我知道人们传言，巴比·沃伦在欧洲到处乱跑，追逐着一个又一个新奇玩意儿，却错过了生命里最宝贵的东西，但我的想法正相反，我才是少有的追逐最美好事物的人之一呢。我结识了这个时代最有趣的人们。”又一阵低沉的吉他声传来，她的声音模糊了，但她放大嗓门压过吉他声，“我很少犯大错——”

“——只是犯出奇的大错罢了，巴比。”

看见迪克的眼睛里露出取笑的神色，她换了个话题。看来他俩无论在哪个地方都无法一致了。不过，巴比身上仍有某种让迪克佩服的地方，于是，他把她丢在刨花饭店门口时，对她说了一大堆恭维话，把她听得喜气洋洋。

第二天，罗斯玛丽坚持要请迪克吃午饭。他们来到一个曾在美国干过的意大利人开的小餐馆，要了火腿鸡蛋和华夫饼。后来，他们回到旅馆。迪克发觉自己并不爱罗斯玛丽，罗斯玛丽也不爱他。但这非但没有冲淡反而加深了他对她的激动。他现在既然明白自己无法进一步走进她的世界，那么对他来说，她已变成了个陌生女人。他猜想很多男人说他们坠入情网，不过是像这样——并没有全身心地投入进去，让所有的色彩都变得朦胧起来，不像他曾经对妮科尔那样的爱。对妮科尔的一些担心，担心她会死，会坠入精神上的黑暗，会移情别恋，使他感到浑身虚弱无力。

尼科特拉待在罗斯玛丽的起居室里，喋喋不休地谈着一个专业问题。当罗斯玛丽暗示他走时，他才起身离开，一边让人发噱地提出抗议，并朝迪克放肆地直挤眼睛。电话铃又响了起来，罗斯玛丽在电话上一连讲了十分钟话，使得迪克越发不耐烦。

“上楼到我房里去吧。”他提议说。罗斯玛丽同意了。

她靠着他的膝盖躺在一张大沙发上；他用手指梳理着她那迷人的额发。

“我能好奇地打听一些你的情况吗？”他问道。

“你想知道什么？”

“关于男人方面的事。我很好奇，虽不能说是急切想知道。”

“你是指我遇见你之后多久认识了别的男人？”

“以前也行。”

“哦，不。”她大为惊讶，“以前没有过。你是我第一个感兴趣的男人。现在也是我唯一真正感兴趣的男人。”她思忖片刻。“我想，大约一年以后吧。”

“那人是谁？”

“噢，一个男人。”

她闪烁其词，但他步步进逼。

“我敢说，我能说出来给你听：第一次不满意，后来又过了好长时间。第二次情况要好些，但你首先并不爱他。第三次很顺利——”

迪克自己折磨自己地继续说道：“所以你有了一次实实在在的男女情事，而那时你开始担心自己拿不出什么给最终爱上的人了。”他感到自己越来越像维多利亚时代的人一样褊狭了，“后来，又有了六七次风流韵事，直到现在。差不多吧？”

罗斯玛丽又好气又好笑。

“错得不能再错了。”她说。迪克舒了口气。“不过总有一天我会找到一个人，真心爱他，并且，不会放走他了。”

这时，他的电话铃响了，迪克听出是尼科特拉的声音，他要找罗斯玛丽。迪克用手捂住听筒。

“你想跟他讲话吗?”

她走到电话机旁，飞快地用意大利语叽里咕噜说起来，迪克一句也听不懂。

“这电话要打很长时间，”他说，“都四点多了，我五点钟还有个约会。你最好去和尼科特拉先生玩去吧。”

“别傻了。”

“那么我觉得有我在这儿，你该把他抛开。”

“那不容易。”她突然哭了起来，“迪克，我的确爱你，从没有像爱你这样爱过任何的人，可你又给了我什么?”

“尼科特拉又有什么给别人?”

“那不一样。”

——因为年轻人互相吸引。

“他是个西班牙佬!”迪克嚷嚷道。他妒忌得发狂，不想再受到伤害。

“他只是个孩子，”罗斯玛丽抽着鼻子说，“你知道我首先是你的。”

他条件反射地伸手去搂她，可她疲软地向后靠去；他就那样扶了她一会，像是一曲缓慢乐章的结尾。她双眼紧闭，头发笔直地散落在脑后，像个溺水的女郎。

“迪克，让我走。我脑子里从来没有感到这么乱过。”

此时的迪克像一只粗暴的红雀，罗斯玛丽本能地躲开他。无端的妒忌覆盖了他的体贴、他的善解人意，罗斯玛丽不再感到亲切自在。

“我要知道实情。”他说。

“那好吧。我们常在一起，他想娶我，可我不想嫁他。还有什么？你要我怎么做？你从来没向我求过婚。你想我永远和科利斯·克莱这样的笨蛋混下去吗?”

"昨晚你和尼科特拉在一起?"

"那不关你的事,"她啜泣着,"对不起,迪克,那是你的事。你和妈妈是这世界上我唯一在乎的两个人。"

"那么尼科特拉呢?"

"我怎么知道?"

她这么含糊其辞,使得最随便的话也潜藏了寓意。

"是不是像在巴黎时你对我的感情?"

"和你在一起我感到舒心快活。在巴黎那会儿不是这样。不过过去的感受说不清楚,你说呢?"

他站起来,开始去拿他的晚礼服——如果他不得不把对这世界的所有怨恨埋进心里,那么他是不会再爱上她了。

"我不喜欢尼科特拉!"她大声宣布,"可我明天就得和摄制组一道去里窝那了。唉,为什么非得发生这事呢?"她又一次泪如泉涌,"太扫兴了。你为什么来这儿?为什么不让我们只是保留那段记忆?我感到像是刚和妈妈吵了架。"

在他开始穿衣服时,罗斯玛丽起身走到门口。

"今晚我不去参加晚会了。"她在做最后努力,"我和你在一起,反正我不想去了。"

感情的潮水又开始涌动,但他却退避了。

"我将待在自己的屋里,"她说,"再见,迪克。"

"再见。"

"唉,丢人,真丢人。噢,真丢人。这到底是怎么一回事?"

"我也琢磨了好久。"

"但你干吗要让我承受呢?"

"我想我是黑死病,"他缓缓地说道,"我好像再也不会给人带来快乐了。"

二十二

晚饭后，奎里纳尔酒吧间里有五个人：一个意大利少妇正坐在凳子上不停地说着话，旁边侍者无可奈何地应对着："是……是的……是的"；一个浅褐色皮肤，模样儿势利的埃及人，他虽然孤零零独自待着却又不敢去招那女人；另外还有两个美国人。

迪克对自己周围的一切总是十分清楚，不像科利斯·克莱那么懵懵懂懂地活着，再深刻的印象落到他那早已萎缩的记忆器官上也会消散，所以，他听着迪克说话，如沐春风。

迪克被下午的事折腾得够呛，现在正要找几个意大利人发泄。他在酒吧里扫视了一圈，似乎希望有个意大利人听到他的话，并对他的话产生怨恨。

"今天下午我在刨花饭店里和我大姨子吃茶点。我们坐的是最后一张空桌子，结果有两个人过来找桌子没找到，于是其中一个走到我们面前说：'这张桌子不是留给奥西尼公主的吗？'我说，'桌上又没记号。'他说，'但我想这是留给奥西尼公主的。'我根本就不理睬他。"

"后来他怎么了？"

"他退回去了。"迪克在椅子上转过身，"我讨厌这些人。前些天在一家商店门口，我刚离开罗斯玛丽两分钟，就有个警官在她面前走来走去，还歪戴着帽子。"

"我不知道，"科利斯过了一会儿说，"我情愿待在这儿也不去巴黎，时时刻刻得提防有人掏你的口袋。"

科利斯一直过得很痛快，他坚决抵制任何威胁到他快乐的东西。

"我不知道，"他坚持道，"在这儿我不会介意的。"

迪克想起这些天来映在他脑海里的画面：他呆呆地盯着它看。到美国快运公司路经国民大街香甜的糖果店，穿过脏兮兮的地下水道来到西班牙台阶，站在花摊和济慈去世的屋前，他的思绪飞向了天空。他在乎的只是人；他几乎不注意地方，除了它们的天气，除非那地方因为发生了实实在在的事而增加了色彩。罗马就是他对罗斯玛丽梦想的终结。

一个仆役进来送给他一张纸条。

“我没去参加晚会，”上面写道，“我在房间里。明天一早我们就要前往里窝那。”

迪克把条子以及小费递给了仆役。

“告诉霍伊特小姐说你没找到我。”转过头来，他对科利斯建议到邦博尼里去。

他们打量了一下酒吧里那位妓女，给了干她那行的人所需要的一丁点注意。那女人快乐地大胆回敬了他们几眼。空荡荡的大厅里由于挂着层层帘幕而显得十分阴郁，重叠的褶子里还藏有维多利亚时代的灰尘。他们穿过大厅朝着值晚班的看门人点点头，他带着晚班仆人特有的不情愿向他们回了礼。然后他们乘着出租车行驶在十一月冷湿的夜晚死气沉沉的街道上。街上没有女人，只有一些面色苍白的男人三五成群地站在冰冷的路肩石边，身上的黑衣服直扣到脖颈。

“我的上帝！”迪克叹息道。

“怎么了？”

“我在想下午那个家伙，说什么‘这张桌子是留给奥西尼公主的’。你知道这些古老的罗马家族是些什么货色吗？都是些土匪，罗马灭亡后他们占据了宫廷、寺庙的位置，掠夺人民。”

“我喜欢罗马，”科利斯坚持说，“你干吗不去赛马？”

“我不喜欢赛马。”

“但所有的女人都出现——”

“我知道自己不会喜欢这儿的任何什么。我喜欢法国，那儿人人都把自己当成拿破仑——而这儿的人都以为自己是耶稣。”

在邦博尼里，他们下车进了一家四壁镶着饰板，有歌舞表演的餐馆。置身于这冰冷的石头建筑中，他们无可奈何地产生一种人生短暂的感觉。乐队在有气无力地演奏一首探戈舞曲。宽敞的大厅里，一对对舞伴翩翩起舞，他们那精巧、优美的舞步真让美国人看了不顺眼。侍者很多，就是有几个滋事者也闹不起来。场面看上去倒是活跃，但却似乎笼罩着一种气氛，期待舞会、夜晚以及使这一景象得以稳定的平衡力量早点结束。它使敏感的来宾确信，无论他来这儿要寻求什么，都会一无所获。

迪克对此是再清楚不过了。他环顾四周，希望能看到什么吸引他的东西，使他的精神而不是想象能够坚持它一个小时。可是他什么也没看到，于是只好重又转过脸来面对科利斯。他已跟科利斯讲了他近来的一些新的想法，然而科利斯的健忘和迟钝使他兴味索然。和科利斯打了半小时交道之后，迪克感到自己也明显地少了活力。

他们喝了瓶意大利起泡酒，迪克脸色发白，话也多了起来。他把乐队指挥喊到桌前；指挥是个傲慢自负、让人讨厌的巴哈马黑人，没几分钟两人就吵了起来。

“是你让我坐下的。”

“不错，我还给了你五十里拉，对不对？”

“不错，不错，不错。”

“那好，我给了你五十里拉，对不对？然后你过来要我再往喇叭里塞一点！”

“你让我坐下，是不是？没错吧？”

“我让你坐下，可我给了你五十里拉，对不对？”

“对，对。”

那黑人恼怒地站起身，走开了，这让迪克感到心情更坏。然而，当他看见屋那边有个姑娘正冲他笑时，他周围那些苍白的罗马轮廓便立即退到后景变得体面而谦卑了。那是个金发英国姑娘，健康、漂亮，十足的英国人脸蛋。她又冲他笑笑，这是在对他发出邀请，迪克明白，那邀请是如此高雅、纯洁，不带任何肉欲味，即使是在她献出肉体的时候。

“打桥牌有一个窍门，不然我还不会。”科利斯说。

迪克站起身，朝屋那边的姑娘走去。

“跳个舞好吗？”

她身边坐着的一个中年英国男子用近乎道歉的口吻说：“我正要出去。”

迪克一阵兴奋，清醒过来。他跳了起来。这个姑娘令他想到英国所有令人愉悦的事物。四周环海的安全花园的故事隐含在她欢快的声音中，当他后仰一点凝视她时，他说的话是那么地动情，以至于声音都颤抖了。她答应等现在的舞伴离开后就到他们那儿和他们坐一起。那个英国男子见她一曲舞后被送回来，连连微笑并不迭声地道歉。

迪克回到座位上，又叫了瓶葡萄酒。

“她看上去像电影里面哪个人，”他说，“想不起来是谁。”他心急地扭头看去，“不知道什么把她给缠住了？”

“我倒想上电影，”科利斯沉思着说，“他们要我继承我父亲的事业，可我对那不感兴趣。在伯明翰的办公室里一坐就是二十年——”

他的口气里充满着对物质文明所给他带来的压力的反抗。

“大材小用了？”迪克问。

“不，我不是这个意思。”

“不，你就是这个意思。”

“你怎么知道我什么意思？你那么喜欢工作，干吗不去开业行医呢？”

这时，迪克已把他们两人都弄得很沮丧，不过同时他们也都喝得糊涂了，一会儿就把它忘了。科利斯离开时，两个人热烈地握了握手。

“好好想想。”迪克说，一副很明智的样子。

“想什么？”

“你知道的。”他说的是科利斯继承父业的事——一个明智的忠告。

克莱走了出去。迪克把他那瓶酒喝完，又和那英国姑娘跳起舞来。他以大幅度的旋转和坚定有力的行进带动自己不听使唤的身体。忽然，最令人惊异的事情发生了。他正和那姑娘跳着，音乐停了——她也不见了。

“你有没有见到她？”

“谁？”

“和我跳舞的那个姑娘。突然不见了。一定在那间屋子里。”

“不，不！那是女卫生间。”

他站在吧台旁。那儿还有两个男人，但他想不出如何和他们攀谈。他可以跟他们说说罗马，说说科隆那和盖塔尼家族暴虐的发迹史，可他又觉得这么开头太唐突了。这时一排洋锡娃娃忽然从卖烟的柜台上翻落到地上，引起一阵混乱；他觉得是自己闯的祸，于是回到歌舞场喝了杯苦咖啡。科利斯走了，那英国姑娘也不见了，看来他只能回旅馆一个人苦闷地躺在床上了。他付了账，拿上他的衣帽回旅馆。

阴沟里和粗大的鹅卵石缝里都是脏水；从罗马四郊的罗马平原飘来的沼泽地的潮气污染了早晨的空气，那是衰竭了的文化所发出的一种汗气。四个出租车司机围住了迪克，几双小眼睛在那些黑黑的眼窝里忽闪着。有一个司机始终凑在他面前，被他一把推开了。

“到奎里纳尔旅馆多少钱？”

“一百里拉。”

六美元。他摇摇头，答应出三十里拉，这已是白天车费的两倍了，可他们不约而同地耸耸肩膀走开了。

“至多三十五里拉。”迪克坚定地说。

“一百里拉。”

他突然说起英语。

“半里路要那么多？我给你四十里拉。”

“哦，不。”

迪克已是筋疲力尽。他打开一辆车门，钻了进去。

“到奎里纳尔旅馆！”他吩咐着仍旧执拗地站在窗外的司机，“收起你的冷笑，送我去奎里纳尔旅馆。”

“啊，不行。”

迪克走出车门。邦博尼里门口，有人在和出租车司机争执。有个人试图把他们的态度翻译给迪克听。这时，又有一个司机走近前，比画着，还是不肯让步。迪克推开他。

“我要去奎里纳尔旅馆。”

“他要一百里拉。”翻译解释。

“我听懂了。我给他五十里拉，开车吧。”最后的价钱是报给刚才再一次挤上前来的那个坚持原价的司机听的。那人朝迪克看了看，轻蔑地吐了口唾沫。

一周来的烦躁一下子涌上迪克的心头，以一刹那的暴力行为表现出来，这是迪克祖国体面而具有传统的解决办法：他上前一步，扇了那家伙一耳光。

他们一下子把他围住，威胁着，挥动着胳膊，徒劳地想迫近攻击他。迪克背靠墙，笨拙地出拳，一边轻声地发笑。有那么几分钟，这场打斗像闹着玩似的，冲的人没冲上去，拳头打出去软软的，偶然擦到目标，就这么在门口一来一去地僵持着。接着，迪克绊了一下，摔倒了，身上什么地方受了伤，但他挣扎着爬起来继续搏斗。忽然，抓住他的人松开了手。迪克听到一个陌生的说话声，随后又听到一阵争吵，他靠在墙上，喘着粗气，为自己这么不体面的处境大为恼火。他发现没人同情他，可他又无法相信这是自己的错。

他们一起去警察局来解决这场纠纷。有人找到他的帽子递给他，一个人轻轻抓住他的胳膊。他迈开大步和司机们一起转过街道拐角来到一间简陋的营房，营房里唯一一盏微弱的灯光下，一个背着卡宾枪的警察正在懒洋洋地倚在那里。

一张桌旁坐着位警官，那个爱管闲事的拉架的人把情况用意大利语详细地向他汇报了一番，说话时不时地指指迪克，司机们则不时发出一阵阵咒骂与斥责打断他。警官开始不耐烦地点头，他举起手，随着最后的几声喊叫落下，嘈杂的吵闹声渐渐止息了。接着，他转向迪克。

“会说意大利语吗？”他问。

“不会。”

“法语呢？”

“会。”迪克说，怒目而视。

“那好。听着，到奎里纳尔旅馆去吧。别发呆了。听着：你喝醉了。司机要多少钱就给他多少吧。听懂了吗？”

戴弗摇了摇头。

“不，我不干。”

“为什么？”

“我只准备付四十里拉。这已是够多的了。”

警官站了起来。

“听着！”他蛮横地叫道，“你喝醉酒。你打了司机。就这样。”他愤愤地一挥右手，又一挥左手，“我放你走，就算好事了。把他所要的钱给他——一百里拉。回奎里纳尔旅馆去。”

迪克感到又羞又怒，瞪着眼睛盯着他。

“好吧。”他茫然地转身朝门口走去。在他面前，那个把他带到警察局来的人正不怀好意一边乜斜眼瞅着他一边点着头。“好，我回家，”他叫道，“不过我要先收拾这小子。”

他走过那个在一旁瞪眼看着的背卡宾枪的警察，冲到那张狞笑的面孔前，猛地一个左直拳打在那人的腮帮上。那人一下子倒在地上。

有那么一刻，迪克站在旁边，感到一阵胜利的狂喜——然而，当他接下来刚感到一点不踏实，天地就在他眼前旋转起来。他被人用枪托击倒在地，接着，拳头、靴子像疯狂的鼓点似的落在他的身上。他觉得自己的鼻子像块木瓦板似的裂开了，眼睛猛一抽搐，仿佛被人用一根橡皮带弹回到他头上似的。一根肋骨被踹断了。片刻间，他失去了知觉，被人拉坐起来时又醒了过来，发觉自己被铐上了手铐。他本能地挣扎着。那个被他打倒的便衣警官站在那儿，用手帕拭着下颚，一边拭一边看手帕上有没有血迹。他走到迪克跟前，摆好架式，挥拳把他打倒在地。

当戴弗医生一动不动地躺在那儿时，一桶水浇在了他的身上。

他睁开一只眼，朦朦胧胧看见有人扯着他的手腕把他拖过一片血的迷雾。他看出这是一个司机的可怖的脸。

“去刨花饭店，”他无力地叫道，“告诉沃伦小姐。二百里拉！沃伦小姐。二百里拉！哦，你这个肮脏的——你，上帝——”

他仍被人在血雾中拖着，一路抽噎，被拖过模模糊糊又高低不平的地面，来到一个小地方，在那里，他被扔在石板地上。那些人走了出去，门“砰”的一声带上，剩下他一个人。

二十三

巴比·沃伦在床上一直躺到一点，手里捧着一本玛丽昂·克劳福德写的沉闷乏味的古罗马小说选；然后她起身走到窗前，探头望着下面的街道。旅馆对面站着两名持枪的警察，他们裹着斗篷，头戴彩纹帽，模样古怪，庞大的身躯从这边晃到那边，就像是船上的主帆来回摆动着。看见他们，巴比想起午饭时那个死盯着她看的卫兵军官。他具有矮个子人种里高个子所有的那种优越感，似乎他的责任就是身材高，不必承担其他任务。假如他走到她身边问："一起走走好吗？我是说我们俩。"她一定会回答："为什么不呢？"——至少现在看来她会这么说，因为她至今仍然是游离在这个陌生的环境之外的。

她的思绪慢慢地又从这个军官移到那两名警察身上，随后又想到迪克——她回到床上，熄了灯。

将近四点的时候，她被一阵急促的敲门声惊醒。

"唉——谁呀？"

"我是看门人，夫人。"

她披上晨衣，睡眼蒙眬地给他开了门。

"你的那个叫戴弗的朋友出事了。他和警察发生了冲突，他们把他关在牢里了。他叫了个出租车司机来通知，司机说他答应付二百里拉。"他谨慎地停了一下，等她认可这笔钱，"那个司机说戴弗先生惹了大祸。他和警察打了一架，伤得很重。"

"我马上下来。"

她穿衣服时出于焦急心脏怦怦直跳。十分钟后，她走出电梯来到黑乎乎的门厅。带信的司机已经开车走了；看门人又叫了辆出租车并跟司机讲清了监狱的位置。他们行驶在路上时，车窗外的夜色慢慢地稀薄、消散开去。此时，巴比的神智还不十分清醒，昼与夜相抗衡的不稳定的时分让她朦朦胧胧有些紧张。她开始同白天赛跑，有时，在宽阔的马路上，她占了优势，可是一旦那推动她前进的东西停止片刻，一阵阵狂风就会急躁地从这儿那儿吹来，天光又开始了慢慢地爬行。出租车开过在一片巨大的阴影里水花四溅的喷泉，然后拐进一条小巷，小巷如此曲曲折折，使得两旁的房屋看上去也显得弯弯曲曲。汽车一路颠簸着叽叽嘎嘎地驶过卵石路面，最后猛地一抖，停在两个被长满青苔的湿墙衬得色彩明亮的岗亭前。这时，忽然从一座拱门下紫色的黑暗中传来迪克的叫喊声。

“这儿有没有英国人？有没有美国人？有英国人吗？有——啊，上帝！你们这些无耻肮脏的意大利人！”

他的喊声弱了下去，接着巴比听到一声低闷的捶门声。尔后，叫声又响了起来。

“这儿有没有美国人？有没有英国人？”

巴比循着声音的方向跑过拱门，来到一个院子里。她一时茫然地转了一圈，才发现叫喊声来自那间小禁闭室。看见她，两名持枪的警察立刻站起身来，但巴比从他们身边擦身而过来到牢房门口。

“迪克！”她喊起来，“出了什么事？”

“他们把我一只眼都打出来了，”他叫道，“他们铐住我的双手，然后打我，这帮该死的——这帮——”

巴比突地转过身来，向前一步走近那两名警察。

“你们把他怎么了？”她压低了声音愤怒地诘问道，火气之大，把那两个警察都吓退缩了。

“我们听不懂英语。”

巴比用法语把他们骂了一通；她那据理力争的狂烈的怒气弥漫了整个房间，把他俩团团围住，直到把他们逼得节节后退，努力要挣扎出她怒火的包围。“采取行动！采取行动！”

“没有命令我们无能为力。”

“好啊。好——好！好啊！”

巴比再次对他们火冒三丈，直到他们浑身冒汗，连声请求巴比原谅他们的无能。他们面面相觑，觉得有什么事大大地不对头了。巴比走上前靠在牢房门上，几乎是在抚摸着那扇门，似乎那样迪克就能感觉到她的存在，她的力量。她叫喊道：“我马上去大使馆，去去就来。”说完，又无比威慑地朝那两个警察最后瞥了一眼，跑出门去。

她乘车来到美国大使馆，在司机的一再坚持下付清了车费。此时天还黑黝黝的。她跑上台阶按响了门铃。按了三次才有一个睡眼惺忪的英国籍看门人给她开了门。

“我要找一个人，”巴比说，“谁都行——但要立刻见。”

“他们都还在睡觉呢，夫人。我们九点钟才开门。”

她很不耐烦地手一挥，根本不管什么规定时间。

“事情重要。有人——一个美国人被打成重伤。他现在被关在一所意大利监狱里。”

“他们都还睡着没醒呢。九点钟——”

“我等不了。他们把他一只眼打了出来——他是我妹夫，而且那些人不放他出来。我必须得和谁谈谈——明白吗？你是疯了还是傻了，别光站在那儿这么看着！”

“可我无能为力，夫人。”

“你必须去叫个人起来！”巴比一把抓住他的肩膀，使劲推搡着。“这可是生死攸关的事。要是你不去叫他们起来，你会倒大霉的——”

“求求你放手，夫人。”

这时，看门人身后的高处飘下带格罗顿口音的困倦的说话声。

“怎么回事？”

看门人一听，如释重负地作了回答。

“是位女士，先生，她抓住我又推又搡。”他后退了几步答话。巴比见状趁机冲进大厅。上面的一个楼梯平台上，站着一个相貌怪异的年轻人，他裹着件白色绣花的波斯晨衣，一副刚睡醒的样子。他的脸上呈现出一种可怕的不自然的粉红色，那颜色很鲜亮但没有生气；他的嘴上套着个像牲口嚼头一样的东西。看到巴比，他把头移到一片阴影之中。

“什么事？”他又问了一遍。

巴比对他讲述了事情经过，激动之下，不自觉地步步移近楼梯。说话时她发现，这年轻人嘴上的东西实际上是一条胡须包带，而他的脸上原来是涂了一层粉红色的冷霜，但看上去却像梦魇一般吓人。眼下要做的，巴比急切地叫道，就是立即随她去监狱把迪克救出来。

“这事儿不好办。”他说。

“是的，”她表示友好地同意，接着却又说，“怎么呢？”

“竟然和警察动手。”他的口气里流露出一丝不满，好像他受到了冒犯似的，“恐怕九点以前什么事都办不成。”

“要等到九点！”她大惊失色地重复了一遍，“可你一定能采取些行动的！你可以跟我一起去监狱，以保证他们不再伤害他。”

“我们无权那么做，那是领事馆的事。他们九点钟才办公。”

看着他那张由于缠着包带而显得冷漠无情的脸，巴比勃然大怒。

“我不能等到九点。我妹夫说他们已经把他一只眼给打了出来——他受了重伤！我得到他那里去。我得去请医生。”她变得不顾一切，说着说着开始哭起来，因为她知道情绪的激动会比话语更能打动他，“你得做点什么。保护遇到麻烦的美国公民是你们的责任。”

然而这个美国东海岸的人心肠挺硬，根本不为所动。看到巴比无法理解他的处境，他耐心地摇了摇头，裹了裹那件波斯晨衣往下走了几级楼梯。

“帮这位女士把领事馆的地址和电话号码记下来，”他对看门人说，“再查一查科拉佐大夫的电话号码和地址，也把它记下来。”说完转向巴比，脸上带着一种被激怒了的基督徒的神情，“我亲爱的女士，本外交使团代表美国政府同意大利政府发生关系。它没有保护公民的义务，除非有国务院的特别指示。你妹夫违犯了这个国家的法律被捕入狱，就跟一个意大利人在纽约犯了法也会被捕入狱道理一样。只有意大利法庭才有权把他释放出来。如果你妹夫要提出诉讼，你可以从领事馆获得帮助和建议，领事馆负责保护美国公民的权利。领事馆要九点钟才开门。即使他是我的亲兄弟，我也无计可施——”

“你能不能给领事馆打个电话?”她打断他的话。

“我们不能干涉领事馆的事务。等领事九点钟来了——”

“你能不能把他家的地址告诉我?”

那人顿了片刻，摇摇头，从看门人手中接过记下的地址交到她手上。

“现在我得请你原谅了。”

他已经把她引到了门口，那一刻，紫色的霞光很耀眼地投在他那张涂了粉红冷霜的脸和亚麻布的胡须包带上。

转眼间，使馆门前的台阶上就只剩下巴比一个人。她在大使馆里一共待了十分钟。

大使馆对面的广场上空空荡荡的，只有一个老头拿着一根尖头棍在叉烟头，巴比很快拦下一辆出租车来到领事馆，但那儿也是空无一人，只有三个可怜女人在擦洗楼梯。她没办法让她们听懂她是想要领事的家庭住址——在再次涌起的一阵突如其来的忧虑中，巴比冲出门去让司机送她去监狱。司机不知道监狱的位置，不过借助于诸如“向前”“向右”“向左”这样的单词，巴比终于指点他来到大致的地点。她在那儿下了车，来到纵横交错迷宫一般的寻常街巷中。她挨门挨户地仔细找寻，可所有的房屋和小巷都一个样。从一条小道走出巷子来到西班牙广场，巴比忽然看到“美国快运公司”的牌子，一见上面“美国”两个字，她的心都激动得跳了起来。公司的窗子里亮着灯，她急忙穿过广场，到门口推了推门。可是门是锁着的，屋里的钟停在七点。接着她想到了科利斯·克莱。

她还记得起他住在哪座旅馆，那是刨花饭店对面的一座用红绒布窗帘遮得让人透不过气的别墅。办公室里的值班小姐不愿意帮她这个忙——说她无权打扰克莱先生，也不能让沃伦小姐自己上楼找他；直到她终于相信这不是因为情感纠纷时，才陪巴比上了楼。

科利斯光着身子躺在床上。当初他是喝得烂醉进屋的，现在被叫醒了，好半天才明白自己没穿衣服。作为对过失的弥补，他表现得格外谦恭。他拿着衣服跑进浴室，匆匆穿上，嘴里嘟哝着“哎呀呀，她一定把我看了个够”，打了一阵电话后，他和巴比找到了监狱的所在，于是立刻朝那儿赶去。

牢房门开着，迪克颓然倒在禁闭室的椅子上。警察已经擦去了他脸上的部分血迹，刷掉了他身上的灰土，又把帽子给他戴在头上好遮住伤口。巴比站在门口，浑身发抖。

“克莱先生将陪着你，”她说，“我去找领事和医生。”

“好的。”

“静静地待着。”

“好的。”

“我马上回来。”

她坐车来到领事馆；这时已经八点多了，她获准坐在接待室里等着。快到九点的时候，领事走了进来。巴比重述了事情经过，因为自己的无能，加上疲惫，她简直有些歇斯底里了。领事有点感到不快。他警告巴比不要在陌生的城市卷入殴斗，但他更关心的是她应该在外面等着——巴比从他苍老的眼睛里看出他是在竭力避免卷入这场灾祸。她绝望了。在等候他采取行动的时候，她打电话请了位医生去看迪克。接待室里还有其他人，好几个陆续进了领事办公室。半小时后，巴比趁着有人出来，从秘书身旁挤进了办公室。

"太不像话了！一个美国公民给打了个半死扔进大牢，你居然无动于衷。"

"等一下，夫人——"

"我已经等得够久了。你马上去监狱救他出来！"

"夫人——"

"我们在美国是有相当的地位的——"她绷紧嘴唇继续说，"要不是怕人诽谤中伤——我们会——我要把你的冷漠向有关方面汇报。我妹夫要是英国公民的话，几个小时前他就自由了，而你考虑的却是警方的看法而不是你到这儿来是干什么的。"

"夫人——"

"戴上你的帽子，立即跟我来。"

提到帽子，领事慌了手脚。他手忙脚乱地擦了擦眼镜，又把报纸一阵乱翻。一切都是徒劳：这位被激怒了的美国妇女正在监视着他。这种无理性的脾气是横扫一切的，它摧毁过一个民族的道德标准，也曾把整块大陆上的人都变成不懂事的孩子，对于这，他是消受不起的。他打电话去找副领事——巴比赢了。

阳光透过禁闭室的窗玻璃倾泻进来，迪克正坐在阳光下面。科利斯和两名警察站在他身边，他们在等待着有什么事情要发生似的。迪克在他一只眼睛的狭窄视野里能看得见警察：他们是塔斯肯的农民，上嘴唇都短短的，迪克很难把他们和昨晚野蛮打他的人联系在一起。

他请其中一名警察去给他拿杯啤酒喝。

一杯啤酒下肚，迪克感到头脑昏昏沉沉的，一时间整个事情忽然变得有点儿滑稽。科利斯觉得那个英国姑娘跟这事有关系，但迪克却肯定她早在事情发生之前就不见人影了。科利斯此时还想着他赤身裸体在床上躺着被沃伦看见的事。

迪克的怒火稍稍平息了些，他感到有一种强烈的无辜感。自己经历的这件事如此可怕，他除了把它完全掩盖掉再无办法改变它。然而要掩盖这件事却是不大可能，因此他不由得感到绝望了。从今以后他将成为另一个人。疼痛的伤口忽然使他突发奇想，想象他的新的自我会是个什么样。这件事不像是人为的，倒像是出于上帝的安排。没有哪个成年的亚利安人能从屈辱中获益，在他原谅羞辱他的人的那一刻，屈辱就已经成为他生命中的一个组成部分，他已经和给他带去屈辱的事连在了一起——而自己这件事的结局却不可能是这个样。

科利斯提到报复的事，迪克摇摇头沉默无语。一名警察中尉走了进来。他衣冠笔挺，皮鞋擦得锃亮，摆出一副要人的架势，一个人的脚步声听起来像是三个人。两个看守一见，赶紧跳起来立正站好。他一把抓过空啤酒瓶，将手下一顿痛骂。他具有那种新官上任时的锐气，所以第一件事就是把啤酒瓶扔出了禁闭室。迪克望着科利斯哈哈一笑。

副领事到了。他叫斯旺森，是个劳累过度的年轻人。他来了后他们一起动身去法院。科利斯和斯旺森走在迪克两边，两名警察紧随其后，早上天空发黄。雾蒙蒙的，广场和拱廊都挤满了人。

迪克拉下帽子飞快地走在前面，使得其他的人不得不快步跟随。他走得那么快，以至于后面两个腿短的警察中有一个跑过来提出抗议。斯旺森出来调停。

“我让你丢人了，是吗？”迪克兴高采烈地问。

“和意大利人打架可能送命，”斯旺森不安地回答，“这次他们也许会放了你，不过你要是个意大利人，你会被关上几个月的。可不是！”

“你坐过牢吗？”

斯旺森大笑起来。

“我喜欢他。”迪克告诉克莱他是个很讨人喜欢的年轻人，能给人提很好的建议，不过我打赌他自己准坐过牢。也许一次要在牢里待几个星期。

斯旺森大笑。

“我的意思是你该小心些。你不知道这里都是些什么人。”

“哦，我知道，”迪克恼怒地脱口说道，“他们都是该死的混蛋。”他转向那两个警察，“你们听懂了吗？”

“我就把你送到这儿，”斯旺森飞快地说道，“我告诉过你的大姨子，我会——我们的律师会在楼上法庭等你。你需要小心点。”

“再会。”迪克礼貌地和他握了握手，“非常感谢，我觉得你很有前途——”

斯旺森微微又是一笑，便匆匆离开了，又换上执行公务时的不以为然的神情。

他们走进一个四边都有露天楼梯的庭院，楼梯通向上面的各个房间。当他们走过石板路时，下面院子里闲荡的人群中发出一阵轻蔑的哼声、嘶声和嘘声，声音中充满了义愤和不屑。迪克瞪着眼睛四处瞧了瞧。

“怎么回事？”他惊呆了，问道。

一名警察上前和一群男人说了几句话，声音渐渐消失了。

他们走进法庭。领事馆派来的那个形容猥琐的律师和法官说了好大一会话，迪克和科利斯在一边等着。一个懂英语的人从朝着院子的窗户边转过身来，跟他们解释了刚才他们过来时听见的声音是怎么一回事。原来是弗拉斯卡蒂的一名当地人奸杀了一名五岁儿童，就在今早将被送交法庭——下面的人错把迪克当成罪犯了。

几分钟后，律师告诉迪克他已获释——法庭考虑到他已经受到足够的惩罚。

“足够的惩罚！”迪克叫出声来，“凭什么受惩罚？”

“走吧，”科利斯说，“现在你什么办法也没有。”

“可是我干了什么，我不就是和几个出租车司机打了一架吗？”

“他们声称你走到一名侦探跟前，装作要和他握手，可是却揍了他——”

“那不是真的！我告诉过他，我要揍他——我当时并不知道他是个侦探。”

“你最好走吧。”律师催促道。

“走吧。”科利斯抓住他的胳膊，他们走下了楼梯。

“我要发表讲话，”迪克叫道，“我要向这些人解释我是怎么强奸了一个五岁的女孩的。这也许是我干的——”

“走吧。”

巴比正和医生坐在出租车里等着。迪克不想看她一眼，他也讨厌那个医生，因为那个人样子厉害，看上去是最不可捉摸的那种欧洲人之一，是个拉丁民族的卫道士。迪克总结了他对这场灾难的看法，可谁都没有多少话要说。回到他在奎里纳尔的房间后，医生为他洗去残留的血迹和带有油腻的汗水，又给他接上了鼻梁骨以及折断的肋骨和手指，给一些小伤口消毒，最后为他那只受伤的眼睛敷上特效药。迪克找他要了四分之一格令[①]的吗啡，因为他依旧没有睡意，而精神充

---

① 格令，英美重量单位，等于 64.8 毫克或 1/7000 磅。

沛。服了吗啡后，他进入梦乡。医生和科利斯离去了，巴比一直守在他身边，要等一个英国私立医院的女护士来了以后再离开。那一夜真难熬，不过她感到很称心，因为不管迪克以前的表现如何，她们现在在道义上具有了优势，这种优势将一直保持到迪克不再有利用价值为止。

第三部

一

弗劳·克特·格雷戈罗维乌斯在他们别墅前的小路上赶上了她丈夫。

“妮科尔怎么样？”她轻描淡写地问道，可是她说话时那上气不接下气的样子却暴露出她刚才一路跑过来时，脑子里就一直在想着这个问题。

弗朗兹惊愕地望着她。

“妮科尔又没病。你干吗问这个，我最亲爱的？”

“你常去看她——我以为她一定是病了。”

“我们进屋再说。”

克特温顺地同意了。弗朗兹的工作室在那边的行政大楼里，孩子们正在起居室和家庭教师待在一起。他们去了楼上的卧室。

“原谅我，弗朗兹，”克特抢在他开口前连声说道，“原谅我，亲爱的，我没有权力那么说。我明白我的职责是什么，而且我也引以为荣。可妮科尔和我合不来。”

“同在一个小窝里的鸟儿都会友好相处的。”弗朗兹吼叫着说。说过之后，他忽然发觉自己的语气不合时宜，忙换了一种调子把刚才的话重复了一遍，“一个——窝里的——鸟儿——都会——友好相处嘛！”这种拖腔拉调的说话方式是他过去的老师多姆勒大夫所惯用的，它能让最陈腐的话语变得重要起来。

“这我懂。你何时见过我对妮科尔无礼呢？”

“我倒是看你不通常理。妮科尔还是半个病号——她可能这辈子都这么病恹恹的了。迪克不在时，我得负起责任。”他犹豫了一下；他常常不动声色地装作开玩笑把一些事情瞒着克特。

“今天早上罗马来了一份电报，说迪克得了流感，明天动身回家。”

克特暗暗舒了口气，说话就不再带有那么多个人感情了：

“我觉得妮科尔的病并不像人们认为的那样严重——她只不过是用她的病作为一种有力的武器罢了。她应该去演电影，像你那位诺尔玛·塔尔梅奇一样——所有的美国女人都喜欢干这个。”

“你不是妒忌诺尔玛·塔尔梅奇吧？她不过是个电影上的人。”

“我不喜欢美国人。他们自私自利，只顾自己。”

“你喜欢迪克吗？”

“我喜欢他，”她承认道，“他和他们不同，他常为别人着想。”

——诺尔玛·塔尔梅奇也是这样的，弗朗兹在心里说。她不仅看上去美丽动人，而且还一定是个高雅尊贵的女人。他们一定是逼着她去演那些愚蠢的角色的；能认识诺尔玛这种女人真是莫大的荣幸。

而这时克特已经把诺尔玛·塔尔梅奇给忘了，一点没想起来有一天晚上他们在苏黎世看过电影后驱车回家，一路上塔尔梅奇在银幕上的生动的影像使她怎样地气恼不快。

“迪克娶妮科尔图的是她的钱，”她说，“那是他的弱点——有天晚上你自己也曾经这么暗示过。”

“我看你是心怀恶意。”

“我不该说这些，”她退却了，“正像你所说的，我们必须像鸟儿一样友好相处。可是这不容易。你知道妮科尔什么样儿——她这么微微向后仰着，像在屏住呼吸——好像我身上有气味一样！”

克特说的话触到了事实。她大部分活儿都自己动手做，而且过日子节俭，很少买衣服。一个每晚都要换洗两套内衣的美国女店员能闻得出克特身上散发着隔夜的汗味，与其说是汗臭，不如说是她无止境地劳作遗留在身上的像是氨气的腐酸味儿。对弗朗兹来说，这味道和她浓黑的头发上的气味一样，没什么特别的，他一点都闻不出来；可是妮科尔生来就讨厌给她穿衣服的护士那手指上的味儿，对她来说，克特身上的这种怪味道，是令人难以忍受的冒犯行为。

“还有孩子们，”克特接着说，“她不让她的孩子和我们的孩子一起玩——”可是，弗朗兹听不下去了。

“闭住你的嘴巴——说这种话是会在事业上危害我的，我们开这家诊所靠的是妮科尔的钱。吃饭吧。”

克特意识到她这番冲动的话不太明智，不过弗朗兹最后那句话让她想到其他美国人也有钱。一个星期之后，她又换了一种说法来表达对妮科尔的不满。

那是在迪克回来后他们请戴弗夫妇吃饭的时候，他们的脚步声还没从门前的小路上消失，克特就关上门对弗朗兹说：

“你没看见他那眼睛周围？他已经成了酒鬼！”

“你说话小声点，”弗朗兹警告她，“迪克一回家就跟我说了。他在横渡大西洋的轮船上跟人进行了拳击比赛。美国人在那船上经常进行拳击运动。”

“你以为我会信吗？”她嗤笑道，“他每移动一下胳膊都疼得厉害，太阳穴上还有块没愈合的伤口——你能看见他那儿的头发已经剃掉了。”

弗朗兹没注意到这些细节。

“你说不是吗?”克特诘问道,“你以为这种人会对诊所有用?今天晚上我又闻到他身上有酒味。打他回来后我就闻到过好几次。”

她放慢了说话速度,以便同她要说的话的严重性能一致起来:“迪克已经不是个正经人了。”

弗朗兹走上楼去,一路晃着肩膀,摆脱着克特的喋喋不休。在卧室里,他开始回驳她。

“迪克无疑是个正经人,而且十分出色。在苏黎世所有新近获得神经病理学学位的人当中,迪克被公认是最出色的——是我所望尘莫及的。”

“丢人现眼!”

“这是事实——不承认事实才丢人呢。每当病例棘手时我都向迪克请教。他的著作一直是那方面的经典——你随便去哪个图书馆问问。大多数学生都认为他是英国人——他们不相信美国人能有那份详尽透彻。”他无奈地哼了一声,从枕头下拿出睡衣,“我不懂你怎么说这种话,克特——我以为你是喜欢他的。”

“丢人!”克特说,“你是个扎扎实实的人,事情是你做的。这就像是龟兔赛跑——在我看来,兔子已几乎跑完全程了。”

“嘘!嘘!”

“那好吧,是真的。”

他摊开手掌向下猛地一按。

“就此为止!”

结果是他们像两个论辩者一样交换了各自的看法。克特在心里承认她对迪克的指责过于苛刻。她一直对迪克钦佩、敬重,迪克也一直都那么欣赏她、理解她。至于弗朗兹,一旦克特的看法有机会钻进他的头脑，他从此就再也无法相信迪克是个正经人了。而且，随着时间的推移，他逐渐开始相信，自己就从未认为迪克正经过。

二

迪克把他在罗马的遭遇经过改造删节之后才告诉妮科尔——按他的话说，他是出于仁爱去救一个喝醉酒的朋友才弄成这个模样。他相信巴比·沃伦不会说出来，因为他曾经给她描绘过妮科尔若知道真相后会带来不堪设想的后果。然而，这一切，与本次事件在他身上所产生的挥之不去的影响相比，还是容易对付的。

作为对这件事所做出的反应，迪克工作格外卖力，害得弗朗兹虽然一心想跟他散伙也找不出吵架的借口。真正的友谊不经过一番割肉一般的痛苦是不会在一个小时之内就破裂的——于是，弗朗兹开始日渐相信这是迪克在才智和情感上都发展太快，使自己受到震动的缘故——这种反差在他俩的关系上原来一直是被当作是长处的。于是，为了劣等的需要，陈年的皮革做出了鞋子。

然而，到了五月，弗朗兹终于找到机会在他们的关系中插进第一个楔子。一天中午，迪克面色苍白，疲惫不堪地走进他的办公室坐下来，说道：

“唉，她走了。”

“她死了？”

“心脏不跳了。”

迪克筋疲力尽地坐在离门最近的椅子上。整整三个晚上，他都守着那个浑身疮疤、不知姓名的女艺术家。他已经渐渐地爱上了她，三天里，他表面上是为她注射肾上腺素，其实是为了在她面临的黑暗之中尽量多投下些微弱的亮光。

出于部分地对他心情的理解，弗朗兹很快说出了自己的看法：“她得的是神经性梅毒。我们收进来的所有梅毒患者都是这个结果，脊椎里的流质……”

“别说了，”迪克说，“哦，上帝，别再说了！既然她对自己的秘密很在乎，要把它随身带走，就别再谈论它了。”

“你最好休息一天。”

“你别担心，我会的。”

弗朗兹找到了楔子。他放下正写给那个女人兄弟的电报，问迪克：“要不你来个短途旅行怎么样？”

“现在不去。”

“我不是说去度假。洛桑有个病人。今天一早上我都在和一个智利人通电话——”

“她可真勇敢，”迪克说，“这病折磨了她那么久。”弗朗兹同情地摇着头，迪克回过神来，“原谅我让你不安了。”

“只是换一种方法——情况是这样的，有一对父子，儿子有毛病，做父亲的拿他没有办法——他又无法送儿子来这儿。因此，他想请个医生去看看。”

“怎么回事？酗酒还是同性恋？你是说在洛桑——”

“什么都沾点儿。”

“我去，有钱可赚吗？”

“钱不少，我想。可能要在那里待两三天。如果那男孩需要观察的话，就把他带来。不管怎么说，你用不着忙，也别太费神，工作玩乐两不误。”

经过火车上两个小时的睡眠，迪克恢复了精神，心情很好地赶去面见帕多·伊·古伊达德·里尔先生。

这种见面都大同小异。常常，作为家庭代表的十足的歇斯底里同病人的病情一样有意思。这个病例也不例外。帕多·伊·古伊达德·里尔先生是个皮肤呈铁灰色的英俊的西班牙人，他举止高贵，一副有钱有势的样子。在“三世界”旅馆下榻的房间里，他怒气冲冲地走来走去，毫无自制地诉说着儿子的事情，没遮没拦活像个女酒鬼。

“我是无计可施了。我儿子堕落了。他在哈罗公学学坏了，在剑桥大学的皇家学院愈演愈烈，现在已经无可救药。这不，如今又染上了酗酒，堕落得越来越明显，而且还不断闹出丑闻。我想尽了办法。我曾和一位医生朋友制定了一套治疗方案，让他俩一道去西班牙旅行。弗朗西斯科每晚打一针斑蝥，然后两人一起去一家有名望的妓院——有一周左右，这办法像是挺管用，可最后还是一无所获。结果，上个星期，就在这间屋里，确切地说就在那边浴室里——”他用手指着说，“我命令弗朗西斯科脱光了上身，用鞭子抽了他——”

由于情绪激动，他给弄得筋疲力尽，于是坐了下去。迪克说话了：“那是个蠢办法——去西班牙旅行也是徒劳——”他竭力压抑着心中不断涌起的滑稽感——有哪个有声望的医生会参与这样一个外行的试验！“——先生，我不得不告诉你，对于这类病例我们不能给予任何保证。在酗酒的问题上，我们常常会有办法治疗——只要有适当的配合。现在先去看孩子，取得他足够的信任，好发现他自己对这事有什么看法。”

——那个和他一起坐在平台上的男孩大约二十岁，漂亮而又警觉。

“我想了解你的态度，”迪克说，“你是否感到情况越来越糟？想不想对此做点什么？”

“我认为我是想的，”弗朗西斯科回答，“我很不快乐。”

“那你觉得是由于酗酒还是变态造成的呢？”

“我认为酗酒是后者引起的。”有一会儿他表现得很严肃，可是突然间产生出一种无可遏制的滑稽感，他大笑起来，说，“没希望了。

在皇家学院时我就被称作智利女王。那次西班牙之行——只是让我一看见女人就恶心。”

迪克严厉地打断了他。

“你如果喜欢自己现在这副样子，那我爱莫能助了，我是在浪费时间。”

“不，不，让我们谈谈——其实我对其他大多数人也这样瞧不起。”这个男孩身上有点儿男子汉气质，只是这种气质现在误入了歧途，被用于对他父亲的强烈的抵制。不过，他的眼睛里仍带有一般同性恋者在谈论此类话题时所流露的那种典型的恶作剧神情。

“说得再好听这也是偷偷摸摸的勾当，”迪克告诉他，“你会把一生消耗在这件事以及它的后果上，而没有时间和精力去从事其他体面的社会活动。你要想面对世界，就必须开始遏制你的淫荡——首先是戒酒，嗜酒引起贪色——”

他机械地说着，因为十分钟前，他就对这个病例失去了信心。他们又愉快地聊了一个小时，谈到男孩在智利的家庭以及他的志向。从病理学之外的角度出发，迪克还是第一次这么近地了解一个人。他推想，正是这种魔力使得弗朗西斯科干出那些违反常情的事，而且，在迪克看来，魔力总是一种独立存在的东西，不管它表现为今天早上死在诊所的那个可怜女人的疯狂的勇敢，还是这个堕落的年轻人在一个苦涩的故事中所显示的大胆无畏。迪克试图把它分割成一小块一小块地好储存起来，因为他认识到，生命的整体和局部也许在本质上是不同的，四十多岁的那段人生好像也只能从局部观察。在战后破碎的世界中，他对妮科尔与罗斯玛丽的爱，同阿贝·诺思以及汤米·巴尔班的友谊——在所有这些接触中，他们的个性仿佛都向他挤压过来，以致他几乎成了个性本身——好像有必要全部接受，或者一个都不要；仿佛在他的有生之年，他必定要带上他早先相识、爱上的那些人的自我一起前行，只有他们完整，他才能保持完整，这里面涉及某种孤独的因素——被人爱是那么容易——想爱别人却那么困难。

当他和小弗朗西斯科在平台上就这么一起坐着时，一个昔日幽灵般的人闪进了他的视线：那是个高个儿男子，相貌奇特，正摇晃着从灌木丛里出来，犹疑地走向迪克和弗朗西斯科。有一会儿他几乎融入了周围颤动着的风景，成为它的一个部分，以至于迪克差点儿没注意到他——随即，迪克站起身，恍恍惚惚地同那人握了握手，一边想："我的上帝，我可惹麻烦了！"一边竭力想回忆起这个人的名字。

"是戴弗医生，对吗？"

"嗯，嗯，——你是邓弗里先生？"

"罗亚尔·邓弗里。我曾有幸在你美丽的花园里吃过晚饭。"

"说的是。"为了给邓弗里先生的热情降降温，迪克开始回忆具体时间，"那是十九——二十四——或是二十五年——"

他仍旧站着，可是罗亚尔·邓弗里尽管开始看上去好像有点怕羞，却一点也不迟钝，他轻薄而亲密地对弗朗西斯科说起话来，可是弗朗西斯科却为他感到害臊，加入迪克的行列想用冷淡的态度赶他走。

"戴弗医生——在你离开之前，我只说一件事。我永远忘不了在你家花园里度过的那个晚上——你和你的妻子是那么热情。对我来说，它是我一生中最美好的记忆之一，也是最愉快的记忆之一。我一直认为，那天客人的聚会是我所知道的最文明的一次聚会。"

迪克继续像螃蟹一样侧身向旅馆最近的一扇门退去。

"我很高兴那次聚会能给你留下这么好的回忆。不过我得去看——"

"我明白，"罗亚尔·邓弗里满怀同情地接着说，"我听说他快不行了。"

“谁不行了？”

“也许我不该这么说——不过给我们看病的是同一位医生。”

迪克停住脚步，惊讶地望着他：“你在说谁？”

“嗐，你的岳丈大人——也许我——”

“我的什么？”

“我想——你是说我是第一个——”

“你是说我妻子的父亲在这儿，在洛桑？”

“啊？我以为你知道——我还以为你就是为这事来洛桑的呢。”

“是哪个医生给他看病的？”

迪克在笔记本上草草记下了名字，说了声“请原谅”，便急匆匆地朝一个电话亭走去。

丹戈大夫觉得马上在他家会见迪克并没有什么不方便。

丹戈大夫是个年轻的日内瓦人；开始他还担心自己会失去一个有钱可赚的病人，可是当迪克打消了他的顾虑之后，他向迪克透露了沃伦先生病危的事实。

“他才五十岁，但肝脏已失去恢复功能，主要是因为酗酒。”

“没有反应了吗？”

“只能靠流质维持生命——我看他活不过三天，最多一个星期。”

“他的大女儿，沃伦小姐知道他的病情吗？”

“根据他的希望，除了他的男仆，没有任何人知道。我是今天早上才觉得必须得告诉他了——他听说后很兴奋，好像打一开始生病他就一直抱着十分虔诚的听天由命的态度。”

迪克思索着。“我说——”他沉吟着做出决定，“无论怎么说，我要照顾他家庭方面的事。不过我觉得他们也许想给他会诊。”

“随便你了。”

“既然我是他们的代言人，我请求您为我们请一位湖滨地区最有名的内科大夫——赫伯拉格，他是从日内瓦来的。”

“我也想到赫伯拉格。”

“此外，我至少在此待一天，我会跟你保持联系的。”

那天晚上，迪克去找帕多·伊·古伊达德·里尔先生，两人谈了谈。

“我们在智利有很大的产业——”老人说，“我儿子很有可能要管理那些产业。要不我可以把他安插在巴黎的十几家企业的某一家去——”他摇着头在窗户之间来回踱着步。窗外，春雨正欢快地下着，连水中的天鹅都不想找地方去躲雨。“他是我唯一的儿子！你不能带上他吗？”

这个西班牙人忽地跪倒在迪克面前。

“你真的没法治好我的独生儿子？我相信你——你可以带他走，治好他的病。”

“仅仅凭这种理由就让一个人做出保证，是不可能的。我要能做到是不会这样的。”

西班牙人站起身。

“我太性急了——我这是迫不得已——”

在下楼去门厅的电梯上，迪克遇到丹戈大夫。

“我正想往你房间挂电话呢，”丹戈说，“我们到外边平台上谈谈吧。”

“沃伦先生死了吗？”迪克问。

“还是老样子——会诊定在今天早上。同时他非常想见见他女儿——你的妻子，看来他们好像吵过架——”

“我都知道。”

两位医生相对而视，沉思着。

“在你做出决定之前，为什么不和他谈谈呢？”丹戈建议道，“他会从容地死去——不过是渐渐衰弱、离世。”

迪克咬咬牙答应了。

“好吧。”

德弗罗·沃伦正在里面体面地逐渐衰弱、一步步走向死亡的套房和帕多·伊·古伊达德·里尔住的套房一样大小——这家旅馆里有许多房间住着有钱的堕落之徒、逃犯，以及企图篡夺附属公侯国王位的人，他们靠鸦片和巴比妥之类的麻醉药度日，成天听人讲述着粗鄙的往日罪孽，像是在听无可回避的电台广播一样。倒不是欧洲的这个角落吸引人，而是他们到这里不需要接受盘问。这儿的道路纵横交错，打这里经过的有几类人：前往僻静的疗养院或山区肺病休养所的人，以及在法国和意大利不再受欢迎的人。

房间里的光线很暗。一位面容圣洁的修女正在照料一个男病人，他正用那瘦骨嶙峋的手指拨动着放在白床单上的念珠。他的模样仍不失清俊，丹戈离开后，他和迪克说话时，还是一如既往地带着那种粗重的声音：

“人之将死，会有许多感悟。戴弗医生，直到现在，我才知道我所悟到的都是什么。”

迪克等着他的下文。

“我是个坏人。你一定知道我无权再见妮科尔，不过有一位比你我都要伟大的人物曾说过，做人要懂得宽容和怜悯。”念珠从他无力的手中滑落，顺着光滑的被单落到地上。迪克为他捡了起来。“如果能让我见上妮科尔十分钟，我将死而无憾了。”

“这个我不能做主，”迪克说，“妮科尔身体不好。”他已然做出了决定却装出犹豫不决的样子，“我可以问问我的搭档。”

“我尊重你搭档的意见——很好，医生。我要告诉你，我欠你很大的恩情——”

迪克很快站起来。

“我会让丹戈医生把结果转告给你的。”

回到房间，迪克给泽街的诊所打了个电话。过了很久，克特才在她的屋里接了电话。

“我找弗朗兹。”

“弗朗兹在山上。我马上也要上去，要我转告吗，迪克？”

“是妮科尔的事——她爸爸现在在洛桑，快不行了。你告诉弗朗兹，让他明白事关重大；让他从山上给我打电话。”

“好的。”

“你跟他说从三点到五点，七点到八点，我都在旅馆房间，过后就打到餐厅找我。”

迪克忙着说明时间，却忘了吩咐她对妮科尔要守口如瓶；当他想起来时，电话那头已经没人了。克特肯定应该认识到这一点的。

……克特乘车向山上驶去时，并没打算把迪克来电话的事告诉妮科尔。这是一座荒山，山上开满了野花，风也悄悄地吹着。冬天里，病人们常被带到这儿来滑雪，春天时则被带来爬山。下了车，克特一眼看到妮科尔正带着孩子们在一起嬉闹。她走上前去，伸出手臂揽着妮科尔的肩头，说：“你带孩子真有办法——夏天你得多教教他们游泳。”

他们玩得浑身发热，妮科尔不自觉地摆脱克特的手臂，反应之突然几乎近似无礼。克特的手尴尬地落了下来。随即她也做出了反应，只听她用悲哀的口气说：

“你以为我是想拥抱你吗？”她尖刻地问，“只是因为迪克的事，我在电话中跟他谈了话，我很遗憾——”

“迪克出事了？”

克特陡然意识到自己犯了个错误，但事已至此，也只好应付妮科尔的再三追问："……为什么你说很遗憾啊？"

"不关迪克的事。我要和弗朗兹谈谈。"

"是迪克的事。"

她脸上露出恐惧的表情，紧接着她的一对儿女脸上也跟着流露出惊慌的神色。

克特瞒不住了，只好说："你父亲病了。他在洛桑——迪克想跟弗朗兹谈谈此事。"

"病得很重吗？"妮科尔问道——这时弗朗兹带着医院的那种热诚走了过来，克特满心感激地把问题推给了他——但祸已闯下了。

"我要去洛桑。"妮科尔宣布说。

"等一等，"弗朗兹说，"我不知道你这么做是否恰当。我得先给迪克打个电话。"

"那我会误了下山的火车，"妮科尔不同意，"然后我又得错过三点钟从苏黎世发出的车！如果我爸爸病危，我必须——"她话说了一半停了下来，不敢说下去，"我必须去。我一定得赶上火车。"说着她就朝停在光秃秃的山头上的一长串车厢跑去。列车冒着气，"呜呜"发出鸣叫声。她边跑边回头喊："跟迪克通话时告诉他我就到，弗朗兹……"

……迪克坐在旅馆房间里正看《纽约先驱报》，那个燕子般轻盈的修女跑了进来——与此同时，电话铃响了。

"他死了吗？"迪克问修女，心中抱着希望。

"先生，他已离去——他走了。"

"怎么回事？"

"他走了——连他的男仆和他的行李都不见了！"

这简直不可思议。一个病成那样的人居然能起身走掉。

迪克接过弗朗兹打来的电话。“你不该告诉妮科尔。”他责备地说。

“是克特说的，真是太蠢了。”

“我想这是我的过错。看来，任何事情在没了结之前，不能跟女人透露一点儿。不过，不管怎样，我要去接妮科尔……喂，弗朗兹，这儿发生了一件奇怪透顶的事——那老家伙竟然从床上爬起来，走了……”

“什么？你说什么？”

“我说他走了，老沃伦——他走了！”

“不过，这又有什么奇怪呢？”

“可他已是快不行了的人了……却起床而且走掉了，回芝加哥去了，我想……我不知道，护士在这儿……我不知道，弗朗兹——我刚刚才听说……你过一会儿再打过来。”

他花了近两个小时的时间查找沃伦的行踪。这个病人是趁护士换班之机溜走的。他去了酒吧，在那里一口气灌了四杯威士忌。后来，他用一张千元面值的美钞付了旅馆费，吩咐服务员回头把找的钱给他送去，就走了，可能是去美国。迪克和丹戈冲到车站想在最后一分钟截住他，结果却误了迪克接妮科尔的时间。当他们最后终于在旅馆的门厅相遇时，妮科尔似乎突然变得精疲力竭，她那紧绷的嘴唇让迪克感到十分不安。

“爸爸怎么样？”她问。

“他好多了。看来他还有不少潜能。”他犹豫了一下，用一种轻松的口吻把事情告诉了她，“事实上，他从床上爬起来走掉了。”

迪克由于忙着追沃伦误了吃饭，此时想喝点什么。于是，他领着不知所措的妮科尔来到烤肉餐厅，坐在安乐皮椅上继续交谈。他们要了杯掺了姜汁的威士忌和一杯啤酒：“那个给他看病的医生诊断错了或是什么的——等一下，我自己还没来得及好好想想清楚呢。”

"他不见了？"

"他上了去巴黎的夜车。"

他俩默默地坐着。迪克感觉到妮科尔由于悲哀而流露出的强烈的冷漠。

"这是人的本能，"迪克最后开口说，"他的确是生命垂危，可他却挣扎着想恢复从前的活力——濒死的人走下床去的不止他一个，这就跟一座坏钟的道理一样——你把它晃一晃，也许仅仅是出于惯性，它又走起来。你爸爸——"

"哦，别说了。"她说。

"他主要的动力是恐惧，"迪克接着说，"他怕了，所以就走了。他也许能活到九十岁——"

"求你别说了，"她恳求道，"请别——我受不了了。"

"好吧。那个我为他来这儿的小鬼没救了。我们不妨明天回去。"

"我不明白你为什么一定得——和这些东西混在一起。"她突然嚷道。

"噢，是吗？有时候我也不明白。"

她把手盖在他的手上。

"噢！迪克，真对不起，我不该说这些。"

酒吧里有人带了留声机，他们坐在那儿，倾听着一首叫作《彩色洋娃娃的婚礼》的曲子。

三

一周后的一天早上，当迪克站在服务台前取邮件时，他觉察到外面一阵特别的骚动：患者冯·科恩·莫里斯要走了。他的父母，两个澳大利亚人，正发狂地往一辆大轿车上搬行李，拉迪斯劳大夫站在一旁，不让他们这么做，但老莫里斯行为暴烈，他的阻拦根本不起作用。迪克走近时，小莫里斯正带着玩世不恭的神情在冷眼看着搬行李。

“这是不是有点儿突然了，莫里斯先生？”

看到迪克，莫里斯吃了一惊——红红的脸膛和衣服上的大格子好像灯光一下亮一下暗。他走向迪克，像是要揍他似的。

“我们该离开了，我们，还有那些和我们一起来的人，”他开口说，接着又停下来喘了喘气，“是时候了，戴弗医生，是时候了。”

“你能到我办公室来一下吗？”迪克提议道。

“我才不去呢！我会和你谈的，不过现在我得和你以及你的诊所断绝关系。”

他伸出一只手指在迪克眼前晃晃：“我刚才就同这位医生说了，我们白白浪费了时间和金钱。”

拉迪斯劳大夫动了动，微弱地表示了异议，一副斯拉夫人含糊推诿的样子。迪克一直不喜欢拉迪斯劳。他设法把那个激动的澳大利亚人引上通往他办公室的小路，并试着把他劝进去；可这人摇了摇头。

“是你，戴弗医生，你本来是我要找的人。因为找不到你，我才去找拉迪斯劳医生的，戴弗医生，而且，格雷戈罗维乌斯医生要晚上才能回来，我又不乐意等了。不，先生！当我儿子把实情告诉了我之后，我一分钟也不愿等了。”

他威胁地走近迪克，迪克尽量松开两手准备必要时把他放倒。“我儿子到这儿来是因为他酗酒，可他告诉我们他竟闻到你的呼气中有酒味。的确，先生！”他突然吸动了一下鼻子，不过显然什么都没闻出来，“冯·科恩说他闻到过不止一次，而是两次。我和我夫人从来滴酒不沾。我们把冯·科恩带到你这儿来是想让你治好他的病，而他一个月以内就从你的呼气中闻到两次酒味！那究竟是什么疗法？”

迪克犹豫不定；莫里斯先生完全可能在诊所车道上大闹一场。“莫里斯先生，有些东西对一些人来说就相当于粮食，不能因为你儿子，他们就连饭也不吃了——”

“可你是个医生，伙计！”莫里斯吼道，“工人们喝啤酒灌黄汤——而你在这儿是给人治病的——”

“扯得太远了。你儿子到这儿来是因为有偷盗癖。”

“那又是由什么造成的呢？”他几乎尖叫起来，“是酗酒——饮酒无度，喝得昏天黑地。你知道无度是什么颜色吧？是黑色！我的亲叔叔就是因此而被送上绞架的，你听见了吗？我儿子到疗养院来治病，医生竟然浑身酒气！”

“我得请你离开了。”

“你请我走？是我们自己要走的！”

“要是你有点儿节制的话，我们可以告诉你到目前为止的治疗结果。当然啦，既然你这么意气用事，我们将不再接受你儿子为病人了——”

“你还竟对我用‘节制’这个词？”

迪克叫过拉迪斯劳大夫，对他说：“你代表我们送送这位病人和他的家人好吗？”

说完他向莫里斯微微一欠身，走进自己的办公室，进门后，他僵直地站了片刻。他一直望着他们开车离去，粗野的爹妈，没精打采的堕落的儿子。不难想象，这一家人周游欧洲时，会是怎样凭借他们的无知和富有欺辱比他们高贵的人们。不过，在他们的车子消失后，迪克所关注的问题还是，他在多大程度上对这件事的发生该负责任。他每顿饭都喝点红葡萄酒，睡觉前也喝一点，一般是烈性朗姆酒，有时候在下午还要来点杜松子酒——喝杜松子酒，呼气时不易让人闻出酒味。他平均一天半品脱酒，大大超过他的机体所能应付的量。

迪克打消了为自己辩护的念头，坐在桌前像开处方一样，制定了一个计划，把每天喝的酒减少一半。医生、司机以及基督教牧师不能像画家、掮客或者骑兵队长那样酒气冲天；迪克只是责怪自己不够谨慎。然而半小时后，这件事还没有弄清楚。这时，弗朗兹开车进了车道。他刚刚结束在阿尔卑斯山为时两周的休假，精神抖擞，急于继续工作，人还没到办公室，心就扎进了工作中。迪克在弗朗兹的办公室里见到他。

"埃佛勒斯峰[①]怎么样？"

"照我们的速度，我们绝对可以登上埃佛勒斯峰。这点我们想过。这儿情况怎么样？我的克特，你的妮科尔都好吗？"

"家中一切都好。不过，我的上帝，弗朗兹，今天早上这儿发生了一起倒霉事。"

"怎么？什么事？"

当弗朗兹给他的别墅挂电话时，迪克在屋里踱着步。等他们拉完家常，他说："小莫里斯给带走了——还闹了一场。"

弗朗兹欢快的脸沉了下来。

"我知道他走了。我在平台上碰到拉迪斯劳。"

"他说什么？"

"只说小莫里斯走了——还说你会告诉我的。怎么回事？"

"还是那些东拉西扯的原因。"

"他是个魔鬼，那孩子。"

"他是个得靠麻醉药度日的病人，"迪克承认道，"不管怎么说，我走过去时，做父亲的已经把拉迪斯劳制服了。拉迪斯劳怎么办？我们还留着他吗？我说别留了——他不像个男人，几乎什么事都办不

① 埃佛勒斯峰，珠穆朗玛峰的旧称，这里指素有欧洲珠峰之称的阿尔卑斯山脉。

了。”快要说到实情时，迪克犹豫起来，于是走开几步以便给自己一点时间重新组织要讲的话。弗朗兹坐在桌边，依然穿着亚麻布防尘衣，戴着旅行手套。迪克说：

“这小家伙跟他爸爸说了不少抱怨的话，其中一句是你杰出的合伙人是个酒鬼。做爹的是个狂暴分子，做儿子的好像在我身上闻到了酒味。”

弗朗兹坐下来，咬着下唇沉吟了一会儿。“你可以什么时候把详细情况告诉我。”他最后开口说道。

“为什么不现在就说呢？”迪克建议道，“你该知道我是最不会滥饮的。”他俩四目相对，闪闪发光。“拉迪斯劳使得那家伙情绪那么激动，我只有防守的分。这一幕也许会被病人们看到，你可以想象在那样的情况下为自己辩护有多困难！”

弗朗兹脱下外衣和手套。他走到门口，对秘书吩咐了一声：“别打扰我们。”随即，回到屋里，一屁股坐到桌子旁，乱翻起信件来，脑子里并不在想什么，正如人们这样坐在桌边的时候所做的那样，而是在为自己要说的话找个合适的表达方式。

“迪克，我非常清楚你是个有节制、有理智的人，尽管我们对待酒的看法不完全一致。但现在是时候了——迪克，我必须坦白地告诉你，有好几次我都发现你在不该喝酒的时候喝了酒。那一定是有某种原因。可你为什么不试着来个休酒假呢？”

“是休息假，不是休酒假，”迪克不自觉地纠正他说，“走开解决不了我的问题。”

两人都很恼火，弗朗兹恼火的是，他回到家本来是高高兴兴的，现在却给弄得很懊丧，一点好心情都没有。

“迪克，你有时候不通常理。”

“我不明白在处理复杂的问题上，常理能有什么意义——除非它意味着一个普通医生能做出比一名专家还要高明的手术。”

迪克此时对眼前的情景感到一种强烈的厌恶。去解释，去弥补裂痕——那不是他们这个岁数的人能自然而然做出来的——不如就这样任耳边响着一条古老真理的破碎回声继续下去吧。

“这办不到。”他冷不丁地说。

“是的，我想过了，”弗朗兹承认道，“你的心已经不在这家诊所了。”

“我知道。我想离开它——我们可以做出某种安排，逐步把妮科尔的钱撤出来。”

“我也想过这一点，迪克——我已经预见到这个结果。我有办法找到另外的赞助。你可以在年底前把你的钱统统撤走。”

迪克没打算这么快做出决定，他也没想到弗朗兹会这么爽快地答应下来，不过他感到轻松了许多。他早就感到自己的职业道德正在化为乌有，每想到这一点，他不是没有感到过绝望。

四

戴弗夫妇将回到里维埃拉，那是他们的家。但戴安娜别墅已被再一次租出去给别人度夏，所以在返家前的这段时光里，他们一半时间用来游览德国温泉胜地，一半时间参观法国带有教堂的小镇，在每个地方都很是快活了几天。迪克随意写了点东西；生活中有很多部分是等待，这段时间就是其中之一。不是侍候、等待妮科尔的康复，因为她只要在外旅游就精神很好，也不是工作，而仅仅只是等待。使得这段时期具有意义的因素是孩子们。

随着两个孩子一天天长大，迪克对他们的兴趣与日俱增，现在两个孩子一个十一岁，一个九岁。孩子们由一些专门雇来的人负责照顾、教育，但迪克总是越过这些受雇者接近他们，因为他相信，不论是管束他们还是不敢管束他们，都不如对他们进行长期细心的观察，就像会计审查、平衡账目一样，以防止某种程度的失职。这样，他就比妮科尔要更了解他们，而且在品尝了好几个国家的美酒之后，情绪兴奋起来，他和他们有说有笑，尽情玩耍。孩子们身上带有一种沉思默想的可爱神情，几乎近于忧郁，这是那些从很小就懂得不要任性哭笑的孩子所特有的；显然，他们的情绪从不走极端，而是满足于简单的管制方式以及大人们所允许他们的简单的乐趣。他们按照西方古老家庭从经验看认为可取的那种生活方式四平八稳地生活，父母负责在家庭环境里抚养他们长大，而并不注重他们在外面抛头露面。比如，迪克就认为，强迫他们安静十分必要，这最有助于培养他们的观察能力。

拉尼尔是个好奇心极强，让人难以捉摸的男孩。“多少波莫兰尼亚小狗才能打败一头狮子？”他常用这样的问题来为难迪克。托普西要好对付些，她九岁，长得娟秀俏丽，酷似妮科尔。过去，这很让迪克担心。但后来，她长得像一般美国孩子一样健康。他对自己的两个孩子都很满意，但只是很巧妙地让他们明白这一点。要是有谁违反了良好行为的规范，他是不会放过他们的——“要么在家学会礼貌，”迪克说，“要么将来让社会用鞭子来教你，那时候你就得受苦了。托普西是不是‘崇拜’我，我在乎吗？我把她养大了又不是要她做我的妻子。”

今年夏、秋两季对戴弗夫妇来说另一个特别的地方是，他们有了很多钱。那是由于他们卖掉了诊所的股份，以及他们在美国的发展。现在他们是如此富有，以至于如何花钱、如何保管财物都成了一桩劳神的事。他们旅游时的那种气势似乎让人难以置信。

举个例子。他们要到博伊恩去玩两个星期，当火车在博伊恩逐渐减速时，我们来看看他们的风光吧。还在意大利边境时，卧铺车厢里就开始忙乱起来了。家庭教师和戴弗夫人的女佣急急地从三等车厢赶来，帮助照顾行李和狗。贝洛瓦小姐负责手提行李，几只西利汉姆种狗交给一个女佣，一对中国小狮子狗交给另一个女佣。一个女人，身边让那么多生命簇拥着，并不一定是因为她精神空虚——也许是她兴趣太广。况且，妮科尔除了在偶尔发病的时间里，她是能够处理好这一切的。比如，眼下这一大堆笨重的行李——马上从货车上还要卸下来四只衣箱，一只鞋箱，一只帽箱和两只帽盒子，还有一只用人的衣柜，一只轻便文件柜，一只药箱，一只酒精灯盒子，一套野餐用具，四只装在箱笼里的网球拍，一台留声机以及一台打字机。此外，在为家人与随从人员专门留下的空间里还到处摆着几十个备用旅行包、帆布袋和包裹，每一个都编了号，包括藤条箱上也挂上了标签。这样，无论他们到了哪个站台，都能在两分钟之内把它们全部检查完毕，一部分送去存放，一部分随身携带，根据“轻装旅行清单”或“重装旅行清单”而定，而这些清单经常更改，由妮科尔带着放在她那金属镶边的钱包里。这个办法是她还在孩子时和病弱的母亲一起出门旅行时想出来的。它和一个必须考虑三千人吃饭与装备的团军需官的做法颇为相似。

戴弗一家前呼后拥地走下火车，来到暮色初现的山谷。村民们满怀着敬畏看着他们一干人下车，就像一百年前拜伦勋爵到意大利时人们崇敬地向他行注目礼一样。接待他们的女主人是明盖蒂伯爵夫人，也就是不久前的那位玛丽·诺思。她从纽瓦克一家裱糊壁纸店楼上一间房里出发所进行的千里旅行终于以她的一段非同寻常的婚姻而告结束。

“明盖蒂伯爵夫人”只是罗马天主教的一种头衔，她的丈夫在西南亚拥有不少锰矿，财富从那儿滚滚而来。他的皮肤并不很黑，但要在南北分界线以南旅行，他仍没有资格坐卧铺车厢。他有着分布于北非和亚洲的卡拜尔——伯伯尔——塞巴——印度人的混合血统，比起码头上的混血儿们，他对欧洲人更抱有好感。

当这有财有势的两家——一家是东方豪富，一家是西方大亨——在车站月台上相遇时，戴弗一家顿时显得相形见绌，几乎变得像创业者一般简朴了。他们的主人由一个手下率领着一大群用人的意大利总管，四个骑着摩托、裹着头巾的人以及两个半蒙着面纱的女子陪伴着。那两个女子毕恭毕敬地跟在玛丽身后，对妮科尔行了个额手礼，那行礼的姿势把妮科尔给吓了一跳。

不仅是戴弗一家，就连玛丽也觉得这种行礼有点滑稽。玛丽有点儿不好意思地咯咯一笑含糊过去；不过她在介绍丈夫，提起他的亚洲人头衔时，声音却很响亮，充满了自豪。

当他们在房间里换衣服准备进餐时，迪克和妮科尔带着敬畏的神情各自朝对方做了个鬼脸：这种有钱人老想让别人认为他们思想民主，私下却假装对人家炫耀摆阔的做法感到不满。

“玛丽·诺思这小东西知道她需要什么，”迪克带着满脸肥皂沫，小声咕哝着说，“是阿比教育了她，如今她嫁了个菩萨。什么时候欧洲风行布尔什维克了，她说不定又会成为斯大林的新娘呢。”

妮科尔从梳妆盒上抬起目光，四下扫了一眼。“说话小心点好不好，迪克？”但她自己却笑了起来，“他们也蛮不错呢。那些战舰不是向他们开炮就是向他们行礼什么的。玛丽在伦敦坐的是皇家的汽车呢。”

“说的是。”他表示同意。当听到妮科尔在门口要发夹时，他喊着说，“我能不能要点儿威士忌；我感到这山里有一股寒气！”

“她会关照这个的，”妮科尔随即隔着浴室的门大声说，“我们在车站碰到的那些女人中有一个人负责这事。她现在把面纱去掉了。”

“玛丽跟你聊了些什么家常？”他问。

“没说多少——她感兴趣的是上流社会的生活——她问了不少有关我的家世渊源之类的事，好像我对这些有多清楚似的。不过，新郎官原来有过老婆，并和她生了两个皮肤黝黑的孩子，其中一个得了一种亚洲地方病，是什么病诊断不出来。我得叫孩子们提防着点。这病在我听起来挺离奇。玛丽会知道我们对这事的感觉的。”她站在那儿担心了一会儿。

“她会理解的，”迪克安慰她说，“孩子可能已经睡觉了。”

晚餐时，迪克和侯赛因聊了起来。侯赛因曾在英国公立学校上过学，他很想知道有关股市、好莱坞的情况。迪克几杯香槟酒下肚后，发挥想象，给他讲了一些荒谬的故事。

“几十亿？”侯赛因问。

“几万亿呢。”迪克肯定地告诉他。

“我真没想到——”

“哦，或许是几百万吧，”迪克退一步说，“住旅馆的每一个人都能分配到一群妻妾——或者说相当于一群妻妾的女人。”

“不光是演员和导演分配到吗？”

“不，每个住旅馆的人都有——甚至包括在外跑推销的。嘿，他们还想给我送上一打女人呢，不过妮科尔不答应。”

回到房间只有他们两个人时，妮科尔责备他：“怎么喝那么多威士忌？为什么在他面前用‘西班牙佬’这个词？”

“请原谅，我是想说‘吸支烟吧’，① 可说漏了嘴。”

“迪克，这可一点也不像你啊。”

“请再次原谅。我不再像是原来的自己了。”

那天夜里，迪克打开浴室的一扇窗子。窗子对着别墅的一个狭窄

---

① 贬义，美籍西班牙人（spic）与抽烟（smoke）在英语中发音相近。

呈管道形状的庭院，院子里灰蒙蒙一片，就像灰老鼠身上的颜色，但此时却回响着哀愁、奇特的音乐，像如泣如诉的笛声一般悲凉。两名男子正操着一种东方语言或者不如说是一种夹杂着许多“k”“l”的方言在唱歌——他探头望望，但却看不到他们人在哪里，显然，这些歌声里带有某种宗教意味。迪克想到既疲惫又麻木，于是就让他们也为他祷告祷告。可是祈祷什么呢？除了祈求自己不要陷入与日俱增的忧郁外，他并不知道还有什么。

第二天，他们在一座林木稀疏的小山坡上打下几只瘦不拉叽的小鸟，这种鸟是松鸡族可怜的远亲。他们打鸟的办法有点儿像是模仿英国人，一群没经验的人四处赶着鸟儿，害得迪克只好向上放枪才没伤着他们。

打鸟回来时，拉尼尔正等在套房里。

“爸爸，你说过，要是我们挨近那个病孩子，就马上告诉你。”

尼克尔呼地一下转过身，顿时警觉起来。

“——哎，妈妈，”拉尼尔转过身对着她，接着说，“那个小孩每晚都要洗澡，今天晚上他就在我前面洗的，我只好洗他的剩水，水很脏。”

“什么？你说什么？”

“我看见他们把托尼抱出浴缸，然后，又叫我进去洗，里面的水脏得很。”

“可你洗了？”

“是的，妈妈。”

“老天爷！”她冲着迪克大叫起来。

迪克问：“为什么吕西安娜不替你换水？”

“她换不了。那热水器好有意思——昨天晚上它自己开了，烫了她的胳膊，她怕了，所以那两个女人当中有一个——”

“到这间浴室去，马上洗个澡。”

“不要说是我告诉你们的。”拉尼尔在门口叮嘱道。

迪克走进浴室，在浴缸里撒上硫黄。关门时，他对妮科尔说：

“要么我们和玛丽谈谈，要么最好离开。”

她表示同意，他接着说：“人们一般总认为自己孩子比别人的孩子干净，认为自己孩子的病也不那么容易传染。”

迪克走进房间，拿起玻璃酒瓶给自己倒了点酒；伴着浴室里哗哗水流的节奏狼吞虎咽地嚼着饼干。

“告诉吕西安娜她必须学会使用热水器——”他说。就在这时，那个亚洲女人来到门口。

“伯爵夫人——”

迪克招呼她进屋，随后关上房门。

“那个生病的小男孩好点儿了吗？”他和颜悦色地问。

“是的，好些了。不过，他还是常常出疹子。”

“那真糟糕——我很遗憾。不过你得注意，不要让我们的孩子在他用过的水里洗澡，这是绝对不行的——我肯定，要是你的女主人知道你干了这样的事，一定会大发雷霆的。”

“我？”她好像遭到雷击一样吓呆了，“嗐，我不过是看你家用人不会摆弄热水器——我教了她，帮她放了水。”

“但是病人洗过澡，你必须把洗澡水放干净，再把浴缸洗刷一遍。”

“我？”

女人哽咽着吸了一大口气，抽噎着哭出声来，跑出了房间。

“她不能以我们为代价学会西方文明。”他沉着脸说。

那天晚餐时，迪克断定，这次旅行不可避免地要缩短：说到自己的国家，侯赛因似乎只注意到那许多的山、羊以及牧羊人。他是个性格内向的年轻人——要想让他讲话，迪克得拿出真诚的努力，而这种努力，他现在还给自家人留着。饭后没一会儿，侯赛因便丢下玛丽和戴弗一家，顾自走了，而在玛丽和他们之间，过去的友谊已经破裂——中间横亘了玛丽企图征服的这个动荡不安的社会领域。九点半时，玛丽接到一张纸条，看了之后，她站起身来，这时迪克才感到如释重负。

“实在抱歉。我丈夫要短途外出一趟，我得陪他一起去。”

第二天一早，用人刚把咖啡送来，玛丽就跟着进了他们房间。她已经穿戴整齐，而他们还没穿衣服，看她那样子好像起来有些时候了。她挂着脸，皮肉抽动着，一副怒气冲冲的样子。

“说拉尼尔在脏水里洗澡，是怎么回事？”

迪克刚要声明，就被她一下打断：

“你们要我丈夫的姐姐去清洗拉尼尔的浴缸又是怎么回事？”

她一直站在那儿，瞪着他们，而他们夫妻俩只有呆坐在床上，端着咖啡盘，如同木偶一般。接着，两人一起惊叫道：“什么，是他的姐姐？”

“而你们居然要他的一个姐姐去洗浴缸！”

“我们当时不——”他们异口同声地分辩道，“——我以为是跟一个当地用人说话呢——”

“你们是在和侯赛因的姐姐说话。”

迪克此时只能说：“我把她们当成两个女佣了呢。”

“跟你们说过，她们是喜马督[①]。”

“什么？”迪克从床上爬起来，穿上晨衣。

“前天晚上我在钢琴旁给你解释过这事，别跟我说你当时玩得太高兴，没听懂。”

---

① 喜马督，南亚宗教中一种圣人的称呼。

“你说的就是这个吗？开头我没听见——我们没有把讲的事连在一起，玛丽。怎么办呢，现在我们所能做的只有到她那儿去，向她赔礼道歉了。”

“去向她赔礼道歉！我跟你说过，他们的习俗是，当家里的长子——当长子结婚后，两个年岁最大的姐妹就献身当喜马督，做他妻子的侍女。”

“侯赛因昨晚离开家，就是因为这个缘故吗？”

玛丽犹豫了一下，接着点了点头。

“他不能不走——他们都走了。他的名誉使他必须这么做。”

这时，戴弗夫妇都起了床，开始穿衣。玛丽接着说：

“还有那洗澡水的风波。说得就像这种事也会在这间房子里发生似的！我们得问问拉尼尔。”

迪克坐在床边上，暗暗示意妮科尔把事情揽过去。与此同时，玛丽走到门口，用意大利语跟一个侍从说了些什么。

“等一等，”妮科尔说，“我不同意。”

“可你们既然指责了我，”玛丽用一种以前从未对妮科尔使用过的口气回答说，“我就有权调查这事。”

“我不能让你把孩子带来。”妮科尔把衣服随便往身上一套，就像它们是锁子甲似的。

“没关系，”迪克说，“把拉尼尔找来。我们来解决这洗澡水的事——看看到底是真是假。”

思想上做好了一半准备，身上只穿了一半衣服的拉尼尔一眼不眨地望着大人们怒气冲冲的脸。

“听着，拉尼尔，”玛丽诘问道，“——你怎么会认为你洗澡用的水是别人用过的呢？”

“老老实实说。”迪克加上一句。

“因为水很脏，就这样。”

“难道你在你的房间里听不到隔壁放水的声音吗？”

拉尼尔承认有这种可能性，但重复强调他刚才说的一点——水很脏。他有点儿畏惧，他竭力想预见接下去会是什么。

“不会是放水，因为——”

他们紧紧追问，要他说具体一点。

“为什么呢？”

他裹着小和服站在那儿，不由得让他的父母看了心疼，但却使玛丽更加不耐烦起来——接着他说：

“水很脏，而且尽是肥皂泡沫。”

“如果你对你所说的话没有把握的话——”玛丽开口说，但妮科尔打断了她。

“得了，玛丽。假如水里有脏肥皂沫，我们当然有理由认为水是脏的。他爸爸叫他来——”

“可是水里不可能有脏肥皂沫。”

拉尼尔用责备的眼光看看出卖了他的爸爸。妮科尔用手按住他肩膀把他身子扳过去，送出了房间。忽然迪克“扑哧”一笑，打破了屋里紧张的气氛。

这一笑让人想起了过去，想起往日的情谊，玛丽开始意识到自己同他们的关系现在变得有多么的远。于是，她用一种缓和的口气说：“小孩子家总是这样的。”

回想起过去，玛丽越来越感到不安：“你们要走的话，那可是犯傻了——侯赛因反正是要出这趟门的。你们怎么说也是我的客人，不过是无意嘛。”然而，她的含糊其辞以及使用“无意”这一词却使得迪克更为光火，他转过身，一边开始收拾他的东西，一边说：

“真是太对不起那两个姑娘了，我很想向昨天来的那位姑娘道个歉。”

“要是你当初坐在琴凳上时留意我的话就好了！”

“可你讲得越来越乏味，玛丽。我已经是耐着性子听了那么多了。”

“别说了！”妮科尔提醒他。

“我感谢他的‘称赞’，”玛丽气呼呼地说，“再会，妮科尔。”她走了出去。

这一切发生了之后，玛丽是不可能来为他们送行了，管家为他们的离开做好了安排。迪克给侯赛因和他的两个姐姐各留了一封正正规规的信。现在除了离开这儿，没什么别的好办法，但他们一家人，尤其是拉尼尔，心里都很不是滋味。

“我认定，”在火车上，拉尼尔还是一再坚持，“那水是脏的。”

“行了，”他爸爸说，“你最好把它忘了——除非你要我同你断绝关系。你知不知道法国有条新法律，允许脱离父子关系？”

拉尼尔哈哈大笑，戴弗一家重新又融洽起来——迪克不知道这样的情形还能有多少次。

五

妮科尔走到窗边，俯在窗槛上，想看看外面阳台上越来越大的吵闹声究竟是怎么一回事。四月的阳光把厨娘奥古斯丁那圣徒般的脸庞照得粉红，把她酒后颤悠悠握在手里舞动的屠刀照得发青。这婆娘，自打他们二月份回到戴安娜别墅之后，就一直跟着他们。

因为有遮阳篷挡着，妮科尔只能看见迪克的头和他握在带有青铜柄的笨重手杖上的手。屠刀和手杖在空中厮杀威逼，就像古罗马角斗中的三刃戟和剑。她先听到迪克说：

"——我不管你喝多少厨房里的酒，可是，要是让我看到你动一下白葡萄酒——"

"你还好意思说喝酒！"奥古斯丁挥舞着手中的刀大叫着，"你整天都在喝！"

妮科尔在遮阳篷上喊道："怎么回事啊，迪克？"迪克用英语回答："这老东西把上等葡萄酒都偷喝光了。我要辞了她——至少我打算这么干。"

"老天爷！那你可别让她拿刀碰着你。"

奥古斯丁朝妮科尔扬扬手中的刀。老东西的嘴像是由两颗小樱桃并在一起组成的。

"夫人，我想说你是否知道，你男人在他的乡下别墅喝起酒来，就像一个做'零工的人'一样——"

"住口，滚出去！"妮科尔喝住她，"我们要叫警察了。"

"——你要叫警察！我弟弟就在警察局！就凭你——一个讨厌的美国佬？"

迪克用英语对妮科尔喊道：

"把孩子带出去，等我把这事了结了再说。"

"——你们这些讨厌的美国佬，到这儿来喝光了我们最好的葡萄酒。"奥古斯丁亮开她那村妇骂街的嗓门喊叫起来。

迪克口气更加严厉。

"你现在就走！我马上付清欠你的工钱。"

"你当然得付我工钱！而且我要告诉你——"她冲到迪克近旁，发狂地挥舞着那把刀，迪克赶忙举起手杖。她见状扭身跑进厨房，回来时除了操着那把切肉刀外，又增加了一把手斧。

情况不妙——奥古斯丁身强力壮，要想夺下她手中的武器，只有冒对她本人造成严重伤害的危险，而要伤害一个法国公民，定会招致严重复杂的刑事纠纷。为了吓唬她，迪克对着妮科尔大喊：

“打电话给警察局。”接着，面对奥古斯丁，指着她手上的家伙说：“手执凶器是要被逮起来的。”

“哈——哈！”她像个魔鬼似的狂笑着，不过没再走近。妮科尔给警察局打了个电话，但得到的回答却几乎是奥古斯丁笑声的回音。

她听到一阵叽里咕噜以及传话的声音——紧接着，电话突然断了。

她回到窗前，朝迪克喊道：“多给她点钱算了！”

“我要能打个电话就好了！”由于这件事看来无法办到，迪克只好让步。为了尽快把她打发走，迪克把五十法郎加到了一百。奥古斯丁终于放弃了她的堡垒，但嘴里仍一个劲地骂着“混账东西！”借此掩饰她的难堪。不过，她得要等到她侄儿来帮她搬行李才能离开。迪克在厨房附近小心地等候着。他听到“啪”的一声开瓶塞的声音，但他只好随它去。后来也没再出什么麻烦——她的侄子来到后，连声道歉，奥古斯丁喜滋滋、乐颠颠地跟迪克道了别，又朝楼上妮科尔的窗口大声喊了句：“再见啦，夫人，祝你好运！”

戴弗一家去了尼斯，在那儿吃了一顿普罗旺斯鱼羹。这鱼羹是由石鱼加小龙虾炖成的，放了不少藏红花调料。他们还喝了一瓶冰镇白葡萄酒。迪克对奥古斯丁的离去表示遗憾。

“我一点儿也不感到遗憾。”妮科尔说。

“我感到遗憾——不过我又希望把她从悬崖上推下去。”

最近一些日子里，他们很少敢说些什么，很少能找到可顶用的确切的词，它总是姗姗来迟，而那时他们之间已经无法沟通了。傍晚奥古斯丁的发作把他们从各自的幻梦中惊醒；他们吃那开始时滚烫、后来慢慢变凉的风味鱼羹，喝着热辣辣让人唇干舌燥的酒，交谈着。

“我们不能再这样下去了，”妮科尔说，“行吗？——你怎么想的？”见迪克一时没有否认，她很是吃惊，接着又说，“有时我觉得是我的不是——是我毁了你。”

“你是说我毁了，是不是？”他笑眯眯地问。

“我不是这个意思。不过以前你总是想着创造东西——现在你似乎只想破坏。”

她见自己竟如此直言不讳地批评他，感到有点发怵——然而，最让她提心吊胆的还是他那没完没了的沉默。她觉得在迪克沉默的背后、在他那双严厉的蓝眼睛背后、在那种对孩子反常的兴趣背后，似乎酝酿着什么。他常常一反常态地发脾气，叫她吃惊——他会忽然对某个人、某个人种、某个阶级以及某种生活方式、思维方式发出一长串的讥讽，好像他心里在诉说着一个让人捉摸不透的故事，而他的心里，她只能在它偶尔表露出来的时刻才能稍稍觉察到。

“你究竟又能从中得到什么呢？”她问道。

“知道你一天天壮实起来，知道你的病正遵循着递减规律发展。”

他的声音从遥远的地方传来，好像他正在谈论一个冷僻的学术问题；她感到惊慌，情不自禁地叫了声，“迪克！”伸出手去握桌子那边迪克的手。条件反射，使迪克把手缩了回来，他又接着说：“我得考虑全局，是不是？不仅仅是你。”他抓住她的手，用以往那种追求享乐、捉弄别人、唯利是图、寻求开心的阴谋家的悦耳声音说道：

“看到那条船了吗？”

那是戈尔丁的机动游艇，正平静地躺在尼斯湾的微波细浪上，随时准备踏上不靠实际动力的浪漫之旅。“我们现在到那儿去，问问船上的人他们怎么了。我们会弄清楚他们是不是快乐。”

“可我们并不认识他们呀！”妮科尔不愿意。

“是他鼓励我们去的。何况，巴比认识他——她差不多嫁过他，对不对——嫁过吧？”

当他们坐在一只租来的小艇上驶出港口时，已是夏日黄昏时分，夕阳的余晖照在小艇上，被“马根号”的缆索割成一条条光影，不停地抽动着。快靠近时，妮科尔又犯疑了。

“他在举行一次聚会——”

“那不过是收音机发出来的声音罢了。”迪克猜测道。

有人在呼唤他们——一个人高马大、满头白头、穿着白衣服的人正居高临下地看着他们，喊道：

“来的是戴弗夫妇吧？”

“喂，那条船，‘马根号’！”

他们把船靠到游艇的升降口扶梯下面。戈尔丁俯下庞大的身躯给妮科尔搭了一把手。

“正赶上晚餐。”

一支小型管弦乐队正在船尾演奏着。

“只要你说一声，我就属于你，

但是在此之前，你不能要我如何。”

戈尔丁手臂旋风般一挥，碰都没碰到他们，就把他们赶到船尾，妮科尔见了更加后悔他们到了这儿，并且越发对迪克感到不耐烦。因为早在以前，当迪克的工作和她的健康状况不允许他们四处走动的时候，他们就开始学会远离这里欢乐的人群，结果以拒绝任何邀请而闻名。随后几年里，来里维埃拉的人不知底细，遂认为他们出于某种原因不受人们欢迎。不过，妮科尔倒是觉得，既然已经采取了这样一个态度，就不该为图一时快活而轻易地把它放弃。经过主舱时，他们看到前面有一些人影，像是在半明半暗的圆形尾舱里跳舞。这其实是由那迷人的音乐、陌生的灯光以及四周茫茫的海水所造成的幻觉。实际上，除了一些忙碌的服务人员外，所有的客人都在一间顺着甲板的圆弧而设计的宽敞的吸烟室里消磨时间。吸烟室里有一个穿白衣服的人，一个穿红衣服的，一个衣服脏兮兮的，还有好几个衣着整洁清爽，其中一个衣着整洁的人走出人群，自报家门，妮科尔欣喜地失声发出一声对她来说少有的叫喊：

“汤米！”

妮科尔顾不上法国正式礼仪——伸出手臂让他轻吻一下，就急不可待地把脸紧紧贴在他脸上。他俩一起在一张安东尼式长凳上坐下，或者确切地说，躺了下去。汤米那张漂亮的面孔晒得那么黑黑的，再不是以往那种讨人喜欢的深褐色，而又没达到黑人皮肤的那种乌黑——就像一张磨粗了的皮子。异国的阳光改变了他的肤色，异乡的土壤给他提供了营养，使他显得有些陌生，他的舌头也不那么灵活了，说话时夹杂着许多方言；还有他那对怪样的惊吓表现得习以为常的反应——所有的这一切，都使妮科尔感到着迷、感到轻松——在他们见面的那一刻，她就已在精神上倒在了他的怀抱里，心儿朝他飞去，飞去……随后，自我保护的本能重又开始坚持自己的权利，她撤回到自己的世界中，轻声说：

“你看上去活像电影里的那些冒险家——可你为什么非得在外面待那么长时间呢？”汤米·巴尔班望着她，不太明白她的话，但却很机警，他的瞳仁闪着光亮。

“五年啊，”她接着说，喉咙里发出不知模仿何物的声音，“太久了。你不能在一次杀戮结束后，回来呼吸一下我们这里的空气吗？”

在他所钟爱的妮科尔面前，汤米很快表现出欧洲人的风度。

“可是对于我们英雄来说，”他用法语说，“我们需要付出时间，妮科尔。我们不能只做些微小的英雄事迹——应该做出惊天动地的大事来。”

“汤米，跟我说英语吧。”

“我们就说法语吧，妮科尔。”

“可是他们在意思上有区别呀——在法语中，你要是说英勇并对女人殷勤是不失体面的，这你知道。可是在英语里，你要说英勇并对女人殷勤就不免有点滑稽可笑了，这你也清楚。怎么样，我说的在理吧。”

“不过毕竟——”他突然咯咯笑起来，“即使讲英语，我也能说勇敢、英勇，等等。”

她装出一副惊奇得受不了的样子，可是他一点儿也不感到脸红。

“我只知道我在电影里看到的东西。”他说。

“一切都像电影里一样吗？”

“电影拍得都不算赖——对了，这个罗纳德·考尔曼——你看过他拍的有关北非军团的电影吗？那片子真不错。”

“很好，今后我只要去看电影，就会想到你也在经历那样的事。”

说话间，妮科尔注意到汤米的另一边坐着一个身材娇小、面色苍白的美丽姑娘，她那一头金属发亮的秀发在甲板的灯光照耀下几乎呈现出绿色。她一直在那儿坐着，就像是同他们交谈的一员，又像是旁边那群交谈的人中的一个。很明显，在此之前她已把汤米当成是自己一个人的，因为当她看到此时汤米已不再把注意力放在她身上时，便失去了斯文，不再对他抱有希望，赌气走到新月形甲板的另一边。

“毕竟，我是个英雄，”汤米平静地说，只带了半开玩笑的口气，“我有凶残的勇气，经常是这样，有点儿像狮子，又有几分像醉汉。”

妮科尔一直等到他吹牛的回音在他的脑子里消失——她知道他以前很可能从未吹过这种牛皮。接着，她扫了一眼身边的陌生人，像通常一样发现他们都是些严重的精神病人，假装平静，他们之所以喜欢乡下，只是因为他们对城市以及对他们自己那种定调的声音感到恐惧……她问：

“那个穿白衣服的女人是谁？”

“刚才在我身边的那位吗？是卡罗琳·西布利-比尔斯夫人。”她的声音正从对面传过来，他们听了一会。

“那家伙是个混蛋，但又是只带斑纹的猫。我们玩了一夜双人纸牌，他欠了我一千个瑞士法郎。”

汤米笑了笑说：“她现在是伦敦最邪恶的女人——我每次回欧洲，都能见到一批伦敦新来的恶女人。她是最新的——尽管我相信现在又有了一个几乎和她并列的恶女人。”

妮科尔又扫了一眼甲板对面的那个女人——她身体瘦弱，患有结核病——真不敢相信那样狭窄的双肩，那么细小的手臂能扛起堕落的旗子——行将消亡的王国的最后一面破旗。她那模样儿，与其说像战前给画家做模特，给小说家们做蓝本的那帮神情倦怠的高个儿金发少女，不如说像约翰·海尔德影片中一个胸部扁平的轻佻女郎。

戈尔丁走了过来，竭力压低他从那庞大的身躯所发出的声音，那身躯，宛如一只巨大的扩音器，传达出他的意志。妮科尔尽管仍不乐意，也只好听他再三重复这样几件事：“马根号”在晚餐后将立即起航，开往戛纳；虽然吃过饭，他们仍然可以再带点鱼子酱和香槟酒；另外，不管怎样，迪克得打个电话，通知他俩在尼斯的司机把车开到戛纳，停在同盟咖啡馆前面，方便戴弗夫妇找到车子。

他们走进餐厅，迪克被安排在卡罗琳夫人旁边。妮科尔看到，他那平时总是红润的脸上失去了血色；他在用一种不容别人分说的口气在说话，话儿零零星星地传到妮科尔的耳朵里：

“……对你们英国人来说不要紧喽，你们是在跳死亡之舞……那些在倾圮的要塞里的印度士兵，我是说在要塞门口看守的、在里面作乐的印度士兵等。绿色的军帽，踩扁了的军帽，没指望。”

卡罗琳夫人有一句没一句地应付着，不是在他一句话的末尾说一声“什么？”就是模棱两可地加一句“说的是！”再不就是让人扫兴地欢叫一声“噢!”叫声里带有一种危险临头的味道，不过迪克似乎对这些警告的信号毫不在意。突然，他说了一段十分激烈的话，妮科尔没听清话的意思，不过她看到那位年轻女士脸一沉，绷紧了面皮，尖刻地回答道：

“毕竟，伙伴是伙伴，朋友是朋友。”

他又得罪人了——难道他就不能嘴巴闭长一点时间，不吭声吗?闭多长时间?就到死吧。

钢琴旁，乐队中的一个金发苏格兰小伙子（乐队以鼓乐命名为“爱丁堡学院爵士乐队”）跟着钢琴的低声伴奏，用丹尼·迪弗[①]的单声唱了起来。他咬字特别准确，仿佛他让歌词打动得几乎难以忍受了。

有一位年轻姑娘从地狱来，
伴着铃声上下跳，
因为她坏——坏——坏，
她伴着铃声上下跳，
从地狱来（嘣姆嘣），

从地狱来（突突），
有一位年轻姑娘从地狱来——

“这都是什么东西?”汤米低声问妮科尔。

坐在他另一边的姑娘作了回答：

“卡罗琳·西布利-比尔斯夫人填的词。他自己谱的曲。”

“多好的创作啊!”汤米轻声赞叹道。这时歌曲的第二段开始了，

① 丹尼·迪弗，20世纪20年代美国著名歌星。

说的是这位蹦跳的女子另外还有一些偏好。“就像是在吟唱拉辛[1]的作品！”

至少从表面上看，卡罗琳太太对人们在演唱她的作品并不在意。妮科尔又瞟了她一眼，发觉自己被打动了，不过既不是因为她这个人，也不是因为她的品性，而是因为纯粹来自一种姿态的力量。妮科尔觉得她看上去令人生畏，当参加晚会的人从桌边站起来时，她更坚定了这一看法。迪克仍然坐在位子上，表情古怪，接着，他突然用一种刺耳的声音不合时宜地叫了起来。

“我真讨厌这些英国人吵死人的哼哼声，里面净是暗示、讽刺。”

这时卡罗琳夫人已经快走出大厅了，她忽然转过身，又走回到他跟前。她把他狠狠说了一通，声音低沉、短促而又清晰，为的是让所有在场的人都能听见。

“你到我这儿来是要找麻烦吧——污蔑我的同胞，贬损我的朋友玛丽·明盖蒂。我不过只说了有人看见你在洛桑跟一伙不三不四的人混在一起。那是吵死人的哼哼吗？还是它就吵了你？”

“声音还是不够大，”迪克说，但有点儿迟了，“这么说我实际上是个声名狼藉的……”

戈尔丁叫着打断了他的话：“什么呀！什么呀！”一边说一边用他那强壮有力的身体威胁地把客人向外赶。妮科尔转过门角，看见迪克仍旧坐在桌边。她对那个女人所说的那番荒谬可笑的话很是恼火，同样让她恼火的是迪克带他们来了这儿，怪他喝得烂醉，怪他倒出了这么多不该说的带刺的话，怪他丢人现眼——让她更为恼火的是因为她知道他们一来就把汤米·巴尔班占有了，先惹怒了那个英国女人。

过了一会儿后，妮科尔看到迪克站在舷梯门口上和戈尔丁讲话，

① 让·拉辛（Jean Racine，1639—1699），法国剧作家。

显然他已完全控制了自己。此后的半小时里，她在甲板上到处都没见着他。她退出一种用绳子和咖啡豆玩的复杂的马来游戏，对汤米说：

“我得去把迪克找到。”

自打晚会开始，游艇一直在向西行驶。夜色如水，在船两侧流动，柴油机轻轻地发出“突突”的声响。妮科尔走到船头，忽然一阵春风吹拂起她的头发。当她看到迪克正在旗杆边的角落里站着时，她因为刚才的心焦，感到有一种强烈的受到伤害的感觉。看到是她，迪克声音温和地说：

“今晚夜色真美。”

“我刚才很着急。”

“哦，你着急了？”

“噢，别这么对我说话。想到能为你做点儿小事我真感到快乐，迪克。”

他转过身去，仰望笼罩非洲大陆上方的那片广袤的星空。

“我相信这是真的，妮科尔。而且，我有时相信，事情越小，它给你的快乐就越多。”

“别那样说——别说这些事。”

白浪飞溅，捕捉住星光，又把它扔回到亮晶晶的天空中去。星光下，他的脸显得苍白，但没有一丝妮科尔所预料的恼怒，甚至很超脱。渐渐地，他的目光集中到她的身上，就像落在一只将要移动的棋子上一样。接着，他同样缓慢地抓过她的手腕，把她拉到身边。

“你毁了我，是不是？”他温和地问道，“这么说，我们两个人都给毁了。所以——”

妮科尔害怕得浑身发冷。她把另一只手腕也放进他的手里。好吧，她跟他一起去——在她完全领会、克制住自己的那一刻，妮科尔再一次生动地感到了夜色的美丽——好吧，那就——

——然而这时，她的双手出乎意料地被放开了，迪克转过身去，叹道："唏，唏！"

眼泪扑簌簌地流下妮科尔的脸颊——不一会儿，她听到有人走近。原来是汤米。

"你找到他了！迪克，妮科尔还以为你跳海了呢，"他说，"因为那个英国小母鸡辱骂了你。"

"这倒是个跳海的好地方。"迪克淡淡地说。

"可不是嘛？"妮科尔赶紧附和道，"我们去借两只救生圈，就从这儿跳下去吧。我想我们也该做出点惊人的事了。我感到我们的生活都太受限制了。"

汤米伸出鼻子翕动鼻翼，嗅嗅这个又嗅嗅那个，试图嗅出夜幕中两人所处的情境："我们去问问比尔-艾尔夫人该怎么办——她知道最时新的东西。我们应该记住她的那首《有位从地狱来的姑娘》。我要把它译出来，让它在娱乐场上走红。我也好发它一笔大财。"

"汤米，你是不是很有钱？"当他们折回头朝船那头走去时，迪克问道。

"现在还不是。我对经纪人的活儿做厌了，不干了。但我有许多很好的股票放在朋友那里，他们给我照看着。一切都不错。"

"迪克现在发财了。"妮科尔说，因为紧张后的虚脱，声音开始颤抖。

在后甲板上，戈尔丁用他那巨大的手鼓动三对舞伴跳起舞来。妮科尔和汤米也加入了跳舞。汤米说："看来迪克酗酒。"

"他喝得不多。"她为丈夫忠诚地辩解着。

"有的人能喝酒，有的人不能喝。很显然，迪克属于不能喝的人。你应该叫他不要喝酒。"

"我！"她惊叫起来，"我来告诉迪克他该干什么，不该干什么？"

可是，当他们的船到达戛纳市码头时，迪克依旧迷迷糊糊，昏昏沉沉，不声不响。戈尔丁架着他下到“马根号”的小艇上，已在船上坐着的卡罗琳夫人见状引人注目地挪了下位置。在码头上，迪克正正规规夸张地跟大家鞠躬告别。有那么一刻，他似乎想说句风趣话祝游船一帆风顺，可是汤米胳臂上的骨头有力地抵紧了他身上的松软部位，他们朝等着的汽车走去。

“我开车送你回家。”汤米提议道。

“不麻烦了——我们可以叫辆出租车。”

“我乐意送你们，只要你们能留我过夜。”

在汽车后座上，迪克坐着一动不动，一言不发，直到车子过了朱安湾的那块黄色大石柱和朱安林。朱安林的夜是狂欢的夜，经常是乐声阵阵，各种语言混在一起，喧闹嘈杂。当汽车开始上山向塔姆斯驶去时，由于车身的倾斜，迪克突然坐了起来，发表演说似的说：

“一家公司的——”他忽然结巴起来，“一个迷人的代表——给我带来了像英国人一样糊涂的脑袋。”说完他安静地睡起觉来，时而打个嗝，心满意足地进入舒适、温暖的黑甜乡。

六

第二天清晨，迪克一早来到妮科尔的房间：“我一直等到听见你起床的动静。不用说，我对昨晚的事非常懊丧——不过，我们不搞事后算账怎么样？”

“我同意。”她冷静地回答道，一边把脸挪到镜子前。

“是汤米开车把我们送回来的吗？该不是我做梦吧？”

“你知道是他开车送的。”

“看来很可能，”他承认说，“刚才我听到他的咳嗽声。我想我要去看看他。”

他离开后，妮科尔感到很高兴。这几乎是她有生以来头一回有这样的感觉——他那种一贯正确的可怕本事好像终于弃他而去了。

汤米正在床上不停地翻动着，等人送牛奶咖啡来。

“感觉好吗？”迪克问。

当汤米抱怨说他喉咙有点痛时，他顿时摆出一副职业医生的架子。

“最好吃点儿含漱剂之类的药。”

“你有吗？”

“说来奇怪，我居然没有——不过妮科尔可能有。”

“别去打扰她了。”

“她起来了。”

“她怎么样？”

迪克慢慢转过身。“你以为，因为我喝多了酒她就会去寻死吗？”他的声音轻快和悦，“妮科尔现在是由——乔治亚松树造成的，除了新西兰的愈创木，现在所知道的最硬的木料就数它了——”

妮科尔下楼时，听到了谈话的最后几句。她明白，汤米是爱她的，她一直都清楚这一点；她知道汤米已渐渐地变得讨厌迪克，而迪克在此之前就已经意识到这一点，并且打算采取办法对付他单方面的激情。想到这，她一时间感到一种女性才有的满足。当两个男人在楼上念叨着她时，她正俯身在孩子们的早餐桌上，一条条地吩咐着家庭教师呢。

后来在花园里，她感到很开心。她不想发生任何事情，只想保持这种悬空的状态，让两个男人把她在脑子里抛过来抛过去，她有好久没在人们心目中存在过了，即便像一只球。

“这很好，小兔子，不是吗？——是不是？嗨，兔子——嗨，你！你说好吗？——嗨？或者，在你听起来是不是很古怪？”

那只除白菜叶以外从没吃过任何其他东西的兔子，试探地用鼻子嗅了几下，表示了同意。

妮科尔继续做着花园里的日常工作。她把剪下的花儿放在指定的地方，好让园丁待会儿拿进屋去。来到防波堤，她忽然想找个人说说话。可是却没有说话的人；于是，她停下脚步，思考起问题来。一想到自己竟然喜欢上另一个男人，她有一点儿惊讶——可别的女人不也有情人吗——为什么我不能有？在这美好的春天的清晨，男性世界的种种抑制化为乌有。她像花儿一样快活地推论着。风儿吹起她的头发，直到她的头也随之晃动。别的女人都有情人——昨晚使她对迪克妥协让步甚至可以为他去死的那种力量，此时又使她不住地对着风点头。就是嘛，为什么我不能有？她对这个逻辑感到既满意又快乐。

她在低矮的防波堤上坐下，俯视着大海。然而，她已经从另一个大海——辽阔汹涌的幻想的大海里，打捞出一个实实在在的东西，放在她的其他战利品旁。如果像迪克昨晚所表现出的那样，她并不需要永远在精神上和他保持一致，那她就必须再成为别的什么，而不仅仅是他脑海里的一个影像，注定没完没了地去围着一枚奖章转悠。

妮科尔之所以选中了防波堤这个地方坐下，是因为这儿的悬崖向外突出，为下面的一个斜坡遮了阴，把它变成了一片倾斜的草地，有人还在这儿辟了个菜园子。透过一丛树枝，她看到两个男人扛着耙和锹，正用尼科瓦和普罗旺斯两地交叉的方言在谈话。她被他们的对话及手势吸引住了，并且听懂了他们谈话的大意：“我就是在这儿把她放躺倒的。”

“我把她带到了那边的葡萄架后面。”

“她不在乎——他也不在乎。就是那种圣洁的狗，唔，我把她在这儿放躺倒——”

“你带了耙子吗？”

“你自己带着呢，你这小丑。”

“得了得了，我才不管你在哪儿把她放倒的呢。自打我十二年前结婚以来一直到那天晚上，我甚至从没有感觉到过一个女人的乳房贴着我的胸脯是什么滋味。现在你跟我说——”

“可是，你还是先听我说说那条狗吧——”

妮科尔透过树枝的间隙注视着他们；他们说的话似乎并没什么不是的地方——萝卜青菜，各有所爱。然而，她偷听到的是男人的世界；回屋去的路上，她又开始疑惑起来。

迪克和汤米在平台上。她从他们中间走过，进了屋，拿出一本写生簿，开始画起汤米的头像来。

“一双手不闲着——像卷线杆一样飞转不停。”迪克没事般地随便说说。他怎么能这样没事似的说话呢，看他面颊上仍然没有血色，苍白得使他那赤褐色的胡子看上去和他的眼睛一样红呢。她转过脸对汤米说：

“我总能找点什么事做。以前我养过一只活泼、可爱的玻利尼西亚小猿猴，接连几个小时逗它玩，直到有人开始说些最讨厌下作的笑话才罢——”

她决意不朝迪克看。一会儿后，迪克找了个借口，进了屋——她看见他给自己倒了两杯水，于是心肠变得更硬了。

“妮科尔——”汤米刚开口却又停了下来，清了清发涩的嗓子。

“我去给你拿一种特别的樟脑涂抹药来，”她说，“是美国货——迪克很相信这东西。我一会儿就来。”

“我真的得走了。”

迪克从屋里走了出来，坐下。“相信什么？”当妮科尔拿着广口药瓶回来时，两个男人谁都没有动，尽管妮科尔揣测到他们刚才无事生非地激烈谈论过什么。

司机来到门口，手里提着一只包，包里装着汤米昨晚穿的衣服。看到汤米穿着从迪克那儿借来的衣服，妮科尔感到难受、不真实，就像汤米买不起这些衣服似的。

“到旅馆后，你把这搽在脖颈和前胸上，然后再吸一吸。”她叮嘱着。

“喂，我说，”汤米走下台阶时，迪克咕哝着说，“别把一整瓶都给他——这得从巴黎订购——这儿已经没有货了。”

汤米回头走到听得见讲话的地方，三个人站在太阳底下。汤米站在汽车的正前方，似乎只要向前一弯腰，就能把车子扛到背上。

妮科尔走下台阶，来到路上。

“哎，拿着，”她劝汤米，“这药非常稀罕。”

她听到迪克在她身边不出声了。当汽车载着汤米和那特效樟脑搽剂驶去时，她往旁边移开一步，朝他挥着手。然后，她转回身吃自己的药去了。

“你没必要做出这种表示，”迪克说，“我们这儿有四个人——多少年来，只要有谁咳嗽——”

他们四目相视。

“我们总有办法再弄一瓶的——”随即，她一下子失去了勇气，跟着他上了楼。上楼后，迪克倒在自己床上，一言不发。

“要把午饭给你端上来吗？”她问。

他点点头，仍旧一声不响地躺着，两眼盯着天花板。她心里七上八下地下楼去做了吩咐。重新回到楼上时，她朝他房间里看去，只见他那双蓝色的眼睛，像探照灯似的，在黑暗的天空扫来扫去。她在门口站了一会儿，意识到自己犯了伤害他的罪过，有点不敢进去……她伸出手，似乎是要摩挲他的脑袋，可他却像只多疑的动物一样把头扭了过去。妮科尔再也受不了这种情形了；她带着一个帮厨女工所怀有的惊惶奔下楼去。楼上那个受到伤害，一蹶不振的男人，在她还必须继续无益地吮吸他那瘦瘠的胸脯时，她真担心，不知怎样去安慰他。

一个星期之后，妮科尔就把她对汤米一时的激情抛在脑后了——她一向不太能记住人，很容易会把他们忘记。然而，当六月的第一阵热浪袭来时，她听说他到了尼斯。他给他俩写了一封短信——她在遮阳伞下把它连同他们从屋里带出来的其他信件一起拆开。看完后，她把它扔给了迪克，作为交换，迪克也把一封电报扔进了她的沙滩睡袍的下摆里。电报上这么写道：

亲爱的，我明日到高斯旅馆。遗憾母未同往。盼见。

罗斯玛丽

“我将很乐意去见她。”妮科尔冷冷地说。

七

可是，第二天上午，当她和迪克一起去海滩时，妮科尔担心起来，生怕迪克在筹划一个孤注一掷的办法。自打在戈尔丁船上聚会那一晚以来，她就感到有什么事要发生。她目前的处境非常微妙，她正要从过去始终给她以保障的立足处跳出来，而这一跳，她的血液和肌肉的化学成分必定会改变，因此，她没有勇气认真去想这一问题。迪克以及她本人的形象变幻不定，模糊不清，像是被卷入一场怪诞舞会的幽灵。几个月来，他们所说的每一句话似乎都具有言外之意，而这言外之意过不了多久迪克就会在他确定的时候挑明。虽然这种心态也许让人更有希望——多少年来，仅仅被拥有的生活唤醒了她天性中那些被早期疾病扼杀了的方面，这些方面，迪克没有能感到，不过这并不是他的过错，只是因为任何一个人的心灵都无法完全深入到另一个人的心灵里去——但它仍让人感到不安。他们夫妻俩的关系中最不幸的一点是迪克变得越来越冷淡。现在这种冷淡表现为酗酒无度。妮科尔不知道将来自己是被他踩在脚下还是得到他的宽恕——迪克的声音听起来毫无诚意，使得问题更加复杂；她猜不出随着地毯曲折地缓缓铺开，他下一步会做什么，也不知道她最终一跃时会发生什么。

对于在那之后可能发生的事情，她就并不担心了——她猜想那将会是甩掉包袱，揭开蒙眼布。妮科尔天生喜欢变化，喜欢飞翔，而金钱就是鳍和翅膀。将来新出现的情况只不过像是一只赛车底盘，虽然多年来一直埋没在一辆家用汽车的车身下面，最终还是要还它真面目。妮科尔已经感觉到那股清风了——她所感到害怕的是突如其来的变化，以及变化来临的不可预知的方式。

戴弗夫妇走出家门来到海滩上，妮科尔穿着白色泳衣，迪克穿着白色泳裤，衣服的白色在他们白皙的身体映衬下显得分外地白。海滩上立着许多遮阳伞，杂乱地投下一片片阴影，妮科尔看到迪克就在那些影子中到处张望，寻找孩子们，当他的思想暂时离开了她，不再紧紧控制他时，她以一种超然的态度打量着他，认定他寻找孩子并不是为了保护他们，而是为了自己得到保护。也许，他害怕的就是这海滩，就像一位被废黜的统治者秘密重访过去的宫廷一样。她开始憎恨起他那说话诙谐风趣、举止彬彬有礼的世界来，全然忘记多少年来那曾是唯一向她开放的世界。让他看看这个世界吧——他的海滩，现在已经被那帮毫无品位的人弄得一塌糊涂的海滩，他就是搜寻一整天，也找不到一块他曾竖立在海滩周围的中国长城的砖石，见不着一个老朋友的脚印。

有那么一会儿，妮科尔对事情发展到这种地步深感遗憾。她回想起他从废物堆扒拉出的那只玻璃杯；回想他们在尼斯一条小街上买到的那种海员穿的运动裤和运动衫——这种衣服后来在巴黎妇女丝绸时装风行时也红火了好一阵子；回想起那些淳朴的法国小姑娘爬上防波堤，像鸟儿一样喊着“喂！喂！”时的情景；回想起早晨时候的仪式，恬静地放松自己，让心神飞向大海与太阳——他有许多这样的发明，可是才短短的几年时间，它们就被埋得比沙还要深了……

如今，这个人们游泳的场所差不多已变成了一个“俱乐部”，虽然正如它所代表的国际性团体一样，很难说谁没有被拒之门外。

当迪克跪在草垫上四下寻找罗斯玛丽时，妮科尔又硬下心来。她的眼睛顺着迪克的目光，在海滩上新安装添置的各种器具——水上秋千、荡环、活动换衣室、浮塔、昨晚聚会留下的探照灯，以及漆成白色、装有寻常把手的现代餐具柜——之间搜寻着。

迪克几乎是最后才向海水里张望的，那里几乎是迪克搜寻罗斯玛丽的最后一个地方，因为在那片蓝色天堂里差不多已没有什么人在游泳了，只有一些孩子和一个有裸露癖的旅馆男仆不时从一块五十英尺高的岩石上玩精彩的跳水。大多数高斯旅馆的客人可不是这样，他们只在一点钟的时候为了醒酒才脱下遮盖他们松弛躯体的睡衣，光着身体在海里稍稍泡它一下。

“她在那儿!”妮科尔喊了一声。

她看见迪克的目光紧盯着罗斯玛丽从一只筏子游到另一只筏子。她从心中发出一声叹息，然而，这叹息却是五年以前遗留下来的。

“我们一起游过去和她说说话。”他提议道。

“你去吧。”

“我们一起去。”她起初不同意，但最后他们还是一起游过去。一群小鱼尾随在罗斯玛丽身后，他们和鱼儿一起追赶着她，水里的罗斯玛丽本身就像一条闪闪发亮的鳟鱼，在前面耀得他俩眼花缭乱。

妮科尔继续留在水里，迪克爬出水面来到罗斯玛丽身边。他们坐在一起谈着话，身上不住地往下滴水，看那情景，俨然一副从未相爱过，也没互相抚摸过的模样。罗斯玛丽很美——妮科尔惊羡她的青春逼人，不过，让她感到高兴的是，这个年轻的姑娘没有她那么苗条。妮科尔在周围转着小圈游着，听罗斯玛丽说话。罗斯玛丽此时显得俏皮、快乐、充满憧憬——比五年前的她更加自信。

"我好想妈妈，不过星期一她就会在巴黎和我见面。"

"你五年前来的这儿，"迪克说，"那时你穿着旅馆的浴衣，真是个有趣的小东西！"

"你的记性真好！你总是能记住以前的事——而且总是那些美好的事。"

妮科尔看出，那种吹吹拍拍的老把戏又开始了，于是一翻身潜到水里，钻出水面时又听到：

"我想就把这当作是五年以前，我又成了十八岁的小姑娘。你知道，你总是让我感到有些——嗯，你知道，有些快活——你和妮科尔。我感到你们好像还在那片海滩上，在一把遮阳伞下面——你们是我认识的最好的人。也许永远会这样。"

妮科尔游开了。她看到迪克在和罗斯玛丽逗闹时，心上的愁云已消散了些。他又拿出从前与人交往时惯用的那种老到手段，那已失了色的艺术品。她猜想，要是这时有那么两杯酒下肚，他一定会为她在荡环上表演绝技。他表演绝技曾经很轻松，但现在却只会是笨手笨脚了。她注意到，今年夏天，他第一次开始避免表演高台跳水了。

后来，当她在筏子之间躲来闪去地游着时，迪克赶上了她："罗斯玛丽的一些朋友有一艘高速快艇，就是停在那儿的一艘，你想不想来个拖行滑水？我想那准会有趣。"

想起他过去曾经在一块滑水板末端的椅子上倒立，她迁就了他，就像她可能迁就拉尼尔一样。去年夏天在楚格西湖上，他们也做过那种愉快的水上游戏，当时迪克把一个体重达二百磅的人从滑板上扛到肩膀上，站了起来。不过，女人嫁人都是因为丈夫的才能，而结婚以后，就自然而然地不像以前可能假装的那样对这一套感兴趣了。妮科尔甚至连装都不装，尽管她总是说“行”或者“是啊，我也这么想”。

然而，她知道，他有点儿累了，只是在罗斯玛丽跟前，在她那令人激动的青春的驱动下，他才打算马上试它一试——当初孩子们刚出生时，她也曾见到他从他们身上获得鼓舞。她心里冷酷地想，他是不是会出洋相。戴弗夫妇比船上的其他人年纪都要大——那些年轻人倒是彬彬有礼，谦和恭敬，但是妮科尔却能感到他们潜伏的情绪：“这些家伙到底是什么人?”她真希望迪克还能像以往那样轻易地把握局面，变不利为有利——他那时总是一心专注于他要做的事上。

汽艇在离岸两百码的地方关闭节气阀放慢了速度，一个年轻人直挺挺地跳进水里。他朝那块不停地在水上打转的滑板游去，把它稳住，慢慢地跪着爬了上去。接着，当小艇开始加速时，他站起身来。他往后仰着身子，笨拙地左右晃动着脚下轻盈的滑板，顺着拖曳的波浪缓慢、紧张地滑着弧线。当他滑进快艇的尾波里，身子对着船尾时，他松开手中的绳子，平衡了片刻，随即往后一仰，跌进水中，像一座光荣的雕像顷刻消失了。当快艇画了个圈回过头来接应他时，水面上只露出他一个小小的脑袋。

轮到妮科尔时她拒绝了。接着，罗斯玛丽上了滑板。她滑得利索而又稳健，她的爱慕者们不时发出一阵轻狂的喝彩。在她滑完之后，有三个人还争先恐后地抢着要把她拉上船，不料在混乱中，反使她在船沿上碰破了膝盖和臀部。

“喂，该你了，医生。”那个掌舵的墨西哥人叫道。

迪克和最后剩下的一个年轻人跳下船游到滑板边。迪克又要表演在滑板上举人的把戏了。妮科尔在一边看着，脸上露出轻蔑的微笑。她最感到恼火的就是他在罗斯玛丽面前进行这种体力上的炫耀。

两个人在滑板上滑了一段距离之后，迪克跪下去，把后脖颈伸到那个人的裆下，从他的两腿间摸到绳子，开始慢慢地起身。

艇上的人都在密切地注视着，看到他有些力不从心。他单腿跪着；玩这个把戏需要从这个姿势一路直起身来。他歇息了片刻，接着使尽浑身气力去举那个人，脸上的肌肉抽搐着。

滑板很窄，那个人虽然还不到一百五十磅，却很笨拙，于是手忙脚乱地一把揪住迪克的头。迪克最后腰背上一使劲，站了起来，不想滑板向边上一歪，两人一起扑通跌进了大海。

罗斯玛丽在小艇上大声喝彩："太棒了！他们差不多就要成功了。"

可是，当他们回到两个翻身落水、现正在水里的人跟前时，妮科尔注意看了迪克脸上的光景。果然如她所料，他脸上满是懊恼，因为比他两年前他玩这一招时还易如反掌呢。

第二次时，他更小心了。他先微微挺了下身子，试试身上的重负平衡如何，又跪了下来，接着，低沉地发出一声"哎嗬！"开始站起来——可是还没等他直起腰来，他的两腿忽然一打弯，于是脚下赶紧一使劲，蹬开滑板，以免两人摔倒时被它碰伤。

这一回，当快艇掉回头时，船上的人都清楚地看出，他火了。

"让我再来一次行不行？"他踩着水，叫道，"刚才就差一点儿了。"

"当然可以。来吧。"

可是在妮科尔看来，他的脸色苍白，于是告诫他说：

"你不觉得这已经够了吗？"

他没有回答。他的第一个搭档觉得已经够了，于是被拖上船，开摩托艇的那个墨西哥人很乐意地接替了他。

他比第一个人重，当快艇准备加速时，迪克趴在滑板上歇了一会儿。然后，他钻到那人胯下，抓住绳子。就在他试着要站起时，他忽然感到浑身的肌肉松软了。

他站不起来。妮科尔看到他换了换姿势，又往上使了下劲，可是当搭档的全身重量压到他的肩膀上时，他又动不了了。他又做了一次努力——往上站起了一英寸、两英寸——妮科尔几乎和他一起在使劲，感到额上的汗腺都张开了——后来他只是勉强稳住，再后来就扑地瘫跪下去，两人一起摔到水中，迪克的头差点儿砸在滑板上。

“快往回开！”妮科尔冲着开船的喊。即使在她喊话的时候，她也看到迪克在水里直往下沉，不由得失声叫出来；可是，他又从水下冒了出来，翻转身躺在水面上。那个墨西哥人游过去帮忙。在快艇赶到之前，时间仿佛长得没有止境。然而，当他们终于靠到快艇旁边，妮科尔看到迪克筋疲力尽，面无表情地浮在水面上孤零零地躺在水天之间时，她的惊慌突然变成了鄙夷。

“我们帮你上船，医生……抓住他的脚……对……现在，一起用劲……”

迪克坐在那儿喘着气，目光呆滞。

“我就知道你不该逞能。”妮科尔忍不住说道。

“他前两次已经把力气用尽了。”墨西哥人说。

“这到底是件蠢事。”妮科尔坚持说。罗斯玛丽明智地保持沉默。

过了一会，迪克缓过气来，喘息着：“那个时候，我连个纸娃娃都举不起来了。”

大伙儿忍不住笑起来，缓和了他的失败所造成的紧张空气。当船靠码头，迪克下船上岸时，大家都注意关照他。然而，妮科尔心里却很恼火——现在，无论他做什么，她都会感到恼火。

迪克到快餐柜台那里去弄点喝的，她和罗斯玛丽就在一只篷伞下坐着。他很快就回来了，给他们带了些樱桃。

“我第一次喝酒就是跟你在一起的，”罗斯玛丽说，她忽然一阵激动，又补了一句，“噢，看到你没出什么事我真高兴。我还担心——”她咽回下面的话：“你会出什么事呢。”

“你是不是听人说过我已经颓废了？”

“噢，没有。我只是——只听说你变了。我很高兴亲眼看到这不是真的。”

“不，是真的，”迪克回答，和她们坐到一起，“变化是老早就开始了的——不过一开始看不出。精神垮了之后有一段时间也还是这样。”

“你在里维埃拉开业行医吗？”罗斯玛丽急忙问。

“那倒是我可能找到典型病例的好地方。”他朝那些在金色沙滩上不断走来走去的人点着头，“多好的人选啊。你注意到咱们的老朋友，艾布拉姆斯夫人了吗？她在给玛丽·诺思的女王扮演公爵夫人呢。可别妒忌这点——想想艾布拉姆斯夫人四肢落地在里兹的后楼梯上爬那么长的路，而且不知吸进多少地毯灰呢。”

罗斯玛丽打断他的话：“可那人真的是玛丽·诺思吗？”她正看着一个女人悠闲地朝他们这个方向走来，身后跟着一小帮人，那帮人，一副习惯了别人观望他们的样子。当这伙人走到距他们十英尺远的地方时，玛丽的目光从戴弗夫妇头上一掠而过。那是一种令人遗憾的目光，它向被扫视者表明，他们被注意到了，但将被忽略过去。戴弗夫妇与罗斯玛丽·霍伊特是绝不会允许自己用这种目光看人的。然而，让迪克感到好笑的是，当玛丽看到罗斯玛丽的时候，她忽然又改变了主意，走了过来。她热情地对妮科尔说了句话，又朝迪克淡淡地点了下头，好像他有传染病似的——迪克见状带着戏弄恭恭敬敬地鞠了一躬——同时和罗斯玛丽打了个招呼。

“我听说你在这儿。在这儿待多久？”

“明天就走。”罗斯玛丽回答。

她也注意到玛丽旁若无人地从戴弗夫妇身边走开，找她说话，出于一种不该亏欠于戴弗夫妇的责任感，她也对玛丽表现得不冷不热。不，今晚她不能去赴宴。

玛丽转向妮科尔，样子亲昵而又带着一丝同情。

“孩子们怎么样？”她问。

这时孩子们正好走了过来，于是妮科尔侧耳去听他们的请求：她应该推翻女家庭教师对游泳的意见。

“这不行，”迪克替她回答，“必须听老师的。”

妮科尔同意，既然把权力授予人家，就得给予支持，所以，她拒绝了他们的请求。玛丽见状直盯着迪克，好像他犯下什么恃强凌弱的大罪似的——其实她这人，不过像安尼塔·卢斯[①]的女主人公一样，只和既定事实打交道，连一条法国长卷毛狗都管不了。迪克实在被她这种讨厌的表演惹火了，于是假装关心地问道：

“你的孩子们怎么样——他们的姑姑呢？”

玛丽没有回答。她抽身离去，走之前先伸出手同情地摸摸拉尼尔的头，拉尼尔真不情愿极了。她走了之后，迪克说：“我想起我里里外外给她彻底做检查那会儿了。”

“我喜欢她。”妮科尔说。

迪克的怨毒让罗斯玛丽大为吃惊，她还以为迪克是个一切都能宽容、一切都能理解的人呢。她蓦地想起她所听到的有关他的传闻。在

---

① 安尼塔·卢斯（Anita Loose，1888—1981），美国女小说家、好莱坞电影剧本作家，以小说《绅士更爱金发女》而著名，该小说的女主人公是个轻佻放荡的女子。

船上与几个美国国务院的人交谈时——都是些欧化了的美国人，已经到了几乎说不清究竟属于哪个民族的地步，起码不属于任何大国，尽管可以说属于一个由模样儿相似的公民组成的，类似巴尔干的国家——有人提起闻名天下的巴比·沃伦的名字。而后就有人说，巴比·沃伦的妹妹在一个放荡医生的身上白白浪费了自己的青春。“他在哪儿都不会再受欢迎了。”那个女人说。

这句话让罗斯玛丽深感不安，尽管她知道戴弗夫妇与社交界没有任何交道，这种说法（假如事实的确是这样的话）对他们来说毫无意义，但这暗示着敌意、众口一词的公众舆论仍在她的耳边回响：“他在哪儿都不会再受欢迎了。”她想象着迪克走上一座大厦前的台阶，送上名片，不料却听侍从官说：“我们这儿不再欢迎你了”；走在街上，无数的大使、公使、代办等人的无数侍从官对他所说的都是这句话……

妮科尔不知道自己如何脱身，她知道迪克受了刺激之后会处处小心，而且会变得讨人喜欢，让罗斯玛丽对他做出反应。果不其然，他的声音顷刻间就设法对他刚才所说的一切不快的事做了修饰：

“玛丽人还是不错的——她做得很好。不过，知道别人讨厌自己，还要继续喜欢他们，谈何容易。”

罗斯玛丽一下子被说动了，她晃动身子朝迪克靠过去，口中呢喃着：

“噢，你真是太好了。无论你对别人做了什么，我都无法想象他们能不原谅你。”随即，她感觉到她这么充满情感冒犯了妮科尔，于是赶紧眼盯着面前的沙滩：“我想问问你们两个，对我最新拍的一些片子有什么看法——假如你们看了的话。”

妮科尔什么也没说，她是看过一部她拍的片子，感到并不怎么样。

“跟你说这个还得花一点时间呢，”迪克说，“我们不妨设想一下，假如妮科尔对你说，拉尼尔病了，在现实生活中你会怎么做？其他人会做什么？他们会做出反应——通过脸、声音、话语——脸上表现出难过的样子，声音露出惊讶，话里充满同情。”

“是的——我明白。”

“但是在舞台上，不是这样，在舞台上，所有最佳女喜剧演员靠的是通过滑稽地模仿人们恰当的情感反应而成名——害怕、爱和同情。”

“我明白了。”其实她并不很明白。

妮科尔听不出所以然来，所以她越发不耐烦了，而迪克仍在继续说：

“作为一名女演员，最关键的是反应。让我们再设想一下，如果有人对你说，‘你的爱人死了。’在现实生活中，你也许一下子就垮了。但在舞台上，你得尽力去演给人看——让观众自己去做出反应。首先，演员得照台词来，然后，她又必须让观众的注意力回到自己身上，忘记那个被谋杀的中国人或别的什么事情。所以，她必须做出意想不到的事。假如观众认为人物厉害，她表现得温柔些——假如观众认为她温柔，她就得厉害起来。你整个儿就离开角色了——听懂了吗？”

“不太懂，”罗斯玛丽承认，“——你所说的离开角色是什么？”

“你得做出些出人意料的事情，直到把观众的注意力从客观现实上引回到你身上。然后，你再回到角色中。”

妮科尔沉不住气了。她腾地站起来，一点儿也不掩饰自己的不耐烦。罗斯玛丽几分钟前对这有所觉察，为了缓和气氛，便转过头问托普西：“你长大后愿意当演员吗？我看你准能出名的。”

妮科尔不动声色地盯着她，用那酷似祖父的声音，低沉而清晰地说：

“给人家的孩子灌输这种思想是完全不恰当的。记住，我们也许会为他们做出截然不同的安排。”她蓦地转向迪克。“我准备开车回家。我会让米歇尔来接你和孩子的。”

“你已经好几个月没开车了。”他不赞成地说。

“我还没忘记怎样开。”

妮科尔看都没看罗斯玛丽就离开了遮阳伞，罗斯玛丽的脸上正做出强烈的“反应”。

在浴室里，妮科尔换上睡衣，脸上的表情仍然僵硬得像块金属板。不过，当她折上头上松树枝叶交错构成一个拱顶的林荫小道，看到又是一番情境时——一只松鼠在一根松枝上窜来窜去，微风轻拂着枝叶，公鸡的打鸣声撕破了远处的空气，阳光悄无声息地从静止的物体缝隙间漏下来，接下来海滩上的嘈杂声渐渐远去了——她感觉轻松起来，清新而快活；她的思路同铃声一般清晰——她觉得像正在接受有效的治疗而且是一种新疗法。当她沿着走了多年的迷宫找寻回去的路径时，她的自我像一朵雍容华美的玫瑰绽放开来。她厌恶这片海滩，厌恶所有使她像行星围绕太阳一般给迪克当陪衬的地方。

“啊，我几乎快是个完全的人了，”她想，“现在我不就脱离他独自在这儿了吗。”她快乐得像个孩子，盼望着能尽早完全，并在心里隐约意识到，这是迪克安排的。于是一到家，她就躺在床上，给在尼斯的汤米·巴尔班写了封简短而富有挑逗的信。

不过那是白天的事——到了晚上，随着精力不可避免地减退，她的精神也低落下来，昏暗的光线中，眼前常常飞舞着一些金花。她担心，不知道迪克脑子里在想什么，再次感到他近来的举动下似乎隐藏了一个计划。她害怕他的那些计划——它们总会顺利实现，总有一种她无法掌握的万能的逻辑性。不知什么时候她已经把思想交给了迪克。哪怕他不在时，她的一举一动也似乎自动受他的意志支配，以致现在她觉得她实在无力同他的意图相抗衡。然而，她必须思考。她终于知道了幻想的大门那可怕的门牌号码，那是通往绝路的门槛。她知道对她来说现在和以后最大的罪过就是欺骗自己。这是很长的一课，但她还是学会了。要么你自己动脑子，不然别人就替你思考，剥夺你的权利，歪曲、约束你未来的趣味爱好，驯化你，让你的思想枯竭，变得一无是处。

晚饭时，他们很平静，迪克喝了不少啤酒，高高兴兴地和孩子们待在昏暗的房间里。后来，他弹了几首舒伯特的曲子和美国一些最新的爵士乐曲。妮科尔站在一旁，用她粗哑却又甜美的女低音轻轻跟着琴声哼着。

谢谢爸爸
谢谢妈妈
感谢相逢成一家——

“我不喜欢那首歌。”迪克说着就要动手把这一面翻过去。

“噢，就弹这个！”她叫道，“难道我这辈子就一直得这样。看到‘爸爸’这个词就退缩吗？”

谢谢那晚拉车的马儿！
谢谢你们都喝多了一点儿——

过后，他们和孩子一起坐在摩尔人式样的屋顶上，观看着下面很远的海岸边上两家夜总会燃放的焰火。就这么茫然相对，实在让人感到寂寞，感到孤独、伤心。

第二天上午，妮科尔从戛纳购物归来，看到一张留言条，说迪克把小车开走了，去了普罗旺斯，要在那儿一个人住几天。就在她看字条的当儿，电话铃响了——是汤米·巴尔班从蒙特卡洛打来的，说他已收到她的信，正准备开车过来。当她对着话筒表示欢迎时，她不禁感到自己的嘴唇热乎乎的。

八

妮科尔洗了个澡，往身上涂着护肤液，又扑了层粉，一边脚趾在浴巾上踩着。她仔细打量着自己身体的两侧线条，心想不知再过多久自己这优美、苗条的躯体将像一座大厦那样开始倒塌，埋到泥土里去。可能要六年吧，不过，现在我还行——事实上，我不亚于任何我所认识的人。

她倒不是吹牛。现在的妮科尔和五年前的妮科尔如果说在生理上有什么不同的话，那就是，她不再是个年轻姑娘了。不过，现在流行对青春的崇拜，影片里净是少女的面孔，她们全被可人地描绘成这世界上工作和智慧的接班人，这把她折磨得够呛，不能不对青春生出妒忌。

她穿上她那件最上等的拖到脚踝的日礼服（这件衣服她已拥有了好多年了），并虔诚地用香奈儿[①]十六号饰物在胸前画了个十字。当汤米下午一点钟开车来到时，她已把自己妆饰得如同一座最整齐漂亮的花园。

能有这样的事——再次被人崇拜，装出点神秘来——该多么好啊！她已经失去了一个俏丽姑娘的生命中最值得神气的两年，现在她觉得自己是在挽回那两年光阴。看她迎接汤米时的神态，就好像他是

---

① 加里布埃·香奈儿（Gabrielle Chanel，1883—1971），法国女装设计师，以设计高级时装与女装珠宝饰物而著名。

她石榴裙下的众多男人之一，当他俩穿过花园，朝市场上的遮阳棚走去时，她走在他的前面，而不是走在他身边。迷人的女子只要信心十足，十九岁或是二十九岁在活泼自信方面都是一样的，不同的是，二十多岁的女人不会吸引外边的世界围着她转。十九岁是自命不凡的年龄，好比一个年轻的军校学生，而二十多岁的女人则像作战归来昂首阔步的勇士。

可是，如果说一个十九岁的女孩子是从万众瞩目中获得自信的话，那么，二十九岁的女人则是靠一些更微妙的东西滋养。渴望时，她会明智地选择开胃酒；满足时，便津津有味地品尝着有回味的鱼子酱。所幸的是，不管处于哪一种情况，她似乎都不展望未来的岁月，因为那样她便会变得惊慌，害怕停止或者害怕继续，从而影响其洞察力。不过，在十九岁或二十九岁的驻足站上，女人都非常确信，客厅里没有熊。

妮科尔想要的不是任何朦朦胧胧的精神上的浪漫——她要的是一桩“情事”，她需要一个改变。当她用迪克的思维思考时，她认识到，从表面上看，在并没有什么感情的情况下放纵自己，从而给所有人造成威胁的举动太粗鄙；而另一方面，她又把眼前这种状况归罪于迪克，并且真诚地以为这样一种试验也许会对她的病具有治疗价值。整个夏天，她看到多少人受到诱惑而又为所欲为并未遭到惩罚，于是得到鼓舞。此外，尽管她的意图是不再欺骗自己，她仍然倾向于认为她这只不过是摸摸路，随时准备抽身而退……

在浅淡的光影下，汤米一把揽住她，把她抱在他那大白鸭一般的怀抱中，扳过她的身体，盯着她的眼睛。

“别动，”他说，“从现在起，我要把你好好地看个够。”

他的头发带有一点清香，身上的白衣服也透着一股淡淡的肥皂味。她紧闭双唇，没有微笑，两人就这么对视了一会儿。

“你喜欢你所看到的吗？”她喃喃地问。

“说法语吧。”

“好的，”于是她又用法语问了一遍，“你喜欢你所看到的吗？”

他把她拉得更近了。

“不管在你身上看到的是什么，我都喜欢。”他犹豫了一下，“我原以为我熟悉你的面庞，可现在看这脸上好像还有些什么我不知道的。你什么时候开始长了这双骗子般的白眼睛的呢？”

她挣脱出来，又惊又气，用英语叫道：

“这就是你要我说法语的原因吗？”看到管家送雪莉酒来，她把声音压低：“这样你好更准确地侮辱人是吧？”

她把她那小凳子用力摔到银色布面的椅垫上。

“我这里没有镜子，”她说，又用法语，但语气果决，“不过，假如我的眼睛真变了，那是因为我的身体好了。而身体一好，我也许就回到了真正的自我——我想我祖父是个骗子，按照遗传，我也就是个骗子，就这么回事。这么解释该让你那合乎逻辑的大脑满意了吧？”

他似乎一点不明白她在说什么。

“迪克哪儿去了——他中午和我们一起吃饭吗？”看他对自己讲的话不过是有口无心，妮科尔的态度也就来了个一百八十度大转弯，对那句话的实际效果一笑置之了。

“迪克外出旅行去了，”她说，“罗斯玛丽·霍伊特来了，他们两个，要么厮混在一起，要么就是她把他搅烦了，于是他想走得远远的，然后在梦里去想她。”

“你知道吗，你现在也变得有点儿复杂了。”

“哦，不，”她赶忙向他保证，“不，我并不是真的——我不过是一个——我不过是一个头脑简单的人，只是和别的头脑简单的人不一样罢了。”

马瑞斯送来甜瓜和冰桶。妮科尔还在不由自主地想着她有一双骗子般白眼睛的事，没有应声。这个家伙，他把整个儿一个坚果给人吃，而不是把它弄碎了好让人吃果仁。

“他们为什么不让你在自然状态中生活呢?”汤米跟着问道，“你是我所认识的最富有戏剧性的人。”

她不知怎么回答。

“这都是对女人的压制、驯服!”他不屑地说。

“任何社会里都有一些——”她感到迪克的幽灵在碰她的胳膊肘，但是，听着汤米的话外话，她慢慢地平静了下来。汤米说：

“我曾用野蛮的办法让不少男人就范，可我不会对哪怕只有那一半数目的女人这么做。尤其是这种貌似仁爱的欺负——这对谁有好处呢? ——对你对他还是对别的任何人?”

她的心跳了起来，但一想到她对迪克所欠下的恩情，便又无力地沉了下去。

“我想我有——”

“你有太多的钱，”他不耐烦地说，“那就是问题的关键。迪克在这点上是比不了的。”

她思索着，这时，甜瓜给端了下去。

“那你说我该怎么办?”

十年来她还是第一次受到除丈夫之外的另一个人的影响。汤米对她所说的每句话都永远地成了她生命的一部分。

他们喝了瓶葡萄酒。外边，轻风吹过，松针沙沙作响，午后撩人的热浪在方格台布上留下了炫目的斑点。汤米走到她身后，环抱住她，将胳膊搭在她的双臂上，抓住她的手。两个人的脸贴在一起，尔后是嘴唇。妮科尔喘着气，一半因为对汤米所产生的激情，另一半则是出于对这种激情的力量所突然感到的惊喜……

“今天下午你能把家庭教师和孩子都打发走吗？”

“他们要上钢琴课。不过不管怎么说，我不想待在这儿。”

“再吻我一下。”

一会儿之后，在开车去尼斯的路上，她想：这么说，我有一双骗子一样的白眼睛，是吗？那好，做个头脑清醒的骗子，也比头脑不清的清教徒好。

汤米的话好像为她免除了一切过错与责任，以一种新的方式看待自己，让她感到欣喜若狂。前面展现出新的前景，晃动着许多男人的面孔，而她无须服从甚至无须去爱他们中的任何一个。她吸了口气，扭动着耸了耸肩，然后转过身面对汤米。

“我们是不是一定要开到你在蒙特卡洛住的旅馆？”

汤米一踩刹车，将车停下，汽车下发出一声车轮擦过地面的嘎吱声。

“不用！”他答道，“噢，我的上帝，我还没像此刻这么快活过呢！”

他们这时已沿着蓝色的海岸驶过了尼斯，开始开上那座不高不低的科尼什山。忽然，汤米一个急转弯，驾着车朝海滩开去，一直开到一个圆钝的半岛尽头，在一家海滨小旅馆后面停了下来。

这一切是那样的真实，妮科尔一时间竟感到有些惧怕了。旅馆的服务台前，一个美国人正在同旅馆职员就兑换率的问题争论不休。当汤米填写住宿登记表时，她踌躇不决，表面上平静，心里却痛苦得很——登记表上他的身份填的是真的，而她的却是假的。他们的房间面对着地中海，算得上简朴，也还干净，在外面水面强光的反衬下显得有些昏暗。最简单的欢乐——最简单的地方。汤米要了两份法国科涅克白兰地。侍者离开后关好门，他在屋里唯一的一张椅子上坐下，面色黝黑，带有疤痕的脸仍然英俊，眉毛弓起，眉角上挑，俨然一个好斗的帕克[1]，一个真诚的魔鬼。他们酒还没喝完，突然走到一起，面对面站着。接着，他们坐到床上，汤米狂热地吻着她坚硬的双膝。她仍旧微微挣扎了一下，像一只被砍去头的动物，随后就把迪克以及她那所谓骗子的白眼睛给忘了，也忘了汤米本人，一点一点地陷入此刻的分分秒秒里。

……当汤米从床上爬起来，打开一扇百叶窗，想看看他们的窗户下面那越来越大的吵闹声是怎么回事的时候，他看上去肤色比迪克要深一点，体格也比迪克健壮，尤其是那一股股扭得像绳子似的肌肉块，最引人注目。一时间，他也忘记了妮科尔——几乎在他的肉体刚刚和妮科尔分开的那一瞬，妮科尔就预感到事情将会与她所料想的不同。她感到莫名的恐惧，这种恐惧先于所有的情感出现，无论是欢乐还是哀伤，就像暴风雨来临之前那阵不可避免的雷鸣。

汤米小心地从阳台上窥察动静，并做了报告。

“我所能看见的是楼下阳台上有两个女人。她们坐在美国式的摇椅上晃来晃去的，正在谈论天气。”

“她们两个人弄出了那么大的声音吗？”

“声音是她们底下什么地方传来的，你听。”

> 唉，在遥远的南国棉乡。
> 旅馆低档，生意无望。
> 再把眼去看别处吧——

“是些美国人。”

妮科尔平伸开双臂躺在床上盯着天花板，身上扑的粉都汗湿了，

---

① 帕克，莎士比亚喜剧《仲夏夜之梦》中喜欢恶作剧的小精灵。

白乎乎地糊在身上。她喜欢屋子里的空荡荡，喜欢头顶上那只苍蝇飞来飞去时发出的嗡嗡声。汤米把椅子搬到床跟前，拂掉上面的衣服，坐在上面。她喜欢那件分量很轻的衣裙，因为它很实惠，还有那双在地板上和他的帆布衣裤混在一起的帆布便鞋。

汤米端详着她那与褐色的四肢和脑袋连接得有点突兀的雪白的椭圆形躯体，神情认真地笑着，说：

"你浑身上下都是新的，像个新生儿。"

"还有双白眼睛呢。"

"我会照料它们的。"

"白眼睛可难照料了——尤其是在芝加哥造就的白眼睛。"

"我可是通晓法国南部农民所有古老的照料办法。"

"汤米，亲亲我，嘴唇上。"

"那是标准的美国式，"他说，不过还是那么亲了她，"我上次在美国时，看到那儿有些姑娘，她们能用嘴唇把你给撕了，也能把她们自己给撕了，直到她们的嘴唇四周充满了血，脸上涨得通红——不过也就到此为止了。"

妮科尔一只胳膊肘撑着，侧靠在床上。

"我喜欢这间房。"她说。

她四下望了望。

"我觉得有点儿简陋。亲爱的，我很高兴你不想等我们到蒙特卡洛。"

"为什么光说它简陋？嗐，这间房子很不错的，汤米——就像塞尚和毕加索的许多画里光秃秃的桌子。"

"我不知道。"他没想去弄明白她的话，"那边又吵起来了。老天，难道是发生了杀人案？"

他走到窗前，再次报告说：

“好像有两个美国水手在打架，还有不少水手为他们助威呐喊。他们是从停在海岸边上的那艘战舰上下来的。”他用条毛巾裹住身子跑到阳台上，“他们还有妓女陪着呢。我听说过这种事——不管船开到哪儿，那些女人始终跟着他们。可那都是些什么样的女人！在别人看来，有了他们那样的收入，他们完全能找到更好的女人！干吗非找那跟过库尔尼诺夫的女人呢！为什么我们非得把眼睛盯着芭蕾舞女呢！”

妮科尔很高兴他知道那么多女人，从而，“女人”这个词本身对他来说并不意味着任何什么；只要她内在的吸引力超越她遵循普遍规律的形体因素，她就能拴住他。

“照他的要害打！”

“呀呀呀！”

“嗨，我告诉你的没错吧！”

“来啊，小兔崽子，小子！”

“呀——呀！”

“呀——哟——呀！”

汤米转身离开阳台。

“这地方有用的日子似乎已经过去了，你看呢？”

妮科尔表示同意，不过在穿上衣服前，他俩又在一起抱了一会儿，而后，在更长的一段时间里，这房间似乎又比得上任何一座宫殿……

最后，当汤米终于往身上穿衣服时，他忽然惊叫道：

“我的上帝，坐在我们下面阳台上摇椅里的那两个女人一直都没动。她们是想把这事谈到不存在为止呢。她们在这儿是在节俭度假，所有的美国海军以及所有的欧洲娼妓都破坏不了。”

他轻轻地走过来，抱住她，用牙齿将她的套裙背带拉好。接着，一声巨响撕裂了外面的空气：啪——砰！是战舰在召唤船员回船。

顿时，他们的窗下一片混乱——因为战舰要开往什么海岸，具体地点尚未宣布。侍者们急切地报账、讨债。有赌咒抵赖声；有抛大票子的，有扔零头的；昏迷的人被扶上小船，海警飞快有力的命令声压过所有的纷杂。当第一艘小艇驶离时，岸边响起了一片喊叫声、哭泣声、尖叫声以及许诺的声音。女人们在码头上尖叫着朝前拥，拼命地挥着手。

汤米看到他们楼下一个姑娘从屋里冲到阳台上，挥舞着一条餐巾。他还没弄清那两张摇椅上的英国妇女是不是终于让步，承认那姑娘的出现，就听到有人敲他们房间的门，伴随着敲门的是激动的女人说话声，他们无奈，商量了一下只好同意把门打开。开门一看，只见走廊上站着两个瘦小、蛮悍的年轻姑娘，看她们那神情，与其说是迷了路，不如说是没被亲友找到。其中一个抽抽噎噎地哭泣着。

“我们能在你们的阳台上跟朋友挥手告别吗？”另一个女孩子操着美国口音热切地恳求道，“可以吗？能让我们和我们的男朋友们告别吗？求你们了。别的房间都锁上了。”

“十分乐意。”汤米说。

两个姑娘冲上阳台，顷刻间她们的尖叫就盖过了下面的喧闹声。

“再见，查理！查理，往上看！”

“到了尼斯给我拍份电报！”

“查理！他没看到我！”

其中一个女孩子突然把裙子撩起来，拉下她那粉红色的三角内裤，把它撕成一面旗子样，接着，一边尖叫“本！本！”一边发疯地挥动着“旗子”。妮科尔和汤米离开房间后，那旗子还在蓝天下飘动着。啊，你说，你能看见心上人肌肤娇嫩的颜色吗？——这时，船尾升起了星条旗，与这面粉红的旗帜争相媲美。

他们在蒙特卡洛一家新开的海滨俱乐部吃了饭……很晚时，他们去了博尼欧，在一个月光朗照的石潭里游泳。石潭的四周有一圈灰白色的鹅卵石，围着一泓泛着粼粼波光的碧水。它正对着摩纳哥和若隐若现的芒通岛。妮科尔很高兴他带她到这儿来看东边的景色，以及海风和海水变化的另一番景象。这一切都那么新鲜，就像他们彼此眼中的对方。此时的她就像是安安稳稳地横躺在他的马鞍前桥上，仿佛汤米策马把她从大马士革搭救出来，两人一起来到蒙古大草原上。迪克对她的教导一点点地被抛在脑后，她比以往任何时候都更接近原来的面目，隐约又回到了周围的人纷纷为她迷倒的时候。月光下，他们极尽缠绵，情人的大胆妄为让她很是惬意。

他们一同醒来时发现已经月落天凉。她爬起来询问时间，汤米回答说大约三点。

“那我得回家了。”

“我以为我们在蒙特卡洛过夜呢。”

“不行。家里还有家庭教师和孩子们。我必须在天亮前赶回去。”

“随你便吧。”

他们又跳入水中泡了片刻。汤米见她在发抖，忙用毛巾麻利地给她擦身子。进了车里，两个人的头发都还是湿漉漉的，但皮肤却光洁清新。两个人都不想回去。这时，他们正待在一块光线很亮的地方，当汤米又开始吻她的时候，她感到他完全沉醉于她那白嫩的脸颊、雪白的牙齿、冷静的眉头以及抚摸着他脸庞的手了。她仍旧习惯于迪克的做法，于是等待着汤米的解释或是说明；但是什么也没等到。确定不会有解释后，她睡意绵绵，心情愉快，慢慢瘫坐在椅子上打起盹来，直到发动机的声音变了样，她感到他们是在向戴安娜别墅驶去。到了家门口，她几乎是机械地与他吻别。她感到她走在小道上的脚步声都变了，夜晚花园里的一切声响眨眼间成了过去，然而回到家总归还是很高兴的。这一天事情的发展是断断续续的，虽然她对此心满意足，但还是适应不了这种紧张。

九

第二天下午四点钟，一辆车站出租车停在门口，迪克走了出来。妮科尔一下子乱了分寸，冲下平台去迎接他。因为一直在控制自己，她有点儿喘不过气来。

“汽车呢？”她问道。

“我把它丢在阿尔勒了。我不想再开了。”

“看你的条子，我当你要过几天才回来呢。”

“我赶上了干冷的北风，还淋了雨。”

“玩得好吗？”

“不错，就像所有想摆脱烦扰的人感觉一样。我开车送罗斯玛丽到阿维尼翁，又在那儿把她送上了火车。”他们一起向平台走去，在平台上，迪克把包放下，“我在信里没跟你说，是因为我知道你会胡思乱想的。”

“你真能体贴人。”妮科尔此刻对自己又多了几分把握。

“我是想看看她有没有什么东西可拿出来——唯一的办法就是在她单独一人的时候。”

“她有——有什么可拿出来吗？”

“罗斯玛丽始终长不大，”他答道，“这样也许更好，你一直在干些什么？”

她感到她的脸像兔子似的颤抖起来。

“昨晚我去跳舞了——和汤米·巴尔班一起。我们去了……”

迪克一怔，打断她的话。

“别跟我讲这些。你做什么都没关系。只是我不想明确知道什么。”

“其实也没什么好知道的。”

“行了，行了。”然后，好像他离家已经有一星期似的，又问：“孩子们怎么样？”

屋里的电话铃响了。

“要是找我的话，告诉他我不在，”迪克说着立即转身走开了，“我在那边工作室里有些事情要做。”

妮科尔一直等到他在水井后面消失之后，才进屋拿起电话。

“妮科尔，你好吗？”

“迪克在家里呢。”

他发出一声呻吟。

“到戛纳来跟我在这儿碰头吧，”他提议道，“我得和你谈谈。”

“我不能去。”

“说你爱我。”她没有吱声，对着听筒点了点头。他再次说：“说你爱我。”

“噢，我的确是爱你的，”妮科尔向他保证说，“可现在什么办法也没有呀。”

“当然有，”他不耐烦地说，“迪克知道你们两人之间已经完了——很明显，他已经退出了。他想让你做什么？”

“我不知道。我得——”她咽下本来要说的话：“——等到问过迪克，”改口说道：“我给你写信，明天你等我电话。”

妮科尔怡然自得地四处走动着，沉浸在自己的成就中。她是个淘气精，那本身就是个满足。她再也不是仅仅在畜栏里狩猎的女猎手了。此时，昨天发生的事纤悉无遗地浮现在她的脑海里，覆盖在她过去对迪克的爱的记忆上。那时候，她对迪克的爱还很新鲜、完好，他们有过类似的时刻。如今，她已经开始鄙薄那段恋情，所以在她眼中，那段情从一开始就有一时冲动之嫌。女人的记忆通常带有投机性，这使她几乎全然忘却了婚前一个月她曾经怎样和迪克在世界上各个隐秘的角落里卿卿我我，相拥相恋。昨天晚上她还跟汤米这么撒的谎，对他发誓说她过去从来没有如此全心全意，如此死心塌地，毫无保留地爱过……

接着，她又对自己此刻的背叛感到后悔，这种背叛实际上很不客气地否定了她生命中的十年。想到这些，她又踅身朝迪克把它当作避难所的工作室走去。

当她悄无声息地走近时，她看到他待在他的小屋后面，在一张靠峭壁放着的帆布躺椅上坐着。她默不作声地注视了他一会儿。他在沉思，生活在一个完全属于他自己的世界里。他的脸庞微微在动，眉毛时而扬起，时而落下，两眼忽而眯起，忽而睁大，嘴巴或开或合，手又不停地翻动。她看得出他的心事正一个阶段一个阶段地变化着，是他的心事，不是她的。有一回他还捏紧拳头俯身向前；又有一回，他的脸上现出受到折磨以及绝望的神情，这一表情从脸上消失后，它的痕迹仍留在他的眼神里迟迟不去。妮科尔有生以来，几乎是第一次同情他——曾经受过精神病折磨的人同情一个正常人是不容易的事，尽管她常常口头上承认多亏迪克带她回到了失去的世界，对此很是感激，但她一直实实在在地以为迪克有着用不完的精力，永远也不会疲倦——她忘记了她给他眼下造成的麻烦，因为她此刻同时也忘记了驱使她那么做的她自身的麻烦。他不再控制她了——他知道吗？是不是他有意安排的？——她为他感到难过，就像她有时对阿贝·诺思不光彩的下场感到不是滋味，对孤弱无助的婴儿和老人感到心酸一样。

她走上前去，伸手揽住他的肩膀，把头靠在他的头上说：

“别难过了。”

他冷冷地看了看她。

“别碰我！”他说。

她不知所措，不由自主地退了几步。

“对不起，”他恍恍惚惚地接着道，“我刚才在想我对你的看法——”

“那为什么不在你的书上添上这个新的分类呢？”

“我想到了——就把它叫作‘精神变态和神经官能症病外谈’——”

“我不是到这儿来让人讨厌的。”

“那你为何要来，妮科尔？我无法为你再做什么。我正在想办法救自己。”

“好不被我传染吗？”

“我的职业有时使得我不得不和道德行为可疑的人打交道。”

受到这一凌辱，妮科尔气得哭起来。

“你是个胆小鬼！自己毁了自己的一生，还把责任推到我身上。”

迪克没有回答，妮科尔又开始感受到他的智慧过去常常对她所产生的那种催眠作用，这种作用力有时并不是靠力量来施加，而往往通过一层层的真相，而这真相叠加的厚层是无法冲破的，甚至无力砸开一条裂缝。她再次与之搏斗，与迪克对抗起来，用她那双小而美丽的眼睛，用胜利者的倨傲，用她新近的移情别恋，用多年累积的仇恨；她用来和迪克抗衡的还有她的富有以及巴比对他的厌恶，对她的支持；还有他的怨毒正给他招来的新仇；她要用她的急脾气对付他的慢性子，她的美丽健康对付他的体质衰弱，用她的无所顾忌对付他的道德仁义——在这场心灵之战中，她甚至还利用自己的弱点——她就用这些破瓶烂罐，用这些盛过她那已经救赎过的罪孽、狂怒和过失的容器和他勇敢地搏斗。忽然，两分钟之内，她就取得了胜利，没有撒谎，也没有耍计谋，就证实了自己的行为是正当的，永远地割断了他们之间的联系。而后，她迈着无力的双腿，冷静地啜泣着，朝着终于属于她的家走去。

迪克一直等到她消失在自己的视野之外。然后，他把头靠在护墙上。这个病例已经完结，戴弗医生可以自由了。

十

夜里两点钟，电话铃声把妮科尔吵醒了，她听到迪克在隔壁房间的床上接电话，那张床他们称之为“睡不安宁床”。

“是啊，是啊……可是，我在跟谁说话呀……是啊……”因为惊奇，他那本来听起来睡意蒙眬的声音变得清醒了，“长官先生，我能否和其中一位夫人说话呢？她们两位都是最显赫的贵妇人，她们有些关系人物，能引起最严重的政治纠纷……我发誓，这是事实……好吧，你会知道的。”

他索性起了床，琢磨起这件事，他的自知之明使他确信他应该着手处理——往日他那致命的可爱劲儿，逼人的魅力，随着一声“让我来！”的叫喊又卷土重来了。他必须去处理这件事，虽然他对此一点儿也不关心，只不过因为被人喜欢早就成了他的一个习惯，这习惯也许是从他意识到自己是一个衰亡家族的最后一线希望那一刻开始的吧。还在苏黎世湖多姆勒的诊所时，在一个几乎相同的场合，他就认识到它的力量，于是选择了奥菲利娅[①]，选择了这种甜蜜的毒药并把它喝了下去。虽然他特别期望自己勇敢慈善，但他更渴望被人爱。过

① 奥菲利娅，莎士比亚《哈姆雷特》剧中的人物，哈姆雷特的女友。后因疯狂而自杀。

去是这样，将来也是这样。在他刚一挂上电话的那一刻，当电话盒还在发着缓慢而古老的声响时，他就认识到这一点。

好一会没有了动静。妮科尔叫道："什么事？谁的电话？"

迪克甚至在挂电话时就已经开始穿衣服了。

"是昂蒂布警察局打来的——他们拘留了玛丽·诺思和那位西布利-比尔斯。事情很严重——代理人不愿意告诉我详情；他只是不住地说'没有出人命——没有发生车祸'。他却又暗示牵涉到其他一切事情。"

"那他们为什么偏偏打电话给你呢？在我听来这事儿有点儿奇怪。"

"她们必须被保释出来才能保住面子；而只有在阿尔卑斯山沿海拥有财产的人才能作保。"

"她们也好意思。"

"我不在乎。不过我要到旅馆把高斯叫醒了——"

迪克走后，妮科尔一直醒着，猜测他们究竟干了什么坏事，猜着猜着就睡着了。三点刚过，当迪克进来时，她一下子全醒了，坐起来问："怎么回事？"好像在和梦中的一个人说话一样。

"事情很不寻常——"迪克说。他坐在妮科尔床那头，跟她讲了事情的经过：他怎么把老高斯从他那阿尔萨斯人的酣睡中叫醒，让他拿出钱柜里所有的现金，和他一起驱车赶到警察局。

"我真不想为那个英国佬做什么。"高斯嘟哝着说。

玛丽·诺思和卡罗琳夫人穿着法国水手的衣服，懒洋洋地坐在两间昏暗、肮脏的牢房外面一条长凳上。卡罗琳夫人面带布立吞人的那种怨怒，仿佛期待着地中海舰队随时到来营救她。玛丽·明盖蒂则是处于惊吓之中，几乎崩溃——她简直是一头扎进迪克的怀里，好像那儿是最大的关系点似的，哀求他采取点什么措施。与此同时，警察局局长把事情向高斯解释了一番，高斯很不情愿地听着每一句话，心思根本不在那儿，一会儿欣赏警察局局长的叙述才能，一会儿又表现出，作为一个尽职的仆民，他对这件事并不感到吃惊。

“这只不过是个玩笑罢了，”卡罗琳夫人不屑地说，“我们只是装作度假的水手，偶然结识了两个傻姑娘。她们害怕，在公寓里闹开了。”

迪克盯着石板地，严肃点了点头，就像忏悔室里的牧师一样——他想嘲笑她们一通，又想吩咐给她们各五十鞭笞，罚她们吃两个星期的面包就水。卡罗琳夫人脸上一点儿负罪的神色都没有，只有对胆小的普罗旺斯女孩和这群笨蛋警察的恼怒，这便迪克很是不解。不过，他早就总结出，有些阶层的英国人具有一种反社会性，相形之下，纽约人的狂食滥饮变得像小孩吃冰激凌引起的消化不良一样，不值一提。

“在侯赛因知道此事之前，我一定得出去，”玛丽恳求道，“迪克，你一向是很有办事能力的——一直是这样的。跟他们说我们要立刻回家，说我们愿意出钱，无论多少钱都行。”

“我才不出呢，”卡罗琳夫人鄙夷地说，“一个子也不给。但是，我倒要看看戛纳领事馆对这事怎么说。”

“不，不！”玛丽坚持说，“我们必须今晚就出去！”

“我将尽我的力量去做，”迪克说，一会儿又补充道：“不过，钱是一定得交的。”他看着她们，那神情似乎表明，他知道她们并非那么无辜。他摇摇头：“简直荒唐至极！”

卡罗琳夫人得意地微微一笑。

“你是精神病医生，不是吗？你该能帮我们——高斯也责无旁贷！”

迪克这时把高斯拉到一旁，询问老人所了解到的情况。事情比表面上看要严重得多——其中有个姑娘出身名门。这家人大为恼火，或者假装恼火；问题的解决将不得不同她们协商。另一个姑娘是码头上的，比较容易对付。根据一些法律条文，如果定罪，将处以监禁，要么至少公开驱逐出境。除这些之外，还有当地人对此类事容忍态度上的差别问题。从外国侨民身上获得好处的市民和对外国侨民入境带来了物价上涨而不满的市民，他们在容忍态度上的差异正越来越大。这又构成一个麻烦。高斯归纳了一下形势，就把事情推给了迪克。迪克同警察局局长进行了交涉。

"现在，你知道，法国政府想鼓励美国人来法旅游——为此，今年夏天在巴黎颁布了一项规定，不得逮捕美国人，除非他们犯了最严重的罪行。"

"这事已经够严重的了，我的上帝。"

"可是你瞧——你拿了她们的身份证吧？"

"她们没有证件。什么都没有——只有两百法郎和几只戒指，连上吊用的鞋带都没有。"

听说她们没带着身份证，迪克松了口气，继续说：

"那位意大利伯爵夫人仍然是美国公民。她是——"他从容不迫地编了一串吓唬人的谎话，"约翰·D. 洛克菲勒·梅隆[①]的孙女。听说过约翰·D. 洛克菲勒·梅隆吗？"

"听说过，噢，天哪，听说过。你以为我是吃干饭的吗？"

"另外，她还是亨利·福特勋爵[②]的侄女，所以与雷诺特与西特伦公司有联系——"他觉得可以到此为止了。然而，他那煞有介事的语调却已开始对警察局局长产生了影响，于是，他又接着说："逮捕她就好比逮捕了一个英国皇室成员，那就意味着——战争！"

"可是那个英国女人是什么身份呢？"

---

① 约翰·D. 洛克菲勒·梅隆（John Davison Rockefeller，1839—1937），美国金融家及慈善家。

② 亨利·福特（Henry Ford，1863—1947），美国福特汽车公司创始人。

“我正要告诉你。她已和威尔士亲王的弟弟订了婚——就是白金汉宫的公爵。”

“她会成为他娇贵的新娘。”

“现在我们打算给——”迪克飞快地计算着，“每个女孩一千法郎——再给‘受害严重’的那位女孩父亲一千法郎，另外再有两千法郎给你打点——”他耸了耸肩，“——分给负责逮捕的人、公寓的主人，等等。我总共给你五千法郎，希望你尽快和有关部门协商。然后，你们可以定它个什么扰乱治安之类的罪名，使她们获得保释。无论要交多少罚金，我们保证通过使者在明天见地方治安官时当面缴纳。”

不等警察局局长开口，迪克就从他的表情看出，这事儿差不多没问题了。那家伙吞吞吐吐地说：“因为她们没有身份证，我尚未登记。我保证照办——把钱给我吧。”

一个小时后，迪克和高斯把她俩丢在了宏伟旅馆，卡罗琳夫人的司机睡在她的汽车里。

“记住，”迪克说，“你们每人欠高斯先生一百美元。”

“行啊，”玛丽同意道，“我明天给他开张支票——而且还会更多。”

“我可不给！”他们吃了一惊，转过脸去看卡罗琳夫人，她现在已完全恢复过来，正为自己的无辜怒气冲冲，“这简直反了天了。我可根本没授权让你给那些家伙一百美元。”

小个子高斯正在汽车边站着，听到这里突然两眼冒火。

“你不给我钱？”

“她当然会的。”迪克说。

蓦然，当年在伦敦当打杂工时受的虐待浮现在高斯眼前，他勃然大怒，在月光中走到卡罗琳夫人面前。

他滔滔不绝地冲着她发出一连串的咒骂，卡罗琳夫人冷笑一声抬腿走开，他见状紧跟一步，伸出他那小脚飞快地在这最为显赫的目标身上踢了一脚。卡罗琳夫人大惊失色，像个中弹的人，两手一扑腾，随即她那身穿海军服的躯体便向前一趴，倒在人行道上。

迪克的声音打断了她的怒吼："玛丽，你让她安静下来！要不然，不出十分钟，你俩都会给戴上脚镣！"

回旅馆的路上，老高斯一言不发。直到他们经过朱安林娱乐场时，他还一个劲地哭泣着、咳嗽着，伴着那里传出的爵士乐声；最后，他叹了一口气，说：

"我还从来没见过这种女人。我见过许多名流娼妓，并且通常很尊敬她们，可是这种女人，我以前还真没见过呢。"

十一

迪克和妮科尔习惯两人一起去理发店，分别在两间相邻的屋子里剪发、洗头。妮科尔常常能听到迪克那边传来的剪刀咔嚓声、数零钱的声音、赞许声和道歉声。他回来后第二天，两人一起去了理发店，在阵阵香风吹拂下一个理发，一个洗头。

卡尔顿旅馆的窗户和许多地下室的门一样，紧紧地关闭着，把暑热挡在外边。旅馆前，一辆汽车打他们旁边驶过，里面坐着汤米·巴尔班。妮科尔一眼瞥见他，只见他的表情沉默而呈思索状，紧接着看到她时立刻两眼睁得老大，精神陡增，让她一下子乱了方寸。她想跟他一起走，他去什么地方，她就去什么地方。在理发店里待的一个小时似乎成了她虚度岁月的一个片断，另一段牢狱生活。穿着白大褂、略施粉黛的汗涔涔的女理发员让她联想起许许多多的护士。

隔壁屋里，迪克身上披着理发披巾，脸上抹着肥皂沫，正在打盹。妮科尔面前的镜子里映出男宾室和女宾室之间的通道，忽然，她从镜子里看到汤米走进理发店，一转身去了男宾室，不由得惊跳起来。她欣喜得脸都红了起来，因为她感到，这一下可能要摊牌了。

接着她听到开头的只言片语。

“喂，我想找你一下。”

“……怕是要紧事啰。”

“……要紧。”

“……完全同意。”

眨眼间迪克来到妮科尔的理发间，毛巾后面他那草草擦过的脸上神色不悦。

“你的朋友太激动了。他想见我们两个，所以，我同意和他把这件事了结了。跟我来！”

“可我的头发——才剪了一半呢。”

“没关系——来吧！”

她愤愤地让在旁边瞪着眼发呆的理发师拿掉了毛巾。

她跟着迪克出了旅馆，一路上想着自己没有打扮，形象一定很糟。在旅馆外面，汤米俯身吻了下她的手。

“我们去同盟咖啡馆吧。”迪克说。

“只要是能单独谈话的地方就行。”汤米同意道。

盛夏的树木，枝繁叶茂，在头顶上形成了一个拱顶，树下，迪克问：“不来点儿什么吗，妮科尔？”

“来点柠檬汁。”

“我来半份。”汤米说。

“我来一份带吸管的布拉肯威特。[①]”迪克说。

“布拉肯威特没了。这儿只有约翰尼沃凯尔。[②]”

“也行。”

---

①② 饮料名。

她拍电报——不是——为听什么
但图秘密进行
你应该试一试——

“你的妻子她不爱你，”汤米冷不丁地开口道，“她爱的是我。”

两个男人互相对视着，让人感到奇怪的是谁也想不出说什么话。男人之间处于那种情形是没什么好谈的，因为他们的关系是间接的，是由他们各自对牵涉到的这个女人已经占有或将要占有的程度建立的。因此，他们的情感像通过一条性能不佳的电话线一样，通过她被分开了的自我。

“等一下，”迪克说，“请给我来点杜松子酒，外加吸管。”

“好的，先生。”

“好了，说吧，汤米。”

“在我看来，很清楚，你和妮科尔的婚姻已经到了尽头。她对你已经没有感情了。我等了五年才等来这一天。”

“妮科尔怎么说？”

他俩都朝妮科尔看去。

“迪克，我现在很喜欢汤米。”

他点点头。

“你不再喜欢我了，”她接着说，“我们只是习惯在一起的日子罢了。自从罗斯玛丽出现后，一切都变样了。”

汤米对这个角度不感兴趣，于是一下子打断她的话：

“你不了解妮科尔，你老是把她当成个病人，就因为她生过病。”

这时，忽然来了一个卖报的美国人，打断了他们的谈话。那家伙面容可憎，手里拿着刚从纽约运来的《先驱报》和《时代》周刊，纠缠着他们。

“伙计们，这上面什么都有，”他大声说，“到这儿很久了吗？”

“别废话！出去！”汤米喝道，接着对迪克说，“哪个女人都忍受不了这种——”

“伙计们，”那个美国人又打断他的话，“你以为我在浪费时间吗——可很多人并不那么想。”他从包里拿出一张灰色的剪报——迪克一眼就看了出来，上面印着一张成百上千万美国人带着一包包黄金，拥下轮船的漫画，“你以为我不会成为这其中之一吗？嗨，我准会。我刚从尼斯过来，准备参加环法自行车比赛。”

汤米一声“滚开”，把那家伙赶了出去，此时迪克认出，他就是五年前在圣天使街跟他打招呼的那个人。

“环法自行车比赛什么时候到这儿？”他冲着他的背影喊道。

“随时会到，伙计。”

他终于快活地冲迪克挥挥手走了。汤米转过头对迪克说：“她跟我在一起生活要比跟你一起生活更加富有。”

“请说英语！你所说的‘富有’指的是什么？”

“‘富有’吗？就是说她和我在一起比跟着你更幸福。”

“你们彼此还不了解呢，而我和妮科尔已经在一起生活了很久了，过得很幸福，汤米。”

“只是住在一起的爱情罢了。”汤米讥讽道。

“你和妮科尔结婚难道就不是‘住在一起的爱情’吗？”愈来愈响的喧闹声使他停了下来。不一会，发出喧闹的地方出现了一个人，紧跟着后面又出现了一群，随即，一大堆在各个隐蔽处午睡的人都醒了过来，在人行道上排成一条长龙。

小伙子们蹬着车子疾驰而过，满载着身披精致流苏的运动员的汽车驶上大街，高音喇叭鸣叫着宣告了比赛队伍的到来。当队伍出现在拐弯处时，几个穿着内衣的厨师出人意料地出现在饭店门口。冲在最前面的是一个穿红衣的赛手，只见他背对着午后西下的太阳，正专心致志，充满信心地拼命蹬着，在人群的欢呼喝彩声中冲了过来。接下来是三个互相间距很近的赛手，看上去像小丑一般，身穿褪了色的衣服，腿上结着汗和灰凝成的泥块，面无表情，眼皮沉重，一副疲惫不堪的样子。

汤米面向迪克，说："我看妮科尔是想离婚——你不会设置障碍吧？"

第一批赛手之后，又拥过来一个五十多人的队伍，阵线拉得有两百多码长。他们中有的微笑着，显得有些不自然，有的显然已精疲力竭，大多数人表情淡漠而倦怠。接着，一群跟在后面看热闹的小男孩跑了过来，再后来是几个仍不肯服输的掉队者，最后是一辆轻型卡车，上面载着一些意外受伤以及自认失败的倒霉鬼。看到这里，他们又回到桌边。妮科尔希望迪克采取主动，可是，他好像情愿这么僵持着，尽管他只刮了半边脸，而她的头也只洗了一半。

"你和我一起已经没有幸福可言了，是吗？"妮科尔接着说，"如果没有我，你可以回到你的工作中去——要不是你为我操心，你能够工作得更出色的。"

汤米不耐烦地扭动着身体。

"说这些话没用。妮科尔和我相爱，就这样。"

"那好，"迪克说，"既然都已经定了，我想我们还是回理发店吧。"

然而，汤米存心要生事："有好几个问题——"

"我会和妮科尔商量的，"迪克通情达理地说，"别担心——我原则上同意。我和妮科尔都很理解对方。如果没有第三者在场，我们的讨论不会引起多少不愉快。"

汤米很不情愿地接受了迪克的说法，一种不可抗拒的种族歧视使他仍想获取一点优势。

“有一点必须清楚，从现在起，”他说，“在细节问题得到安排之前，我是妮科尔的监护人。你要是借你继续住那间屋子的机会胡来，我对你绝不客气。”

“我从来不爱碰冷冰冰的人。”迪克说。

他说完点了点头，在妮科尔那双惨白的眼睛注视下，朝旅馆走去。

“他很讲道理，”汤米承认道，“亲爱的，今晚我们住在一起吗？”

“我想是的。”

事情到底这样发生了——没有多少戏剧性。妮科尔感到自己被看透了，她意识到，从她送给汤米樟脑搽剂那件事发生的一刻起，迪克就已预见到了一切。不过，她还是感到高兴、激动，本来想把事情的一切经过都告诉迪克的古怪想法也很快消逝了。然而，尽管如此，她还是一直目送着他远去，直到他的身影变成了一个小点，汇入夏日人群的其他许多黑点之中。

十二

戴弗医生离开里维埃拉的前一天是和孩子们一起度过的。他已经不年轻了，对自己也没有多少厚望和梦想，所以他想把孩子们牢牢记住。孩子们已被告知，今年冬天他们要和姨妈待在伦敦，不久他们就去美国看爸爸。家庭教师弗洛伦不经他允许不得解雇。

令他欣慰的是他已经教会了小女儿许多东西——对儿子他就不太放心了——那个不停地爬上爬下，老是要抱、要奶吃的小家伙，迪克对自己必须给他什么总感到不安。当他向他们道别时，他真想把他们漂亮的小脑袋摘下来，抱上几个小时。

他拥抱了老园丁，和他告别，六年前，是他开辟了戴安娜别墅的第一座花园；接着又吻了那位带孩子的普罗旺斯姑娘，她在他们家待了已快十年。姑娘跪在地上号啕大哭，迪克把她拉起来，给了她三百法郎。妮科尔还在睡着，这是他们协商好了的。他给她和巴比·沃伦各留了张条儿。巴比刚从意大利的撒丁岛回来，此时正住在他们家里。迪克捧起一只三英尺高、能装十夸脱白兰地的酒瓶，仰起脖子喝了一大口酒。这酒还是别人以前送给他们的。

接着，他决定把行李丢在戛纳车站，再最后看一眼高斯旅馆前的海滩。

那天早晨，当妮科尔和她姐姐来到时，海滩上还只有一个负责照看孩子的看护。苍白的太阳被白茫茫的天空掩去了轮廓，在这无风的日子里朗照着大地。旅馆的侍应员们正往酒吧里在搬更多的冰块。一位来自美联社的美国摄影师在一顶摇摇晃晃的遮阳篷下摆弄着照相设备，每听到有人从石阶上下来，就抬起头来看一眼。然而，那些可能进入他镜头的人们还在旅馆黑乎乎的房间里睡懒觉呢，他们近来只有破晓时才好睡上一觉。

妮科尔走上海滩，看到迪克没穿游泳衣，坐在一块高高的岩石上。她又缩回到更衣棚的阴影中。一会儿巴比走过来，说：

"迪克还在那儿。"

"我看见他了。"

"我想他不会赖在这儿不走吧？"

"这是他的地方——从某种意义上说，是他发现了这儿。老高斯常说，他的一切都归功于迪克。"

巴比静静地看着她妹妹。

"我们应该让他把自己限制在骑自行车旅行上，"她说，"当人们被带出他们所熟悉的范围时，他们就会束手无策，不管他们装得有多好看。”

“六年来，迪克对我来说一直是个好丈夫，”妮科尔说，“整个这一段时间里，我从没有受到一分钟的痛苦，这全多亏他，他总是尽力不让任何东西伤害我。”

巴比微微翘起下巴说：

“他受到了那种教育，就理该这么去做。”

姐妹俩默默地坐着。妮科尔疲惫地思索着，巴比则在考虑着要不要嫁给最近那个为了她的钱财而向她求婚的人，那个货真价实的哈普斯堡皇族成员。然而，她又不是真的在认真考虑这事。多年来她的恋爱一直都有这么一个共性，那就是，随着她人老色衰，那些恋爱的重要性并不在于它们本身的价值，而是在于它们的谈话价值。她的感情只在她津津乐道地叙述它们时才真正存在。

“他走了吗？”妮科尔过了一会儿问道，“我想他是中午的火车。”

巴比望了望。

“没有。他在平台上又往更高的地方挪动了，现在正跟几个女人说话呢。不管怎么说，既然他已‘不必’非要看到我们，这儿可爱的人有的是。”

然而，迪克是看见了她们的，那是在她俩离开她们遮阳篷的时候，并且目光一直尾随着她们，直到她们再一次消失。他和玛丽·明盖蒂一起坐着，喝着茴香酒。

“你现在还像那天晚上帮助我们时的样子，”她在说，“只是后来你对卡罗琳太凶。你不能一直都那么和蔼可亲吗？你能做到的。”

在迪克看来，自己居然落到连玛丽·诺思也能跟他说该怎么怎么的地步，实在有点好笑。

“朋友们依然爱你，迪克。不过你一喝酒就要说些不堪入耳的话。

今年夏天，我的大部分时间都在为你辩护呢。”

“这话可是艾略特医生的经典名句呢。”

“是真的。没有人在乎你喝不喝酒——”她犹豫了一下，“甚至，阿贝喝得再多的时候，也不会像你那样得罪人。”

“你们都是些没趣的人！”他说。

“可周围都是我们这样的人！”玛丽叫道，“如果你不喜欢正直明礼的人，你就去找那些行为不检点的人吧，看你感觉怎么样！人人都想快乐，而你要是让他们不快乐，那就等于断绝自己的营养。”

“有谁给过我营养吗？”他问道。

玛丽现在心情很好，尽管她自己并没有意识到，因为她刚才只是出于畏惧才坐到他身边。她再次谢绝喝酒，说道：“自我放纵是事情的根源。当然，自打阿贝的事情之后，你可以想象我的感受——我是眼看着一个好人滑向了酗酒——”

台阶下，卡罗琳·西布利-比尔斯夫人正迈着轻盈、欢快的步子，演戏一般地走着。

迪克感觉良好——他早已有过他得意的日子，现在不过像一个人在一席华筵之后到了该到的地方，然而，他对玛丽所表现出的兴趣，仅仅是一种彬彬有礼、体贴关心以及克制的态度。此刻，他那双眼睛如孩子的眼睛一般清澈，让玛丽不禁心生怜爱。同时，他悄然生出一个念头：觉得有必要像以往一样让她相信，他是这个世界上最后剩下的一个男人，而她则是最后一个女人。

……这样他就不必去看那两个人了。那是一对男女，在蓝天下黑白分明，像金属一般闪着光……

“你曾经喜欢过我，是吗？”他问道。

“何止喜欢——我实际上曾经爱过你。人人都爱过你。本来只要你开口，就能得到任何人的——”

“你我之间一直都有一种说不清楚的东西。”

玛丽急切地咬咬嘴唇：“是真的吗？迪克？”

“一直是的——我知道你所有的苦楚，也知道你是怎么勇敢地挺过来的。”然而这时，他的内心又像往常一样开始笑开了，他明白他憋不了多久。

“我总以为你知道得很多，”玛丽激动地说，“比其他任何人都了解我。也许正因为这个原因，所以，每当我们不合的时候，我都很怕你。”

他的目光落在她的双眸上，温柔而和蔼，流露出心底的感情。突然，他们的目光结合在了一起，并且交媾、一起使劲。接着，当他心中的笑声越来越大，仿佛玛丽都能听到时，迪克转移了他的目光，和玛丽一起回到里维埃拉的太阳光下。

“我得走了。”他说。他站起来，身体有点儿摇晃。他现在感到不行了——血液循环也变慢了。他站在高高的阶梯上。抬起右手按天主教的习惯在胸前画了个十字，祈求上帝保佑这片海滩。好几把遮阳伞下有人探出头来朝上观望。

“我去找他。”妮科尔站起身来。

“不，你不要去。”汤米说着，坚决地一把拉她坐下，“不要没事找事。”

十三

妮科尔再婚后依旧和迪克保持联系。信件上有的谈生意上的事，也有的谈孩子们的情况。她常提到迪克，每当说起他，她总是说：“我爱迪克，我永远不会忘了他的。”这时，汤米便会回答，“当然不会——干吗要把他忘记呢？”

迪克在巴法罗开了家诊所，不过显然没有成功。妮科尔不知道到底是因为什么，但几个月后，她听说他搬到了纽约州一个名叫巴达维亚的小镇上，在那儿挂牌当了个普通医生；后来又听说他去了洛克波特，从事同样的事情；她还偶然听说了他在洛克波特的许多生活情况，以前迪克在任何地方的情况她都没有知道得这么多。诸如：他常常骑车；有很多女性崇拜者；他的桌上总是堆了一大堆纸，据说是关于某个医学课题的重要论文，就要完稿了；他给别人留下了风度翩翩的印象，曾经在一个大众卫生保健会议上就成瘾性毒品问题作了一个很精彩的报告；但是后来和一个杂货店的姑娘混到了一起，并且还卷入一起关于医学方面的诉讼。于是，他离开了洛克波特。

自那以后，迪克没有再要求妮科尔把孩子送到美国去，妮科尔给他写信询问他是否缺钱用时，他也不回信。在他给她的最后一封信中，他告诉她，他正在纽约州一个叫日内瓦的镇上行医，信中仿佛说他在那儿定居下来了，有人替他管家。妮科尔在地图上查找日内瓦镇，发现它位于芬格湖群的中心地带，是一块气候宜人的地方。也许他的前程还在后头，她常常这样想，就像是格兰特在加利纳的前程一样。迪克的最后一封短信上盖的是纽约州霍内尔的邮戳。霍内尔距日内瓦镇有一段距离，是个很小很小的小镇。不过，不管怎么说，几乎可以肯定他就在美国的那个地区，不是在这个小镇，就是在那个小镇。

一部关于信仰的自白
——评菲茨杰拉德的《夜色温柔》

一

如果说菲茨杰拉德的《人间天堂》和《漂亮冤家》是他的成名之作，并为他的文学生涯奠定了坚实的基础，《了不起的盖茨比》和《夜色温柔》则确立了他在现代文学史上的稳固地位，标明了他所取得的辉煌成就。

《了不起的盖茨比》出版三周后，菲茨杰拉德就给文学评论家、斯克里布纳出版公司著名编辑迈克斯维尔·帕金斯写信说："我正以十分愉快的心情着手创作一部新的长篇小说。这部小说无论在形式、结构，还是在思想内容上都将十分新颖。小说探讨的是乔伊斯和斯泰茵一直在致力探讨却无结果，而康拉德却根本没有发现的最为典型的时代特征。"[①] 这就是他寄予了极大希望，想把它写成一部旷世之作的长篇小说《夜色温柔》。然而事与愿违，由于种种原因，《夜色温柔》

① Matthew J. Bruccoli，ed. *F. Scott Fitzgerald—A Life in Letters*，New York：Touchstone，1994，p.168.

的写作时辍时续，耗费了菲茨杰拉德长达九年的时间才得以完成。

《夜色温柔》总的主题与《了不起的盖茨比》相似，描写的是一个出身低微但才华出众的青年对富有梦幻色彩的理想的追求以及他如何遭到失败，变得消沉颓废的故事，但这部小说所涉及的范围更加广阔，着重点也更高、更新。菲茨杰拉德把他这一时期在精神上所经历过的种种痛苦和磨难经过提炼，升华到了他一贯的创作主题。如果说《了不起的盖茨比》所表现的是理想难以实现的幻灭和悲哀，《夜色温柔》则在新的层次上揭示了更大的幻灭和悲哀：实现了的未必就是理想。菲茨杰拉德一贯的创作主题在这部小说中得到了更为充分的体现：良知的泯灭、金钱的腐蚀作用、上流社会的堕落、暴力造成的阴暗的社会心理影响，以及纯真爱情的难以实现。与《了不起的盖茨比》相比，《夜色温柔》的情节更加凄婉动人，人物形象也更加贴近现实生活，因而具有更强的可读性和历史可感性。小说的背景被安排在作者所熟悉的欧洲大陆，时间跨度为一九一七至一九三〇年间，然而小说展现的仍是美国"爵士乐时代"的社会生活场景。小说是以主人公迪克·戴弗与妻子妮科尔·沃伦和女影星罗斯玛丽·霍伊特之间的三角恋爱关系，以及围绕着这种关系所产生的各种复杂的矛盾冲突为主线，来构成整个故事的主要情节的。由于小说涉及的主题重叠庞杂，穿插、倒叙、闪回、意识流等写作手法使用频繁，菲茨杰拉德巧妙地在结构上将全书分成了三大部分，每一部分都各有其重点，各部分之间又有其必然联系，使得全篇小说首尾呼应，浑然一体。

第一部主要描写罗斯玛丽对迪克的一见钟情和倾心相爱，以及迪克既想与罗斯玛丽结合，又想保护她免受流言伤害，更要保护身患严重精神分裂症的妻子妮科尔不受伤害，因而处于想维持现有家庭关系的矛盾心理和尴尬处境。通过天真烂漫的纯情少女罗斯玛丽的叙事视角，读者看到的是迪克·戴弗家富丽堂皇的社交场面和迪克与妮科尔之间貌似幸福美满的家庭生活。在罗斯玛丽的眼中，迪克英俊潇洒，风度翩翩，而且心地善良，和蔼可亲，而且是一个令人羡慕的心理医生，是一个非常理想的“白马王子”。通过罗斯玛丽的出现和介入，菲茨杰拉德向读者暗示了迪克夫妇的婚姻关系终将解体的潜在的悲剧因素。

小说的第二部闪回到一九一七年，追溯了迪克早年的勤奋好学和立志献身于医学事业的远大抱负，揭示了妮科尔罹患精神分裂症的病因、病史和接受治疗的过程，描绘了迪克无私的奉献精神。随后，小说又回到了第一部所描写的事件中。迪克为照料妮科尔并治好她的疾病，付出了自己全部的精力和才华，甚至不惜荒疏了他所热爱的科学研究。然而他得到的却是沃伦家族对他的歧视和不信任，妮科尔极不稳定的情绪和时常犯病也使他心力交瘁，不堪重负。他渐渐丧失了对生活的热情和乐观态度，变得消沉起来，常常借酒浇愁以麻醉自己。第三部描写迪克的日趋沉沦，他与妮科尔关系的彻底破裂和离婚，以及妮科尔与汤米·巴尔班的相爱和结合。迪克悲酸地结束了他对理想和爱情的追求，孑然一身返回美国，以一个普通医生的身份在家乡的小镇默默行医，以此了却余生。

二

《夜色温柔》从情节上看，描写的似乎是一场畸形的三角恋爱中各当事人之间的矛盾冲突（从小说开始时出现的罗斯玛丽——迪克——妮科尔三人之间的感情纠葛，到后来的迪克——妮科尔——汤米之间的三角恋爱关系），但小说实际叙述的却是一个失败和沉沦的悲剧故事。导致这场人间悲剧的根源正是金钱对人性的毁灭作用，上流阶层的势利浅薄和腐朽堕落，现实社会的冷酷无情和物欲横流，以及人的良知的泯灭。在一个拜金主义盛行的势利社会里，人的真诚，人的善良的本性，以及追求崇高理想的献身精神，与扭曲、病态的享乐主义人生观和生活腐化、道德沦丧的社会现实之间形成了强烈的对比反差。菲茨杰拉德在这部小说中通过迪克的人生经历和爱情际遇，以悲怆的笔调对形形色色的社会丑恶现象和上层社会的男男女女进行了更加愤怒的谴责和更为严厉的鞭挞，对虚幻的"美国梦"的精神实质进行了更加深刻的揭露和批判，对"爵士乐时代"所出现的人格分裂和精神变态给予了无情的揶揄和讽刺。

在《夜色温柔》中，菲茨杰拉德别出心裁地将主人公迪克·戴弗设计为一位才华出众，有上进心和奉献精神，从事精神病学和心理分析学研究，且颇有建树的医生。作为一名精神病学科的医生，迪克的职责本应是努力寻求积极有效的治疗方案，使他的病人摆脱虚忘、病态的精神状态，使其回归到现实之中。然而，经过一系列的变故之后，迪克失败了，而且败得很惨——他在事业、生活、爱情、婚姻，以及自己的精神状态等诸多方面都遭到了全面的失败。菲茨杰拉德似乎想以此来告诫人们：在这个严酷的现实社会里，无论你多么贤明，多么严谨，多么有理想，或者多么超然于世，都决无可能使自己完全摆脱"美国梦"的"精神病机理"。通过对既富有浪漫的"美国理想"，又具有科学的精神病学修养的迪克这一人物形象的刻画，菲茨杰拉德鞭辟入里地展现了他所处的那个特定的"精神病"社会的本质，以及由这个"精神病"社会所造就的各种人间悲剧，其讽刺意义是双重的、复合式的：身为心理分析学家、精神病学科的医生、"谵妄世界"的矫正者的迪克，在医治别人的疾病的同时，也不可避免地受到了"谵妄世界"的"精神病毒"的感染。他能医好别人的疾病，却无力治愈自己的"疾病"。他是想去打破或治疗的"梦幻世界"的受害者和牺牲品。迪克和盖茨比一样，也是情太深，心太软。他想以自己真诚的爱和丰富的医学知识拯救妮科尔，恢复她的身心健康，还想以健康的精神状态和生活方式来医治和改善流行于上流社会的病态。他为照料妮科尔并治好她的精神疾病付出了自己全部的精力和才智，甚至不惜放弃了他所热爱的科学研究。他把自己的善良和真情也奉献给了上流社会里的其他人，自以为凭着他的才学和自我献身精神，他就能创造出一个具有现代美学意义，能使人心情欢畅的高雅境界。他怀抱着这个梦想执著地进行了十多年的努力，目的就是要将这个梦想雕刻成一件艺术精品，同时也使自己能成为“有史以来最伟大的心理学家”。如同古希腊神话中的皮格马利翁[1]热恋着自己所塑造的少女形象一样，迪克也想以自己的执著和真诚使妮科尔焕发出新的生命力，也使“精神病”状态的“美国梦”转变成具有浪漫色彩的极乐世界。精神病学科的医生此时似乎已经成了一名勇于闯荡禁区的艺术家。然而，迪克不是皮格马利翁，他的一片赤诚也没能感动“上帝”。在他的精心照料和治疗下获得了新生的妮科尔，在刚刚能够独立生活之际，就背弃了他，嫁给了汤米·巴尔班这个“谁出钱就为谁去打仗”的雇佣兵。如同盖茨比一样，迪克也为他的善良和天真付出了沉重的代价。他所追求的梦想给他留下的只是遥远的回忆和沉痛的反思。十多年的努力给他带来的只是身心疲惫，事业荒废，一无所成。

菲茨杰拉德在这部小说中以情节的逐步展开为载体，深刻批判了金钱和财富对人性的腐蚀、扭曲作用。小说中的妮科尔是一个“容貌秀丽，让人备生怜爱”的女子。她的魅力在很大程度上来自于她家庭的财富：“妮科尔是大量创造力和辛劳的产物。为了她，一列列火车

---

① 皮格马利翁，古希腊神话中的塞浦路斯王，善雕刻，热恋自己所雕出的少女像，爱神阿佛洛狄忒见其感情笃挚，便给雕像赋予了生命，使两人结为夫妇。

从芝加哥开始它们的行程，迂回穿过北美大陆的腹地而驶向加利福尼亚。……随着它摇摇晃晃、轰轰烈烈地向前推进，也为像她这样的大批购物者提供了一个红火的局面，恰似一个在蔓延的大火前坚守岗位的消防队员，脸上也被照得红彤彤的。她用实例阐明了非常简单的原则，掌握着自己的命运，但她阐明得如此精辟，从而使这一过程颇具优雅的成分……”妮科尔“本人的可悲命运”的根源就在于她所拥有的财富，她的“可悲命运”的表现形式是她的“精神分裂症”，而造成她精神失常的原因，则是她那位百万富翁的父亲与她的乱伦。尽管财富和金钱给他们带来了纵情享受、盛宴玩乐的可能，但也使他们丧失了人格的完整性和做人的准则。妮科尔的父亲沃伦先生虽然在整个小说中出现的次数极少，但他却是小说中唯一真正的恶棍。他自私、残暴、丧尽天良，是一个典型的美国富人的象征。他与《了不起的盖茨比》中的汤姆·布坎南极为相似。妮科尔的姐姐巴比也是一个十分世俗的女富豪的典型。百万家财使她有了颐指气使的资本，使她有了经济上甚至道德上的优越感。她总以为有钱可以买到一切，包括爱情和婚姻。迪克对妮科尔的纯真感情和为她所做出的巨大牺牲，在她看来却只不过是一种买卖关系：他是一个医生，一个他们花钱雇佣的医生，他照料妮科尔只是在尽他的职责，做他该做的事。因此，当妮科尔渐渐康复后，巴比便怂恿她与迪克分手。

随着故事情节的延深，读者可清楚地看到，有钱的富人几乎都患有难以治愈的各种疾病，或者说，有了钱就等于有了病。生活在迪克周围的上流社会的各色人物都各有各的毛病和问题：巴比·沃伦是一个极端自私的女人，喜欢异想天开，却又感情冷漠，得不到真正的爱情，而且患有恐英症。音乐家阿贝·诺思是一个思想颓唐、嗜酒如命的酒鬼，终因酗酒而死于非命。汤米·巴尔班心肠冷酷，性格野蛮，没有政治信仰和头脑，是一个地地道道的无政府主义者。麦基斯科有自我暴露癖，是一个蹩脚的作家。罗斯玛丽是一个“假小子”，没有宗教信仰，却风骚冶艳，放浪不羁，不顾一切地与迪克等人私通。菲茨杰拉德还通过一系列性反常行为，描绘了导致迪克从理想主义滑向堕落、颓废的上流社会的伤风败俗的现象：路易斯·坎皮恩与罗亚尔·邓弗里是同性恋者；玛丽·诺思与卡罗琳则是一对女同性恋者；巴比·沃伦是一个手淫患者；德弗罗·沃伦与女儿妮科尔乱伦，这种乱伦行为后来又在迪克身上得到了象征性的重演，因为妮科尔对迪克的“爱”，在很大程度上只是心理上的一种“移情”现象，而身为医生、比妮科尔年长许多的迪克也清楚地知道他在这场爱情和婚姻中所扮演的角色：父亲、医生和丈夫（他们相识时，妮科尔才十六岁）。他们的婚姻所代表的只是一种希望渺茫的努力：使妮科尔重新恢复青春和良知，给她以嫁人的机会，让她重新获得“初恋”的喜悦。如同盖茨比一样，迪克也对自己的努力抱有极大希望，对自己的能力和献身精神充满信心，认为妮科尔一定能够在他的照料和护理下恢复过来。他对妮科尔说：“试着把往事忘掉……回美国去，进入社交界，恋爱——然后幸福地生活。”如同《了不起的盖茨比》一样，菲茨杰拉德在这部小说中也沉痛地表现了这种幻想的最终破灭。随着罗斯玛丽的出现，迪克也在心理上不可避免地产生了“移情”。已习惯在银幕上扮演“老爸的女儿”角色，年仅十八岁的罗斯玛丽，在现实生活中也成功地从比她年长许多、阅历比她丰富许多的迪克身上获得了颇有病态性质的“爱情”。从道义上说，迪克也步了德弗莱·沃伦的后尘。他与罗斯玛丽的性爱关系，在某种程度上也是一种乱伦。在罗斯玛丽主演的影片《爸爸的女儿》中，“‘恋父情结’表现得那么明显，不由得使迪克为所有心理学家这种堕落的伤感而感到畏缩。”与罗斯玛丽发生性关系之后，迪克便对自己的行为感到十分可耻，在放纵自己的同时，也在良心上深深谴责着自己。迪克与罗斯玛丽的婚外恋和他的堕落，使妮科尔也采取了相应的报复行动：她背着丈夫爱上了汤米，也与他发生了性关系。与汤米一夜风流之后，妮科尔也感到内疚，感到对不起迪克。这表明她已恢复了健康，能独立生活了。于是，当迪克想挽救自己，走出困境时，她终于喊出了他们这场灾难性的婚姻中一个严酷的事实真相："你是个胆小鬼！自己毁了自己的一生，还把责任推到我身上。"由于他们之间极为微妙而又十分复杂的关系，由于他们彼此都十分了解对方的致命弱点，他们便有了攻讦、伤害对方的强大杀伤力。长期以来，他们彼此都小心翼翼地把对对方的看法深藏在心里。如今，他们把一切都公开化了。在这场冲突中，迪克再次做出了妥协，退出了这个本不属于他的世界。

迪克终于从一个"前途无量"的理想主义者蜕变成了一个"不堪造就"的失败者。小说对他的迅速沉沦进行了具体、准确的描写：毫无节制的酗酒；与女病人随意接吻；与罗斯玛丽调情做爱；遭警察殴打并被投入监狱；对事业、著书立说和自己开办的诊所都丧失了兴趣；与合伙人弗朗兹分道扬镳；与玛丽·诺思无端争吵；与法国厨师大打出手；在水上运动中为了取悦罗斯玛丽而自矜其能的拙劣表演，却又连连翻身落水……他对弗朗兹、罗斯玛丽、妮科尔、汤米，乃至他的孩子们都变得心灰意冷，感情淡漠起来。他的结局是凄惨的。他牺牲自己换得了妮科尔的新生。当妮科尔与汤米在洒满阳光的海滩上幸福地依偎在一起时，他却躲进了家乡的无名小镇，过着淡泊名利的普通人的生活。他的生活经历就是美国"爵士乐时代"的真实写照。他的悲凉结局象征着"美国理想"的荒唐可笑和必然的最终破灭。他的失败和他对自己的忏悔，就是向世人和未来发出的沉痛的箴言。

三

迪克的时常自我反省和对失落的信仰的强烈意识，他在一大群才气横溢却又放浪形骸，终为金钱和酒色所毁的旅欧美国人中所扮演的道德上的核心人物的角色，都会使人情不自禁地想到海明威的成名之作《太阳照常升起》中的主人公杰克·巴恩斯以及这部作品所涉及的主题。这两部小说都将现实生活中具有号召力和感染力的人群，与毫无魅力、令人乏味的人群进行了鲜明的对比：一种人恪守着不成文的道德规范，循规蹈矩；而另一种人则无视道德规范的存在，放浪不羁。两部小说都描写了欧洲的生活风貌和代表着传统价值观和社会习俗的欧洲人。两部小说都刻画了容貌美丽、气质高雅、具有贵族血统的女人，她们在作品中都具有慑人的魅力和极强的破坏力，她们都支配着、最后又毁伤了性格懦弱的男主人公。两部小说都以不幸爱情的最终解体为结局，而这种不幸爱情也都在一开始就埋下了不幸的种子。《夜色温柔》和《太阳照常升起》中的这些相似之处源自于菲茨杰拉德和海明威在欧洲时共同的生活体验。战后发生在欧、美两地的一系列剧烈变动和这个时代的诸多特征，在这两位作家的创作思想和他们的作品中都留下深深的印记。

如果说《了不起的盖茨比》是一部被作者赋予了丰富想像力的作品，《夜色温柔》则是一部被菲茨杰拉德拔高了的自传。小说中的主人公迪克·戴弗与菲茨杰拉德本人有着许多的共同之处。迪克出身低微，但父亲是圣公会的牧师，其有弗吉尼亚血统，他的家庭背景和他自幼所受到的伦理熏陶，与作者本人的童年经历极其相似；迪克相貌英俊，风度翩翩，几乎是菲茨杰拉德个人形象的再现；迪克受过良好的高等教育，虽然他就读的不是菲茨杰拉德曾就读过的普林斯顿大学，但他就读的也是美国东部著名的高等学府约翰·霍普金斯大学和耶鲁大学，这也与作者本人的背景很相似；如同作者本人一样，迪克也是少年得志，很早就已崭露头角，在医术界已颇有建树；迪克与身患精神病的妻子妮科尔的婚姻生活，他与罗斯玛丽的婚外恋情，妮科尔与汤米的两情相悦，以及妮科尔美丽的容貌，也都与作者本人的实际生活经历极其相似；迪克也像作者本人一样，具有性格上的诸多弱点和不足。小说中的许多情节，几乎堪称“婚姻生活的大揭秘”，生动记叙了菲茨杰拉德在这一时期所经受的各种痛楚和苦闷的心境。

在长达九年的写作过程中，菲茨杰拉德已铸就了自己敏锐的洞察力和评判力，能够真实生动地以小说形式来描写他与泽尔达的爱情、婚姻生活。在这部立意深刻，交织着爱与恨的复杂情感的小说中，他也在努力分析着泽尔达发病的缘由，泽尔达的精神病对他个人生活和文学事业所产生的消极影响，以及他对悲剧的婚姻所应承担的责任。他以洒脱的文笔，灵动的智慧和高超的叙事技巧，将心理冲突和强烈内省融合在这部作品中，从而赋予了这部作品以非同寻常的感染力，也使迪克这一人物形象更加真实可信，悲切动人。迪克的医生身份对菲茨杰拉德来说，也是一个具有象征意义和讥讽意义的比喻。迪克·戴弗的工作职责是要探索人的内心世界，解开人的思想和感情之谜，如同他的姓氏所包含的意义一样（戴弗为英文 Diver 的音译，其原意为“潜水采珠者”）。菲茨杰拉德仿佛已清楚地看到，现代精神病学的发展已使精神病学科的医生和心理分析学家成了牧师和神父的继承人。他对迪克的职业的精心选定，似乎就是对自己无力治好泽尔达的疾病的辛辣嘲讽。与盖茨比相比，迪克的形象似乎略显苍白，缺乏盖茨比所具有的那种强烈的震撼力，但他却更受读者的同情和喜爱，他的经历和盖茨比的遭遇也形成了鲜明的对比，因为他就是作者本人在作品中的化身。从某种意义上说，他也是盖茨比的死而复活。

四

《夜色温柔》的书名取自菲茨杰拉德十分喜爱的十九世纪英国浪漫派诗人约翰·济慈[①]的名诗《夜莺颂》，作者显然是对此作了深思熟虑之后才确定的。

济慈诗作的韵律节奏和意象比喻对菲茨杰拉德的文学创作产生过很大影响。菲茨杰拉德曾对女儿司各蒂解释说："一切优美的散文都要靠动词来行文。动词可以使文句产生动感。英文诗歌中写得最优美，最具技巧性的诗篇，大概要算济慈的《圣·阿格尼斯之夜》了。"[②]司各蒂在大学读书期间，菲茨杰拉德又写信向她传授了解读济慈诗章的体会：

> 诗歌是一种存在于心灵深处的如火一般灵动的意境——就像音乐对于音乐家，或马克思主义对于共产党人一样。否则，诗就失去了它的意义，变成了空洞乏味、拘泥于形式的呆板文字的堆砌，成了那些迂腐的学究们没完没了地高谈阔论、胡乱解释的对象。济慈的《希腊古瓮》是一篇美不胜收的绝佳诗章，每一个音节都精确得缺一不可，就像贝多芬的《第九交响乐》中每一个音符都缺一不可一样，否则就是因为你没能很好地去理解它。它之所以如此优美，如此不朽，是因为一个杰出的天才在一个历史的紧要关头停顿下来，准确捕捉并描写了它。这首诗我已读过上百

---

① 约翰·济慈（John Keats，1795～1821），英国浪漫主义诗人，其抒情诗尤为优美，著名作品有《夜莺颂》《希腊古瓮》《无情的美人》《秋颂》等。

② Matthew J. Bruccoli，ed. *F. Scott Fitzgerald—A Life in Letters*，New York：Touchstone，1994，p.357，pp.460～461.

遍了。读到第十遍时，我才开始明白这首诗的真正含义，才把握它和谐的韵律和蕴藏在字里行间的精湛的艺术技巧。同样，《夜莺颂》也具有极感人的艺术魅力，每当我读到这首诗时，眼中总是会情不自禁地涌起泪花。还有《罗勒花盆》，描写那两兄弟的那些诗节是那样地震撼人心，如“他们为什么如此自豪”等处。还有《阿格尼斯之夜》，这是英文诗歌中意象最丰富、最能给人以美的享受的一篇，它的优美决不亚于莎士比亚的诗作。此外，他的几首十四行诗也极典雅，如《明亮的星辰》等等。

如果你在很年轻的时候就了解这些，并培养自己高雅的鉴赏力，那么，你在今后的阅读过程中就不至于区分不清什么是真金，什么是糟粕了。对任何想真正弄懂词语的含义，了解词语丰富的感情色彩及规劝力量和内在魅力，最深透地掌握词语的价值的人来说，济慈的这八首诗都堪称最上乘的艺术精品。看了济慈的诗作之后，你会感到，其他诗歌仿佛只不过是一些哼哼唧唧的无病呻吟。①

《夜色温柔》卷首引用的譬语，即引自济慈的《夜莺颂》：

我已与你同在！夜色这么温柔……/……但这里没有一丝光明 / 除了那随着阵阵微风吹落 / 穿过暗绿和回环的苔径的天光。

菲茨杰拉德精心构想的这一篇名和他援引的这节诗歌，清楚地点

① Matthew J. Bruccoli，ed. *F. Scott Fitzgerald—A Life in Letters*，New York：Touchstone，1994，pp.460～461.

明了这部小说中“夜色”与“黑暗”所代表的深刻含义。小说的篇名宣称：“夜色是温柔的。”它隐含着的却是“白昼”对“黑夜”的毁灭作用及其必然产生的悲怆结果。小说中的“夜色”与“白昼”“黑暗”与“光明”，分别象征的是两种截然不同的世界，体现的是两种相互对立的价值观。“白昼”代表着现实社会，它严酷、暴戾、阳光耀眼，但却热闹非凡，生机勃勃。“黑夜”则象征着梦想世界，它温情脉脉，趣味盎然，其乐融融，但又凝重沉闷，缺少生气和活力。通过贯穿于小说始终的复杂的爱情故事和结构上的巧妙布设，菲茨杰拉德对“黑夜”与“白昼”的交替更迭作了十分细腻的描写，对它们所代表的两种世界进行了鲜明的对比观照。在小说中，“阳光”从一开始就给人以一种灼热、酷虐、刺眼，甚至令人发疯的感觉。“阳光”下的一切景象都面目可憎，使人感到痛苦，甚至恐怖。而“夜晚”和“黑暗”则被作者赋予了浓厚、甜蜜的感情色彩，被修饰得富有诗情画意，使人充满憧憬和遐想，诸如：“多情的夜晚”“可爱的夜色”“柔情似水的夜色”“轻歌曼舞的夜色”“情欲冲动的黑夜”等等。小说第一部第十三章中对古城亚眠的描写，可谓宣示了“夜色”的本质特征和迷人之处：“白天，这样的城市让人泄气……天气似乎也带有过去的特征，黯淡得如同褪了色的照片中的天空。但是天黑之后，法国生活中最令人满意的一切很快都回到了画面中——活泼的妓女、咖啡馆里一边争论不休一边满口‘好吧’的男人，还有一对对男女，头靠在一起，朝着不知在哪里的某个令人满意而又廉价的地方走去。”“夜色”所包含的内容在这段描写中已有所显露，但“夜色”所象征的意义却非仅仅只相对于“白昼”而言。“夜色”包含的意义已被微妙而繁杂地编织进了整个故事之中。“夜色”是令人心醉神迷的时光，它掩盖了“白天”在阳光下暴露无遗的社会现实，为一切丑恶现象戴上了五颜六色的面具。“夜色”又是美丽而又温柔的，它给人以梦幻和遐想。迪克和他的朋友们都喜欢“夜色”；“他们都不约而同地大笑起来，因为他们知道现在仍然还是昨晚，而街上的人们却错误地以为已是晴朗炎热的清晨了。”然而“夜晚”并不比“白天”更美好。他们渴望的“夜晚”，同时也容留了排遣不掉的“黑暗”。喜欢“夜色”的人也许正是那些无力应付“青天白日”下的严酷现实的人。“白天”也许是残酷的，但鲜活有力；“夜色”是悠闲、舒适的，但缺少生气。小说第二部第二十三章中巴比·沃伦为解救迪克出狱而东奔西忙的情节，也在一定程度上反映了她在现实世界里的无能为力：“他们行驶在路上时，车窗外的夜色慢慢地稀薄、消散开去。此时，巴比的神智还不十分清醒，昼与夜相抗衡的不稳定的时分让她朦朦胧胧有些紧张。她开始同白天赛跑，有时，在宽阔的马路上，她占了优势，可是一旦那推动她前进的东西停止片刻，一阵阵狂风就会急躁地从这儿那儿吹来，天光又开始了慢慢地爬行。”巴比也在“黑夜”与“白天”之间徘徊、周旋着，想努力维持这两者之间并不稳固的平衡。她在美国大使馆遇见的那位裹着晨衣、系着护须带的模样怪异的人，显然也是一个有不健康夜生活的家伙。他的“脸上原来是涂了一层粉红色的冷霜，但看上去却像梦魇一般吓人”，与“白天”的气氛极不协调。

在这部小说中，“夜色”与“白昼”的对比反差和激烈冲突，已被菲茨杰拉德赋予了深刻的象征意义。它代表着现实世界中各个不同阶级之间的对立和斗争，而阶级斗争则是不可调和的社会矛盾的一种特殊表现。这种在本质上互不相容的社会对抗，在小说中表现为浪漫的幻想与反浪漫的思想倾向之间的矛盾冲突。菲茨杰拉德在这部作品中始终维系着他的两种互相对立的观点的创作思想，把作品中的人物和场景几乎都分成了两种互为矛盾、相互抵触的对立统一体：人与人之间的对立和斗争，人与周围环境的矛盾和冲突，历史与现实的相互悖逆，以及人的内心冲突和人格分裂。这种多层次、多角度的矛盾冲突，在整个作品中几乎随处可见。在第一部第十七章中，菲茨杰拉德写道：

> 这些人有两类。一类是美国人和英国人，整个春夏两季，他们一直都在四处游荡，因而现在他们所做的每件事都纯粹是为了寻找刺激。有些时候，他们显得寡言少语、有气无力，有时又突然发作，争吵不休，及至精神崩溃，或兴之所至勾引异性。另一类都是些寄生者，我们也许可以称其为剥削者，相比之下，他们理智而严肃，有生活目标，从不浪费光阴。这些人在这个环境中保持平衡最好，如果说这个环境里除了房间中那并无多少价值的新奇布置之外还有什么格调的话，那格调便是来自于他们。

小说中的主要人物大都在互相对立的两种社会环境或相互矛盾的内心世界里苦苦挣扎着，却又找不到出路或归宿，最后都不可避免地成了这个特定时代的牺牲品。

在“温柔的夜色”里酿造出的诸多幻想中，最具深刻意义的是对幸福的幻想。对充满浪漫幻想的迪克而言，幸福就在于能够永远保持住“温柔夜色”中的欢乐时光。他对结局始终怀有一种恐惧之心。他对罗斯玛丽说：“夏季的这个部分结束了……也许今年夏天我们还会有更多的乐事，但是这种特别的乐趣结束了。我想要它猛然消失，而不是缓缓隐去。”这段话反映的是一种自相矛盾的荒谬心态。他既浪漫地幻想着能在“温柔的夜色”中永远保持欢乐的时光，又想尽快结束这种不切实际的梦幻般的生活。于是，“死亡”便成了缓解内心痛苦，了结“夜色”中温柔梦想的最佳手段。“死亡”是一切结局的结局。小说似在告诫人们，幻想是美丽的，但不能长久替代严峻的现实，幻想的最终破灭只是一个时间问题。“夜色”并不总是“温柔”，在“死亡之谷”或“人生悬崖”上并没有指路的明灯。迪克奉献了自己的一切之后，便从读者眼前消失了。他留下的只是妮科尔对他的淡淡的回忆。当他面向大海划着十字，为这片沙滩祝福时，他也是在向“喧腾的二十年代”，向年轻的时光和瑰丽的梦想作最后的告别。他要去寻找另一种心灵上的安宁。

在《夜色温柔》中，菲茨杰拉德着力处理的题材依然是“美国梦”的实质和“美国梦想家”的结局。在描绘这种梦幻式的理想的过程中，菲茨杰拉德在多种不同视角层面上一次又一次地将他笔下的梦想家描绘成了被浪漫幻想冲昏了头脑的受害者和牺牲品。但是，造成理想破灭、信念丧失的真正原因，却是梦想家所生存的那个特定的社会环境。因此，在小说的结尾处，菲茨杰拉德仍以严峻的道德标准和犀利的文笔，描写了梦想和梦想家不可亵渎的存在价值。在《了不起的盖茨比》中，盖茨比为了重温旧梦，实现自己的理想的举动并没有错。他自始至终保持着自己完整的人格。他到死都抱着自己完美无缺的梦，而制造了盖茨比悲剧的正是弱肉强食的金钱社会，摧毁了盖茨比梦想和信念的是上流社会的傲慢和自私。在《夜色温柔》中，迪克为了实现自己的理想也付出了沉重的代价。他的自我献身精神，他在上流社会中的一系列高尚的具有英雄品质的举动，也丝毫未能打动上流社会冷酷、自私的心肠。他的自我沉沦和悲凉结局，也是由上流社会的势利浅薄和腐朽堕落所造成的。在这个不值得他做出自我牺牲的社会里，他甚至都无力保全自己的完整人格和美好梦想。他终于退到了圈外，消失在茫茫人海之中，“不是在这个小镇，就是在那个小镇”之间漂泊着。他终于摆脱了世事的纷扰、诱惑和折磨。从这个角度说，《夜色温柔》比《了不起的盖茨比》更具有思想深度和历史意义，因而也更有说服力。迪克的结局虽不像盖茨比那样悲壮，却更能打动人心，发人深省。他的经历告诉人们：“超级梦想”不过是一种存在于心灵深处的美好的讹谬，一种具有毁灭作用的自我陶醉。在恶浊的生存环境里，它必然会遭到无情的扼杀。在这部小说中，读者处处都能深切体味到理想与现实之间的巨大反差和激烈碰撞。菲茨杰拉德通过迪克的浮沉，将“美国梦”的神话高度戏剧化地展现在世人面前，并用历史的眼光对它进行了透彻的剖析和检验。与此同时，他也将自己一贯的创作主题完整地体现在这部小说之中：人的高尚之处就在于他为追求完美的人格，最大限度地实现自我价值所做出的坚忍不拔的努力，即使面对困境和失败也决不低头；而人的最大悲剧则在于看不到自己的局限性，却自以为是地背负着自己的愚懦和不足在追求虚幻的美好人生。

《夜色温柔》无论从何种意义上说，都堪称菲茨杰拉德最优秀的作品之一。它标志着菲茨杰拉德在《了不起的盖茨比》的基础上又向前跨出了坚实的一大步。在《了不起的盖茨比》中，读者是通过尼克叙述了解到盖茨比的一切的，通过尼克的声音领悟到盖茨比的幻想破灭所隐喻的美国历史的演变和“美国梦”的终结这一象征意义。尼克所起的“高架立交桥”的作用，使读者能够轻松进入作品的故事情节，理解作者的创作主旨。此外，盖茨比的一生经历也被作者赋予了丰富的想象力和神秘色彩。然而在《夜色温柔》中，迪克·戴弗却生活在具体、真实的现实社会里。他的理想比盖茨比的理想更加现实，他所处的历史、文化环境也比盖茨比更加复杂、宽阔，他所付出的努力和他的最终结局因而也更具悲剧色彩。读者必须参与其中，身临其境地与迪克一起行动，才能更加深切地体味到现实社会的残酷和个人献身精神的贬值。小说的零度结尾也较《了不起的盖茨比》更具美学意义，使人感到迪克的形象更加真实可信，也使人感到他的命运似乎也预兆着读者的命运，有一种言犹未尽、余音绕梁的艺术效果。这是因为菲茨杰拉德对社会的构成形态和历史的变革过程已有更加深刻的理解，能以更加成熟的政治、历史观看待人生、观察世界的结果。也许这也正是他耗时九年才得以完成这部小说写作的原因。因为他需要时间，需要耐心的观察、等待和体会，才能真正把握住时代的本质特征，并将其如实地反映在作品中。

五

《夜色温柔》出版后，菲茨杰拉德文艺圈内的朋友们都看出了这部小说所传达的心声及其成熟精微的艺术特色，纷纷写信向他道贺，或撰文热情赞扬了这部小说的深刻意义和高超的叙事技巧。约翰·毕萧蒲在写给他的信中说："我刚刚拜读了你的大作《夜色温柔》，深为其优美的文体和感人的情节所打动。它的思想性已大大超过《了不起的盖茨比》。你使我们看到了我们期待已久、迫切想看到的东西。这部小说充分表明，你是一位真正优秀的具有强烈悲剧意识的小说家。作品中所表现出的悟性，对人物性格特征的刻画，以及它所蕴藏的深厚感情都是值得赞扬的。"[①] 评论家吉尔伯特·赛尔迪斯在一篇评论中说："菲茨杰拉德又实至名归地登上了他的舞台，成为我们这个时代名列前茅的作家了。"[②] 然而，菲茨杰拉德最希望能看到的海明威对这部小说的评价却没有出现。海明威对这部小说一直没有发表任何看法。直到四年之后，海明威在反复阅读了这部作品，清晰地看出它的深刻含义和艺术价值之后，才在写给帕金斯的信中说："这部小说的绝大部分内容写得都很精彩，令人拍案叫绝。这是一部令人越读越感

① Matthew J. Bruccoli and Margaret M. Duggan，ed. *Correspondence of F. Scott Fitzgerald*，New York：Random House，1980，p.339.

② Jeffry Meyers，*Scott Fitzgerald：A Biography*，New York：Harper Collins，1994，p.246.

到趣味无穷的小说。”[1]

由于美国经济大萧条的影响，由于这部小说的主题在政治气氛浓厚的二十世纪三十年代并不是人们所关心的话题因而不受欢迎等多种原因,《夜色温柔》在当年受到的是前所未有的冷遇。六十年代后，文学界又重新估量了这部作品的社会历史意义和艺术价值。如今，它已被人们普遍认为是菲茨杰拉德最重要的作品之一，是《了不起的盖茨比》的姊妹篇，被纳入了美国现代文学精品之列。有不少评论家甚至认为：“《夜色温柔》是近五十年来美国人所写出的最伟大的美国小说之一。”[2]

继《了不起的盖茨比》出版之后，到他去世之前这长达十五年的时间里，菲茨杰拉德除发表过一些短篇小说之外，只创作了两部长篇小说。一部是《夜色温柔》，另一部是他还没来得及完成的《末代大亨》。《夜色温柔》出版于一九三四年，也是由斯克里布纳公司推出的，时间比《了不起的盖茨比》整整晚了九年。读者和评论界当初对这部小说的反应差不多是毁誉参半，而且在相当长的时间里一直如此。菲茨杰拉德的声誉也因此一落千丈，跌到了“几乎无法弥补的地步”，[3]虽然仍有不少评论家在为他唱赞歌。

美国女作家伊迪丝·华顿说：“若干年来，人们似乎一直在翘首企盼《了不起的盖茨比》的续集，在预测菲茨杰拉德先生的壮举。作为一个优秀的小说家，他已因种种原因沉寂很久了。”她在肯定了这位作家的艺术成就的基础上又说：“《夜色温柔》所表现的思想和生活观，与作品中的那些人物一样，都很肤浅。这部作品的深度和广度都

---

① Carlos Baker, ed. *Ernest Hemingway: Selected Letters*, 1917～1961, New York: Charles Scribner's Sons, 1981, p.483.

② Milton R. Stern, ed. *Critical Essays on F. Scott Fitzgerald's "Tender is the Night"*, Boston: G.K. Hall & Co., 1986, p.142.

③ *Ibid*. p. 466.

远远不够。而且，也像威廉·福克纳一样，用恐怖来代替悲剧。菲茨杰拉德先生错过了为颓废的社会创作出一流小说的机会。”①

《夜色温柔》问世以来，受到的批评是严厉而苛刻的。不少评论家认为，这部小说结构松散，情节凌乱，可信度较差，因而不具有较强的可读性。尤其是作者将小说重点从罗斯玛丽·霍伊特转向迪克·戴弗时，处理的手法过于突然，过渡性的安排不够精到。迪克最后的消沉颓废也不足以令人信服。评论家约翰·张柏林认为："这部小说只在罗斯玛丽差不多完全消失之后才真正开始。"② 有人甚至认为，这部小说"只有前三分之一还值得一读"，③ 而其余部分则令人不忍卒读。评论家克利夫顿·弗迪曼在文章中说："迪克对失败的命运的接受来得过于突然，使人难以置信。作者对那些所谓的悲剧性事件的交待，尚不足以构成迪克意志上的沉沦。由于作者未能更深入地考察和挖掘书中各色人物的真实生活和内在涵义，这就使这部小说令人大失所望，这也是这部小说之所以不能成为一流作品的原因所在。"④ 此外，这部小说还存在年代编排上的前后不一致，人物的自相矛盾，地理标识上的张冠李戴，以及外语使用不当或误用等五十多处明显的错误，这就进一步影响了读者对菲茨杰拉德的信任程度。

马尔科姆·考利当年对这部小说的评价是："《夜色温柔》是一部好小说，但它也会使你感到迷惑不解。读完之后，还会使你有些恼火，因为这并不是一部大作，而且你还会觉得，小说似乎并没有写完……书中提到的一些社会、伦理问题，在掩卷之余仍会在读者耳边久久回响。菲茨杰拉德想给予解答，却又不直截了当。小说的主题富

---

①④ Milton R. Stern, ed. *Critical Essays on F. Scott Fitzgerald's "Tender is the Night"*, Boston: G.K. Hall & Co., 1986, p. 71.

② Jackson R. Bryer, ed. *F. Scott Fitzgerald: The Critical Reception*, New York: Burt Franklin, 1978, p. 299.

③ *Ibid.* p. 302.

有深意。但问题是，菲茨杰拉德根本没有完全拿定主意要把它写成什么类型的小说——究竟是围绕着一个主人公来展开，还是描写某一个群体。这两种类别的处理方法在这篇小说中同时并存，互为干扰。我们看到的是一个分裂开来的创作题旨，这也许可以溯源到作者本人分裂的双重个性特征……《夜色温柔》还存在技术上的差错。菲茨杰拉德在长达九年时间里，一直在断断续续地写这本书。其间，他自己的观点也发生了很大变化。结果是，书中好几个人物都自相矛盾：他们完全不像常人那样发生改变，而是自己转化成了与众人格格不入的人。"①当然，考利还是指出了这部小说的诸多优点，并肯定了它的文学价值和艺术特色。

一九五一年，考利在重新编辑、出版《菲茨杰拉德三小说》（*Three Novels of F Scott Fitzgerald*，1951）时，改变了他当初对这部小说的看法。他在这本书的前言中说：

> 若干年后重读这部小说时，我已有了新的与以往不同的看法……这是一部别具一格的在严肃的美国小说中极少见到的好小说。作者在这部小说里并没有试图对社会的各种价值观作出分析，揭示其虚伪的本质，然后再对其痛加鞭笞——当社会形态和价值观发生了扭曲，走向了堕落时，我们完全有必要这样做，而且这也并不需要太多的想象力和艺术造诣即可做到。菲茨杰拉德是在致力于某种比这更为艰难的工作：他试图发现，甚至还想创造出社会所缺少的真正的价值观和伦理标准。作者所采用的突降法和巧妙的结局安排，使小说不同凡响，给读者留下了很大的思

① Milton R. Stern，ed. *Critical Essays on F. Scott Fitzgerald's "Tender is the Night"*，Boston：G.K. Hall & Co.，1986，pp. 83～85.

> 索余地……迪克就像一个躲进自己的世界，或隐入了社会另一个层次的老朋友一样从读者眼前消失了。尽管我们对他十分了解，但我们却无法确知他隐退的真正原因。也许，正如作者当初所构思的那样，是因为有闲阶级的道德准则严重腐蚀了他；也许是因为他在治疗患有精神病的妻子的过程中，将自己生命的活力和旺盛的体力都转移到了妻子身上，妻子得救了，他却被折磨得精疲力竭，兴味索然；也许是因为他慷慨无私地做出了过度的奉献，却又遭到了无情的背叛，因而变得心灰意冷，消沉颓废了；也许……总之，对这位我们曾经很熟知的老朋友的衰落原因，我们尽可以无止境地展开讨论，却不可能得出任何结论。他朝那片他所熟悉的海滩和那些抛弃了他的人最后瞥了一眼，就消失在茫茫世界里了。他完成了他的使命，为自己的一生画上了圆满的句号。①

考利对《夜色温柔》全书的重新编排、整理，以及对这部小说的重新评价，在学术界引起了新的争议。人们开始从多种不同角度对这部小说的优劣及其蕴藏的社会、历史意义展开了讨论。结果依然还是各执其说，莫衷一是。直至菲茨杰拉德逝世二十多年后，《夜色温柔》才真正被人们视为“菲茨杰拉德写得最精彩的一部小说”。② 最早提出这一看法的人，是菲茨杰拉德的第一位传记作者亚瑟·密兹纳。他在一篇评论文章中说：“他全部的文学天赋，他对生活的细致入微的观察，他的具有深刻意义的价值观念，他对小说每一个细节的精心安排，他的艺术表现手法，这一切在这部小说中都得到了比以往任何时

---

① Milton R. Stern, ed. *Critical Essays on F. Scott Fitzgerald's "Tender is the Night"*, Boston: G.K. Hall & Co., 1986, p. 109.

② *Ibid.* p. 1.

候都更加充分的展示。作者充分运用了他的智慧和技巧，具体而生动地表现了人类所共同体验到的丰富的内心活动。作品中的人物都被赋予了寓言式的深刻含义。作品展示的世界就是真实世界的一个缩影。作品的时空跨度和地域的广阔，使《了不起的盖茨比》显得较为渺小而简单。作品简洁的文风和完美的叙事艺术，以及戏剧化的逼真的细节描写，使菲茨杰拉德不必去交待故事的来龙去脉，读者已完全能够自己去体会……”。①

在另一篇文章中，密兹纳分析了《夜色温柔》当初的接受状况为什么不如《了不起的盖茨比》的原因。他说：“这部小说所采用的人物形象以及故事情节，从社会历史学的角度说，不及盖茨比那样具有显明的社会意义。小说描写的是二十年代流亡海外的美国富裕阶层的生活，人们通常认为，这种人与普林斯顿大学的本科生一样缺少内涵。尤其是在小说发表的一九三四年，美国正处于‘经济大萧条’的深渊中，人们更有理由产生这样的看法。此外，人们已普遍认为，菲茨杰拉德的思想已打上了富人的烙印，描写的仅是富人们的生活。这也是这部小说当初不受欢迎的原因之一。其实，菲茨杰拉德已不再是一个单纯的富人崇拜者。他梦想能过上普通人所想象出的真正美好的生活。如同杰伊·盖茨比一样，他也‘对未来的生活高度敏感’，他凭着自己敏锐的觉察力清醒地看出，在现实生活中，只有富人才有机会过上美好的生活，而芸芸众生则是完全无望的。”②

密兹纳撰写的菲茨杰拉德传记《在天堂的另一边》，以及他和其他一些评论家发表的对《夜色温柔》的评论，刷新了人们对这部作品的看法，为人们研究这部作品提供了新的思路、方法和资料。自

---

① Milton R. Stern，ed. *Critical Essays on F. Scott Fitzgerald's "Tender is the Night"*，Boston：G.K. Hall & Co.，1986，p.94.

② *Ibid.* p.163.

六十年代以来，有关《夜色温柔》的评论文章已多达数千篇，仅《夜色温柔》的评论集就出版了数十本之多。这些评论文章所涉及的内容，评论的角度和方法大体可分为三类：一是将《夜色温柔》视为“心理小说”（psychopathic fiction），运用较为流行的“弗洛伊德学说”（Freudianism）分析作品主人公的精神分裂和心理变态的成因。此类文章为数较多。二是将《夜色温柔》视为一部“婚姻小说”（marriage novel），详细考察和分析主人公家庭失和，人际关系疏远，直至家庭解体的根源。这类文章揭示了作品的另一主题：在特定历史条件下，不和谐乃至不幸的婚姻对人的个性发展所造成的扭曲和毁灭作用。三是仍将这部小说归为菲茨杰拉德所擅长描写的“爵士乐时代”青年男女放浪生活的小说。不同之处是，这部小说描写的是一群流亡海外的美国“花花公子”和“时髦女郎”。这类文章认为，《夜色温柔》在主题思想上与作者的其他同类作品大体相同，表现的仍是一个出身低微的青年对富有梦幻色彩的理想的追求以及如何遭到失败，变得消沉颓废的故事。

从心理和个性发展层面上看，迪克的内心深处具有诸多超验型空想主义者的缺陷。其中之一是，他渴望永葆青春，渴望爱与被爱；另一原因是，他有一颗善良慷慨的心，他希望能奉献自己的才智，做一个对人人有用的人；此外，他抱有利他主义的幻想，先是自矜其能，后又自甘堕落，表现得非常幼稚迂腐。从职业角度看，迪克已将他全部的职业生涯弃之于不顾，执意只接受一个典型病案的治疗，即妮科尔病案。在这一点上，他成功了。从社会历史层面看，迪克为这个世界所做出的自我牺牲是天真幼稚的，无论从社会意义或从伦理标准上说，这个世界都不值得他如此去拯救，他的自我牺牲是毫无意义的，因为这个世界是在残酷地利用他，在耗尽了他的意志和精力之后，又无情地抛弃了他。这是人生的一大悲剧。

从《夜色温柔》的核心内容来看，它包括了强烈的怀旧情绪，悔恨心理，失落的希望，破灭的幻想，人格的分裂，以及从已经死亡的旧道德旧理念中脱胎而出的充满敌意、严厉苛刻的新的世界观。小说展现的是一个复杂、庞大、多维的世界，是作者“信仰的证言”。[①]小说的中心主题是对第一次世界大战前后西方世界的伦理发展，尤其对“美国梦”的演变历史所作的严峻追溯。

“美国梦”这一词语，由于政治上的过度滥用和商业上的炒作渲染，如今已成为一个毫无意义的笑谈。但在历史上，它曾对美国文化的发展产生过深刻影响。从广义上说，它指的是在经济实力和社会地位上不断攀升的理想：拥有极大的财富，获得稳固的地位，社会成员之间保持亲密忠诚的人际关系。一句话：既有财力，又有权力。但在菲茨杰拉德眼里，“美国理想”与“稳固的社会关系”之间是相互对立的一对矛盾。“美国梦”在他看来完全是一场冒险或投机，是一种一厢情愿，是对渴求自由的梦想的一种心灵感应。它可以促使人去充分发挥想象力，去实现梦中设定的目标，去最大限度地实现自我价值。这种梦幻式的理想并不受时间、空间乃至道德标准的限制。它可以超越历史，使人脱离沉沦，走出困境，忘却腐朽的过去，去争取真正的自由。这是一种无法用言语来表达的令人振奋的理念。在众多美国作家中，只有菲茨杰拉德最恰如其分地描绘了这一具有浪漫色彩的美国理想：整个世界就像一个充满希望的金色的早晨，一切美好的未来，一切年轻而又浪漫的目标都在向人们招手，等待人们用英雄般的壮举去实现它。然而，它又未免过于天真，过于脱离实际，没有考虑到历史和社会的羁绊，完全忽视了传统的伦理标准和价值观对人的束

---

① Matthew J. Bruccoli，ed. *F. Scott Fitzgerald—A life in Letters*，New York：Touchstone，1995，p. 252.

缚。因此，一切努力，一切成就，最终给人带来的只是理想遭到幻灭后的痛苦与悲哀。它对人的信念和个性发展所造成的影响是毁灭性的。从这个意义上说，菲茨杰拉德在《夜色温柔》中所塑造的迪克·戴弗这一形象便具有极为典型的代表意义。在第一次世界大战结束后的喧闹、狂放的生活中，迪克保持着他清醒的头脑，并已开始清醒地研究未来。他想以自己的无私奉献来医治历史遗留的创伤，祛除社会的腐败，如同美国政府曾想通过“以战争结束战争”的方式来“维护世界和平与民主”一样。迪克的理想和奉献精神就是“美国梦”所宣扬的精神实质。他的确治好了妮科尔的疾病，却又痛苦地发现，他所苦苦追求并得以实现的目标，根本就不是他心中的理想。从形式到实质内容，理想与现实都大相径庭，令他大失所望，如同“美国梦”也被其自己的历史和社会现实打得粉碎一样。在这个沉沦颓废的世界上，历史和现实展露给人们的是冷酷无情，虚伪狡诈，自私贪婪，道德沦丧，良知泯灭，以及无尽的谎言。人们需要构筑新的道德体系，需要建立新的文化形态和价值观，才能获得真正的自由和美好的生活。这正是《夜色温柔》这部小说真正的主题和价值所在。

长期以来，人们对《夜色温柔》产生争议，颇有分歧的焦点主要集中于：（一）小说对迪克日趋消沉，精神崩溃的根本原因交待不够，不足以使人信服；（二）小说在观点上的交替变换和年代上的错综编排，以及在叙事进程和叙事结构上倒叙、插叙、闪回、意识流等手法的反复运用，使人感到这部作品缺少中心思想，结构松散，让人难以理解。有评论者甚至将此归咎为作者在创作上的失控，不该在同一时间和空间涉及过多的主题和过多的人物。对于这一问题，当代美国文学评论家哈罗德·布鲁姆认为：

这种多主题交替出现的现象，也许正是菲茨杰拉德独具匠心的安排。他不满足于某一个主题，而想用其他主题来充实和完善其中心主题。他利用妮科尔这一典型形象描绘了处于极端状态下的精神分裂症的种种表现，目的在于向人们暗示，现实生活中的每一个人都或多或少在某种程度上患有此症。如同妮科尔的患病是由于其个人生活中遭受了悲剧性的打击所招致的一样，经历过第一次世界大战的每一个人，以及在现代社会中成长起来的每一个人，都有可能因为这样或那样的原因丧失个人的人格尊严。从这一点上说，妮科尔这一形象也具有其普遍的意义。小说在整个结构上是首尾呼应的。小说以一个“新女性”的形象为开端，但并没有局限于此，而是将重点转向了迪克·戴弗；最后又回到了故事开头的那片海滩，以另一个“新女性”的出现作为全篇的结尾。获得了“新生”的妮科尔保持了小说在情节上的完整性。她站在远处冷眼观察着迪克的衰变和沉沦，但她决没有忘记她与迪克的一段情分，虽然她已重新组建了新家，开始了新的生活。当妮科尔对丈夫说：“我爱过迪克，我永远也不会忘记他”时，汤米的回答是：“当然不会——你干吗要忘记他呢？”①

人们在今天的文化语境下重读这部经典时，依然感到清新、亲切。人们普遍，认为这是一部多维度、多主题的重要小说，涉及人类历史、爱情婚姻观、心理分析、权势与道德的永恒较量、人性的局限，以及人在现实社会里所受到的各种诱惑等等，是菲茨杰拉德最优

① Harold Bloom, *F. Scott Fitzgerald: A Comprehensive Research and Study Guide*, *Bloom's Major Novelists*, New York: Chelsea House Publishers, 2000, p. 52.

秀的作品之一。小说中所展现的世界是整个现实世界的缩影。小说的结构体系具有高度的前瞻性，与后现代派叙事风格和艺术特色不谋而合，犹如一部创作于上世纪九十年代的作品，魅力丝毫不减当年。

吴建国